Knaur.

Knaur.

Im Knaur Taschenbuch Verlag sind bereits folgende Bücher des Autors erschienen:

Die Julia-Durant-Krimis

Jung, blond, tot
Das achte Opfer
Letale Dosis
Der Jäger
Das Syndikat der Spinne
Kaltes Blut
Das Verlies
Teuflische Versprechen

Der Finger Gottes
Die Bankerin

Tod eines Lehrers
Mord auf Raten
Schrei der Nachtigall

Über den Autor:

Andreas Franz wurde 1954 in Quedlinburg geboren. Er hat als Übersetzer für Englisch und Französisch gearbeitet und war jahrelang als Schlagzeuger tätig. Seine große Leidenschaft war aber von jeher das Schreiben. Und das zu Recht, wie u. a. sein Erfolgsroman *Jung, blond, tot* bezeugt. Seine Maxime: »Die Leser fesseln und trotzdem (vielleicht) zum Nachdenken anregen (aber nie den Zeigefinger erheben!).« Andreas Franz ist verheiratet und hat fünf Kinder. Alle seine Romane wurden zu Bestsellern.

Andreas Franz

Tödliches Lachen

Ein Julia-Durant-Krimi

Knaur Taschenbuch Verlag

Besuchen Sie uns im Internet:
www.knaur.de

Besuchen Sie Andreas Franz auch im Internet unter
www.andreas-franz.org

Originalausgabe Oktober 2006

Ein Unternehmen der Droemerschen Verlagsanstalt
Th. Knaur Nachf. GmbH & Co. KG, München

Redaktion: Dr. Gisela Menza
Umschlaggestaltung: ZERO Werbeagentur, München
Umschlagabbildung: Getty Images, München
Satz: Ventura Publisher im Verlag
Druck und Bindung: Clausen & Bosse, Leck
Printed in Germany
ISBN-10: 3-426-63350-7
ISBN-13: 978-3-426-63350-2

2 4 5 3 1

Für meine Tochter Alexandra
und meinen Schwiegersohn Habtom,
die sich am 1. Juli 2006 das Jawort gegeben haben.
Alles erdenklich Liebe und Gute für die Zukunft,
und möge eure Ehe unter dem schönsten
und besten aller Sterne stehen.

Prolog

März bis April 1988

Mike war um kurz nach zwei nach Hause gekommen und hatte sich eine Packung Spaghetti gemacht, ein Fertiggericht, das sich schnell zubereiten ließ und keine Kochkünste erforderte. Sechs Stunden Schule hatten ihre Spuren hinterlassen, vor allem die Lateinarbeit, die er sicher nicht schlecht geschrieben hatte, aber dennoch hasste er dieses Fach, denn er fragte sich, wozu er diese Sprache später einmal brauchen würde. Doch sein Vater und auch sein Großvater hatten ihn geradezu gedrängt, es statt Französisch als zweite Fremdsprache zu wählen, obwohl ihm Französisch, das etwas Sanftes, Beschwingtes und Sinnliches hatte, viel besser gefiel. Außerdem hatte Mike ein konkretes Ziel vor Augen – er wollte Mathematiker oder Physiker werden. Schon jetzt war er in diesen Fächern seinen Mitschülern um Lichtjahre voraus, konnte Aufgaben lösen, vor denen selbst die besten Abiturienten, die meisten Studenten und sogar einige Professoren kapitulierten. Und es war erst ein halbes Jahr her, als er einen internationalen Mathematik-Wettbewerb für Schüler und Studenten gewann.

Noch maximal zwei Jahre, dann war der Schulstress vorbei, aber im Moment dachte Mike nur an heute und den restlichen Tag mit noch einer halben, höchstens einer Stunde Hausaufgaben, die er jedoch erst später, irgendwann gegen Abend, erledigen würde. Sein Vater war noch in der Firma, und die Putzfrau hatte wie immer das Haus um Punkt eins verlassen. Sie kam zweimal in der Woche, um sauber zu machen, eine junge Spanierin, die nur gebrochen Deutsch sprach, aber ihre Arbeit hervorragend erledigte. Er mochte sie, auch wenn er sie nicht oft sah und lediglich von ihr wusste, dass sie verheiratet war und zwei Kinder hatte.

Mike ging mit dem Teller auf sein Zimmer, setzte sich an den Schreibtisch und las beim Essen ein Asterix-Heft. Ein paarmal musste er schmunzeln, und er war gerade bei der letzten Gabel, als das Telefon klingelte. Großmutter. Sie fragte ihn wie jeden Tag, wie es ihm gehe, wie die Schule gewesen sei. Das Übliche. Mike antwortete brav und beendete das Gespräch nach wenigen Sätzen. Er legte sich aufs Bett und machte den Fernseher an, verschränkte die Arme hinter dem Kopf und starrte an die Decke, während im Hintergrund eine billige Talkshow lief.

Sein Blick ging nach einer Weile zur Wand, wo ein großes Foto seiner Mutter hing. Zehn Jahre waren seit ihrem Tod vergangen, die Erinnerung an sie war vollständig verblasst. Das Einzige, was ihm geblieben war, war dieses Foto, das in einem großen Rahmen über seinem Schreibtisch hing. Er betrachtete sie lange – eine schöne Frau, mit fast mystischen und doch auf seltsame Weise traurigen Augen, die ihn ansahen, als wollten sie ihm etwas mitteilen. Manchmal meinte er, dass sie ihm sagen wollte, wie traurig sie sei, ihn allein mit dem Vater zurückgelassen zu haben.

Von einem Tag auf den andern war sie verschwunden, daran konnte er sich noch vage erinnern, und irgendwann hatte ihm sein Vater auf seine ständigen Fragen hin, wo Mama sei, geantwortet, sie sei jetzt oben im Himmel. Er war auch noch nie an ihrem Grab gewesen, denn sein Vater hatte erst vor kurzem gesagt, sie habe eine Seebestattung gewollt, doch das solle er niemandem erzählen, nur er wisse davon und seine Eltern.

Also liegt deine Asche jetzt irgendwo im Meer verteilt, dachte Mike und lächelte der hübschen jungen Frau zu. Er hatte seinen Vater gefragt, woran sie gestorben sei, worauf dieser antwortete, sie habe einen Unfall gehabt. Jedes Mal, wenn er das Gespräch auf seine Mutter brachte, wurde sein Vater kurz angebunden und bisweilen auch unwirsch, einmal hatte er Mike sogar angebrüllt und gesagt, das sei alles lange her und er solle sich auf sein eigenes Leben konzentrieren.

Mike setzte sich nach einer halben Stunde auf, fuhr sich ein paarmal durch das kurz geschnittene Haar, schob die Brille zurecht, die er seit seiner frühesten Kindheit tragen musste, und überlegte, was er tun konnte. Er war gestern fünfzehn geworden, und sein Vater hatte gemeint, er sei nun auf dem besten Weg, ein richtiger Mann zu werden. Die Feier sollte in drei Tagen am Samstag stattfinden, im kleinen Kreis, Großeltern, Vater, sein Onkel und seine Tante und vielleicht zwei Mitschüler, die auch nichts weiter als das waren, denn Mike hatte keine Freunde. Dafür gab es mehrere Gründe. Er interessierte sich nicht für Sport, während fast alle Jungs und auch etliche Mädchen in seiner Klasse auf Fußball standen, und er ging auch nicht gerne in die Disco oder machte all die andern Sachen mit, die Jungs in seinem Alter eben so machten. Selbst Mädchen waren für ihn noch kein wirkliches Thema, auch wenn es ein paar in seiner Klasse gab, die ihn schon interessiert hätten. Aber sie waren für ihn unerreichbar, hatten alle schon feste Freunde, coole Jungs mit Mopeds, Motorrädern oder gar Autos. Sie waren außerdem alle mindestens ein, manche sogar zwei oder drei Jahre älter, und er wurde von ihnen gar nicht wahrgenommen, es sei denn, eine von ihnen hatte Probleme in einem der naturwissenschaftlichen Fächer und brauchte dringend Nachhilfe. Aber für die meisten in seiner Klasse war er ein Streber, einer, mit dem man sich nicht abgab.

Nur ein Mädchen unterschied sich vom Rest. Auch sie war hübsch, sehr hübsch sogar, und sie war überaus intelligent, wie er fand, und auch sie schwamm nicht mit dem Strom. Sie war eben anders, sie war besonders.

Louise war ein Einzelkind wie Mike. Der Vater hatte sich kurz nach ihrer Geburt aus dem Staub gemacht, und nun lebte sie allein mit ihrer Mutter in einem Reihenhaus am Stadtrand von Düsseldorf, nur wenige Minuten von ihm entfernt. Sie war schon einige Male bei ihm zu Hause gewesen, sie hatten sich unterhalten und festgestellt, dass es niemanden sonst gab, mit dem sie über Themen sprechen konnten, die für das Gros der anderen Jugendlichen langweilig waren. Sie war siebzehn, fast so groß wie er und hatte etwas, das ihn magisch anzog. Doch er traute sich nicht, ihr seine Gefühle zu zeigen, denn schließlich lagen zwei Jahre zwischen ihnen.

Dennoch träumte er immer wieder von ihr, wenn er wie jetzt allein in seinem Zimmer war und keiner ihn störte.

Sie gingen fast jeden Tag gemeinsam zur Schule, sie telefonierten recht häufig miteinander – aber sie hatten sich noch nie berührt. Er hätte sie gerne einmal angefasst, einfach um zu spüren, wie sie sich anfühlte, ihre Haut, ihre Hände, wie ihr Haar duftete. Er träumte auch davon, sie einmal zu umarmen, und wenn seine Träume noch weiter gingen, dann hielt er sie ganz fest im Arm und streichelte und küsste sie. Bisweilen dachte er: Vielleicht wartet sie nur darauf, dass ich den Anfang mache. Doch dann verwarf er den Gedanken sofort wieder und sagte sich, wie bescheuert er doch sei, auch nur zu denken, sie könnte sich für ihn interessieren. Für Mike, einen mutterlosen, pickligen Jungen von fünfzehn Jahren, mit einer dicken Brille auf der Nase.

Mike hatte Louise zu seinem Geburtstag eingeladen, aber sie hatte bedauernd abgelehnt, da sie am Samstag mit ihrer Mutter nach Frankfurt fahre, um ihre Tante zu besuchen. Er hatte das Gefühl, dass es ihr wirklich leid tat, nicht kommen zu können.

Er war auch noch nie bei ihr zu Hause gewesen, und ihre Mutter kannte er nur vom Sehen, eine unscheinbare Frau, in deren Gesicht sich tiefe Gräben gezogen hatten, obwohl sie erst Mitte dreißig war. Und es gab auch keinen Mann in ihrem Leben. Louise hatte ihm einmal anvertraut, dass ihre Mutter einen Hass auf Männer habe und sie ihr gerne helfen würde, aber jedes Mal, wenn sie das Thema anschneide, blocke ihre Mutter ab. Und einmal erzählte sie ihm traurig, dass sie nicht nur Kettenraucherin sei, sondern auch regelmäßig zur Flasche greife. Louise war überhaupt ein ernstes, trauriges Mädchen, auch wenn sie oft lachte, aber sie fühlte sich einsam, von der Mutter im Stich gelassen und von den Mitschülern unverstanden. Mike war der Einzige, zu dem sie noch Vertrauen hatte, dem sie viele Dinge erzählte, die niemand außer ihr wusste, nicht einmal ihre Mutter, die ohnehin das Leben um sich herum kaum noch wahrzunehmen schien.

Sein Vater war ganz anders. Er führte seit dem Verlust von Mikes Mutter ein recht lockeres Leben. Immer wieder brachte er neue Bekanntschaften ins Haus, meist junge Damen, mit denen er sehr schnell im Schlafzimmer verschwand, aus dem kurz darauf Stöhnen und Schreie drangen. Mike wusste, was dieses Stöhnen und diese Schreie bedeuteten, und setzte sich entweder Kopfhörer mit lauter Musik auf oder verließ das Haus, um spazieren zu gehen oder sich auf die Terrasse zu setzen.

Noch während er in Gedanken versunken war, klingelte das Telefon erneut. Louise. Sie teilte ihm mit, dass die Fahrt nach Frankfurt am Samstag abgesagt wurde, da ihre Tante krank geworden sei. Ob die Einladung noch gelte. Er freute sich wie ein kleines Kind, sie am Samstag zu sehen, auch wenn es ihn schon jetzt nervte, wenn er sich die Fragen seines Vaters und seiner Großeltern vorstellte. Ist das deine neue Flamme? Ist es was Ernstes? Er rollte mit den Augen und schüttelte den Kopf.

Keiner von ihnen kannte Louise. Sie war immer nur bei ihm gewesen, wenn er allein zu Hause war. Allein, wie die meiste Zeit. In einem viel zu großen Haus. Neun Zimmer, ein Schwimmbad mit Sauna und Whirlpool im Keller, ein riesiger Garten, drei Autos. Sein Vater verdiente Unsummen, aber Mike interessierte dies wenig, für ihn zählten andere Dinge, auch wenn er mehr Taschengeld bekam als alle andern Jugendlichen in seinem Alter. Viel mehr Taschengeld.

Nach dem Anruf ging Mike nach unten und setzte sich mit einem Buch in die Bibliothek. Am liebsten hätte er mit Louise hier gesessen. Er überlegte, ob er sie anrufen und fragen solle, ob sie Lust habe, zu ihm zu kommen. Er verwarf den Gedanken wieder, denn er sagte sich, dass sie bestimmt etwas anderes vorhabe.

Er hörte den Porsche vorfahren, schaute auf die Uhr und stellte verwundert fest, dass zwei Stunden vergangen waren, seit er sich in die Bibliothek zurückgezogen hatte. Mike stand auf und rannte in sein Zimmer, denn er wollte seinem Vater nicht begegnen. Es gab Zeiten, da ging er ihm aus dem Weg. Sie hatten sich nicht viel zu sagen, und daran würde sich auch nie etwas ändern. Mike konnte mit dem Lebenswandel seines Vaters nichts anfangen. Er arbeitete viel, aber er gönnte sich auch eine Menge Luxus, vor allem Frauen. Doch keine von ihnen holte er sich ins Haus, um gepflegte Konversation zu betreiben, sondern nur zum Vergnügen. Alle waren schön, sein Vater stand auf blonde, vollbusige Frauen, nur ab und zu war auch eine Dunkelhaarige darunter.

Er hörte Stimmen, die seines Vaters und die einer Frau. Sie lachten und kamen die Treppe herauf. Mike dachte, dies würde wieder einer jener Abende werden, in denen sich sein Pseudovater, wie er ihn abfällig betitelte, mit der Dame seiner Wahl ins Schlafzimmer zurückziehen würde, doch es vergingen nur wenige Minuten, bis es an seine Tür klopfte und sein Vater hereinkam.

»Hi«, begrüßte er Mike. »Kann ich dich kurz sprechen?«

»Klar. Was gibt's?«

»Ich habe eine nachträgliche Geburtstagsüberraschung für dich.« Er wartete die Reaktion von Mike ab, der seinen Vater nur verwundert anschaute.

»Willst du gar nicht wissen, was es ist?«

»Was?«, fragte er gelangweilt.

»Weißt du, als ich fünfzehn war, da war ich schon ein Mann, wenn du verstehst. Man kann nicht früh genug anfangen, das Leben zu genießen, es geht viel zu schnell vorbei. Und ich denke, es ist an der Zeit, dass auch du endlich … Was ich sagen will, ist, du solltest auch endlich ein Mann werden.«

»Was meinst du damit?«

»Ich hole deine Überraschung rein. Sie wird dir gefallen, ich glaube, ich kenne deinen Geschmack«, antwortete er, öffnete die Tür und winkte mit der Hand. Eine mittelgroße, etwa zwanzigjährige junge Frau mit langen dunkelbraunen Haaren und einem vollen Busen kam herein. Sein Vater grinste, die junge Frau warf einen kurzen Blick auf Mike, der mit gefalteten Händen auf seinem Bett saß und kaum zu atmen wagte.

»Deine Überraschung. Mach mir keine Schande, hörst du. Ihr habt so viel Zeit, wie ihr wollt. Ich verzieh mich dann mal. Vorstellen könnt ihr euch ja selber.«

»Hm«, war alles, was Mike herausbrachte. Sein Mund war trocken, seine Stimme schien zu versagen. Er sah die Frau an, die einen Minirock und eine fast durchsichtige enge Bluse trug, die so weit ausgeschnitten war, dass sie ihre Brüste nur spärlich verhüllte.

Sein Vater schloss leise die Tür hinter sich. Die junge Frau trat näher.

»Hi, ich bin Moni. Und du bist Mike«, sagte sie mit heller Stimme, setzte sich neben ihn und schlug die langen braunen Beine übereinander. Sie duftete nach einem süßlichen Parfum, das unangenehm in seine Nase zog, was vielleicht daran lag, dass sein Vater ständig irgendwelche Weiber mit nach Hause brachte, die sich mit irgendwelchem Zeug eingedieselt hatten. Er rutschte ein paar Zentimeter von ihr weg, auch wenn ihr Körper, zumindest das, was er von ihr sah, ihn erregte.

»Hm.«

»Bist du immer so schweigsam?«, fragte sie und kramte eine Zigarette aus ihrer Handtasche. »Na ja, egal. Hast du'n Aschenbecher?«

»Nee, ich …«

»Ganz locker, Kleiner«, sagte sie, zündete sich die Zigarette an, stand auf und holte sich eine Untertasse, die sie auf der Fensterbank stehen sah. »Ich bin ein Geburtstagsgeschenk. Willst du dich erst waschen gehen? Oder wollen wir zusammen baden? Dein Dad hat gemeint, wir könnten auch zusammen ins Bad gehen. Wir haben das ganze Haus für uns.«

Mike wurde knallrot und lächelte verschämt. Er hatte mit so etwas nicht gerechnet, eigentlich wollte er das alles nicht, aber er hatte keine Wahl. Würde er diese Moni zurückweisen, würde er Ärger mit seinem Vater bekommen. Und außerdem hatten die meisten, wenn nicht gar alle Jungs in seiner Klasse schon mal mit einem Mädchen geschlafen. Aber Moni war nicht das, was er sich für sein erstes Mal vorstellte. Louise war diejenige, in die er sich verliebt hatte und mit der er sich hätte vorstellen können zu schlafen.

Mit einem Mal spürte er, wie Moni seinen Rücken streichelte, ihre Hand nach vorn glitt und über seine Brust fuhr und tiefer und immer tiefer und ihr Griff fester wurde.

»Gehen wir ins Bad, es wird Zeit, dass wir ein bisschen Spaß haben. Und du brauchst auch keine Angst zu haben, ich beiße nicht, nur manchmal«, sagte sie und lachte dabei auf, ein Lachen, das sich anhörte, als käme es aus weiter Ferne und als würde sie ihn verspotten.

Sie nahm ihn bei der Hand, und er erhob sich wie in Trance und folgte ihr. Er wunderte sich nur, dass sie sich so gut auskannte, obwohl er sie noch nie hier gesehen hatte.

Im Bad standen eine Flasche Champagner und zwei Gläser. »Machst du die auf?«, fragte sie, während sie sich auszog.

Seine Hände zitterten leicht, und als Moni merkte, dass er offenbar noch nie eine Champagnerflasche geöffnet hatte, übernahm sie das für ihn, schenkte ein und sagte: »Auf unsere Freundschaft.« Sie stieß mit ihm an, legte ihren Arm um seinen und fuhr fort: »Und jetzt ex.«

Sie blieb ganze drei Stunden. Beim Abschied sagte sie: »War ein recht netter Abend. Ist noch ’n bisschen klein, das, na ja, du weißt schon«, und warf einen ausgiebigen Blick zwischen seine Beine, »aber na ja, wird schon noch.« Bei diesen Worten lachte sie wieder, und diesmal klang es richtig spöttisch, nein, es klang, als würde sie ihn verhöhnen. Er sah sie nicht an, als sie sein Zimmer verließ, zu sehr hatten ihre Worte, vor allem aber ihr Lachen ihn verletzt.

Am Samstag fand die Geburtstagsfeier statt, mit Louise, seiner heimlichen Königin, denn sie war für ihn die Frau, mit der er einmal zusammenleben wollte. Mike freute sich über ihr Kommen mehr als über jedes andere Geschenk, und irgendwann mittendrin dachte er an diese Hure Moni mit ihren gewaltigen Brüsten und diesem beinahe verächtlichen Gesichtsausdruck, bevor sie ging. Er hatte Louise noch nie mit einem auch nur ähnlichen Gesichtsausdruck gesehen. Sie hatte warme, sanfte Augen, die oft so melancholisch wirkten, eine ebenso warme und eher leise Stimme, und wenn sie lachte, dann klang es einfach anders als bei den andern, schöner, zärtlicher, liebevoller. Louise war eine besondere junge Frau, die schon jetzt tief vom Leben gezeichnet war, ohne es nach außen hin zu zeigen. So wie Mike seine Gefühle nie ausdrückte, sondern stets so tat, als würde er über allem stehen. Selbst die Hänseleien mancher seiner Mitschüler ertrug er mit stoischer Gelassenheit, auch wenn er oft gekränkt war und sogar mitunter weinte, aber nur, wenn es niemand mitbekam.

Der Nachmittag war bereits fortgeschritten, als Mike erklärte, dass er sich mit Louise auf sein Zimmer zurückziehen wolle, doch bevor sie nach oben gingen, sagte sein Vater in einem Moment, in dem sie allein waren: »Das ist also diese ominöse Louise. Bist du in sie verknallt?«

»Warum?«, fragte Mike mit hochrotem Kopf zurück.

»Also ja. Sehr nett, und sehr hübsch. Sehr, sehr hübsch. Eine wahre Schönheit. Halt sie dir warm, sie passt zu dir.«

Und kurz darauf, als sie schon an der Treppe waren,

kam sein Onkel und bat Mike zu sich. »Was hast du denn da für ein bezauberndes Mädchen? Hätt ich dir gar nicht zugetraut. Exzellent, kann ich da nur sagen.«

Mike und Louise saßen auf dem Bett, hörten Musik und unterhielten sich, während er immer wieder darüber nachdachte, einfach ihre Hand zu nehmen, um ihr zu zeigen, wie sehr er sie mochte. Es war fast zweiundzwanzig Uhr, als sie sagte, sie müsse nach Hause, denn der Samstag war immer der schlimmste Tag für ihre Mutter, da sie an einem Samstag von ihrem Mann im Stich gelassen worden war. Er verließ das Haus und kehrte nie wieder zurück. Er lebte jetzt irgendwo glücklich und zufrieden, hatte eine neue Familie und neue Kinder, so viel wusste Louise. Doch wo er wohnte, wusste sie nicht, weil ihre Mutter es ihr nicht verraten wollte. Samstags griff Frau Mayer deshalb mehr als sonst zur Flasche und lag oft schon am Nachmittag betrunken auf dem Sofa. Als Louise das erzählte, sah sie Mike wieder mit diesem unvergleichlichen Blick an, streichelte ihm kurz über die Wange und gab ihm zum Abschied rasch einen Kuss auf die Stirn.

»Bis dann«, sagte sie liebevoll lächelnd, während er noch gar nicht richtig begriff, was soeben passiert war, »wir können ja morgen telefonieren. Ich würde mich freuen.«

Sie telefonierten, gingen gemeinsam zur Schule, und an einem Nachmittag, als Louise wieder bei Mike war, war es auch diesmal sie, die den Anfang machte, indem sie sagte: »Mike, ich muss dir was gestehen. Ich find dich unheimlich nett und lieb. Na ja, das ist wohl leicht untertrieben, ich glaub, ich hab mich in dich verliebt. So, jetzt ist es raus. Ich hoffe, du bist jetzt nicht sauer.«

Er schüttelte den Kopf und stotterte, ohne sie dabei anzuschauen: »Ich auch. Schon lange.«

»Wie bei mir, ich hab mich bisher nur nicht getraut, es dir zu sagen. Und wir pfeifen drauf, was die andern sagen, okay?«

»Okay. Und jetzt?«

»Nimm mich einfach in den Arm, nicht mehr. Wir haben doch Zeit, oder? Und wenn die andern sagen, dass ich doch zu alt für dich bin, dann hör einfach nicht hin. Was sind schon die zwei Jahre?!«, sagte sie lachend, während er sie im Arm hielt und noch gar nicht recht begriff, wie ihm geschah. Seine Traumfrau hatte ihm ihre Liebe gestanden. Und sie hatte ihm, bevor er sie nach Hause brachte, noch ein Foto von sich geschenkt, eines, auf dem sie besonders hübsch aussah. Als hätte sie es nur für ihn machen lassen, und als würde sie nur ihn anlächeln.

Genau einen Monat nach Mikes Geburtstagsfeier erschütterte der Mord an einem siebzehnjährigen Mädchen nicht nur Düsseldorf, sondern ganz Deutschland. Louise Mayer war einem brutalen Sexualverbrechen zum Opfer gefallen. Sie war am Abend auf dem Heimweg von ihrer Großmutter verschwunden. Niemand hatte sie gesehen, niemand etwas gehört. Ihre Leiche wurde drei Tage später an einer Stelle am Rhein gefunden, wo nach Einbruch der Dunkelheit nur sehr wenige Menschen noch unterwegs waren. Louise war vergewaltigt und erdrosselt worden. Anschließend hatte der Mörder sie wie ein Stück Dreck in hohes Gras geworfen. Bei der Autopsie stellte sich heraus, dass sie bis zu dem Verbrechen noch Jungfrau gewesen war.

Vom Täter fehlte jede Spur, alle, die befragt wurden,

hatten ein hieb- und stichfestes Alibi, auch Mike. Er trauerte, wie er sich nie hätte vorstellen können zu trauern, er aß kaum etwas, weinte tage- und nächtelang, denn er wollte sein Leben mit Louise verbringen, mit seiner Traumfrau. Bis dass der Tod euch scheidet. Und nun war sie tot, bevor ihr gemeinsames Leben überhaupt begonnen hatte. Einfach so. Bestialisch ermordet, wie die Zeitungen berichteten.

Nicht lange nach diesem entsetzlichen Verbrechen sagte Mikes Vater, dass er ein Angebot habe, in Frankfurt die Leitung einer weltweit agierenden Unternehmensberatung zu übernehmen, ein Ruf, dem er unbedingt folgen wolle. Ein Vierteljahr nach Louises Tod zogen sie nach Frankfurt, wo Mike hoffte den schrecklichen Erinnerungen der letzten Wochen und Monate entfliehen zu können. Es gelang ihm nicht.

Montag, 10. Januar 2005

Es war ein kalter, ungemütlicher Tag, der wolkenverhangene Himmel tauchte die Landschaft außerhalb des Gebäudes in ein trübes, tristes Licht, das ihn depressiv machte.

Ab und zu warf Mike einen Blick aus dem Fenster und wandte sich gleich darauf wieder seiner Arbeit zu. Seit dem frühen Morgen war er im Büro und versuchte bislang vergeblich mehrere versehentlich gelöschte Dateien wiederherzustellen. Seine Fähigkeiten schienen diesmal zu versagen, obwohl er ein Perfektionist war und nie aufgab, es sei denn, es handelte sich um einen Fall wie diesen, der ihn schier zur Verzweiflung brachte. Bereits am Freitag hatte man ihn um seine Hilfe gebeten, doch alle Bemühungen, die Dateien wenigstens teilweise wiederherzustellen, waren gescheitert. Er lehnte sich zurück, die Hände hinter dem Nacken verschränkt, und sah auf den leeren Bildschirm.

»Und, kommst du voran?«

Mike drehte sich leicht erschrocken herum, weil er sie nicht hatte kommen hören. Er schüttelte den Kopf.

»Nee, ich bin mit meinem Latein am Ende. Das ist, als wäre das Zeug von einem schwarzen Loch aufgesaugt worden. Da ist wirklich nichts mehr zu machen, tut mir leid. Wenn der Typ wenigstens Sicherungskopien angefertigt hätte …«

»Es braucht dir nicht leid zu tun, das Teil …«

»Das ist kein Teil, sondern ein Computer oder Rechner«, wurde sie von Mike verbessert.

»Ja, von mir aus. Der Rechner ist sowieso nicht weiter von Bedeutung«, erwiderte sie und stellte sich dicht neben ihn. Der Duft von Gucci No. 2 zog in seine Nase, ein Duft, den er liebte und den er gerne viel öfter gerochen hätte. »Wir geben ihn einfach zurück, wir sind schließlich keine Übermenschen«, fuhr sie fort und wollte sich bereits wieder abwenden, als seine Stimme sie zurückhielt.

»Wollen wir heute Abend essen gehen?«, fragte er unvermittelt, ohne sie dabei anzusehen.

»Heute? Ich weiß nicht, mir ist nicht danach, ganz ehrlich. Ein andermal vielleicht, aber …«

»Ich kenne da ein türkisches Restaurant in Sachsenhausen, die haben eine phantastische Küche. Du weißt doch, wie ich bin, ich geh nicht gern allein weg. Ist auch ganz unverbindlich.«

»Tut mir leid, aber ich hab schon was vor.« Ihre Stimme hatte mit einem Mal einen kühlen Unterton bekommen. Kühl und abweisend. Und sie hatte wieder einmal gelogen, doch was gelogen war, wusste er nicht. Hatte sie nur keine Lust, oder hatte sie tatsächlich etwas vor? War sie vielleicht mit einem andern verabredet? Er konnte sich alles vorstellen, aber der Gedanke, dass es einen andern in ihrem Leben gab, brachte ihn fast um den Verstand.

Er hatte sie mehrfach in den vergangenen Tagen und Wochen gefragt, ob sie etwas mit ihm unternehmen wolle, und jedes Mal hatte sie ihm eine Abfuhr erteilt. Dabei gab sie ihm stets das Gefühl, etwas für ihn zu empfinden, zumindest glaubte er das, doch immer, wenn er etwas direkter wurde, zog sie sich zurück. Sie waren sogar schon ein halbes Jahr zusammen gewesen, bis er sie fragte, ob sie ihn heiraten wolle, woraufhin sie nur gelacht und gemeint hatte, dafür fühle sie sich noch zu jung, sie wolle noch etwas vom Leben haben und sich nicht binden. Das habe nichts mit ihm zu tun, ganz bestimmt nicht, hatte sie gesagt und ihm dabei sanft über die Wange gestreichelt, aber sie sei doch erst vierundzwanzig und das Leben sowieso viel zu kurz, um es einfach so wegzuwerfen. Diese letzten Worte waren wie ein kalt geführter Stich in sein Herz gewesen, denn er begriff, dass sie ihm die ganze Zeit etwas vorgespielt hatte. Sie hatte Hoffnungen in ihm geschürt, die von einer Sekunde zur andern wie eine Seifenblase geplatzt waren. Es waren deutliche Worte gewesen, Worte, die er nie vergessen würde. Ein Leben mit ihm war also ein weggeworfenes Leben.

Sie war vor einem Jahr neu in die Abteilung gekommen, nicht direkt zu ihm, sondern ein paar Büros weiter, aber er hatte sie gesehen und sich auf Anhieb in sie verliebt und gewusst, wenn nicht sie, dann keine, denn auf eine seltsame Art und Weise erinnerte sie ihn an Louise. Ihre Bewegungen, ihre Stimme, der manchmal neckische Augenaufschlag, der überaus sinnliche Mund. Und er liebte es, wenn sie wie heute ihr Haar zu einem Zopf geflochten hatte.

Sie verstanden sich vom ersten Augenblick an, gingen gemeinsam mittags in die Kantine, verbrachten so manchen Abend miteinander – doch nicht eine einzige Nacht. Sie gingen ins Kino, ins Theater, ins Restaurant (in sehr viele Restaurants), in Bars, sie unterhielten sich oft, bis sie die letzten Gäste waren und nicht direkt, aber doch des Öfteren durch die Blume aufgefordert wurden, das Restaurant oder die Bar zu verlassen. Aber jedes Mal, wenn er sie fragte, ob sie mit zu ihm kommen wolle oder er mit zu ihr dürfe, verneinte sie und meinte, die Zeit sei noch nicht reif dafür. Oder sie erfand eine andere Ausrede. Überhaupt war sie eine Meisterin im Erfinden von Ausreden, mal war es eine Freundin, mit der sie sich verabredet hatte, mal hatte sie Migräne, mal ihre Tage, oder sie wollte einfach nur allein sein.

»Ich hab schon verstanden«, entgegnete er, setzte sich aufrecht hin und fuhr sich mit einer Hand über die hohe Stirn.

»Nein, du verstehst offensichtlich überhaupt nichts. Ich habe dir gesagt, dass wir Freunde bleiben können, mehr aber auch nicht. Und mehr waren wir auch nie, nur gute Freunde, doch du scheinst eine ganze Menge mehr hineininterpretiert zu haben. Wenn du andere Absichten hattest, dann tut es mir leid.« Sie sagte das in einem Ton, der ihn innerlich frösteln ließ.

Mike stand auf und schloss die Tür, damit keiner der andern etwas von dem Gespräch mitbekam. Er wusste, es war die vielleicht letzte Chance, mit ihr zu reden, und die wollte er nutzen.

»Warum willst du nichts mehr mit mir zu tun haben?«, fragte er. »Erklär's mir bitte, denn das hast du bis jetzt nicht gemacht. Ich denke, das ist das Wenigste, was ich von dir verlangen kann. Bis vor drei Wochen war doch alles in bester Ordnung.«

»Für dich vielleicht«, entgegnete sie noch eine Spur kälter. »Ich muss wieder an die Arbeit, du weißt doch, wie Klaus ist.«

»Er wird dir schon nicht gleich den Kopf abreißen. Gibt es absolut keine Chance mehr für uns?«

Sie sah ihn mit hochgezogenen Brauen an und setzte sich auf die Tischkante. Sie ist wunderschön, dachte er und erwiderte ihren fast eisigen Blick. Sie hatte langes blondes Haar mit braunen Strähnen, grüne Augen und leicht hervorstehende Wangenknochen, was ihrem Gesicht einen außergewöhnlichen Ausdruck verlieh.

»Von was für einer Chance sprichst du? Was war denn schon groß zwischen uns? Wir haben uns getroffen, uns unterhalten und weiter? Na? Es war nichts außer einer guten Freundschaft, die du aber gerade dabei bist kaputtzumachen. Wir passen einfach nicht zusammen, das muss dir doch inzwischen auch aufgefallen sein. Du wirst schon jemand anderen finden, jemand, der besser zu dir passt. Ich will einfach mein Leben genießen und …« Sie biss sich auf die Lippe und schaute zu Boden.

»Und was?«

»Nichts. Ich muss jetzt wirklich rüber …«

»Stopp«, sagte er und fasste sie am Arm.

»Lass mich los, bitte!«, fuhr sie ihn an, wobei ihre grünen Augen einen grauen Stich bekamen und dadurch noch eisiger funkelten.

»Okay, okay. Trotzdem würde mich interessieren, was du noch sagen wolltest. Komm, ich kann's vertragen, ich bin nicht so ein Weichei, wie du und die andern vielleicht denken.«

Sie sah ihn einen Moment lang an, kaute auf der Unterlippe, als müsste sie sich die nächsten Worte gut überlegen, und meinte schließlich: »Also gut, wenn du's genau wissen willst, du bist mir zu spießig und viel zu bieder. Bei dir muss alles seine Ordnung haben, du planst jeden Schritt und jede Minute im Voraus, ach, was sag ich, jede Sekunde. Alles, aber auch wirklich alles ist bei dir bis ins Detail durchgeplant. Mein Gott, guck dich doch mal im Spiegel an. Du siehst gut aus, aber du machst nichts aus dir. Du hast unzählige Pullunder im Schrank und noch mehr karierte Hemden und Cordhosen. Himmel noch mal, du bist zweiunddreißig und läufst rum wie ein Rentner, womit ich nichts gegen Rentner gesagt haben will …«

»Aber …«

»Lass mich ausreden. Du bist einfach nicht der Mann, mit dem ich den Rest meines Lebens verbringen möchte. Das mit uns würde nie gut gehen, wir sind wie Feuer und Wasser. Irgendwann würden wir uns umbringen, entweder ich dich oder du mich. Löwe und Fisch geht nun mal nicht, das hab ich dir aber schon mal gesagt. Ich will was erleben, doch das Einzige, was wir gemacht haben, war essen oder ins Kino gehen, und unsere Gespräche drehten sich entweder um Geschichte oder Politik oder um Computer. Sorry, aber das ist mir einfach zu wenig. Außerdem kenn ich mich in Geschichte nicht aus, und Politik interessiert mich herzlich wenig. Reicht das, oder muss ich noch deutlicher werden? So, jetzt ist es raus, und du lässt mich hoffentlich in Zukunft in Ruhe. Hast du mich verstanden?«

Er nickte sichtlich bedrückt.

»Dann ist's ja gut. Wir sind Arbeitskollegen, und so wird es auch bleiben. Sieh einfach ein, dass es besser so ist«, sagte sie mit plötzlich versöhnlicher Stimme und erhob sich. »Es war von uns beiden ein Fehler, aber glücklicherweise haben wir nie miteinander … Ähm, na ja, du weißt schon, was ich meine. Es hätte alles nur noch komplizierter gemacht.«

»Sicher«, entgegnete er mit belegter Stimme. »Du duftest übrigens wieder gut.«

»Ist noch von dir, die Flasche ist aber bald leer. Ciao, die Arbeit ruft.«

Er sah ihr hinterher, wie sie mit diesem unvergleichlich wiegenden Schritt den Raum verließ, runzelte die Stirn, stellte sich für einen Moment ans Fenster, die Hände in den Hosentaschen vergraben, und schaute hinaus auf das graue und jetzt noch tristere Frankfurt. Es fing leicht an zu regnen, die Tropfen perlten vom Fenster ab. Ich bin also ein Langweiler, dachte er und ballte die Fäuste. Na ja, irgendwie hast du Recht, ich sollte etwas mehr aus mir machen. Andererseits, wen kümmert's, wie ich rumlaufe? Wen? Wen, wen, wen?!

Montag, 15.50 Uhr

Mike verließ das Büro etwa eine Stunde früher als gewöhnlich, weil es nichts mehr zu tun gab und er ohnehin eine Menge Überstunden abzufeiern hatte, fuhr nach Hause, stellte sich unter die Dusche und zog sich etwas Frisches an. Nie behielt er das an, was er im Büro getragen hatte. Es war ein Ritual, das er durchführte, nicht erst seit er in Frankfurt lebte, sondern auch schon früher, wenn er von der Schule nach Hause kam. Duschen, sich umziehen und lesen oder spazieren gehen oder etwas anderes tun, etwas Vernünftiges. Nicht wie die andern sich vor den Fernseher setzen und sich berieseln lassen; das war nicht sein Ding, für ihn war es wichtig, sein Leben sinnvoll zu gestalten. Alles musste seine Ordnung haben, alles musste geregelt sein, so hatte er es schon früh für sich beschlossen.

Er dachte über das kurze Gespräch nach, das er mit seiner Freundin – denn als solche betrachtete er sie – geführt und in dem sie ihm zum wiederholten Mal zu verstehen gegeben hatte, dass es zwischen ihnen aus war, obwohl er im Sommer noch einmal Hoffnung geschöpft hatte. Doch auch diese Hoffnung war wie eine Seifenblase zerplatzt.

Er schaute in den Spiegel und fand, dass sie zumindest in einem Punkt Recht hatte – er sah gut aus, wenigstens war das sein subjektiver Eindruck, aber wenn auch sie das sagte, würde es wohl stimmen. Obgleich, sie konnte es auch nur gesagt haben, um ihn zu beruhigen und ihm nicht alle Illusionen zu rauben. Nein, er wusste es nicht.

Er steckte sein Handy in die rechte Innentasche seiner Jacke, weil er gelesen hatte, dass man ein Mobiltelefon wegen der Strahlung möglichst nicht am Herzen tragen sollte.

Eine knappe Stunde war vorüber, als er wieder ging. Im Auto legte er eine CD von The Corrs ein, der Lieblingsgruppe von Mausi, wie er sie für sich nannte, und fuhr kaum zwanzig Minuten, bis er in der Windthorststraße seinen Wagen parkte. Er stellte die Musik aus, rutschte in seinem Sitz ein wenig hinunter und beobachtete das Haus, in dem sie wohnte.

Mehr als eine Stunde verging, bis sie ihren erst wenige Tage alten silbernen 3er BMW, von dem er sich fragte, woher sie das Geld für dieses teure Auto hatte, in einer Seitenstraße direkt neben der ehemaligen US-Kaserne abstellte und sich mit zügigen Schritten auf das erst vor wenigen Jahren frisch renovierte Haus zubewegte. Sie bemerkte ihn nicht, so wie er überhaupt von niemandem bemerkt wurde, zumindest hatte er den Eindruck. Doch das hatte wohl damit zu tun, dass es kalt und dunkel war und sich kaum Menschen auf der Straße aufhielten. Er sah, wie das Licht in ihrer Wohnung im ersten Stock anging, und kurz darauf konnte er ihren Schatten einem Scherenschnitt gleich hinter dem Vorhang ausmachen. Mike hätte gerne gewusst, was sie jetzt tat. Er griff nach seinem Telefon, hielt es einen Moment in der Hand und legte es auf den Beifahrersitz. Er würde sie nicht anrufen, diese Blöße wollte er sich nicht geben. Er wollte nur wissen, ob da ein anderer Mann in ihrem Leben war oder ob sie tatsächlich nur ihre Freiheit genießen wollte.

Erst fielen nur ein paar Regentropfen auf die Windschutzscheibe, schließlich immer mehr. Er schaltete die Zündung und die Scheibenwischer ein. Zwei Jungs rannten wie aus dem Nichts aufgetaucht an ihm vorbei. Hinter den meisten Fenstern brannte Licht. Nach weiteren anderthalb Stunden, er wollte bereits wieder losfahren, sah er, wie ein ihm sehr gut bekannter und mit allen Schikanen ausgestatteter VW Phaeton W12, von denen nicht viele auf Deutschlands Straßen unterwegs waren, vor dem Haus hielt. Ihm stockte der Atem, sein Mund wurde trocken, sein Herzschlag beschleunigte sich, als der Fahrer ausstieg und auf den Eingang zulief. Ein Druck auf die Klingel, die Tür ging auf. Nach fünf Minuten kamen sie heraus, Hand in Hand, als wären sie seit Ewigkeiten zusammen. Er hatte sein Fenster heruntergelassen, um vielleicht ein paar Wortfetzen mitzubekommen, doch alles, was er hörte, war ihr Lachen, das von dem kalten Nordwind zu ihm getragen wurde. Als würde sie ihn auslachen, spöttisch, höhnisch, zynisch. Dabei wusste sie nicht einmal, dass er nur wenige Meter von ihr entfernt war und etwas sah, das er nie für möglich gehalten hätte. Am liebsten wäre er aus dem Auto gesprungen, um beide zur Rede zu stellen. Nein, viel lieber noch hätte er seine Fäuste in ihre Gesichter gehämmert, bis beide nur noch wimmernd und um Gnade winselnd vor ihm gelegen hätten. Er unterließ es, nicht wegen ihr, sondern wegen ihm, denn er war stark und mächtig.

Sie stiegen ein und fuhren los. Mike hatte seinen Motor ebenfalls gestartet und folgte ihnen. Er wollte wenigstens wissen, wo sie den Abend verbringen würden. Und er wollte wissen, warum sie sich ausgerechnet mit diesem Weiberheld eingelassen hatte, den er bis aufs Blut hasste.

Das wirst du mir büßen, dachte er, das werdet ihr mir beide büßen. Als sie Richtung Innenstadt abbogen, hielt er einen gewissen Abstand ein, obwohl er sicher war, dass sie nicht einmal im Traum daran dachten, verfolgt zu werden. Sie fuhren in das Parkhaus Alte Oper, er fuhr daran vorbei. Vielleicht besuchten sie eine Veranstaltung in dem altehrwürdigen Gebäude, vielleicht gingen sie auch nur in eines der Nobelrestaurants in der direkten Umgebung, vielleicht aber machten sie auch etwas ganz anderes, einen Schaufensterbummel in der Goethestraße, wo sich Boutique an Boutique reihte.

Er trat die Heimfahrt an. Es interessierte ihn auf einmal nicht mehr, wo sie den Abend verbrachten, er wollte nur noch nach Hause. Dieser verdammte Mistkerl war also der Grund gewesen, weshalb sie Schluss gemacht hatte. Und er hatte ihr mit Sicherheit auch den BMW gekauft, so etwas bezahlte er aus der Portokasse. Er hatte in den letzten Jahren mehrere Affären gehabt, die ihn ein halbes Vermögen gekostet hatten, aber das schien es ihm wert zu sein. Und sie gehörte zu seiner Sammlung von Frauen, die er eroberte und wieder wegwarf, wenn er ihrer überdrüssig wurde, was häufig sehr schnell geschah (manchmal dauerten seine Beziehungen auch etwas länger). Aber es gab wohl kaum eine unter ihnen, dic groß darunter litt, schließlich verhielt er sich stets großzügig und versüßte ihnen den Abschiedsschmerz mit aufwendigen Geschenken und auch Geld, das hatte Mike längst herausgefunden. Und möglicherweise würde er ihr zum Abschied, wann immer dies auch war, eine neue Wohnung kaufen, damit sie endlich aus diesem eher unansehnlichen Viertel herauskam. Er konnte es sich leisten, er konnte sich alles leisten.

In Mike waren Wut, Zorn, Ohnmacht und unsäglicher

Hass auf sie, auf ihn – und auf sich selbst. Sein Leben war aus dem Ruder gelaufen. Während dem andern alles gelang, war er nur ein Loser, einer, den keiner beachtete, der verlacht und manchmal auch wegen seiner eigenwilligen Art verspottet oder gar verhöhnt wurde. Bisher hatte er dies stets mit einer scheinbaren Gelassenheit hingenommen, hatte mitgelacht, auch wenn er merkte, wie ernst die andern es meinten.

Mike schleuderte die Jacke auf die Couch, obwohl er Unordnung verabscheute, doch ausnahmsweise kümmerte ihn das in diesem Augenblick wenig. Er fühlte nur Hass, unsäglichen und unerträglichen Hass – in seinem Kopf, in seiner Brust, in seinem Bauch.

Er holte sich eine Flasche Wein aus dem Ständer und ein Glas aus dem Schrank und schenkte sich ein. Nach zwei Gläsern lichteten sich die Nebel allmählich, auch wenn der Hass noch immer wie ein loderndes Feuer in ihm brannte und er nicht begriff, warum sie dieses perfide Spiel mit ihm spielten. Er würde es ihnen heimzahlen, irgendwie und irgendwann. Selten hatte er sich so verletzt und gedemütigt gefühlt wie vorhin, außer damals, als diese verdammte Hure Moni bei ihm war und sich über ihn lustig gemacht hatte, was er nie vergessen würde. Ein Lachen, das wie ein kaltes Messer in ihn gedrungen war. Doch das war Schnee von gestern und lag Jahre zurück, auch wenn es einen bleibenden Eindruck bei ihm hinterlassen hatte. Das hier aber war etwas anderes, das hatte eine andere, eine bösere, hinterhältigere Qualität.

Was sie wohl über ihn geredet hatten? Bestimmt nichts Gutes, bestimmt hatten sie über ihn gelacht, Witze über ihn gerissen, über seine Kleidung, sein Aussehen … Doch er würde dies ändern, er würde die Pullunder und die Cordhosen nur noch zur Arbeit anziehen und sich gleich morgen neu einkleiden. Die Schmach, die er erlitten hatte, würde er nicht auf sich sitzen lassen. Ich bin kein spießiger Rentner, ich bin ein gut aussehender junger Mann. Und bald schon werde ich wissen, ob ich auf Frauen wirke oder nicht. An einem neuen Outfit soll es jedenfalls nicht liegen.

Er hielt es kaum eine halbe Stunde in der Wohnung aus. Um kurz nach acht fuhr er wieder los, kreuz und quer durch Frankfurt. Seine Gedanken waren so klar wie lange nicht mehr, er wusste, was er an diesem Abend tun würde. Und nichts und niemand würde ihn davon abhalten. Ihr wollt es doch nicht anders, ihr verdammten Weiber wollt es doch nicht anders!

Dienstag, 15. November 2005, 20.20 Uhr

Er setzte sich vor den PC und schaltete ihn ein, wartete geduldig, bis er hochgefahren war, loggte sich in einen Chatroom ein, in dem er mindestens hundertmal in den letzten vier Monaten gewesen war, und beteiligte sich an einem Gespräch über die zunehmende Vereinsamung der Menschen. Insgesamt hielten sich siebzehn User im Chat auf, tauschten ihre Erfahrungen aus, doch kaum die Hälfte verstand es, in richtigem Deutsch zu schreiben, wie ihm überhaupt im Laufe der letzten Jahre aufgefallen war, dass es nur noch wenige gab, die ihre Muttersprache beherrschten. Es fing beim

Sprechen an, wenn vornehmlich jüngere Leute sich in einer Sprache unterhielten, die er nicht verstand. Kanakendeutsch nannte er es. Er hatte diesen Begriff aber auch schon von andern gehört. Und er hasste es, wenn ohne Punkt und Komma geschrieben wurde oder nur in Kleinbuchstaben, oder wenn Teilnehmer sich nicht an das Thema hielten, ganz gleich, worüber gerade diskutiert wurde.

Aber es gab eine Teilnehmerin, die sehr klar und deutlich schrieb, die sich von den andern abhob. Er hatte schon öfter ihre Sitzungen und Kommentare verfolgt, genau genommen seit etwas über vier Monaten. Sie hielt sich mindestens dreimal pro Woche in diesem Chatroom auf, aber da wusste er längst, wer sich hinter ihrem virtuellen Namen verbarg. Er kannte ihren richtigen Namen, er wusste, wo sie wohnte, und er hatte sie auch schon einige Male gesehen, zweimal allein und dreimal in Begleitung. Das war eine ganze Weile, bevor er ihre Bewegungen im Internet verfolgte. Sie war ihm eigentlich sympathisch, auch wenn sie Eigenschaften besaß, die er nicht so schätzte.

Bisher hatte er sich zurückgehalten, aber diesmal antwortete er auf einige ihrer Bemerkungen, und schon nach wenigen Minuten unterhielten sie sich fast nur noch mit sich selbst. Schließlich fragte er sie, ob sie Lust habe, mit ihm zu telegrafieren. Sie verließen den Chatroom und schickten sich Telegramme. Sie hieß Svenja, war neunundzwanzig Jahre alt und arbeitete als Oberstufenlehrerin für Deutsch und Geschichte an einem Gymnasium in Frankfurt, was der Wahrheit entsprach.

»Schön, ich wohne auch in Frankfurt«, schrieb er zurück, auch wenn es nicht ganz stimmte.

»Wie heißt Du, und was machst Du beruflich?«

»Thomas, und ich bin Wirtschaftsprüfer«, log er, obwohl es für ihn kaum einen langweiligeren Beruf gab außer Buchhalter.

Er log, so wie die meisten logen, wenn sie sich selbst beschrieben. Sie gaben falsche Namen an, falsche Berufe, machten sich schöner oder größer, als sie in Wirklichkeit waren und, und, und. Er kannte die Spielregeln nur zu gut, schließlich hatte er bereits mehrfach in den vergangenen Monaten Frauen übers Internet kennen gelernt und sich sogar mit zwei von ihnen getroffen. Die eine hatte ihn gleich zu sich nach Hause eingeladen, obwohl sie ihn gar nicht kannte, und sie war nicht mittelgroß und schlank, sondern klein und dick mit einem Dreifachkinn. Das Schlankste waren noch ihre Finger. Sie hatte fettiges Haar, dafür gierige Augen und eine schrille Stimme. Und in ihrer Wohnung stank es nach Rauch, und es sah aus, als hätten die Vandalen gehaust; überall Bier- und Schnapsflaschen, überquellende Aschenbecher, alles war versifft, dass er sich nur noch ekelte.

Die andere, eine Zahnärztin, hatte ihr Alter mit fünfunddreißig angegeben, dabei war sie fünfzehn Jahre älter, und sie hatte behauptet, humorvoll zu sein, doch während der zwei Stunden, die er mit ihr in einem sündhaft teuren Restaurant verbrachte, huschte zwar hin und wieder ein Lächeln über ihre schmalen Lippen, doch ihre Augen waren glanzlos, fast stumpf, was vielleicht daran lag, dass sie unsicher war. Eine einsame Frau, das hatte er schnell herausgefunden, die laut ihren Worten mit einem Arschloch von Mann zusammenlebte, der sie seit mehr als zwanzig Jahren nicht angerührt hatte, obwohl sie nicht unattraktiv für ihr Alter war, aber dennoch zu alt für ihn. Sie hatte ihm von ihren Eltern erzählt, besonders von ihrem Vater, der an Krebs erkrankt war und bei dem es nur eine Frage der Zeit sein würde, bis er starb. Sie besuchte ihn so oft wie möglich, und sie wollte bei ihm sein, wenn er die Augen für immer schloss. Sie hatte Geld, aber das hatten andere auch. Und sie gehörte ganz sicher nicht zu den Frauen, denen er auf der Straße auch nur einmal hinterhergeguckt hätte. Sie wäre ihm gar nicht aufgefallen, wenn sie an ihm vorübergegangen wäre.

Aber beide waren auf der Suche nach einem Mann, nach etwas Zärtlichkeit und nur zu schnell bereit, sich auf ein Abenteuer einzulassen. Es war ein Fehler von ihnen gewesen.

Verdammte Huren, dachte er und verzog den Mund abfällig. Unscheinbare, geile Huren. Auf eine gewisse Weise wie er, unauffällig, unspontan, ein Gesicht in der Menge, das von niemandem wahrgenommen wurde.

»Da verdienst Du bestimmt nicht schlecht, oder?«

»Ich kann nicht klagen. Und Du?«

»Ich komm über die Runden.«

»Hättest Du Lust, Dich mit mir zu treffen?«, tippte er ein. Für ein paar Sekunden tat sich nichts auf dem Bildschirm, und er fragte sich, ob er nicht zu voreilig gehandelt hatte.

»Gerne«, antwortete sie schließlich, als hätte sie erst in ihrem Terminkalender nachschauen müssen.

»Magst Du türkische Küche?«

»Hab ich noch nicht probiert.«

»Es gibt ein hervorragendes Restaurant in Sachsenhausen. Kann ich nur empfehlen.«

»Ist mir ein bisschen zu weit. Wie wäre es mit jugoslawisch? Ist allerdings in Höchst. Wäre mir lieber.«

»Okay. Wie heißt es, und wo ist es?«

»Stadt Höchst, Hostatostraße. Gar nicht zu verfehlen.«

»Morgen um acht?«

»Das passt mir, ist vor allem gleich um die Ecke.«

»Prima. Soll ich einen Tisch reservieren?«, fragte er.

»Wäre nett, ist manchmal recht voll. Wie erkenne ich Dich?«

»Ich trage eine braune Lederjacke, und auf dem Tisch liegt die FAZ. Und wie erkenne ich Dich?«

»Du weißt doch in etwa, wie ich aussehe«, schrieb sie und fügte ein Smiley hinzu.

»Ach wirklich?«, fragte er, obwohl er genau wusste, wie sie aussah.

»Ich bin ehrlich. Ich hoffe, Du auch.«

»Ehrenwort«, entgegnete er und klickte dreimal auf dasselbe Smiley. »Außerdem wirst Du es spätestens morgen merken. Ich freu mich drauf, war schon lange nicht mehr in netter Gesellschaft.«

»Bis morgen um acht. Muss leider Schluss machen, das Bett ruft. Hab zur ersten Stunde. Gute Nacht, war schön, mit Dir zu plaudern.«

»Kann ich nur zurückgeben. Gute Nacht.«

Er verließ das Internet und lehnte sich zurück, die Arme hinter dem Kopf verschränkt. Du hast nicht gelogen, dachte er. Aber warum solltest du auch? Ich bin gespannt, ob du morgen zum Treffen erscheinst. Na ja, einen Versuch war es allemal wert, und solltest du nicht erscheinen, komm ich eben zu dir. Ich liebe schöne Frauen wie dich, einsfünfundsechzig, halblange mittelbraune Haare, grünbraune Augen, schlank … Du bist schon mein Typ. Und du bist Lehrerin, das heißt, du bist nicht dumm, aber das hab ich ja gleich gemerkt. Und du hast das auch bei mir bemerkt, sonst hättest du es nicht geschrieben.

Mike schaltete den PC noch nicht aus, ging ins Bad, wusch sich die Hände und das Gesicht und besah sich noch einmal im Spiegel. Ihr werdet euch alle wundern, dachte er. Alle werdet ihr euch wundern, denn jetzt geht es erst richtig los.

Na, Svenja, freust du dich schon auf morgen? Natürlich freust du dich, es könnte sich ja eine neue Geldquelle erschließen. Tja, ich werde mich wohl oder übel bis morgen gedulden müssen. Ich werde mir einen halben Tag freinehmen, hab sowieso genug Überstunden abzufeiern, Klamotten kaufen, richtig gutes Zeug, auf jeden Fall eine braune Lederjacke.

Er wollte gerade den PC herunterfahren, als das Telefon klingelte. Er schaute zur Uhr und runzelte die Stirn – Viertel vor elf. Es kam nur höchst selten vor, dass um diese Zeit noch jemand bei ihm anrief. Die Anrufe, die er in einem Monat bekam, ließen sich ohnehin an einer Hand abzählen. Er kannte die Nummer, die auf dem Display zu sehen war, verzog den Mund und hob ab.

»Ja?«, meldete er sich leicht ungehalten, denn er hatte keine Lust auf ein Gespräch mit seinem Vater. Seit sie in Frankfurt lebten, gingen sie getrennte Wege. Zwar hatten sie noch zwei Jahre zusammengewohnt, bis sein Vater ihm ohne Vorankündigung eine Wohnung mietete und sagte, es sei an der Zeit, dass er auf eigenen Beinen stehe. Seitdem sahen sie sich nur sehr selten, ein- oder zweimal im Jahr. Hin und wieder telefonierten sie, wenn sein Vater wieder einmal meinte, es sei an der Zeit, ein paar belanglose Worte mit seinem Sohn zu wechseln. Zuletzt hatten sie sich anlässlich seines Geburtstags gesehen, den er im Juli in seiner Villa in Falkenstein in großem Stil gefeiert hatte.

»Wollte nur mal hören, wie's dir geht. Wir könnten mal wieder ein Bier oder einen Wein trinken und uns über den Vertrag unterhalten …«

»Und deswegen rufst du mitten in der Nacht an?«

»Wann sonst? Ich hab bis eben im Büro gesessen und mit Kunden in Übersee telefoniert. Verdammte Zeitverschiebung. Aber das interessiert dich bestimmt nicht. Tut mir auch leid, dass ich mich so lange nicht gemeldet habe, aber ich hatte so viel zu tun und war so oft unterwegs, es hat sich einfach nicht ergeben«, sagte er, als wollte er sich rechtfertigen. »Wie schaut's mit morgen aus?«

»Nee, geht nicht, keine Zeit. Ich hab 'ne Menge zu erledigen, und außerdem treff ich mich mit jemandem.«

»Aha. Und mit wem?«

»Nur ein alter Freund.«

»Seit wann hast du Freunde? Kleiner Scherz.«

Mike wusste, es war kein Scherz, er hatte ja auch keine Freunde.

»Und wie war dein Tag?«

»Viel, viel Arbeit. Aber von nichts kommt nichts, das weißt du doch. Also, wann sehen wir uns mal wieder?«, fragte er ungewohnt jovial.

»Keine Ahnung, ich bin in der nächsten Zeit ziemlich ausgebucht. Ich melde mich.«

»Hast du etwa wieder jemanden gefunden?«, fragte sein Vater.

»Seit wann interessiert dich das? Und wenn, dann ist das ganz allein meine Sache.«

»He, warum so ungehalten? Hab ich dir was getan?«

»Nee, ich bin nur müde.«

»Okay, dann bis die Tage. Und halt die Ohren steif.«

»Rufst du vom Auto aus an?«

»Ja, bin aber gleich zu Hause und geh ins Bett. So, da bin ich schon. Melde dich einfach.«

»Sicher.«

Er legte auf, schaltete den PC aus, warf einen langen Blick auf das riesige Bücherregal, in dem nicht ein Buch stand, das er nicht gelesen hatte, von den alten Griechen bis zu den Autoren der Neuzeit, von Geschichte bis zum Kriminalroman, wobei es ihm nie blutig genug sein konnte. Und natürlich standen dort auch viele Bücher über Mathematik, und bei manchen musste er einfach nur lachen, denn er war nach wie vor ein Genie auf diesem Gebiet und einige Verfasser dieser Bücher ihm nicht gewachsen. Ein Genie, das er jedoch nicht zur Entfaltung brachte, weil er es nicht wollte. Und doch sollte die Welt noch über ihn erfahren, über die andere Seite des Genies.

Er ging ins Schlafzimmer, nahm die Bibel vom Nachtschrank und schlug Genesis 19 auf, wo über die Vernichtung von Sodom und Gomorrha berichtet wurde. Dreimal las er das Kapitel und dachte: Genauso ist es doch heute – Sodom und Gomorrha. Jeder mit jedem, das habe ich doch heute erst wieder gesehen. Er legte die Bibel zurück, zog sich aus und ließ sich aufs Bett fallen. Minutenlang starrte er an die Decke, die Hände über dem Bauch verschränkt, und ließ den zurückliegenden Tag Revue passieren. Spielt ruhig alle euer dreckiges Spiel, ich werde euch schon noch zeigen, dass ich so was auch kann, ihr verfluchten Lügner! Er schloss die Augen und dachte an Svenja. Sie ist nett, aber das waren im Chat bisher alle. Nett und verlogen. Aber du, Svenja, spielst wenigstens mit offenen Karten, auch wenn du etwas Wesentliches verheimlichst. Auf jeden Fall wirst du morgen eine Überraschung erleben.

Er nahm die Kontaktlinsen heraus, legte sie in den kleinen Behälter mit der Reinigungsflüssigkeit, löschte das Licht und rollte sich in die Bettdecke. Nach wenigen Minuten schlief er ein.

Mittwoch, 20.00 Uhr

Er hielt sich seit zehn Minuten in dem recht gut besuchten Restaurant auf. Den Tisch hatte er noch am Vorabend für zwei Personen reserviert, in der Hoffnung, nicht einen Reinfall erleben zu müssen. Er trug eine moderne dunkelblaue Designer-Jeans, eine karamellfarbene Jacke aus feinstem Nubukleder, für die er ein halbes Vermögen hinblättern musste, ein weißes Hemd, dessen beide obersten Knöpfe offen standen, und braune Schuhe, die ebenfalls mehr gekostet hatten, als er in einer Woche verdiente. Seltsamerweise fühlte er sich wohl in diesen Sachen, auch wenn er so etwas zum ersten Mal in seinem Leben anhatte. Ein Glas Wasser stand vor ihm, die FAZ lag neben ihm auf dem Tisch, während er immer wieder zum Eingang schaute. Um zehn nach acht wurde er schon etwas nervös und dachte: Womöglich hat sie mich doch nur auf den Arm genommen und lacht sich jetzt ins Fäustchen. Aber nur fünf Minuten später kam sie herein, obwohl es für ihn mehr ein Schweben war, so leicht und beinahe schwerelos waren ihre Bewegungen. Und sie war noch hübscher als die Male zuvor, wo er sie nur aus der Ferne gesehen hatte. Keine Schönheit im klassischen Sinn, wie es sie so oft im Fernsehen gab, Schönheiten aus der Retorte, wie er sie nannte, diese aussagelosen Gesichter, die nichts Eigenes hatten, ausdruckslos und leer. Svenja hingegen hatte ein markantes Gesicht, das er unter Tausenden wiedererkannt hätte. Sie trat an seinen Tisch und sagte bezaubernd und verbindlich lächelnd: »Thomas?«

Er erhob sich, reichte ihr die Hand und antwortete mit einem leicht gekünstelten Lächeln: »Hallo. Schön, dass Sie gekommen sind. Ich hatte schon befürchtet, dass ...«

Sie duftete nach einem dem Herbst und Winter angemessenen Parfum (für ihn gab es Parfums, die eher für das Frühjahr und den Sommer geeignet waren, und solche für die dunkle Jahreszeit). Er überlegte, wo er es schon einmal gerochen hatte, kam aber nicht darauf. Es hatte etwas von Shalimar, doch es war nicht Shalimar. Vielleicht würde er Svenja später fragen.

»Ich hatte noch einen unerwarteten, aber wichtigen Termin. Tut mir leid, doch ich konnte Sie ja auch nicht anrufen, weil ... Warum siezen wir uns eigentlich? Ich meine, gestern haben wir uns geduzt und ... Also, noch mal, ich bin Svenja und du bist Thomas. Oder ist das nicht dein richtiger Name?«

»Doch, doch, schon«, antwortete er gespielt verlegen, »oder soll ich dir meinen Ausweis zeigen?«

»Nein, danke, nicht nötig«, sagte sie lachend, zog ihre Übergangsjacke aus und hängte sie über den Stuhl. Sie trug eine schwarze, fast durchsichtige Bluse, unter der sich der ebenfalls schwarze BH deutlich abzeichnete, einen schwarzen Rock, der etwa zehn Zentimeter über dem Knie endete, schwarze Strümpfe und schwarze Pumps. Sünde pur, dachte er, während er sie für einen Moment betrachtete, als sie ihre Handtasche, die eher ein Täschchen war, neben sich stellte.

»Kommst du von der Arbeit?«, fragte sie und deutete auf den schwarzen Pilotenkoffer neben ihm.

»Ja. Ich hatte schon befürchtet, ich würde es nicht schaffen, aber glücklicherweise bin ich rechtzeitig aus der Firma rausgekommen. Was möchtest du trinken?«, fragte er.

»Auch erst mal ein Wasser«, sagte sie und nahm Platz. »Wichtige Unterlagen?«

Er winkte den Kellner heran, bestellte das Wasser und antwortete: »Streng vertraulich. Es geht um eine Firma, die Insolvenz angemeldet hat. Ich muss das bis zum Wochenende durchgearbeitet haben. Wollen wir uns gleich zu essen bestellen, oder möchtest du noch einen Moment warten?«

»Eigentlich hab ich Hunger«, erwiderte sie. »Ich bin heute noch gar nicht richtig zum Essen gekommen.« Sie nahm die Karte in die Hand. Er wusste bereits, was er bestellen würde, doch er tat so, als würde er ebenfalls noch wählen, und betrachtete sie dabei fortwährend, ohne dass sie es bemerkte – zumindest glaubte er, sie würde es nicht merken. Sie hat schöne Hände, dachte er. Und das Gesicht erst! Was für eine Frau. So eine Lehrerin hätte ich auch gerne gehabt. Aber dann hätte ich bestimmt nichts mehr gelernt, sondern nur noch an sie gedacht. Oder ich hätte mich besonders angestrengt, um ihr zu imponieren. Ach was, keine Ahnung, sie sitzt mir gegenüber, das allein zählt. Und ich garantiere, es wird noch ein sehr interessanter Abend werden.

Sie legte die Karte zur Seite und sagte: »Ich nehme die fünfunddreißig und dazu ein Glas Rotwein.« Und nach einer kurzen Pause und wieder mit diesem charmanten Lächeln: »Um ganz ehrlich zu sein, ich nehme eigentlich immer die fünfunddreißig, da weiß ich wenigstens, was ich kriege.«

»Seltsam«, entgegnete er und lachte dabei wieder so gekünstelt wie schon bei der Begrüßung, »ich habe mich auch für die fünfunddreißig und Rotwein entschieden. Was für ein Zufall.«

»Das kann man wohl so sagen. Doch ich kann es wirklich nur empfehlen. Aber du warst ja noch nie hier, wenn ich dich gestern richtig verstanden habe.«

»Dafür du umso öfter. Was kannst du denn sonst so empfehlen?«

»Na ja, so oft war ich auch noch nicht hier, genau genommen das erste Mal vor drei Wochen mit einer Freundin«, sagte sie lächelnd.

»Ja, ich gehe auch hin und wieder mit einem guten Freund essen oder in eine Bar«, erwiderte er, obwohl das nicht stimmte. Er war noch nie mit einem Freund essen oder gar in einer Bar gewesen. Er hatte übcrhaupt keinen Freund, obwohl er sich oft wünschte, jemanden zu haben, mit dem er mal reden oder etwas unternehmen konnte. Aber irgendetwas war in seinem Leben schief gelaufen, denn seit er denken konnte, hatte er nie richtige Freunde gehabt. Bekannte schon, doch zu Kindergeburtstagen war er nie eingeladen worden, seine eigenen fanden im Kreis seines Vaters und der Großeltern statt, und manchmal waren auch Onkel und Tanten anwesend, aber keine Kinder. Das änderte sich auch nicht, als er älter wurde, und mit fünfzehn, nach dem Tod von Louise, hatte er aufgehört seinen Geburtstag zu feiern. Sein Vater war oft unterwegs, und der Rest seiner Verwandtschaft lebte in Düsseldorf und Neuss.

Mittlerweile machte es ihm nichts mehr aus, wenn der 15. März kam. Es war für ihn ein Tag wie jeder andere, ob zu Hause oder im Büro, wo auch nach sieben Jahren noch keiner zu wissen schien, dass einer ihrer fähigsten Mitarbeiter Geburtstag hatte. Selbst sein Vater dachte schon seit längerem nicht mehr daran. Entweder war er zu beschäftigt, oder es interessierte ihn einfach nicht, oder er hatte es schlicht aus seinem Gedächtnis gestrichen.

»Du bist also Wirtschaftsprüfer«, konstatierte Svenja, nachdem sie an ihrem Wasser genippt hatte. Sie hielt das Glas in der Hand und sah ihn über den Rand hinweg an, als wollte sie durch ihn hindurchsehen oder in ihn hinein. »Du schaust gar nicht so aus. Buchhalter und Wirtschaftsprüfer sind für mich immer steif und geistig unbeweglich – und sie tragen eine Brille«, fügte sie schmunzelnd hinzu und nahm einen weiteren Schluck.

Er lachte auf und schüttelte den Kopf. »Das ist ein gängiges Vorurteil. Ich hab keinen Schimmer, warum man bestimmte Berufe und die dazugehörigen Leute in Schubladen steckt. Aber wir leben halt in einer Welt voller Klischees. Glaub mir, durch meinen Job bekomme ich eine

Menge Einblicke in gewisse Vorgänge. Das ist schon recht interessant. Und wie ist es bei dir?«

Sie zuckte mit den Schultern. »Es geht. Ich bin zum Glück an einem Gymnasium und nicht an einer Haupt- oder Gesamtschule, wo es doch des Öfteren zu Konflikten zwischen Deutschen und Ausländern kommt. Trotzdem ist es auch an meiner Schule manchmal ein ganz schöner Knochenjob, vor allem mit den Abijahrgängen.«

Er gab die Bestellung auf. Beim Essen unterhielten sie sich noch kurz über ihre Arbeit, bis Svenja offenbar die Lust verlor, weiter darüber zu sprechen. Er schnitt das Thema Politik an, das sie aber schon nach zehn Minuten beendeten, weil es sie anscheinend nicht interessierte. Danach versuchte er es mit Geschichte, schließlich unterrichtete sie dieses Fach, doch auch hier kamen sie schnell ins Stocken. Er wurde das Gefühl nicht los, dass das, worüber auch immer sie sich unterhielten, sie langweilte. Aber er bemerkte, wie sie ihn immer wieder musterte, wie ihre Augen bisweilen spöttisch aufblitzten.

Nachdem sie ihre Teller beiseite geschoben hatten, machte sie ihre Handtasche auf, holte eine Schachtel Zigaretten und ein Feuerzeug heraus und fragte: »Macht es dir etwas aus, wenn ich rauche? Es ist eines der wenigen Laster, die ich habe.«

»Nein, warum sollte mir das was ausmachen? Jeder Mensch hat Schwächen, ich schließe mich da nicht aus. Welche Laster hast du denn noch?«, wollte er wissen.

»Frag mich lieber nach meinen Stärken«, erwiderte sie mit einem viel sagenden Lächeln.

»Und die wären?«

»Ich kann Menschen vom ersten Moment an beurteilen. Ich schaue quasi in sie hinein.« Mehr sagte sie nicht, sah ihn nur mit einem Blick an, den er sofort deuten konnte, der aber zu ihrem ganz persönlichen Spiel gehörte.

»Und was siehst du bei mir?«

»Das bleibt mein Geheimnis.«

»Was für ein Sternzeichen bist du?«, fragte er, obwohl er auch dies längst herausgefunden hatte.

»Sag bloß, du interessierst dich für Astrologie?«, fragte sie mit einem Lächeln zurück, das ihm signalisierte, dass sie ihn mochte und nicht vorhatte, den Abend einfach so verstreichen zu lassen.

»Nicht wirklich, ich habe nur in der letzten Zeit ab und zu mit einem Freund darüber diskutiert, inwieweit da was dran ist.«

»*Der* Freund?«

»Ich habe nur einen. Robert. Er ist zwar ein bisschen langweilig und ziemlich schüchtern, aber er ist auch unglaublich intelligent. Sein Problem ist, er findet keine Frau, vielleicht, weil er so anders ist. Wir sind irgendwie seelenverwandt und immer füreinander da.«

»So was find ich schön. Du kannst ihn mir bei Gelegenheit ja mal vorstellen. Was macht er denn beruflich?«

»Finanz- und Anlageberater in einem großen Unternehmen. Die arbeiten ausschließlich mit Großkunden.«

»Wie gesagt, du kannst ihn mir mal bei Gelegenheit vorstellen, wir könnten auch was zusammen unternehmen. Aber zurück zur Astrologie. Was glaubst du, welches Sternzeichen könnte zu mir passen?«

»Schwer zu sagen.« Er musterte Svenja, als wollte er sie hypnotisieren, und meinte schließlich vorsichtig: »Vielleicht Stier. Du weißt, was du willst, und du bist ziemlich energiegeladen.«

»Wie kommst du darauf?«, fragte sie, den Kopf leicht nach rechts geneigt.

»Das hab ich sofort erkannt.«

»Nicht schlecht, aber trotzdem daneben, was den Stier angeht. Noch mal.« Sie nahm einen tiefen Zug und sah ihn durch den Rauch hindurch an.

»Skorpion?«

Ihre Lippen formten sich zu einem noch charmanteren Lächeln, und sie schüttelte den Kopf. »Einen Versuch hast du noch frei.«

»Dann Zwilling.«

»Bingo, der Kandidat hat neunundneunzig Punkte. Ich bin Zwilling, Aszendent Zwilling. Wie heißt es doch so schön, im Zwilling schlummern zwei Persönlichkeiten. Aber deine Einschätzung mich betreffend war nicht schlecht. Und was bist du?«

»Jetzt bist du mit Raten dran«, entgegnete er lachend und lehnte sich zurück.

Sie sah ihn lange und forschend an und sagte schließlich: »Löwe?«

»Knapp daneben ist auch daneben. Noch mal«, entgegnete er grinsend.

»Dann kommt nur noch der Steinbock in Frage«, sagte sie, als wäre sie sich ganz sicher.

»Woher weißt du das?«, fragte er verwundert, auch wenn es wie das meiste, was er Svenja Martens erzählt hatte, nicht der Wahrheit entsprach.

»Ich sag doch, ich kann in die Menschen hineinsehen.« Sie musterte ihn lange und eindringlich und steckte sich eine weitere Zigarette an. »Erzähl mir etwas über dich«, forderte sie ihn auf. »Warum bist du nicht verheiratet? Steinböcke sollen doch angeblich recht bindungsfreudig und treu sein.«

»Dann bin ich wohl die berühmte Ausnahme, ich meine, was die Bindungsfreude angeht. Das mit der Treue trifft schon auf mich zu. Aber leider hab ich noch niemanden gefunden. Und du?«

»Ich bin gar nicht auf der Suche«, entgegnete sie lapidar. »Und hast du vor, irgendwann zu heiraten?«

»Keine Ahnung, wenn die Richtige kommt.«

»Wie muss diese Richtige denn sein?«

Er spielte mit seiner Serviette, und im Nu hatte er einen Hasen aus dem Stück Stoff gebastelt. Er hielt ihn hoch, und sie lachte. »Wie muss diese Richtige sein?«, wiederholte er ihre Frage und lehnte sich zurück. »Sie muss einfach zu mir passen. In jeder Hinsicht. Ich bin aber wahrscheinlich zu anspruchsvoll.«

»Das denk ich von mir auch immer. Doch wo findet man so jemanden, der hundertprozentig zu einem passt? Ich hab's probiert ...«

»Ich denke, du suchst nicht ...«

»So, hab ich das gesagt? Na ja, manchmal such ich schon. Und irgendwann wird's vielleicht noch klappen, und wenn nicht, dann bleib ich eben allein.« Sie schaute auf die Uhr – anderthalb Stunden waren vergangen – und meinte: »Tut mir leid, aber ich habe einen harten Tag hinter mir und bin etwas erschöpft. Ach ja, ich hab doch erwähnt, dass ich gleich um die Ecke wohne. Hast du vielleicht Lust, noch auf einen Kaffee oder ein Glas Wein mit zu mir zu kommen? Ich würde den Abend gerne mit dir zusammen ausklingen lassen. Allein.« Sie sagte es mit schmeichlerischer Stimme und einem lasziven Augenaufschlag.

Er kniff kurz die Augen zusammen und schien zu überlegen. »Ich weiß nicht so recht, aber …«

»Was aber?« Sie beugte sich nach vorn und sah ihn wieder mit diesem unwiderstehlichen Blick an. »Du hast doch bestimmt nichts mehr vor, oder?«

»Nein, das nicht …«

»Na also. Dann lass uns zahlen und gehen. Du brauchst auch keine Angst vor mir zu haben, ich beiße nicht. Nur manchmal«, fügte sie hinzu und lächelte hintergründig. Ich beiße nicht, nur manchmal – Mike fühlte sich bei diesen Worten siebzehn Jahre zurückversetzt, als diese Moni genau das zu ihm sagte.

»Ich übernehm das.« Er winkte den Kellner heran, beglich die Rechnung wenig später, half Svenja in die Jacke, nahm seinen Koffer und verließ mit ihr zusammen das Restaurant.

Um die Zeit hielten sich kaum noch Menschen in diesem ehemals schönen Stadtteil auf, der in den letzten Jahren mehr und mehr heruntergekommen war. Der Abstieg begann schleichend und wurde immer rasanter, wie ein Schneeball, der zu einer Lawine wurde. In der Königsteiner Straße, in den sechziger und siebziger Jahren eine Einkaufsmeile mit zum Teil exklusiven Geschäften und einem großen Kaufhaus, reihte sich mittlerweile Ramschladen an Ramschladen, die ganz und gar nicht dazu einluden, sie zu betreten. Das Kaufhaus hatte längst dichtgemacht, das graue Gebäude gammelte vor sich hin, und von jenen alteingesessenen Geschäften, die noch durchhielten und bis vor kurzem auf bessere Zeiten gehofft hatten, sagte man, dass auch sie nach und nach ihre Pforten schließen würden.

»Wo wohnst du?«, fragte er draußen.

Sie schürzte die Lippen und meinte: »Ach übrigens, bevor ich's vergesse, ein Abend mit mir kostet vierhundert Euro. Zwei Stunden der Extraklasse.«

»Ich versteh nicht«, erwiderte er, obgleich er sie sehr wohl verstand, und zog die Stirn in Falten.

»Was gibt's da nicht zu verstehen? Ich garantiere dir, du wirst diesen Abend nie vergessen. Das Exklusive bekommst du nicht beim Sozialamt. Wie schaut's aus? Ich kann auch allein nach Hause fahren, aber du siehst nicht aus, als würdest du dir eine gute Gelegenheit entgehen lassen.«

»Ich denke, du bist Lehrerin.«

»Bin ich auch, aber von dem mickrigen Gehalt kann man sich nicht viel leisten. Es ist deine Entscheidung.«

Er überlegte einen Moment und sagte: »Einverstanden, aber ich muss noch schnell an den Geldautomaten, so viel hab ich nicht bei mir.«

»Kein Problem, ich warte.«

Er zog das Geld, wobei er peinlich darauf achtete, sein Gesicht bedeckt zu halten, denn er wusste genau, wo bei den Automaten die Kameras angebracht waren. Er ging zurück zu Svenja und sah sie an.

»Und wohin jetzt?«

»Fahr mir einfach nach, ich wohne nicht weit von hier«, sagte sie und begab sich zu ihrem blauen BMW 325i, den sie auf der anderen Straßenseite direkt vor einem Buchclub geparkt hatte.

»Moment, mein Wagen steht dort vorne.« Er deutete auf seinen Golf in etwa hundert Meter Entfernung.

Er folgte ihr ungefähr fünf Minuten, bis sie vor Svenjas Haus in einer Wohnsiedlung in Unterliederbach hielten. Fast überall waren die Rollläden heruntergelassen oder, bei den älteren Häusern, die Fensterläden geschlossen, nur bei einigen wenigen Fenstern konnte man bis fast in die Zimmer blicken. Kein Mensch befand sich auf der Straße, es war kalt und nass und kein Abend für einen gemütlichen Spaziergang. Eben ein typischer Novemberabend. Er stellte sich etwa zwei Meter vor die Garage, in die Svenja gefahren war und die zu einem Einfamilienhaus gehörte, das sie allein bewohnte. Sie stieg aus, drückte auf die Funkfernbedienung, und sofort senkte sich das automatische Tor beinahe geräuschlos, so leise jedenfalls, dass keiner der Nachbarn es hören konnte.

»Da sind wir«, sagte sie lächelnd, nachdem er ausgestiegen war, den Koffer in der Hand, und ging vor ihm ins Haus. Er bemerkte mit geübtem Blick die nicht für jeden gleich sichtbare Kamera der Überwachungsanlage über dem Eingang und machte die Tür hinter sich zu. Ein leicht süßlicher, ihm bekannter Geruch hing in der Luft.

»Was möchtest du trinken?«, fragte sie und zog ihre Jacke aus. »Ich habe alles, was das Herz begehrt. Oder sagen wir, fast alles. Auch was Weißes, wenn du verstehst. Allerbester Stoff. Eine Line ist im Preis inbegriffen.«

»Was nimmst du?« Er sah sich im Wohnzimmer um, das modern und elegant eingerichtet war. Helle Farben bestimmten das Bild, angefangen bei der weißen Ledergarnitur bis hin zu dem riesigen Plasma-Fernseher und der Hifi-Anlage, die allein ein Vermögen wert sein musste und die er sich nie hätte leisten können. Und Svenja von ihrem Gehalt als Lehrerin mit Sicherheit auch nicht, dafür bedurfte es eines lukrativen Nebenverdienstes, eines sehr lukrativen Nebenverdienstes.

»Whisky on the rocks.«

»Okay, ich auch.«

Sie öffnete das Barfach, in dem sich zahlreiche Flaschen befanden, holte einen schottischen Whisky heraus, gab Eis in die Gläser und schenkte ein. Svenja kam auf ihn zu und reichte ihm das Glas.

»Cheers und auf einen schönen Abend. Willst du dich erst noch setzen, oder wollen wir gleich aufs Zimmer gehen?«

»Warum lange warten?«, meinte er und trank sein Glas leer.

»Du hast Recht. Leg das Geld einfach auf den Tisch«, sagte sie geschäftsmäßig und sah zu, wie er die vierhundert Euro aus der Tasche zog und in die Mitte des großen Rauchglastisches legte. Dann ging sie in den ersten Stock, öffnete eine Tür und ließ ihn an sich vorbeitreten. Sie betätigte einen Schalter, indirektes Licht verbreitete eine angenehme, beinahe gemütliche Atmosphäre. Ein riesiges Bett, eher eine Spielwiese für ausgefallene Spiele, füllte nahezu die Hälfte des Zimmers, in dem sich außerdem ein Spiegelschrank, Spiegel an der Decke, zwei Sessel und ein kleiner Tisch mit zwei Gläsern darauf befanden.

»Du hättest deinen Koffer auch unten stehen lassen können, hier kommt nichts weg.«

»Ist nur so 'ne Angewohnheit von mir.«

»Willst du zuerst ins Bad?«, fragte Svenja und deutete auf eine Tür rechts von ihnen.

»Ja, ich mach mich kurz frisch.«

»Gut. Soll ich irgendwas Besonderes anziehen? Stehst du auf Strapse oder Leder?«

»Schwarz«, antwortete er nur und ging ins Bad, machte die Tür hinter sich zu und kehrte nach fünf Minuten zurück.

Svenja hatte sich umgezogen. Sie begab sich mit aufreizend wiegendem Gang ebenfalls ins Bad. Als sie zurückkam, saß er auf dem Bett, seine Lederjacke hing über einem der Sessel.

»Was ist?«, fragte sie. »Willst du dich nicht ausziehen, oder möchtest du, dass ich das für dich übernehme?« Sie lachte, während sie sich vor ihn niederkniete, ihm über die Schenkel streichelte und langsam seinen Gürtel und anschließend den Knopf und Reißverschluss seiner Hose öffnete und ihn sanft massierte. »Na, gefall ich dir?«, fragte sie wieder lachend, ein Lachen, das ihn an etwas erinnerte und unangenehme Gefühle in ihm weckte. Er schloss die Augen und zwang sich, ganz ruhig zu bleiben.

Er war erregt, und gleichzeitig hatte er Angst. Er wusste auch, wovor, aber es war etwas, das er nicht ändern konnte, auch wenn er sich nichts sehnlicher wünschte, als mit Svenja zu schlafen, so, wie er schon mit vielen Frauen schlafen wollte. Er zwang sich zur Kontrolle über seine Gefühle, obwohl da diese Erregung war, die sich jedoch allein in seinem Kopf abspielte, denn zwischen seinen Beinen tat sich nichts, so sehr sie sich auch bemühte. Er dachte einfach an etwas völlig anderes, einen Spaziergang am Main entlang, das Beobachten des Sonnenuntergangs am Meer und viele andere Dinge.

Nach einer Viertelstunde blickte sie auf und meinte mit

sachlicher Stimme, die für ihn kühl und unpersönlich klang: »Hast du Probleme?«

»Nein, mach weiter«, forderte er sie auf.

»Es ist dein Geld«, erwiderte sie nur und versuchte erneut mit allen Mitteln der Kunst, ihn zu befriedigen. Nach weiteren zehn Minuten hatte sie es geschafft und sah verwundert auf das, was sie zwischen ihren Fingern hielt. Er nahm ihren Kopf und wollte sie küssen, doch sie wandte sich ab und lachte. »Nein, das ist nicht drin, da müsstest du schon ein bisschen mehr draufpacken. Bumsen ja, küssen nein. Verstanden? Und jetzt mach, vorausgesetzt, es geht überhaupt.« Sie hatte die letzten Worte kaum ausgesprochen, als sein Glied wieder erschlaffte.

»Na, so was, da hab ich mir nun so viel Mühe gegeben, und dann das«, sagte sie mit einem Lachen, das ihm durch Mark und Bein ging. Er schloss erneut kurz die Augen und dachte: Ich kann dieses Lachen nicht ertragen. Sie lacht mich aus, diese gottverdammte Hure lacht mich aus! Warum tust du das? Warum tut ihr alle das?

Er stand abrupt auf, während sie noch auf dem Boden kniete und ihn von unten herauf anschaute. »Das sieht wirklich witzig aus, ich meine, wie der Gummi da so hängt. Ist sowieso ein bisschen zu groß für … Komm, mach dir nichts draus, es gibt mehr Männer, die nicht wie Hengste bestückt sind. Und außerdem ist heut wahrscheinlich einfach nicht dein Tag. Wir können ja noch ein bisschen zusammensitzen und uns unterhalten. Und vielleicht klappt's ja doch noch, du hast schließlich für zwei Stunden bezahlt.«

Er entgegnete nichts darauf, zog nur seine Hose hoch und machte sie zu.

»Warum sagst du nichts?«, fragte Svenja.

»Mir ist nicht danach. Das eben ist mir noch nie passiert. Dabei bist du sehr schön.«

»Ich weiß, auch wenn sich das überheblich anhört. Und wenn ich ganz ehrlich bin, ich fühle mich ein wenig schlecht, dass ich bei dir versagt habe. Ich bin wohl nicht dein Typ, oder?«

Du lügst, dachte er, du lügst, wenn du das Maul aufmachst. Du und dich schlecht fühlen! Dass ich nicht lache. Er ließ sich seine Gedanken nicht anmerken und antwortete leise, die Hände gefaltet: »Doch, du bist mein Typ. Wie viele Freier hattest du denn heute schon?«

»Das ist keine Frage«, erwiderte sie abweisend, setzte sich aufs Bett und ließ sich gleich darauf zurückfallen. »Jetzt bist du hier, und das allein zählt. Nur du und ich. Komm, streichle mich, wo immer du willst. Und ich werde auch ganz artig sein. Aber zieh dich wieder aus. Bitte.« Ihre Stimme klang warm und samten, die rechte Hand war ausgestreckt.

Er sah sie an, und ein undefinierbares Lächeln huschte über sein Gesicht, als er sich neben sie setzte.

»Ich möchte dich küssen«, sagte er leise, was ausnahmsweise der Wahrheit entsprach.

»Nein«, war die entschiedene Antwort.

»Und warum nicht? Nur, weil ich nicht mehr zahlen kann?«

»Das ist nicht der alleinige Grund. Aber wenn du noch mehr Zeit verstreichen lässt, wird es heute überhaupt nichts mehr mit uns.«

»Leg dich auf den Bauch, ich will dich mit den Händen fühlen«, sagte er und zog seine Hose wieder aus.

»Dein Wunsch ist mir Befehl«, erwiderte sie lachend und drehte sich um, die Beine leicht gespreizt.

Er ließ seine Hände über ihre Beine mit den schwarzen Nylonstrümpfen gleiten, berührte ihren wohlgeformten Po und umfasste ihre Brüste. Sie schnurrte, als würde es ihr gefallen, aber auch das gehörte zum Geschäft, jedem Kunden vorzugaukeln, er sei der Beste. All inclusive, auch vorgespielte Gefühle.

Sie hatte die Augen geschlossen und merkte nicht, wie er aus seiner Jacke, die neben dem Bett über einem Stuhl hing, ein Paar Lederhandschuhe zog und sie neben sich legte. Seine Kiefer mahlten aufeinander, seine Augen hatten einen unnatürlichen Ausdruck. Seine Erregung steigerte sich mit einem Mal ins Unermessliche, bis er endlich so weit war, in sie einzudringen. Es dauerte nur wenige Sekunden, bis er zum Höhepunkt kam.

»Schon fertig?«, fragte sie und lachte wieder, doch diesmal war es nicht spöttisch wie vorhin im Restaurant, sondern hämisch, wie damals diese Moni. »Ich hab überhaupt nichts gespürt.«

»Das war nur der Anfang. Bleib einfach so liegen, ich bin gleich wieder bereit.«

»Oh, jetzt kommt dein kleiner Mann wohl in Fahrt, was?«

Sie hatte die Frage kaum zu Ende gebracht, als sie einen gewaltigen Schlag verspürte, der ihr fast das Genick zu brechen schien, wie sie brutal auf den Rücken geschleudert wurde und weitere Schläge ihr Gesicht trafen, doch so, dass sie nicht blutete, lediglich aus ihrer Nase kam Blut. Sie versuchte sich mit den Händen zu schützen, doch er war stärker. Sie konnte sich nicht wehren, zu sehr hatte schon der erste Schlag sie kampfunfähig gemacht. Er schlug sie in den Bauch, auf den Rücken und gegen die Brust. Es kam ihr vor, als würden alle Knochen auf einmal brechen, mit solcher Wucht krachten seine Fäuste auf sie nieder. Sie wollte schreien, doch kein Laut drang aus ihrem Mund. Sie konnte kaum atmen, nachdem ein gezielter Schlag ihre Magengrube getroffen hatte.

»Ist die Fahrt schnell genug, oder soll ich noch ein bisschen mehr Gas geben?«, fragte er kalt und erbarmungslos, während Svenja ihn angstvoll anblickte. »Weißt du, ich hasse Huren, ich habe euch verfluchte Huren immer gehasst. Du hast dir heute leider den falschen Freier ins Haus geholt, Frau Lehrerin. Und soll ich dir noch was verraten? Du wirst nie wieder einen haben, denn ich werde dein letzter Freier sein. So, du darfst jetzt etwas sagen, aber wehe, du schreist.«

»Was hast du vor?«, kam es kaum hörbar über ihre geschwollenen Lippen. Sie japste immer noch nach Luft wie eine Erstickende.

»Kannst du dir das nicht denken?«, fragte er mit einem seltsamen Lächeln.

»Willst du mich umbringen?«

»Los, hoch mit dir! Zieh deine Strümpfe aus, aber ein bisschen dalli!«

Svenja gehorchte. Sie setzte sich mühsam auf, und ihre Hände zitterten, während sie erst den rechten, dann den linken Strumpf abstreifte.

»Umdrehen! Dic Hände auf den Rücken!«

Sie folgte seinem Befehl. Er verknotete einen Strumpf um ihre Handgelenke und riss sie an den Haaren hoch, woraufhin sie kurz aufschrie.

»Halt's Maul, du verdammte Schlampe! Mund auf!«, herrschte er sie an und stopfte den anderen Strumpf zwischen ihre Zähne. Dann holte er einen Stuhl, den er vorhin im Bad gesehen hatte, und sagte: »Hinsetzen.«

Er riss einige Schubladen auf und fand weitere Strümpfe, mit denen er Svenjas Beine am Stuhl fesselte. Zum Schluss verknotete er zwei Strümpfe, legte sie um Svenja und den Stuhl herum und band sie hinten zusammen. »Dumm gelaufen, was? Weißt du«, er zog sich einen Sessel heran und setzte sich hinein, »es hätte wirklich ein richtig netter Abend werden können, aber du hast alles kaputtgemacht. Du hättest das nicht machen dürfen, ich meine, mir Sex für Geld anzubieten. Das haben schon ganz andere versucht und bitter bereut. Du bist eine Lehrerin, aber du bist auch eine verdammte Hure. Hab ich recht? Du brauchst nur zu nicken, sprechen kannst du ja nicht.«

Svenja nickte.

»Lehrerin! Schöne Lehrerin, schönes Vorbild. Aber die Lehrer von heute sind eben auch nicht mehr das, was sie mal waren. Du weißt ja selber, wie's so auf den Schulen zugeht. Schüler prügeln und bekriegen sich und die Lehrer schauen weg. Du wahrscheinlich auch. Aber was geht mich das an?! Mein Gott, wie du dein Haus eingerichtet hast, edel, edel. Mich würde viel mehr interessieren, aus welcher Schicht deine Freier so kommen. Bestimmt irgendwelche großkotzigen Herren aus Wirtschaft und Politik, bestimmt auch ein paar, die dich regelmäßig beehren und eine Menge Kohle hier lassen. Hab ich recht?«

Svenja sah ihn nur an. In ihrem Blick lag panische

Angst vor den kommenden Minuten, vielleicht sogar Stunden.

»Ah, du willst mir also nicht antworten, oder nein, du kannst ja gar nicht antworten. Auch gut. Ich kann's mir auch so denken. Um ganz ehrlich zu sein, ich weiß es sogar. Ich weiß, dass du für Geld alles, aber auch wirklich alles tust«, sagte er abfällig. »Du gehörst zu den Weibern, um die die Welt nicht trauern wird. Du bist einfach eine armselige Kreatur. Hast du schon in den Spiegel geschaut? Das ganze verdammte Zimmer ist ja ein einziger großer Spiegel. Na, gefällst du dir immer noch?«

Sie schüttelte den Kopf. Er beugte sich vor und zog den Strumpf aus ihrem Mund, woraufhin sie keuchte und hustete und ein paarmal schnell hintereinander ein- und ausatmete.

»Ganz ruhig, wird schon wieder.« Und nach einer kurzen Pause: »He, ich hab dich übrigens angelogen, ich heiße weder Thomas, noch bin ich Wirtschaftsprüfer. Und eigentlich wollte ich dich nur mal persönlich kennenlernen, du hast dich im Chat richtig nett angehört. Und wenn ich dich beobachtet habe, hast du jedes Mal einen netten Eindruck gemacht. Und irgendwie bist du auch nett, ich meine, du siehst gut aus, du hast Manieren, du bist gebildet, und du hast ein schönes Lächeln.« Er hielt inne und betrachtete Svenja, die sich mit der Zunge über die Lippen fuhr. Das Blut aus ihrer Nase war geronnen. »Aber Bildung und Anstand sind wohl zwei verschiedene Paar Schuhe. Was soll's.«

»Was willst du von mir?«, stieß sie heiser hervor, ohne zu fragen, woher er sie kannte. Sie konnte nicht mehr klar denken, alles in ihrem Kopf war wie ausgeschaltet, sie reagierte nur noch mechanisch. »Was hab ich dir getan?«

»Nichts«, erwiderte er lakonisch und streichelte über ihr Haar. »Du hast ja Schweiß auf der Stirn. Tz, tz, tz, dabei ist es doch gar nicht so heiß hier drin. Ich meine, vorhin war's mal ein ganzes Stück heißer, wenn du verstehst. Aber nein, das verstehst du natürlich nicht. Wie auch? Mein Gott, was hättest du alles aus dir machen können …«

»Warum ich?«, fiel sie ihm ins Wort. »Hör zu, das vorhin, ich meine, das, was ich gesagt habe, das war nicht so gemeint. Ich hab manchmal meine Zunge nicht im Zaum …«

»Du hast ja Angst. Und wie du Angst hast, mein lieber Mann. Und du hast es so gemeint, und du hast ja auch recht. Die Natur hat's eben nicht gut mit mir gemeint, kaum sieben Zentimeter ist wenig, sehr, sehr wenig für einen gestandenen Mann. Aber irgendwie steht er immer. Ich frag mich auch immer, warum ausgerechnet ich so gestraft wurde, obwohl ich glaube, eine Antwort gefunden zu haben, die ich dir aber nicht verraten werde.«

»Es kommt doch nicht auf die Größe an, sondern …«

Er unterbrach sie mit einer Handbewegung und lachte hart auf. »Euch Scheißweibern kommt's doch auf nichts anderes an! Bei euch fängt der Spaß doch erst ab zwanzig Zentimetern an, oder? Sei ehrlich, sei verdammt noch mal ehrlich!«

»Nein, ich bin ehrlich, ich …«

»Was nun, nein oder ja?«

»Es gibt nur ganz wenige, die einen so großen Penis haben …«

»Oh, wie gewählt.« Er lachte wieder auf. »Penis! Das Wort benutzt du doch höchstens, wenn du dich in feiner Gesellschaft befindest oder in der Schule bist. Du kannst ruhig Schwanz oder Pimmel oder was immer sagen, aber bitte tu nicht so ehrenwert. Mein Schwanz ist kaum mal ein Schwänzchen, zu kurz, zu dünn, eigentlich zu nichts zu gebrauchen außer zum Pinkeln. Ich hab schon mal mit dem Gedanken gespielt, mich umoperieren zu lassen, aber ich hab Angst vor der Operation. Soll ziemlich schmerzhaft und langwierig sein. Außerdem bin ich in meinem Herzen ein Mann, und das allein zählt für mich.«

»Du bist ein Mann ...«

»Halt's Maul und hör endlich auf, so ein blödes Zeug zu quatschen.« Er sah sie lange und durchdringend an und schüttelte den Kopf, ohne etwas zu sagen. Danach senkte er den Blick, seine Kiefer mahlten aufeinander, und immer wieder ballte er die Fäuste, was Svenja mit Unbehagen verfolgte.

»Warum ich?«, fragte sie nach dieser schier unerträglichen Stille noch einmal.

»Weil du zur falschen Zeit am falschen Ort warst. Oder nein, das stimmt nicht, du warst am richtigen Ort, denn du hast mich kennen gelernt. Außerdem kenne ich dich schon viel länger, als du glaubst. Schon bevor wir uns trafen, wusste ich, wer du bist und wo du wohnst. Nur ein paar Kleinigkeiten waren mir bis gestern noch nicht bekannt, zum Beispiel dein Beruf. Da staunst du, was? Du hättest heute Abend einfach nicht zu kommen brauchen, und ich hätte dich in Ruhe gelassen ... Na ja, vielleicht.« Er hob mahnend den Zeigefinger und fuhr fort: »Es heißt: Du sollst nicht ehebrechen ...«

»Ich bin nicht verheiratet …«

»Aber die Typen, die dich ficken, die sind doch bestimmt fast alle verheiratet. Das ist kein Unterschied. Und es heißt außerdem: Du sollst nicht Unzucht treiben. Steht alles in der Bibel. Sodom und Gomorrha sind wegen der unglaublichen Ausschweifungen seiner Bewohner von Gott ausgelöscht worden. Peng, weg waren sie …«

»Bist du etwa Gott?«, spie sie ihm mit letzter Kraft entgegen.

»Nein, das würde ich mir nie anmaßen. Ich hab das eben auch nur als Beispiel verwendet. Schau dir doch die Welt an, da ist nichts mehr zu retten. Irgendwann wird es einen großen Knall geben, und alle Schlechten werden ausgerottet …«

»Du hast recht, diese Welt ist schlecht«, stimmte sie ihm zu, in der Hoffnung, ihre Situation dadurch verbessern zu können. »Ich denke genau wie du, ehrlich. Und ich bin auch nicht so, wie du meinst, ich bin da in etwas reingerutscht, das ich nicht mehr kontrollieren kann.«

Er lächelte sie vergebend an und ließ seine Hand über ihr Gesicht, ihre Brüste und ihre Scham gleiten.

»Du denkst also genau wie ich? Du kannst doch gar nicht wissen, wie ich denke, dazu kennst du mich viel zu wenig. Genau genommen kennst du mich überhaupt nicht, doch du wirst mich noch kennen lernen. Aber bitte, erzähl mir, in was du reingerutscht bist und das du nicht mehr kontrollieren kannst. Ich habe schließlich für volle zwei Stunden bezahlt, und es ist erst eine Stunde vorüber. Wir haben also noch mehr als genug Zeit«, sagte er und drückte seine Hand so fest gegen ihre

Scham, dass Svenja wieder aufschrie. »Hast du starke Schmerzen? Wenn ja, dann tut es mir leid, ich wollte wirklich nicht so fest zuschlagen. Aber manchmal geht mein Temperament mit mir durch, wenn du verstehst.« Er machte eine kurze Pause und fuhr fort: »Natürlich verstehst du, du bist ja auch sehr temperamentvoll. Sag, tut es sehr weh?«

»Ja, es tut weh. Kannst du mich nicht wieder losmachen?«

Er schüttelte den Kopf. »Nein, nicht jetzt, später vielleicht. Sag, hast du gar keinen Freund? Oder warst du mal verheiratet? Und was ist mit Kindern?«

Svenja erholte sich allmählich, das Atmen fiel ihr zunehmend leichter. »Nein. Ich hatte einen Freund, aber der sitzt im Knast. Sieben Jahre wegen Totschlags.«

»Oh, oh, wen hat er denn totgeschlagen?«

»Einen Türken, dessen Gesicht ihm nicht gefallen hat.«

»Und mit so jemandem warst du liiert? Tz, tz, tz. Hast du nicht vorhin im Lokal gesagt, du könntest in Menschen hineinschauen? Du hast es gesagt, ich kann mich genau dran erinnern. Aber bei deinem Freund hat deine Fähigkeit dich im Stich gelassen.« Er hielt inne und machte ein gespielt nachdenkliches Gesicht. »Und bei mir irgendwie auch. Oder siehst du das anders? Wie waren noch deine Worte? Ich kann Menschen vom ersten Moment an beurteilen. Ich schaue quasi in sie hinein. Ich glaube, das war gelogen, oder du hast einfach einen schlechten Tag. Na, ich nehme an, du hast einen schlechten, einen geradezu miserablen Tag erwischt. Da passieren eben solche Fehler. Ich hab auch ab und zu solche Tage, da will einfach nichts gelingen, weil sich irgendwie alles gegen mich verschworen hat. Aber ich will dich nicht mit meiner Geschichte langweilen, erzähl mir lieber was über deinen Freund im Knast.«

»Da gibt's nicht viel zu erzählen. Er ist ein gewalttätiger Mann.«

»Warum schaust du mich dabei so an? Gewalttätig wie ich? Meinst du das damit?«

»Nein, du bist nicht gewalttätig«, antwortete Svenja so ruhig und gelassen wie möglich. »Ich glaube, du bist eher sanft. Ich hätte dich nicht mit zu mir genommen, wenn ich in deinen Augen so was wie Gewalt oder Aggression gesehen hätte. Und ich kann mich recht gut auf meine Menschenkenntnis verlassen.«

»Oh, das erklärt natürlich einiges«, sagte er und strich sich mit einer Hand übers Kinn. »Du kannst wohl schon in Menschen hineinschauen, aber ich bin wahrscheinlich, nein, nicht wahrscheinlich, sondern ganz sicher sogar ein geborener Schauspieler. Das wird's sein, ich bin … undurchschaubar. Einfach perfekt.« Er lachte auf. Es klang unwirklich in Svenjas Ohren, aber die ganze Situation war irreal und unbegreiflich. Gleich darauf wurde er wieder ernst. »Beantworte mir eine Frage. Warum bist du zur Hure geworden? Warum verkaufst du deinen schönen Körper? Und du weißt, wie schön er ist, er ist wie Alabaster. Sei's drum. Bist du nicht zufrieden mit dem Geld, das du als Lehrerin verdienst? Oder was ist es? Sag's mir.«

»Das ist nicht so einfach zu beantworten. Machst du mich los, wenn ich's dir erzähle?«

»Keine Ahnung, kommt drauf an, ob mir deine Geschichte gefällt. Andererseits, du würdest mit ziemlicher Sicherheit zu den Bullen rennen und ihnen von meiner Schandtat berichten.«

»Nein, würd ich nicht. Ganz bestimmt nicht. Überleg doch mal, ich würde doch alles verlieren. Sie würden mich von der Schule verweisen, und meine Kunden würden auch nicht mehr kommen. Nein, das setz ich nicht aufs Spiel«, sagte sie entschieden. »Ich …«

»Das war nicht gut, Svenja. Das war gar nicht gut«, unterbrach er sie mit sanfter Stimme und kopfschüttelnd. »Du würdest also weiter als Hure arbeiten …«

»Nein, so hab ich das doch gar nicht gemeint«, verbesserte sie sich rasch. »Ich würde das überhaupt nicht mehr machen, Ehrenwort. Ich schwöre dir bei allem, was mir heilig ist, ich würde nur noch als Lehrerin arbeiten. Bitte, glaub mir.«

»Okay, ich akzeptier das jetzt mal so. An welcher Schule bist du?«

»Brecht-Gymnasium. Mein Arbeitszimmer ist gegenüber vom Flur. Dort liegen alle meine Unterlagen, auch ein Stapel korrigierter Arbeiten.«

»Hm, ich werde mich davon überzeugen. Was wirst du tun, wenn ich einfach gehe?«

»Nichts, rein gar nichts. Ich werde mich waschen und ins Bett legen. Und mich für die nächsten Tage krankschreiben lassen. Mir tut alles weh.«

»Das geht vorbei, so oder so. Du wirst bald nichts mehr spüren«, sagte er leise und ohne sich eine Gefühlsregung anmerken zu lassen.

»Na hoffentlich.«

»Du hast mir noch immer nicht erzählt, warum du zur

Hure geworden bist. Du könntest längst verheiratet sein und Kinder haben.«

»Ich sag's dir, aber nur, wenn du mich losmachst.« Svenja schaute ihn bittend an.

»Ich glaube nicht, dass du in der Position bist, Forderungen zu stellen. Und diesen Blick kannst du dir auch sparen.«

»Also gut, wenn ich's richtig sehe, sind wir beide Außenseiter. Ich hab nie dazugehört, ich meine, ich war immer anders als die andern. Ich hatte nie eine Freundin, wie andere Mädchen sie haben …«

»Warum?«

»Mein Vater hat sich aus dem Staub gemacht, als ich vier war, hat meine Mutter jedenfalls erzählt. Sie hat zur Flasche gegriffen und war unzählige Male zum Entzug in der Klinik, aber es hat nichts geholfen. Sie hat sich das Hirn weggesoffen. Ich bin mehr oder weniger bei meinen Großeltern aufgewachsen, und was das heißt, kannst du dir vielleicht vorstellen. Oder auch nicht. Ich hatte jedenfalls nie eine Freundin, eine richtige, wie die meisten andern, weil meine Großeltern nicht wollten, dass fremde Kinder in ihr Haus kamen. Na ja, ich hatte keine Wahl. Ich war immer eine Außenseiterin, ob in der Schule, auf der Uni oder hier am Gymnasium.«

»Warum?«, fragte er wieder nur.

»Keine Ahnung, ich hab mich das auch oft genug gefragt. Hier am Gymnasium kenn ich den Grund. Den weiblichen Kollegen bin ich zu sexy und zu hübsch, die tun alles, um mich wieder loszuwerden, und die Kerle dort sind hinter mir her wie der Teufel hinter der armen Seele, obwohl die meisten von ihnen verheiratet sind.

Aber die haben bei mir keine Chance. Könnte ja sein, dass einer von ihnen auf die Idee kommt, in der Schule was auszuplaudern …«

»Und aus welcher Schicht kommen deine Freier dann?«, wurde sie von ihm unterbrochen.

»Aus allen.«

»Blödsinn! Du lässt dich doch nur von geilen Säcken ficken, die auch die nötige Kohle haben. Also erzähl mir nichts …«

»Okay, okay, sie haben alle Geld, aber es ist nur eine Hand voll Männer, so viel Zeit hab ich nun auch wieder nicht.«

Mike erhob sich, ging im Zimmer auf und ab, die Hände in den Hosentaschen vergraben, und schürzte die Lippen. Er nahm sämtliche Eindrücke auf, sah die vielen Spiegel, das Lotterbett, auf dem sich etwas Blut befand, den teuren, in die Wand eingelassenen Schrank mit den orientalischen Intarsien, die sich mitten durch die Spiegeltüren zogen. Er schob eine davon auf und betrat einen mittelgroßen Raum, in dem Svenja sich umziehen konnte, in dem Platz für unzählige Kleider, Hosen, Röcke, Blusen, Jacken, Mäntel und Schuhe war, aber nichts von dem fand er hier. Es war ein leerer Raum, an dessen Wänden Handschellen hingen und anderes Spielzeug, auf das perverse Typen standen, vielleicht auch Frauen. Vor allem aber bemerkte er die beiden Videokameras, die so hinter den Spiegeltüren angebracht waren, dass man sie unmöglich vom Zimmer aus sehen konnte, die jedoch mit Sicherheit alles aufzeichneten, was dort geschah. Spiegel wie bei der Polizei, wenn man eine Reihe von Männern oder Frauen aufstellte, mit Nummern vor dem Oberkörper, während vor dem Spiegel in einem andern Raum jemand stand, um einen möglichen Täter zu identifizieren, ohne selbst gesehen zu werden. Er runzelte die Stirn und ging wieder zu Svenja, die ihn ängstlich anschaute.

»Wie gut, dass ich einen Blick dort hineingeworfen habe«, bemerkte er gelassen. »Gibt's noch mehr von diesen Kameras hier im Raum oder im Haus? Und bitte, lüg mich nicht an, ich würde es so oder so rauskriegen, wenn nötig, mit Gewalt. Und ich kann verdammt ungemütlich werden und sehr, sehr grob. Aber das weißt du ja inzwischen. Eigentlich bin ich ein ganz harmloser Mensch, ich würde mich fast als Philanthrop bezeichnen. Na ja, du siehst das wahrscheinlich anders, kann ich auch verstehen. Aber noch mal, sind das die einzigen Kameras oder …«

»Ja, es sind die einzigen«, beeilte sie sich zu versichern. »Ich schwör's bei allem, was mir heilig ist.«

»Und warum hast du sie anbringen lassen? Um deine Freier erpressen zu können?«, fragte er und stellte sich vor sie, die Hände noch immer in den Hosentaschen.

»Nein, warum sollte ich das tun? Sie sind doch mein Kapital! Ganz ehrlich, ich mach die Videos nur, damit ich sie ihnen wieder vorspielen kann. Du glaubst gar nicht, wie viele darauf stehen, sich selbst zu sehen«, sagte sie mit gequältem Gesichtsausdruck. »Die geilen sich eben dran auf.«

»Und du?«

»Mir ist das egal«, antwortete sie ausweichend.

»Aber auf die Idee bist du doch ganz allein gekommen, oder?«

»Ja.«

»Wo befinden sich die Kassetten? Die von deinen Freiern.«

»Im Schrank, in den unteren Regalen. Es sind auch noch welche im Keller.«

Er schaute nach und sagte: »Sehr gut. Sind auch alle beschriftet und sogar alphabetisch geordnet.« Eine von ihnen steckte er ein. »Und wo finde ich die Leerkassetten?«

»Auch im Schrank. Es ist alles dort, auch das Abspielgerät.«

Er sah nach, fand die noch versiegelten Kassetten, nahm eine und riss die Hülle ab, die er einfach fallen ließ. Mike tauschte die bespielte Kassette aus und legte die neue ein. Er fand keinen Aufnahmeknopf und sagte: »Wie nimmt man auf?«

»Die Fernbedienung liegt im Nachtschrank.«

»Aha. Und du hast die Anlage angemacht, als ich im Bad war, stimmt's?«

»Ja.«

»Warum hast du mir nichts davon gesagt? Wolltest du mich damit überraschen? Schade, ist dir nicht gelungen. Außerdem kann ich drauf verzichten, mich im Fernsehen zu sehen. Du weißt schon, was ich meine.«

»Komm, das ist doch kein Drama«, versuchte sie ihn zu beschwichtigen, doch er ließ sie nicht weiterreden.

»Jeder kann ficken, nur ich nicht. Aber ist das nicht egal? Ich finde, es wird sowieso viel zu viel Wert auf dieses Körperliche gelegt.«

»Stimmt …«

»Oh, bitte nicht so.« Er stellte sich mit dem Rücken ans Fenster. »Sag mir lieber, warum du nicht verheiratet bist und Kinder hast?«

»Weil ich lieber allein lebe. Und Kinder, mein Gott, wer will in diese Welt schon noch Kinder setzen?! Und in diesem Land schon gar nicht. Hier geht doch alles den Bach runter. Kannst du mich nicht losmachen, mir tun die Handgelenke saumäßig weh?«, fragte sie vorsichtig.

»Können schon, aber ich will nicht. Noch nicht. Gedulde dich noch ein wenig.« Er nahm die Hände aus den Taschen und fuhr sich durchs Haar. »Seit wann machst du das, deinen Körper verkaufen?«

»Noch nicht lange«, entgegnete sie leise.

»Was heißt das? Zeit ist relativ, wie Einstein schon feststellte. Seit ein paar Wochen, ein paar Monaten, ein paar Jahren? Sei einfach ehrlich, dann bin ich auch nett.«

»Seit meinem Studium. Ich musste es mir ganz allein finanzieren, hab aber keinen Job gefunden, der sich mit meinen Studienplänen vereinbaren ließ. Also hab ich's so probiert. Am Anfang hab ich mich geekelt, aber dann hab ich mich schnell dran gewöhnt.«

»Deine Geschichte hört sich gut an, aber wieso nur werde ich das komische Gefühl nicht los, dass irgendwas daran nicht stimmt? Du hast dein Abi gemacht, du hast studiert und hast einen guten Job ...«

»Sie stimmt, du kannst sie sogar nachprüfen, wenn du möchtest«, beeilte sich Svenja schnell zu versichern. »Ich habe jahrelang Tagebuch geführt, liegt auch alles drüben in meinem Arbeitszimmer.«

»Mal sehen.« Er blickte auf die Uhr und sagte: »Noch eine halbe Stunde. Glaubst du eigentlich an Gott?«

»Kann schon sein, dass da was ist, aber ich hab mich noch nicht damit befasst. Du?«

»Schon möglich. Hast du eine Digitalkamera?«

»Warum?«

»Hast du eine oder nicht?«

»Ja.«

»Und wo ist die?«

»Drüben.«

»Und wo da genau?«

»Neben dem PC.«

Er stand auf und ging in Svenjas Arbeitszimmer, warf einen Blick auf den Schreibtisch, sah die Klassenarbeiten und den PC, der eingeschaltet war. Neben dem Bildschirm lag die Kamera. Er nahm sie aus der Hülle, sah sich noch einmal kurz um und blieb für einen Moment in der Tür stehen, um Svenja zu beobachten.

»Was willst du mit der Kamera?«, fragte sie.

»Dich fotografieren. Kleine Erinnerung für mich. Wer ist der Typ?«

»Wen meinst du?«

»Auf deinem Schreibtisch steht ein Bild von so 'nem Typ.«

»Ein ehemaliger Freund.«

»Der im Knast?«

»Nein, ein anderer, Dirk. Wir waren verlobt, er ist bei einem Unfall ums Leben gekommen.«

»Oh, das tut mir aber leid. Wann war das?«

»Vor zehn Jahren. Wir hatten gerade unser Abi in der Tasche, er hat von seinen Eltern ein Auto geschenkt bekommen und ist gleich am ersten Tag damit tödlich verunglückt.«

»Tragisch, sehr tragisch«, bemerkte er lapidar. »Würdest du ihn gern wiedersehen?«

»Nein«, antwortete sie schnell, ihr Atem ging hastig,

ihre Augen weiteten sich vor Angst, die Augäpfel bewegten sich nervös von rechts nach links, ihre Nasenflügel bebten.

»Schade. Noch zehn Minuten. Ich mach übrigens gleich ein Foto von dir. Soll ich dich noch ein wenig zurechtmachen? Ich meine, du siehst zwar immer noch hübsch aus, aber für ein gelungenes Foto doch nicht hübsch genug. Ich denke, deine Lippen könnten einen ordentlichen Strich vertragen, und gekämmt werden müsstest du auch. Ich werde das erledigen, ich habe ein ruhiges Händchen.«

Er holte aus dem Bad Handcreme, einen Lippenstift und eine Bürste, stellte sich vor Svenja und malte ihre Lippen an, wobei er ein paarmal fest aufdrückte, was ihre Schmerzen nur noch verschlimmerte, doch sie tat alles, um es sich nicht anmerken zu lassen. Nur einmal schrie sie kurz auf, als er einen besonders geschundenen Punkt traf.

»Du willst doch schön sein, oder? Und es heißt doch auch, wer schön sein will, muss leiden. O pardon«, sagte er grinsend, als er einen langen Strich über die rechte Wange machte, trat zurück und meinte: »Sieht nicht schlecht aus, wirklich nicht schlecht. Ist zwar etwas asymmetrisch, macht aber nichts, es verleiht dir sogar eine besondere Note. Und du stehst doch auf das Besondere, wenn ich mich hier so umgucke.« Er bürstete ihre Haare zurück, gab eine Hand voll Creme darauf, verrieb diese, fuhr noch einmal mit der Bürste drüber, betrachtete Svenja und nickte zufrieden. »Jetzt siehst du gut aus, richtig gut. Und übrigens, ich mag dein Parfum. Was ist das noch mal? Ich komm nicht drauf.«

»Chanel No. 5.«

»Und, wie findest du dich? Ich denke, so bist du richtig schön, perfekt schön. Schöner geht's eigentlich gar nicht mehr.«

»Findest du?«, fragte sie kehlig, nachdem er ihren Stuhl so gedreht hatte, dass sie sich im Spiegel sehen konnte und nichts als ein hässliches Gesicht erblickte, das sie kaum wiedererkannte. »Ist ein bisschen streng, oder?«

»Das kann man auslegen, wie man will. Ich stehe auf das Außergewöhnliche. Aber zu etwas anderem, die Zeit läuft uns nämlich davon. Unter welchem Namen loggst du dich ein, und wie ist dein Passwort?«

»Warum willst du das wissen? Das ist geheim.«

»Ich bitte dich«, sagte er und legte eine Hand auf seine Brust und sah sie mit Unschuldsmiene an. »Seh ich etwa so aus, als würde ich Missbrauch damit betreiben? Also?« Sie nannte es ihm, und er fragte: »Und in welchen Chatrooms hältst du dich in der Regel so auf? Nun ja, ich kenne drei, wo du dich regelmäßig rumtreibst, aber das sind doch sicher nicht alle. Lass mich raten. Du bist bestimmt in irgend so einem speziellen Forum für Seitensprünge, Partnervermittlung, Eskort-Service, Prostitution. Du weißt schon, was ich meine. Stimmt's, oder hab ich recht?«

»Ja, ist alles unter ›Favoriten‹ gespeichert.«

»Danke für die Informationen. Tja, jetzt ist die Zeit fast rum. Ich hab vierhundert Euro gezahlt und eine Menge dafür geboten bekommen. Mehr, als ich zu hoffen gewagt hatte. Und du auch, obwohl du dir den Abend sicher ganz anders vorgestellt hast. Ach übrigens, bevor ich's vergesse, ich glaube, dass die Menschheit nicht mehr lange überleben wird, die Menschen sind einfach zu schlecht geworden. Jeder denkt nur noch an sich, es heißt doch nur noch ich, ich, ich. Weißt du, mir macht das Leben auch keinen Spaß mehr, seit ich gemerkt habe, dass ich nur benutzt werde. Sie hat mir die große Liebe vorgegaukelt und steigt mit andern ins Bett. Gottverdammte Hure!«

»Wie heißt sie?«, fragte Svenja behutsam.

»Unwichtig. Ich muss gehen.« Er zog seine Jacke an, legte den Koffer direkt hinter Svenja aufs Bett, öffnete ihn und holte ein großes Etui heraus.

»Was machst du da?«, fragte sie, weil sie nur etwas hörte, aber trotz all der Spiegel nichts erkennen konnte.

»Nichts weiter«, war die Antwort, während er etwas im Ärmel seiner Jacke versteckte. Dann ging er zu Svenja und sagte mit einem maliziösen Lächeln: »Da fällt mir noch was ein. Du kennst doch einen Robert, oder?«

»Ich kenne deinen Freund nicht.«

»Hab ich gesagt, dass er mein Freund ist? Robert Wimmer. Er ist alles, aber bestimmt nicht mein Freund, ich habe nämlich gar keinen, ich bin ein Außenseiter, mit dem keiner etwas zu tun haben will. Wie ist er so im Bett? Kann er gut ficken?«

»Woher kennst du ihn?«, wollte sie wissen.

»Beantworte nur meine Frage.«

»Ich hab ihn eine Ewigkeit nicht gesehen.«

»Aber er hat dir den Weg gezeigt, ich meine, er hat dir gezeigt, wie man mit dem Körper eine Menge Geld verdienen kann. Und ich weiß zufällig auch, dass ihr euch erst vor kurzem wiedergesehen habt, ich habe sogar eine Kassette bei dir gefunden, die ich mir irgendwann ganz gemütlich ansehen werde. Ich werde sehen, wie ihr beide euch vergnügt. Du siehst, es gibt keine Zufälle, nur Fügungen.«

»Woher kennst du Robert?«, fragte sie noch einmal.

»Unwichtig, total unwichtig.«

Er beugte sich zu ihr hinunter und gab ihr einen langen Kuss auf die grell geschminkten Lippen. Noch während er sie küsste, spürte sie einen stechenden, brennenden Schmerz in ihrem Bauch. Er trat schnell einen Schritt zurück. Ihre Augen weiteten sich vor Entsetzen, Blut quoll aus der tiefen Wunde kurz unterhalb des Brustbeins und lief über ihre Schenkel und auf den Boden.

»Warum?«, kam es kaum hörbar aus ihrem Mund. Sie sah ihn an, wie er vor ihr stand, das große blutige Messer in der Hand, den Blick wie starr unverwandt auf sie gerichtet.

»Ich will, dass du mit deinem Freund Dirk wieder vereint bist. Und außerdem wärst du bestimmt zur Polizei gegangen, denn du hättest alles so gedreht, dass du weder deinen Job noch deinen Hurenberuf hättest aufgeben müssen. Tut mir leid, Liebes, aber es ist besser so. Noch was, bevor du endgültig weg bist. Der Hauptgrund ist, dass ich dein Lachen nicht ertragen kann. Du lachst wie eine Frau, die ich sehr geliebt habe und die mich verstoßen hat. Es war dein Lachen, Svenja, nur dein Lachen. Manchmal sind es Kleinigkeiten, die über Leben und Tod entscheiden.«

Svenja wollte schreien, aber sie hatte keine Kraft mehr. Sie sah ihn nur an, während er noch immer vor ihr stand und das Messer auf den Boden fallen ließ. Mit einem Mal kippte ihr Kopf nach vorn.

Er holte einen weißen Kunststoffanzug mit Kapuze aus

dem Koffer und zog ihn über. Mit der Fernbedienung schaltete er die Kameras ein, lächelte, nahm das Besteck aus dem Etui, betrachtete es für einen Moment und begann schließlich mit seiner Arbeit.

Mike hielt sich noch fast eine Stunde im Haus auf. Es gab einiges, was er zu tun hatte und das sich nicht im Vorübergehen erledigen ließ. Schließlich, nachdem er mit seiner Arbeit fertig war und zwei oder drei Minuten zufrieden auf sein Werk geblickt hatte, drehte er sich um und säuberte im Badezimmer das Skalpell, das Messer und eine Zange, bevor er alles zurück in den edlen Kasten legte.

Vor dem Gehen steckte er das Videoband und die vierhundert Euro ein und nahm das Band aus dem Aufnahmegerät der Überwachungsanlage. Er löschte das Licht, öffnete vorsichtig die Haustür und vergewisserte sich, dass er allein war. Aber wer soll bei dem Schweinewetter und um diese Uhrzeit noch draußen rumgeistern, dachte er und ging zu seinem Wagen.

Nach kaum zwanzig Minuten langte er zu Hause an, zog sich aus und stellte sich unter die Dusche. Das warme Wasser tat ihm gut. Es war deine eigene Schuld, liebste Svenja, du hättest nicht lachen dürfen. Du hättest einfach nicht so lachen dürfen. Aber ihr lacht ja alle, ihr verdammten Huren! Verdammte Weiber, verdammte Huren!

Bevor er zu Bett ging, es war weit nach Mitternacht, las er noch ein paar Zeilen in der Bibel und blätterte danach in einem Pornomagazin. Huren!, dachte er verächtlich, warf das Magazin an die gegenüberliegende Wand und schlief kurz darauf ein, während die Nachttischlampe noch brannte. Seit er ein Kind war, schlief er immer bei

Licht, denn bei Dunkelheit kamen die Geister, und bis heute hatte er Angst vor dieser Dunkelheit. Aber nur, wenn er allein war.

Donnerstag, 7.00 Uhr

Julia Durant hatte gut geschlafen, zum ersten Mal, seit sie von ihrem Urlaub auf den Seychellen zurückgekehrt war. Der Jetlag hatte ihr noch ganze drei Tage zu schaffen gemacht, obwohl es nur vier Stunden Zeitunterschied waren. Vielleicht lag es aber auch daran, dass sie sich in den zwei Wochen so unglaublich wohl gefühlt hatte, dass sie am liebsten für immer dort geblieben wäre. Na ja, nicht für immer, aber auf jeden Fall für länger. Georg Meister, mit dem sie seit nunmehr fast zwei Jahren zusammen war, hatte sie zu diesem Urlaub eingeladen, nachdem er von Februar bis April zwei Monate in den USA verbracht hatte, wo seine Exfrau, eine Amerikanerin, mit den Kindern lebte, die er jedoch so oft besuchte, wie es ihm möglich war. Sie waren seit drei Jahren geschieden, verstanden sich aber noch recht gut. Es war eine saubere Scheidung gewesen, wie er sagte. Er wohnte in einem schmucken Haus in Königstein, das er sich nach der Trennung gekauft hatte, ein viel zu großes Haus für einen alleinstehenden Mann, aber er behauptete, so viel Platz zu brauchen, um sich entfalten zu können. Nur dann könne er kreativ sein und seine Ideen auch umsetzen. Julia verstand das zwar nicht ganz, aber wenn sie bei ihm war, meist am Wochenende, fühlte sie sich wohl. Seit sie ihn kannte, hatte ihr Leben eine Wendung genommen, war die Tristesse verschwunden, die Gleichgültigkeit, die ihr Privatleben beherrscht hatte.

Doch obwohl sie schon einige Zeit befreundet waren, bestanden sie darauf, nein, bestand vornehmlich er darauf, seinen persönlichen Freiraum beizubehalten, nicht zusammenzuziehen, sondern sich einfach zu sehen, wenn ihnen danach war, wobei er bestimmte, wann diese Treffen stattfanden. Sie telefonierten zwar regelmäßig, aber sein Beruf als Intendant, den er zum Jahresende aufgeben würde, und Verfasser von Theaterstücken und nun auch einem Roman nahm ihn voll und ganz in Beschlag, und es gab Tage, an denen er sein Telefon auf stumm schaltete, um nicht gestört zu werden. Nicht einmal von ihr. Sie hatte sich daran gewöhnt und war sich bewusst, dass auch diese Beziehung womöglich nicht von Dauer war, aber sie war seit ihrer Scheidung vor einer halben Ewigkeit die beste, die sie hatte. Doch seit sie aus dem Urlaub zurückgekehrt waren, hatten sie nur einmal ganz kurz am Sonntag telefoniert, sich jedoch noch nicht gesehen. Und als sie vorgestern und gestern versuchte, ihn zu erreichen, sprangen nur der Anrufbeantworter und die Mailbox an. Sie hatte draufgesprochen, er aber hatte noch nicht zurückgerufen.

Sie waren mittlerweile zweimal gemeinsam in Urlaub gefahren, einmal im letzten Herbst an die Algarve und jetzt auf die Seychellen, ein Paradies, das zu verlassen Durant schwer gefallen war, denn sie wusste, in Frankfurt würde sie der Alltag einholen, die Suche nach Vermissten, Totschlägern, Mördern. Sie liebte ihren Beruf, doch es gab Zeiten, da sie ihn auch hasste. Wenn Verbrecher, die für den Rest ihres Lebens hinter Gittern hätten landen müssen, aufgrund angeblich verschwundener Beweismittel freigesprochen wurden, der wahre Grund aber Geld auf der einen und korrupte Beamte auf der andern Seite waren. Sie hatte Fälle bearbeitet, von denen sie sich manchmal wünschte, nie damit in Berührung gekommen zu sein, weil sie gezwungen wurde, in Abgründe zu blicken, die sie nie sehen wollte.

Doch auch dies gehörte zu ihrem Job, auch wenn sie längst die Realität des Polizeialltags erkannt hatte, nämlich dass sie als kleine Kommissarin praktisch am untersten Ende des Justizsystems stand. Sie und all ihre Kollegen, ihr Vorgesetzter und Kommissariatsleiter Berger eingeschlossen. Ging etwas schief, wurden sie verantwortlich gemacht, schnappten sie nach langer, mühevoller Kleinarbeit einen hochrangigen Gangster, passierte es nicht selten, dass ein solcher Mann auf freien Fuß gesetzt wurde, weil irgendwelche Staatsanwälte oder Richter das so beschlossen oder weil von noch höherer Stelle eine entsprechende Anweisung erteilt wurde.

Aber darüber machte sie sich an diesem Morgen keine Gedanken. Sie stand auf, ging ins Bad und kam nach einer Viertelstunde zurück, aß eine Schale Cornflakes mit Milch und trank dazu einen Kaffee und rauchte, bevor sie das Geschirr in die Spüle stellte, noch eine Zigarette.

Sie dachte an den vor ihr liegenden Tag, an die allmählich im Sande verlaufenden Ermittlungen in vier Mordfällen an Frauen, die zwischen Januar und März auf zum Teil brutale und zum Teil sadistische Weise getötet worden waren und man sich immer noch nicht sicher war, ob man es mit einem oder mehreren Tätern zu tun hatte, auch wenn sehr viele Indizien für einen Täter sprachen. Die Morde wiesen gewisse Parallelen auf, doch auch wieder gravierende Unterschiede.

Eine der Frauen, Karin Weiland, war verheiratet gewesen, hatte zwei reizende Töchter im Alter von vier und sechs Jahren und war nach einem Besuch bei einer kranken Freundin nicht mehr nach Hause gekommen. Sie hatte das Haus dieser Freundin am Abend des 10. Januar gegen zweiundzwanzig Uhr verlassen, war noch in einer Bar gesehen worden, wo sie sich laut Aussagen mehrerer Gäste etwa eine halbe Stunde aufgehalten hatte, danach verlor sich ihre Spur – bis Karin Weiland zwei Tage später von Spaziergängern in einem Wald bei Kronberg gefunden wurde. Laut Gerichtsmedizin hatte sie kurz vor ihrem Ableben Geschlechtsverkehr, wobei jedoch ein Kondom benutzt wurde. Da sie keinerlei Abwehrverletzungen aufwies, zog man in Erwägung, dass sie einen geheimen Liebhaber hatte, doch der Geschlechtsakt konnte auch mit dem Mörder durchgeführt worden sein. Eine genaue Rekonstruktion war nicht möglich. Was man definitiv wusste, war, dass ihr Mörder sie mit über dreiundzwanzig Messerstichen abgestochen und ihr einen tiefen Schnitt am Hals zugefügt hatte. Sie sei förmlich ausgeblutet, hatte Prof. Bock gesagt, der zusammen mit Andrea Sievers die Autopsie vorgenommen hatte.

Die Frage, die alle an den Ermittlungen beteiligten Beamten beschäftigte, war, warum sie in diese Bar ging, obgleich sowohl ihr Mann als auch ihre Freundin, deren Aussagen ansonsten auffallend widersprüchlich waren, steif und fest behaupteten, sie habe Bars und Kneipen gemieden wie der Teufel das Weihwasser, da sie eine fast militante Antialkoholikerin und Nichtraucherin gewesen sei, und überhaupt sei sie überaus zuverlässig gewesen. Ihr Mann hatte ein hieb- und stichfestes Alibi. Er war an dem Abend zu Hause bei seinen Töchtern und hatte, nachdem er sie zu Bett gebracht hatte, noch mit seiner Mutter telefoniert, was überprüft worden war.

Karin Weiland war zum Zeitpunkt ihres Todes neunundzwanzig Jahre alt, recht hübsch, ein Vollblutweib, wie Hellmer nach dem Betrachten einiger Fotos bemerkte, und eine liebevolle Ehefrau und Mutter. Dazu ein aktives Kirchenmitglied mit vielen Bekannten und Freunden. Ein Fall, der die Beamten vor eine fast unlösbare Aufgabe stellte, denn wen immer man auch befragte, einige sogar mehrfach, es gab keinen einzigen Hinweis, der auf einen Täter aus ihrem Bekannten- oder Freundeskreis hindeutete, denn alle Alibis waren absolut wasserdicht. Was die Beamten jedoch etwas verwirrte, war, dass sie bei ihrem Auffinden schwarze Edeldessous trug, die nicht zu dem eher biederen Bild passten, das sowohl ihr Mann als auch ihre Eltern, Freundinnen und Bekannten von ihr zeichneten. Ihr Mann behauptete, sie habe so etwas gerne getragen – für ihn. Eine Erklärung, warum sie die Dessous auch am Abend ihrer Ermordung trug, wo sie doch nur eine Freundin besuchte, hatte er nicht.

Beim zweiten Opfer lag der Fall etwas anders. Manuela Frey war vierunddreißig, geschieden, keine Kinder – und sie war eine Prostituierte. Klein, sehr schlank, fast androgyn, mit einem herben Gesicht und großen, ausdrucksstarken Augen, sofern die Fotos, die man von ihr fand, nicht täuschten. Sie arbeitete in einem Nobelbordell im

Frankfurter Ostend und wohnte nur fünf Minuten zu Fuß von ihrer Arbeitsstätte entfernt. Wie die Ermittlungen ergaben, musste sie ihrem Mörder auf diesem kurzen Weg begegnet sein. In den Morgenstunden des 8. Februar, einem Dienstag, zwischen halb vier und vier, die Temperatur betrug fünf Grad minus, die Straßen vom Bordell zu ihrer Wohnung waren wie ausgestorben. Möglicherweise handelte es sich bei dem Täter um jemanden, den sie kannte und dem sie vertraute.

Sie wurde zwei Tage nach ihrem Verschwinden in ihrer Wohnung aufgefunden, die Bauchdecke aufgeschlitzt, die Genitalien verstümmelt, das Gesicht fast bis zur Unkenntlichkeit durch Schläge und Schnitte entstellt, und auch ihr wurde die Kehle durchschnitten. Julia Durant hatte schon etliche gewaltsam zu Tode Gekommene gesehen, doch dieses Bild hatte sich ihr ganz besonders eingeprägt. Ein junger Beamter, der zusammen mit seinem Kollegen einer der ersten am Tatort war, musste sich übergeben. Durant wurde unweigerlich an die Berichte über Jack the Ripper aus dem London des ausgehenden 19. Jahrhunderts erinnert, der seinen Opfern ebenfalls den Leib aufgeschlitzt und sie teilweise ausgeweidet hatte, nur dass bei Manuela Frey keine Organe entnommen wurden. In der Wohnung wurden unzählige Fingerabdrücke sichergestellt, aber keiner von ihnen war in der Datenbank registriert.

Das dritte Opfer, Sibylle Kröger, war eine arbeitslose Enddreißigerin, die die meiste Zeit vor dem Computer verbrachte. Knapp einssechzig, etwa hundert Kilo schwer und aufgedunsen. Kettenraucherin und Alkoholikerin, wie die Durchsuchung der Wohnung und auch die Autopsie ergaben. Auch sie erstochen, aber nicht verstümmelt, obwohl der Täter genug Zeit gehabt hätte. Und auch hier kein Hinweis auf den Mörder. Sie wurde weder vor noch nach ihrem Tod missbraucht, sie schien überhaupt seit langem keinen Geschlechtsverkehr gehabt zu haben, wie Andrea Sievers lakonisch bemerkt hatte. Die Festplatte des Computers war gelöscht worden, die Experten von der Kriminaltechnik hatten vergeblich versucht, wenigstens Dateifragmente wiederherzustellen. Sie sagten, wer immer die Festplatte gelöscht habe, müsse ein Profi sein. Man zog in Betracht, dass sie ihren Mörder übers Internet kennengelernt und mit ihm auch Mails ausgetauscht hatte. Der Todeszeitpunkt wurde auf die Nacht zwischen dem 9. und 10. März festgelegt, auch wenn man ihre Leiche erst eine Woche später fand.

Die vierte Frau, Liane Heuer, eine fünfzigjährige Zahnärztin aus Schwanheim, wurde in den frühen Morgenstunden des 10. März von Arbeitern neben Mülltonnen in der Nähe der Uni-Klinik entdeckt. Der Todeszeitpunkt lag laut Obduktionsbefund zwischen Mitternacht und ein Uhr. Sie war durch mehrere Messerstiche getötet worden, anschließend erfolgte ein gezielter Schnitt durch die Halsschlagader, doch ansonsten gab es keine Übereinstimmungen mit den anderen Morden, da sie weder vergewaltigt noch verstümmelt worden war. Das löste bei einigen Kollegen die Vermutung aus, dass der Täter vielleicht bei der Tat gestört wurde und deshalb auf das übliche Ritual verzichtete, doch Durant meinte, es gebe kein festgelegtes Ritual, da alle Morde zum Teil unterschiedliche Vorgehensweisen zeigten. Und dennoch war sie überzeugt, dass es sich um einen Täter handelte.

Jede Spur, der man in den darauf folgenden Monaten

nachging, führte in eine Sackgasse. Es gab keine Verbindungen zwischen den Frauen, sie hatten sich nie gesehen, nie miteinander gesprochen. Karin Weiland wohnte im nordwestlichen Stadtteil Niederursel, Manuela Frey im Ostend, Sibylle Kröger in Bonames und Liane Heuer in Schwanheim. Niemand hatte etwas gesehen oder gehört, keine Schreie, keinen Hilferuf, nichts. Von den vier Frauen hatte lediglich Karin Weiland Geschlechtsverkehr gehabt, bei keiner der vorgenommenen Autopsien wurde Sperma gefunden. Nur bei Manuela Frey gab es mehrere Spuren von Fremd-DNA. Im Zuge der Ermittlungen wurden sämtliche Kunden des vorangegangenen Abends einem DNA-Test unterzogen, doch keiner von ihnen kam als Mörder in Frage.

Auch war die Tatwaffe nie dieselbe, es wurden unterschiedliche Messer benutzt, jedoch immer solche, die über eine sehr scharfe Klinge verfügten.

Die Presse berichtete sehr ausführlich über die Morde, ohne aber Einzelheiten zu nennen, da die Polizei bereits nach dem zweiten Mord eine Informationssperre verhängte.

Julia Durant und ihre Kollegen bearbeiteten in den folgenden Monaten die Mordfälle, ohne auch nur den geringsten Hinweis auf den oder die Mörder zu finden. Und sie fürchtete, dass die Akten, wenn nicht ein Wunder geschah, über kurz oder lang geschlossen würden, es sei denn, der oder die Täter schlugen wieder zu. Doch inzwischen waren mehr als acht Monate verstrichen, und kein neuer Mord war hinzugekommen. Es war eine Belohnung von insgesamt fünfzigtausend Euro ausgesetzt worden, die aber noch immer unangetastet im Tresor der Bank lagen.

Sie drückte ihre Zigarette aus, öffnete das Fenster, und kalte Luft strömte herein, steckte das Handy ein, das sie über Nacht aufgeladen hatte, ging noch einmal ins Bad, um sich die Hände zu waschen und etwas Parfum aufzulegen, bürstete sich das Haar und dachte: Du wirst älter, Julia, die Falten in deinem Gesicht werden allmählich tiefer.

Vor elf Tagen war sie zweiundvierzig geworden, der Urlaub ein Geburtstagsgeschenk von Georg Meister. Er hatte ihr nur gesagt, dass sie sich zwei Wochen freinehmen solle, ihr aber bis zum Eintreffen am Flughafen nicht verraten, wohin die Reise gehen würde.

Und nun hatte sie der Alltag wieder eingeholt. Immer noch lagen die Akten der vier ungelösten Mordfälle auf ihrem Tisch, und dazu kamen noch zwei vermisste Frauen, die von einer Stunde zur andern verschwunden waren. Sie hatten sich offenbar in Luft aufgelöst, denn es gab keinen Hinweis auf ihren Aufenthaltsort. Mittlerweile vermutete man, dass auch sie einem Verbrechen zum Opfer gefallen sein könnten, doch solange es keine Leiche gab, so lange würde man die Hoffnung nicht aufgeben, sie zu finden.

Julia Durant machte das Fenster wieder zu, stellte die Heizung auf Stufe drei, sah sich noch einmal um, zog ihre Jacke über, nahm die Tasche und verließ um Viertel nach acht die Wohnung.

Der Himmel war bewölkt, die Nacht recht kühl gewesen, und sie fror, als sie die etwa hundert Meter bis zu ihrem Corsa lief. Nicht mehr lange, und sie würde wieder Scheiben kratzen müssen. Auf der Fahrt hörte sie Radio, keine der Meldungen interessierte sie. Sie parkte auf dem für sie reservierten Parkplatz und ging in ihr Büro im vierten Stock.

Berger und Hellmer waren bereits da und unterhielten sich. Auf Bergers Schreibtisch lagen zusammengefaltet die *Frankfurter Rundschau* und die *Bild*-Zeitung. Sie begrüßten sich, Julia Durant stellte ihre Tasche neben ihren Schreibtisch und hängte die Jacke über den Stuhl. Sie schaltete den PC an und ging zu Berger und Hellmer.

»Alles ruhig?«, fragte sie.

»Bis jetzt schon«, antwortete Berger schmunzelnd. »Geht es Ihnen heute besser?«

»Mir ging's nicht schlecht, ich musste mich nur wieder eingewöhnen. Vom Paradies in die Metropole Frankfurt ist eben nicht ganz einfach. Irgendwann wandere ich aus«, sagte sie lächelnd und verschwand wieder in ihrem Büro. Sie klickte mit der Maus auf den Postkasten, sechs neue Mails. Sie las eine nach der andern, bei der letzten stutzte sie und kniff die Augen zusammen. Dort stand:

> *»Liebe Frau Durant,*
> *anbei ein nettes kleines Bild, das Sie bestimmt erfreuen wird. Viel Spaß noch.*
> *PS: Es ist nicht der Anfang und auch nicht das Ende.«*

Sie öffnete den Anhang und hatte das Gefühl, alles würde sich in ihr zusammenziehen. Ihr stockte der Atem, als sie das Bild auf dem Monitor sah.

»Frank!«, rief sie mit lauter Stimme nach drüben. »Frank, komm schnell her, das musst du dir anschauen!«

»Gleich.«

»Nein, sofort!«

Hellmer kam angerannt und stellte sich vor ihren Schreibtisch. »Was gibt's denn?«

»Hierher«, forderte sie ihn ungehalten auf, an ihre Seite zu kommen. Er ging um den Schreibtisch herum, sah das Foto, das den ganzen Bildschirm ausfüllte, schluckte schwer und schwieg für ein paar Sekunden, bis er sagte: »Wer hat dir das geschickt?«

»Woher soll ich das denn wissen?! Sieht das vielleicht nach einem Scherz aus? Und sollte es doch einer sein, dann kann ich nicht drüber lachen.«

»Das ist keiner«, bemerkte Hellmer und starrte wie gebannt auf den Bildschirm, auf dem eine noch recht junge Frau zu sehen war, mit Strümpfen an einen Stuhl gefesselt, in ihrem Mund ein dunkler Knebel, Blut auf ihren Oberschenkeln, das aus ihrem aufgeschlitzten Bauch geflossen war. Auf dem Bett ebenfalls Blut und etwas Undefinierbares. Es sah aus wie Fleisch, doch weder Durant noch Hellmer konnten es richtig erkennen. Hinter ihr an der Wand stand in großen roten Lettern »Huren sterben einsam«. »Ich kenne keinen, der solche Scherze macht. Wie kriegen wir raus, wer das ist?«

»Vielleicht meldet sie jemand als vermisst. Bestimmt sogar. Mein Gott, wenn ich mir vorstelle, das ist echt – was muss diese Frau gelitten haben? Und irgendwie erinnert mich das an die Frey. Frank, das ist keine Fälschung, oder?«

»Wann wurde es abgeschickt?«, sagte er, ohne die Frage zu beantworten.

»Moment, gestern dreiundzwanzig Uhr dreiundvierzig. Da ist irgendwo hier in Frankfurt eine tote Frau, und wir haben keinen Schimmer, wo. Ich frag mich, was er ihr rausgeschnitten hat. Die Gebärmutter?« Sie sah ihren Kollegen ratlos an.

Hellmer zuckte mit den Schultern. »Woher soll ich das wissen? Erstens bin ich kein Mediziner, und zweitens ist das Bild nicht scharf genug. Aber wir können eins machen, unsere Leute aus der Computerabteilung sollen das mal genauer unter die Lupe nehmen und auch schauen, ob über die IP-Adresse ihre Wohnadresse … Augenblick, wie ist der Absender?«

»SM_Ladylike … Der Anbieter muss doch wissen, wer sich dahinter verbirgt, oder?«

»Sicher. Aber erst soll sich unser Boss das mal ansehen.« Hellmer wollte schon zu Berger gehen, als er innehielt und sagte: »SM klingt wie Sadomaso. Versteh mich bitte nicht falsch, aber was, wenn sie eine Domina ist oder war?«

»Möglich.«

Hellmer holte Berger, der sich mit beiden Händen auf den Tisch stützte, sich mit der Zunge über die Lippen fuhr und sich am Kinn kratzte.

»Sieht nicht gut aus«, bemerkte er trocken, ein alter Fuchs, den kaum noch etwas erschüttern konnte. »Das ist kein getürktes Foto. Die Frage ist, warum es ausgerechnet Ihnen geschickt wurde. Haben Sie eine Erklärung?«

»Nein. Aber vielleicht wurde es ja nicht nur mir geschickt, sondern auch andern Kollegen.«

»Bei mir ist nichts«, sagte Hellmer, »ich hab vorhin schon in meinen Postkasten geschaut.«

»Bei mir auch nicht«, erklärte Berger. »Außerdem müssen wir uns fragen, woher er oder sie Ihre E-Mail-Adresse kennt.«

»Die ist ja wohl nicht schwer rauszukriegen«, entgegnete Durant und steckte sich eine Zigarette an. »Sie steht auf meinen Visitenkarten, oder jemand ruft bei einem Kollegen oder bei der Zentrale an … Wir sind kein anonymer Verein. Wer uns eine Mail schicken will, kann das jederzeit tun.« Sie griff zum Telefon und rief in der Computerabteilung an.

»Hier Durant, K 11. Könnt ihr mal jemanden hochschicken, wir haben hier was, mit dem wir nicht klarkommen … Nein, nicht in einer halben Stunde, sondern sofort. Es ist absolut dringend … Okay, in zehn Minuten, wir warten.«

Sie legte auf, nahm noch einen Zug und drückte die Zigarette aus. Kullmer und Seidel kamen herein. Sie hatten letzte Nacht mit Kollegen von der Sitte ein Haus observiert und wirkten noch etwas angeschlagen.

»Guten Morgen. Was ist denn hier los?«, fragte Kullmer und holte sich als Erstes einen Kaffee.

»Wenn ihr mal rumkommt, dann seht ihr's«, sagte Durant, ohne den Gruß zu erwidern.

»Ach du heilige Scheiße!«, entfuhr es Kullmer, während Doris Seidel nur entsetzt den Kopf schüttelte. »Bisschen makaber, was?«

»Das kannst du laut sagen«, entgegnete Hellmer. »Aber das ist allem Anschein nach keine Montage, sondern echt.«

»Wer richtet jemanden so zu?«, fragte Seidel, nachdem sie den ersten Schreck überwunden hatte. »Das muss doch ein verdammt perverses Schwein sein. Der Typ ist durchgeknallt, absolut verrückt in der Birne!« Sie konnte sich kaum beruhigen, ging zum Kaffeeautomaten und schenkte sich in ihren persönlichen Becher ein, den sie von Kullmer, mit dem sie seit nunmehr zweieinhalb Jahren zusammenlebte, bekommen hatte.

»Das werden wir noch sehen«, meinte Berger.

Es klopfte an die Tür, Durant sagte: »Herein.«

Ein Mann trat ein, dessen Gesicht Julia Durant bekannt vorkam, aber sie hatte nur sehr selten mit den Leuten aus der Computerabteilung zu tun, so dass sie seinen Namen nicht wusste. Sie schätzte ihn auf etwa dreißig Jahre. Er war knapp einsachtzig groß, ein sportlicher Typ trotz des Bäuchleins, und hatte ein freundliches, offenes Gesicht.

»Ich soll mir was anschauen«, sagte er und ging gleich um den Tisch herum und rückte seine Brille zurecht.

»Haben Sie starke Nerven, Herr …?«, fragte Durant, die den Monitor ausgeschaltet hatte und aufgestanden war.

»Nestroy, wie der berühmte Dichter. Bin in direkter Linie mit ihm verwandt«, antwortete er wie selbstverständlich. »Und starke Nerven«, er zuckte mit den Schultern, »ich hab schon so einiges auf den Tisch gekriegt, auch weniger schöne Sachen.«

»Okay, Sie dürfen ran, Herr Nestroy. Sie brauchen nur den Monitor einzuschalten. Und bitte, nehmen Sie Platz.«

Er drückte auf den Knopf, betrachtete das Foto eingehend, zog die Stirn in Falten und meinte: »Sie haben das heute erhalten?«

»Ja. Und wir wollen wissen, ob man rauskriegen kann, von wo die Mail abgeschickt wurde. Wir brauchen die Adresse.«

Nestroy zuckte erneut mit den Schultern und erwiderte:

»SM_Ladylike … Wir können's versuchen, aber eine Garantie gibt es nicht. Sollte der Absender mit einem modernen Verschlüsselungssystem arbeiten, haben wir schlechte Karten, wenn Sie verstehen.«

»Nein, aber erklären Sie's uns.«

»Ich weiß schon, was das ist«, warf Kullmer ein, der Einzige aus dem K 11, der sich mit Computern gut auskannte. »Es gibt Programme, mit denen du anonym im Internet surfen kannst. Deine IP-Adresse wird im Sekundentakt verändert, mal bist du in Indien, dann in Südafrika, USA, Deutschland und so weiter. Hab ich das richtig erklärt?«, fragte Kullmer und sah Nestroy an.

»Ungefähr. Wenn Sie einigermaßen fit am PC sind, können Sie Ihre IP-Adresse aber auch ohne ein spezielles Programm komplett ausblenden. Ich denke, wer immer Ihnen das geschickt hat, ist ziemlich schlau. Sollte er ein Programm benutzt haben, muss es ein besonders gutes sein, denn wie bei allem gibt es auch hier gute und schlechte Programme. Die wirklich guten arbeiten fast perfekt, da geht alles so schnell, dass selbst die ausgebufftesten Profis kaum eine Chance haben, den Absender einer Mail ausfindig zu machen. Hacker bedienen sich gerne solcher Programme und kultivieren sie natürlich immer weiter. Aber noch wollen wir nicht vom schlimmsten Fall ausgehen, sondern erst mal schauen. Macht es Ihnen was aus, wenn ich die Mail samt Anhang auf meinen Rechner schicke?«

»Nein, immer zu. Wann können wir mit einem Ergebnis rechnen?«

»Wenn alles klappt, in etwa einer halben Stunde. Ansonsten müssen Sie sich gedulden. Ich melde mich, sobald ich fertig bin. Ich werde im Notfall auch noch Herrn Schreck oder Frau Köster zu Rate ziehen, wenn es Ihnen recht ist. Unser Boss und zwei weitere Mitarbeiter sind leider krank, so dass wir quasi mit Notbesetzung arbeiten.«

»Natürlich. Wir warten.«

Nestroy verabschiedete sich. Durant und die andern sahen sich an. Seidel sagte: »Könnte es sein, dass da jemand wieder anfängt?«

»Hab ich auch schon gedacht«, erwiderte Durant, die sich ans Fenster stellte, die Hände auf der Fensterbank abgestützt. »Aber dann hätte er seine Vorgehensweise geändert. Die vier Opfer vom Winter sahen nicht so aus. Vor allem hat er bei den beiden, die er in ihrer Wohnung getötet hat, nicht diesen blöden Spruch dazugeschrieben.«

»Aber sie wurden erstochen, und eine von ihnen ziemlich übel zugerichtet«, warf Kullmer ein. »Genau wie die auf dem Foto. Andererseits, warum hat er fast ein Dreivierteljahr verstreichen lassen, bevor er wieder zuschlägt? Oder haben wir's mit einem Nachahmungstäter zu tun?«

»Unwahrscheinlich. Aber was bringt's uns, wenn wir jetzt Vermutungen anstellen, bevor wir nicht genau wissen, um wen es sich bei dem Opfer handelt und wie die Frau zu Tode gekommen ist?«

Hellmer kratzte sich am Kinn und meinte: »Weiß nicht, ob das nur Vermutungen sind. Fakt ist doch, die Mail wurde an deine Adresse geschickt, und das Foto sieht verdammt echt aus. Hat schon mal einer von euch was von einem Dichter namens Nestroy gehört?«

»Wie kommst du denn jetzt darauf?«, fragte Durant verständnislos, denn sie interessierte diese Frage nicht.

»Einfach so. Zeit totschlagen, bis wir eine Nachricht vom Ururenkel erhalten.«

»Nein, hab ich nicht.«

»Ein österreichischer Schauspieler und Dichter«, bemerkte Berger wie selbstverständlich. »*Der böse Geist Lumpazivagabundus* oder *Judith und Holofernes*. Sind Theaterstücke von ihm.«

Durant und Seidel verzogen anerkennend den Mund, Kullmer zuckte mit den Schultern. »Nie was von ihm gehört. Sie sollten sich mal bei *Wer wird Millionär* bewerben. Und ich sollte vielleicht doch mehr lesen oder ins Theater gehen. Sei's drum, was jetzt?«

»Warten.«

Nach einer halben Stunde klingelte das Telefon. Nestroy. »Tut mir leid, aber all unsere Mühe war umsonst. Von wo immer das gesendet wurde, derjenige hat ein Spitzenprogramm auf dem Rechner oder versteht was vom Verschlüsseln. Wir haben alles probiert, was jetzt auf die Schnelle möglich war. Doch auch mit viel Zeit glaube ich ehrlich gesagt nicht, dass wir es schaffen, die Spur zum Absender zurückzuverfolgen. Normalerweise kriegen wir so was in ein paar Minuten hin, doch hier ist nichts zu machen. Eine Möglichkeit wäre noch, die Datei ans BKA zu schicken, die Spezialisten dort arbeiten mit Hochleistungsrechnern …«

»Nein, lassen Sie's gut sein. Danke für Ihre Hilfe. Es könnte aber sein, dass wir Sie noch mal brauchen.«

»Kein Problem.«

Durant legte auf und sah in die Runde. »Also, gehen wir an die Arbeit. Als Erstes nehmen wir uns noch mal in aller Ruhe die Akten vom Winter vor und vergleichen die Fotos mit dem aktuellen. Ich möchte, dass wir bestens vorbereitet sind.«

Etwa zwei Stunden später ging bei Berger ein Anruf ein. Er machte sich während des Gesprächs Notizen, runzelte ein paarmal die Stirn, doch sonst ließ er sich keine Gefühlsregung anmerken und bedankte sich zum Schluss.

»Das war ein Herr Körber vom Brecht-Gymnasium, er ist der Direktor. Eine Lehrerin wird seit heute Morgen vermisst, eine gewisse Svenja Martens.« Er sah bedeutungsvoll in die Runde.

»Svenja Martens?«, sagte Hellmer mit zusammengekniffenen Augen. »Svenja Martens gleich SM. Wow«, stieß er beinahe ungläubig hervor. »Wo wohnt sie?«

»Lassen Sie mich erst kurz berichten, was dieser Körber mir erzählt hat. Frau Martens hätte heute mit ihrem Abiturkurs eine Deutsch-Klausur schreiben müssen, aber sie ist nicht zum Unterricht erschienen. Da sie jedoch als äußerst zuverlässig gilt und bisher noch nie gefehlt hat, hat man versucht sie telefonisch zu erreichen, doch weder übers Festnetz noch mobil ist das bis jetzt gelungen. Sie kennen das ja, Anrufbeantworter, Mailbox. Es ist auch jemand zu ihrer Adresse gefahren, aber alles, was man vorgefunden hat, waren heruntergelassene Rollläden, und auf mehrfaches Klingeln hat niemand reagiert. Mehr weiß ich bis jetzt nicht, alle relevanten Fragen können Sie nachher in der Schule stellen. Hier ist die Adresse, Frau Martens wohnt in Unterliederbach. Ich werde einen Schlüsseldienst anfordern. Das war's, an die Arbeit. Frau Durant und Herr Hellmer fahren zu der angegebenen Adresse, Herr Kullmer und Frau Seidel halten sich bereit, um notfalls gleich in die Schule zu fahren. Alles klar?«

Julia Durant und Frank Hellmer begaben sich zu ihrem Dienstwagen und machten sich auf den Weg nach Unterliederbach. Hellmer fuhr, Durant hatte die Heizung hochgestellt und blickte aus dem Seitenfenster.

»Sollte die Martens die Tote auf dem Foto sein, dann hat der Täter uns die E-Mail von ihrem Computer aus geschickt«, sagte sie, während die graue Landschaft mit den blattlosen Bäumen an ihr vorüberzog. Es hatte wieder geregnet, der letzte Sommer war kein richtiger gewesen, dafür hatte der Herbst früh eingesetzt. Und dann kam der Urlaub. Sie hatte in Wasser gebadet, wie sie es zuvor noch nie gesehen hatte, nur in Prospekten, doch die Wirklichkeit hatte all ihre Vorstellungen bei weitem übertroffen. Zwei Wochen an einem der schönsten Flecken der Erde, mit einer Flora und Fauna, die unvergleichlich waren und sie für die wenigen Tage glauben ließen, dass es doch eine schöne, friedliche Welt außerhalb von Frankfurt gab.

Und nun war sie hier und wurde schon an ihrem vierten Tag mit etwas konfrontiert, das über ihr Vorstellungsvermögen hinausging, das die Seychellen auf einmal in unendlich weite Ferne rücken ließ und ihr klarmachte, dass das richtige Leben, ihr Leben sich in Frankfurt abspielte. Hier lebte sie seit nunmehr zwölf Jahren, hier arbeitete sie, und allmählich begann sie auch in dieser Stadt Wurzeln zu schlagen. Sie hatte in Frank und Nadine Hellmer sehr gute Freunde und in Georg Meister einen Mann, der ihr das Gefühl gab, sie wirklich zu lieben. Er schickte ihr hin und wieder Blumen, ja, überhaupt geizte er nicht mit Geschenken, führte sie ab und zu aus, war hilfsbereit und zuvorkommend, auch wenn er bisweilen sehr eigenwillig war, vor allem, wenn er seine Telefone abstellte und manchmal tagelang nicht zu erreichen war. Aber er hatte es ihr erklärt und sie seine Begründung verstanden und akzeptiert. Und wenn ihr doch einmal die Decke auf den Kopf fiel, was immer noch zu häufig vorkam, dann griff sie zum Telefon, um mit ihrem Vater zu sprechen.

»Und?«

»Nichts und. Ich hab mir nur überlegt, wer eine solche Unverfrorenheit und Kaltblütigkeit besitzt, so was zu machen. Und ich frag mich noch immer, warum er mir diese Mail zukommen ließ. Warum?«

Hellmer schüttelte den Kopf und antwortete mit einer Gegenfrage: »Weil er dich kennt?«

»Alle Killer, die ich bis jetzt kennengelernt habe, sitzen ein. Mir ist das alles ein bisschen zu hoch. Ich frag mich außerdem, warum er, wenn es sich um unsern Wintermörder handelt, sich erst jetzt mit mir in Verbindung setzt.«

»Julia, du zerbrichst dir schon wieder den Kopf über Dinge, die wir wohl erst nach und nach auflösen können. Jetzt schauen wir erst mal, dass wir ins Haus kommen und ob das Foto mit der Wirklichkeit übereinstimmt. Und danach gehen wir Schritt für Schritt vor. Okay?«

»Ja, schon gut. Du kennst mich doch, wenn's bei mir anfängt zu rotieren, kann ich's nicht mehr stoppen. Sorry.« Sie zündete sich eine weitere Zigarette an, die dritte oder vierte an diesem noch jungen Tag, obwohl sie es im Urlaub geschafft hatte, ihren Konsum auf maximal fünf herunterzuschrauben. Doch sie war nervös, und wie immer in solchen Situationen war der Griff zur Zigarette fast zwanghaft.

»Du brauchst dich nicht zu entschuldigen, ich kann dich ja verstehen. Ich glaub, wenn mir jemand so was schicken würde, würde ich auch erst mal ins Grübeln geraten. Sieh's so, vielleicht ist er ein Fan von dir«, sagte er grinsend.

»Scherzkeks!«, entgegnete sie ungehalten. »Außerdem, welcher Bulle hat schon Fans? Ich kenn keinen.«

Donnerstag, 11.10 Uhr

Nach einer Viertelstunde hatten sie die angegebene Adresse im Nachtigallenweg erreicht. Obwohl es mitten am Tag war, schien die Gegend wie ausgestorben, was Durant und Hellmer sofort auffiel.

»Wie mag es wohl nachts hier aussehen?«, fragte er Durant, als sie ausgestiegen waren. »Noch toter?«

»Hör auf mit deinen Witzen, mir ist heut nicht danach.« Durant wirkte sichtlich angeschlagen. Sie hatte sich den Tag ganz anders vorgestellt, aber wie so oft war alles über den Haufen geworfen worden – mit einer Mail von einem Unbekannten, der ihr ein Foto geschickt hatte, das kaum noch Fragen offen ließ.

Sie gingen durch die Hofeinfahrt und sahen nach, ob sich die Garage öffnen ließ, vergeblich. Hellmer klingelte Sturm, nichts. Er steckte die Hände in die Jackentasche und sagte: »Hoffentlich kommt der Schlüsselmensch bald, ich hab keine Lust, mir den Arsch abzufrieren.«

Durant reagierte nicht darauf. Sie ging um das Haus herum, nicht ein Fenster ohne heruntergelassenen Rollladen. Als sie zurückkam, war der Mann vom Schlüsseldienst eingetroffen. Er stellte seinen schweren Werkzeugkoffer ab und machte sich wortlos an die Arbeit. Nach eingehender Begutachtung sagte er: »Das ist ein hypermodernes Sicherheitsschloss, absolut einbruchsicher. Dauert noch'n Augenblick, ich muss das komplett aufbohren, und das geht nicht mal so auf die Schnelle.«

»Schon gut, beeilen Sie sich trotzdem.«

Durant rauchte, Hellmer stand an das Geländer gelehnt und beobachtete die Gegend. Er holte ein Notizbuch aus seiner Jackentasche und schrieb einige Eindrücke auf, die er in den letzten Minuten gesammelt hatte, über die Umgebung, die Nachbarhäuser, die Straße und natürlich das Haus. Er war wie Durant um das Haus herumgegangen und fragte sich wiederholt, wie sich eine Lehrerin ein solches Haus leisten konnte. Nach zehn Minuten war das Schloss geknackt, die Tür ließ sich aufstoßen.

Durant und Hellmer bedankten sich bei dem Mann und verabschiedeten sich von ihm. Sie gingen hinein, fanden den Lichtschalter und zogen, nachdem sie die Tür wieder angelehnt hatten, blaue Plastikgamaschen und weiße Latexhandschuhe über, um keine Spuren zu verwischen oder eigene zu hinterlassen. Sie inspizierten zunächst das Erdgeschoss, nahmen einen süßlichen Geruch wahr und sahen sich wortlos an. Hellmer zuckte nur viel sagend mit den Schultern.

»Hast du die Kamera über der Eingangstür gesehen?«, fragte Durant, als sie in jedes Zimmer geblickt hatten.

»Sicher. Aber ich wette, wir finden kein Band. Gehen wir mal nach oben.«

Durant erwiderte nichts darauf. Sie begaben sich in den ersten Stock. Schon unten war ihr aufgefallen, dass alles in hellen, modernen Tönen eingerichtet war, von den Möbeln über den Fußboden bis zu den Wänden. Modern, gemütlich und sehr exklusiv. Zu exklusiv für eine Lehrerin, dachte sie. Aber vielleicht hat sie ja reiche Eltern. Nun, wir werden sehen.

Auch im ersten Stock ein ähnliches Bild, hell, freundlich, einladend. Hier war der süßliche Geruch noch etwas intensiver. Sie stießen die erste Tür auf, hinter der sich eine Art Bibliothek befand, nicht sehr groß, aber mit Bücherregalen, die maßgefertigt schienen und die gesamte Wandfläche einnahmen.

»Wonach riecht das hier?«, fragte Durant, obwohl sie die Antwort zu kennen meinte. Sie wollte von Hellmer nur eine Bestätigung haben.

»Gras. Oder eine Sorte Räucherstäbchen, die so ähnlich riecht. Nein, eher Gras.«

Durant war der gleichen Meinung, sagte aber nichts, atmete tief durch und ging vor Hellmer in das nächste Zimmer. Sie machte das Licht an und blieb für einen Moment wie angewurzelt stehen. Hellmer schluckte schwer bei dem Anblick, der sich ihm und Durant bot.

»Also kein Scherz«, quetschte er kaum hörbar hervor und trat vorsichtig zwei Schritte näher heran, blieb aber etwa anderthalb Meter vor Svenja Martens stehen.

»Warum macht jemand so was?«, fragte Durant kopfschüttelnd. »Welche perverse Sau macht so was und warum?«

»Frag ihn, wenn wir ihn haben«, bemerkte Hellmer lakonisch und warf einen langen Blick an die Wand, wo in großen roten Lettern »Huren sterben einsam« stand.

»Er hat ihr die Kehle durchgeschnitten und … Hm, mein Gott«, sagte Durant und schüttelte fassungslos den Kopf. »Wie bei der Frey. Okay, nicht ganz so, aber ähnlich.« Sie ging in die Hocke und betrachtete die Tote von unten. Der Kopf hing nach vorn, die Augen waren geschlossen, der lange, tiefe Schnitt zog sich von der rechten zur linken Seite oder umgekehrt, wobei die Wunde unterhalb des Kinns nicht zu erkennen war. Wo genau das Messer angesetzt worden war, würden Prof. Bock und Andrea Sievers oder einer der anderen Rechtsmediziner herausfinden. Im Mund steckte ein schwarzes Stück Stoff, der Bauch war aufgeschlitzt, auf dem Bett lag etwas Blutiges, das Durant noch nicht genau zu definieren wusste. Sie vermutete jedoch, dass es sich um ein Organ handelte, ein Organ, das der Toten entnommen worden war. Der Fußboden und ein großer Teil des Betts waren blutdurchtränkt. »Er hat sie erst auf den Stuhl gesetzt, nachdem er sie umgebracht beziehungsweise ausgeweidet hat.«

»Wie kommst du darauf?«

»Er kann sie unmöglich im Sitzen ausgeweidet haben. Er hat sie aufs Bett gelegt, sie aufgeschnitten, ein oder mehrere Organe entnommen und sie anschließend hingesetzt und festgebunden. Anders kann ich's mir nicht erklären. Außerdem ist das Bett voller Blut. Und das an der Wand wurde garantiert mit ihrem Blut geschrieben. Das ist unglaublich, ich hab so was noch nie gesehen, höchstens im Kino. Wer kommt auf solche Ideen?«

Hellmer rief im Präsidium an und forderte bei Berger das übliche Programm an, Spurensicherung, Fotograf, einen Arzt aus der Rechtsmedizin und die Männer vom Bestattungsinstitut, die die Tote ins Gerichtsmedizinische Institut bringen würden.

»Lass uns draußen warten«, sagte er, nachdem er das

Handy wieder eingesteckt hatte, »mir wird schlecht, wenn ich das hier sehe. Tut mir leid, aber mein Magen rebelliert.«

»Er hat sie mit Strümpfen gefesselt«, sagte Durant, ohne auf Hellmers Bemerkung einzugehen. »Mit ihren eigenen Strümpfen gefesselt und aufgeschlitzt wie ein Stück Vieh.«

»Jetzt komm …«

»Geh ruhig, ich kann noch nicht von hier weg.«

»Du spinnst! Findest du das toll …«

»Verschwinde einfach und warte unten auf mich. Oder sieh dich in den andern Räumen um.«

Als sie mit Svenja Martens allein war, flüsterte sie: »Wer hat dir das angetan? Wen hast du mit in dein Haus genommen? Jemanden, den du gut kanntest? Oder jemanden, dem du einfach so begegnet bist? Hat er bei dir unter einem Vorwand geklingelt oder … Augenblick …« Sie starrte auf die Schrift an der Wand und sah die Tote an. »Warum hat er dich als Hure bezeichnet? Warst du etwa eine? Aber du hast doch als Lehrerin gearbeitet und …« Durant schloss kurz die Augen. »Nein, von dem Gehalt kann man sich nicht so 'ne Luxushütte leisten. Du hast dir was nebenher verdient, stimmt's? Männer, die eine Menge dafür bezahlt haben, mit dir zu schlafen? War's so? Ich nehm's einfach mal an. Und einer von ihnen wurde dir zum Verhängnis. Aber wer? Ich weiß, du kannst mir die Antwort nicht geben, doch ich werde sie trotzdem erhalten, irgendwann. Ich hoffe nur, dass nicht noch mehr auf diese Weise sterben müssen. Glaub mir, ich wünsche niemandem einen solchen Tod, dir nicht und auch keinem andern Menschen.«

Sie erhob sich, ging auf den Flur und sah kurz in die anderen Zimmer – von Hellmer keine Spur. Er stand unten an der Haustür und rauchte. Seine Hände zitterten kaum merklich, als er die Zigarette zum Mund führte.

»Und, hast du dich allmählich beruhigt?«, fragte Durant und ließ sich von Hellmer Feuer geben.

»Nee, den Anblick werd ich niemals vergessen. Und dabei hab ich schon 'ne ganze Menge gesehen, aber das … Da draußen läuft jemand rum, der schlachtet Frauen ab.«

»Richtig, er schlachtet sie ab und weidet sie aus. Wie ein Stück Vieh. Oder wie wir es schon bei Autopsien gesehen haben. Frank, wir haben es hier mit keinem normalen Tötungsdelikt zu tun …«

»Tötungsdelikt!«, stieß Hellmer hervor und lachte bitter auf. »Das hört sich so verdammt sachlich und bürokratisch an. Na ja, so geschwollen redet man halt bei uns. Julia, das war Mord, und wenn es eine Steigerung für Mord gäbe, dann wäre auch die angebracht! Lässt dich das eigentlich völlig kalt?«

»Du hast ja recht. Und nein, es lässt mich nicht kalt, auch wenn man mir das vielleicht nicht anmerkt. Ich frage mich, ob die Martens eine Hure war.«

»Sie war Lehrerin, das weißt du doch«, entgegnete Hellmer.

»Na und? Hast du dir das Haus mal genau angeschaut? Die ganze Einrichtung, so was geht mit dem Gehalt einer Lehrerin nicht. Ich hab eben kurz mit ihr gesprochen …«

»Bitte was?«, fragte Hellmer, verständnislos den Kopf schüttelnd.

»'tschuldigung. Vergiss es einfach. Entweder hat sie

wohlhabende Eltern, oder sie hat sich was dazuverdient. Sie ist noch jung und stand gerade am Anfang ihrer Karriere als Lehrerin. Und erinnere dich, was an der Wand steht. Sie war eine, darauf wette ich. Aber wir werden's wissen, wenn wir uns in der Schule umgehört haben und ihre Vita kennen. Sind Peter und Doris schon auf dem Weg dorthin?«

»Ja. Sag mal, wenn sie eine Hure war, dann muss das doch irgendwer in der Schule spitzgekriegt haben, oder? So was kann man doch nicht ewig geheim halten.«

»Sobald wir hier fertig sind, fahren wir hin und machen uns ein Bild vom Kollegium. Ruf doch noch mal Peter an und bitte ihn, mit den Befragungen zu warten, bis wir da sind.« Nachdem Hellmer das Telefonat beendet hatte, drückte sie ihre Zigarette in einem Blumentopf aus und sagte: »Was ist deine Meinung, handelt es sich um unsern Mann vom Winter, oder haben wir's mit jemand anderem zu tun?«

Hellmer zuckte mit den Schultern. »Was glaubst du denn?«

»Der im Winter hat nie etwas an die Wand oder irgendwo anders hingeschrieben, er hat mir keine Mail geschickt und ist auch einen Tick harmloser vorgegangen.«

»Aber bei den Morden wurde auch jeweils ein Messer benutzt.«

»Richtig. Nur das hier, das hat irgendwie 'ne andere Qualität. Angenommen, es handelt sich um denselben Täter, warum wartet er acht Monate, um dann noch grausamer weiterzumachen? Was hat er in den Monaten dazwischen getrieben? Es ergibt für mich keinen Sinn. Ich meine, zwischen Januar und März vier Morde, die aller

Wahrscheinlichkeit nach von ein und demselben Täter verübt wurden. Dann mit einem Mal Funkstille. Er hat nie den Kontakt zu uns gesucht. Jetzt aber ändert er seine Strategie und kommuniziert mit uns oder besser gesagt mit mir. Oder er fängt an zu spielen. Aber warum dieser Wandel?«

»Du stellst mir Fragen, die du selber nicht beantworten kannst. Der Typ ist wahnsinnig. Vielleicht hat er in der Psychiatrie eingesessen und ist vor ein paar Tagen als geheilt entlassen worden. Hatten wir doch alles schon.«

»Wir überprüfen das. Ich glaub aber nicht an einen Wahnsinnigen ...«

»Natürlich ist so jemand wahnsinnig!«, regte sich Hellmer auf, um gleich darauf von Durant unterbrochen zu werden.

»Ja, okay, er ist wahnsinnig, aber nicht schizophren oder paranoid. Und ich kann mir auch nicht vorstellen, dass er in der Klapse war, das wär mir zu simpel. So das typische Klischee, dass jemand, der so was macht, automatisch nicht zurechnungsfähig sein soll. Zumindest der Mörder von der Martens wusste genau, was er tat. Keine geistige Verwirrung, keine Schizophrenie, keine Paranoia.«

»Ach ja?«, sagte Hellmer ironisch. »Du meinst also, der Typ ist ganz klar im Kopf und ...«

»Nein, das meine ich verdammt noch mal nicht! Er ist aber auch nicht verrückt im klinischen Sinn. Warten wir doch einfach auf den Bericht der Spurensicherung und der Rechtsmedizin, und dann schauen wir weiter.«

»Ich hab echt keinen Bock mehr auf diesen Scheiß. Irgendwann nehm ich meinen Hut und komm nicht wieder«, sagte Hellmer leise. »Weißt du eigentlich, wie schlecht mir vorhin geworden ist? Und du kniest da und unterhältst dich mit 'ner Leiche.«

Durant lächelte, legte einen Arm um ihren Kollegen und erwiderte: »Liebster Frank, ich weiß, wie sehr du deinen Beruf liebst und dass du nie gehen würdest. Und glaub mir, nach meinem Traumurlaub hätte ich mir auch was Schöneres gewünscht als diesen Fall. Aber es ist unser Job, und den werden wir erledigen. Und sollte es sich um unsern Mann handeln, dann kriegen wir ihn auch. Komm, mach nicht so ein griesgrämiges Gesicht, lächle.«

Hellmer versuchte ernst zu bleiben, was ihm jedoch nicht gelang, wenn sie ihn wie eben ansah. »Okay, okay, ich schmeiß nicht hin, und wir werden diesen gottverdammten Schlächter erwischen, so wahr ich Frank Hellmer heiße.«

»Wie geht's Marie-Therese?«, fragte Durant, ohne Hellmer anzuschauen. Sein Gesicht verdüsterte sich von einer Sekunde zur andern, und er schüttelte den Kopf.

»Was willst du genau wissen? Was die Ärzte und Therapeuten sagen oder was Nadine und ich denken?«

»Einfach nur, wie's Marie-Therese geht. Du brauchst natürlich nicht darüber zu sprechen …«

»Du solltest mal wieder vorbeischauen und mit Nadine reden, sie hat kaum jemanden, mit dem sie sich austauschen kann. Es würde ihr bestimmt sehr helfen.«

Durant nickte. »Versprochen.«

In den nächsten Minuten schwiegen sie. Durant wusste, was jetzt in Hellmer vorging. Er war seit anderthalb Jahren nicht mehr der Alte, und eigentlich war es weniger Nadine als er, der jemanden brauchen würde, mit dem er reden konnte. Doch er wollte nicht, und jedes Mal, wenn sie ihn darauf ansprach, zog er sich zurück.

Er und Nadine hatten sich so sehr auf ihr zweites Kind gefreut, die Schwangerschaft wurde förmlich zelebriert. Dann setzten die Wehen völlig unerwartet neun Wochen zu früh ein, das Baby musste mit Kaiserschnitt geholt werden, ein Winzling von vierzehnhundert Gramm, mit Händen kaum kleiner als Durants kleiner Finger.

Marie-Therese lag sechs Wochen im Inkubator, wurde künstlich beatmet und ernährt, doch nach drei Wochen sagten die Ärzte, dass sie mehrere Tests durchführen müssten, irgendetwas stimme mit Marie-Therese nicht. Ein paar Tage später kam die niederschmetternde Nachricht, dass die Kleine blind war, und wie sich nur wenig später herausstellte, auch noch taub und stumm.

Frank Hellmer war nach der endgültigen Diagnose in ein schwarzes, unendlich tiefes Loch gefallen. Er hatte mit Gott und der Welt gehadert und sich immer wieder gefragt, warum ausgerechnet seiner Familie dies zugemutet wurde. Julia Durant hatte ihn bislang nur zweimal richtig weinen sehen, Freudentränen, die er vergoss, nachdem seine ältere Tochter Stephanie geboren wurde und er strahlend von ihr berichtete, immer und immer wieder, als wäre es sein erstes Kind gewesen, obwohl er schon drei Kinder aus der ersten Ehe hatte. Das waren die sechzehnjährige Patrizia, der dreizehnjährige Daniel und die elfjährige Sophie, die er in den letzten Jahren aber kaum noch zu Gesicht bekam, weil sein eigener Vater, ein knallharter und erzkonservativer Geschäftsmann, und Hellmers Ex es hervorragend verstanden hatten, ihm die Kinder vorzuenthalten. Mittlerweile hatten sie sich so von ihm entfremdet, dass er keinen Sinn mehr darin sah, sich für sie aufzuopfern.

Damals hatte er aus Wut, Enttäuschung und Selbstmitleid geweint, wobei er hoffte, dass sich alles noch zum Guten wenden würde, aber diesmal weinte er, weil eine Welt für ihn zusammenbrach. Er wollte die Gynäkologin verklagen, die Ärzte, die in seinen Augen versagt hatten, doch Nadine behielt einen kühlen Kopf und redete es ihm aus, denn niemand konnte diese Behinderung vorhersehen. Sie hatte ihm klargemacht, dass eine Klage die Behinderung von Marie-Therese auch nicht verschwinden lassen würde. Und auf die Frage von Julia Durant, ob Nadine das ungeborene Kind abgetrieben hätte, hätte sie gewusst, dass es behindert ist, hatte sie mit der ihr eigenen Entschiedenheit den Kopf geschüttelt und gemeint, das hätte sie niemals getan, Marie-Therese sei eben eine Herausforderung, der sie sich stellen würde. Sie sei eben eine kleine Helen Keller, die es schließlich auch geschafft habe, und das unter wesentlich schwereren Bedingungen. Und als auch noch Durants Vater extra angereist kam, um mit Frank und Nadine einen ganzen Tag und Abend lang zu sprechen, hatten sie neuen Mut geschöpft und sich vorgenommen, die Aufgabe anzunehmen und sie zu bewältigen.

Dennoch, es war ein Leben, das Hellmer sich so niemals vorgestellt hatte. Behinderte Kinder bekamen andere. Er war seit seiner Heirat mit Nadine ein Glückspilz, aber nun war diese Tochter da, lebte bei ihnen zu Hause, lachte, krabbelte und entwickelte sich scheinbar normal, und doch wussten die Hellmers, dass sich mit ihrer Geburt alles verändert hatte. Aber erst die kommenden Jahre würden zeigen, inwieweit das Mädchen mit dem hübschen Namen das Leben seiner Eltern beeinflussen würde.

»Du warst ewig nicht bei uns«, bemerkte er, während er auf die Uhr schaute.

»Tut mir leid, aber … Was macht ihr heute Abend? Oder morgen?«

Hellmer lachte kehlig auf und meinte: »Was sollen wir schon machen? Wir sind natürlich zu Hause, wie immer.«

»Also gut, dann heute Abend. Einverstanden?«

»Nadine wird sich freuen.«

»Und du?«

»Ich seh dich doch fast jeden Tag«, sagte er gequält grinsend. »Na endlich, das hat aber gedauert.« Er sah die Autos mit den Männern und Frauen von der Spurensicherung und dem Fotografen vorfahren, und kurz darauf erschien Andrea Sievers von der Rechtsmedizin.

»Na, ihr beiden«, wurden Durant und Hellmer von Sievers begrüßt, »habt ihr was Schönes für mich?«

»Ich weiß nicht, was du unter schön verstehst«, entgegnete Durant, die diesmal den Humor von Andrea Sievers nicht teilen konnte, »aber das da oben entspricht nicht gerade meinem Sinn für Ästhetik.«

»O sorry, so schlimm?«

»Schlimmer.«

»Uups, wenn du das sagst, klingt es ziemlich ernst. Na dann will ich mir die Dame mal anschauen.«

Alle bis auf Hellmer gingen in den ersten Stock. Durant blieb in der Tür stehen und wartete auf die Reaktion von Andrea Sievers.

»Mein lieber Scholli, da hat aber jemand ziemlich

schlechte Laune gehabt«, sagte sie nach einer ersten Begutachtung trocken. Durant musste jetzt doch unwillkürlich auflachen, während einer der Männer von der Spurensicherung gleich wieder nach draußen rannte und in der Toilette verschwand und sich übergab. »Da hat wohl jemand einen schwachen Magen. Na ja, ist auch nicht gerade ein schöner Anblick.«

»Kannst du schon irgendwas sagen?«, fragte Durant und trat näher.

»Was meinst du?«

»Was ist das auf dem Bett?«

Sievers antwortete nach einem fachmännischen Blick: »Gebärmutter und Eierstöcke. Wie's aussieht, war da ein Fachmann am Werk.« Sie wollte bereits danach greifen, als ein unmissverständliches »Stopp« sie daran hinderte.

»Immer schön der Reihe nach. Erst die Fotos, dann dürfen Sie wieder ran«, sagte der Fotograf und bedeutete allen, das Zimmer zu verlassen. »Ist etwas verändert worden?«

»Nein«, antwortete Durant kopfschüttelnd.

»Hoffentlich«, murmelte er und schoss eine ganze Serie von Fotos und videografierte anschließend noch den Tatort, während Durant und Sievers an den Türrahmen gelehnt dastanden und ihn beobachteten. Nach fünf Minuten sagte er zu Andrea Sievers: »So, fertig, sie gehört Ihnen.«

»Vielen Dank«, erwiderte Sievers und lächelte dem Fotografen charmant zu, um sich gleich darauf der toten Svenja Martens zu widmen. »Also, die Gebärmutter und die Eierstöcke. Ein sehr sauberer Schnitt. Könnt ich kaum besser.«

»Was willst du damit sagen?«, fragte Durant mit hochgezogenen Brauen.

»Julia, wer immer das gemacht hat, muss etwas von Medizin verstehen. Ein Arzt, ein Chirurg, ein Medizinstudent frühestens ab dem sechsten oder siebten Semester …«

»Bist du sicher?« Durant sah Sievers zweifelnd an.

»Nein, bin ich nicht. Ist nur ’ne Vermutung. Es soll aber auch Laien geben, die sich durch sämtliche medizinische Literatur blättern und so lange an zum Beispiel toten Objekten rumschnippeln, bis sie den Dreh raushaben, wenn du verstehst.«

»Was meinst du mit toten Objekten?«

»Leichenschändung. Gab’s in der letzten Zeit irgendwelche diesbezüglichen Vorfälle?«

»Nicht, dass ich wüsste.«

»Könnte auch sein, dass derjenige sich künstliches Material beschafft hat, wie wir’s für die Studenten auch an der Uni haben. Möglich ist auch, dass er schon mal bei Sektionen dabei war und sehr genau aufgepasst hat.«

»Moment, bei einer Sektion darf doch nicht Hinz und Kunz zugegen sein. Das würde ja unter Umständen bedeuten, dass es einer aus unsern Reihen ist.«

»Ich weiß nicht, was du unter unsern Reihen verstehst, aber ein Rechtsmediziner war’s garantiert nicht, die kenn ich alle. Wir schnippeln so viel an Leichen rum, nee, da braucht man so was nicht auch noch. Such woanders. Könnte doch auch einer von euch sein, ihr müsst doch regelmäßig bei uns euer Wissen auffrischen. Oder seh ich das falsch? Und dass ihr Bullen durch die Bank weg Unschuldslämmer seid, das könnt ihr jedem erzählen, nur mir nicht«, sagte Andrea Sievers.

»Und was ist mit einem Metzger?«

Sievers wiegte den Kopf hin und her und antwortete nach einer Weile: »Weiß nicht, aber so einer würde mit ziemlicher Sicherheit grober vorgehen, was das Entnehmen der Organe betrifft, damit wir uns nicht missverstehen. Die ganze Sauerei hier, das sieht natürlich aus wie ein Schlachtfest, was es für den Typ wahrscheinlich auch war, aber beim Uterus, dem Ovarium und den Tuben ist er extrem gründlich und sorgfältig vorgegangen. Ich würde mal sagen, das zeugt von einem Perfektionisten. Aber lass mich erst mal die Dame etwas näher anschauen.«

»Wie lange ist sie schon tot?«

»Meine Güte, kannst du mir nicht mal wenigstens ein paar Sekunden Zeit geben?« Und nach zwei Minuten: »Schwer zu sagen, aber ich schätze irgendwann gegen Mitternacht, plus minus zwei Stunden. Sorry, ich weiß, das genügt dir nicht, mir auch nicht, aber sie ist förmlich ausgeblutet, dazu ist es hier drin sehr warm, und daher ist der Todeszeitpunkt erst nach einer eingehenderen Leichenschau zu bestimmen …«

»Ich stell vielleicht blöde Fragen«, sagte Durant und tippte sich an die Stirn. »Die Mail wurde um dreiundzwanzig Uhr dreiundvierzig verschickt und …«

»Was für eine Mail?«

»Ich habe heute eine Mail mit einem Foto von ihr bekommen.«

»Aha. Dann wurde sie Pi mal Daumen so gegen elf ermordet.«

»Wann können wir mit einem ersten Bericht rechnen?«, fragte Durant.

»Ach Julia, gib mir doch ein wenig Zeit. Ihr wollt immer alles so schnell wie möglich haben, aber ich sag dir gleich, vor morgen ist nicht. Was ich dir aber jetzt schon sagen kann, ist, dass der Schnitt durch die Kehle zu neunundneunzig Prozent die Todesursache war. Alles andere hat er danach gemacht.«

»Bist du sicher?«, fragte Durant zweifelnd. »Ein Schnitt durch die Kehle hätte doch gespritzt wie verrückt. Das wäre doch bis zur Decke hoch und an die Wände und den Schrank und ...«

Andrea Sievers unterbrach ihren Redefluss mit einer Handbewegung, machte ein nachdenkliches Gesicht und meinte: »Du hast recht, es ist nur Blut um die Leiche herum, aber es sind keine Spritzer auszumachen. Und natürlich Blut auf dem Bett, als er sie aufgemacht hat.« Sie schürzte die Lippen und fuhr fort: »Was will uns das sagen? Dass er ihr die Kehle erst später durchtrennt hat?« Sie hob die Schultern und schaute etwas ratlos drein: »Du musst dich wohl oder übel bis nach der Obduktion gedulden.«

»Könnte er sie bei lebendigem Leib ...?«

»Nee, es sei denn, er hat sie vorher betäubt ...«

»Und wenn doch?«

»Denk lieber nicht drüber nach, sonst wird dir schlecht. Dann wäre er wirklich der größte Sadist, den ich mir vorstellen kann. Nein«, Andrea Sievers schüttelte energisch den Kopf, »er hat sie schlimm zugerichtet, aber ich glaube, aufgeschnitten hat er sie erst, als sie schon tot war. Aber noch mal, gedulde dich, bis wir sie obduziert haben.

Na ja, ein bisschen Arbeit hat er uns ja schon abgenommen«, sagte sie mit ihrem typischen Humor, den Außenstehende nicht verstanden hätten, der aber Durant trotz der makabren Szenerie zum Schmunzeln brachte. Andrea Sievers, Bock, Morbs und all die andern aus der Gerichtsmedizin verfügten über diesen bisweilen abstrusen und für Außenstehende nicht nachzuvollziehenden Humor. Und nach einem weiteren intensiven Blick auf die Tote fragte Sievers wie beiläufig: »Hat das was mit den Morden von vor ein paar Monaten zu tun?«

»Möglich. Aber auch das wirst du uns mitteilen. Ich verlass mich auf dein Gespür«, sagte Durant. »Ciao und beeilt euch, damit wir was in den Händen haben.«

»Willst du den mitnehmen?«, fragte Sievers grinsend und deutete auf den Uterus.

»Ich hab selber einen. Bis dann.«

»Warte noch kurz. War sie 'ne Hure?«

»Möglich. Aber eigentlich war sie Lehrerin. Brecht-Gymnasium, Oberstufe.«

»Schicke Lehrerin, zu Lebzeiten. Und jetzt verschwinde, damit ich meiner Tätigkeit nachgehen kann. Ach ja, nachträglich herzlichen Glückwunsch zum Geburtstag. Ich hab gehört, du warst in Urlaub. Ich hab nämlich versucht dich zu erreichen.«

»Man gönnt sich ja sonst nichts. Jetzt bin ich aber endgültig weg.« Und zu Platzeck von der Spurensicherung: »Alles, was mit Computer zu tun hat, sofort rüber ins Präsidium und untersuchen lassen. Auch Adressbücher, Terminplaner et cetera pp., du weißt schon. Eben das volle Programm. Ich will wissen, ob von diesem PC eine Mail an mich geschickt wurde. Kennst du Herrn Nestroy?«

»Wer kennt Nestroy nicht, er ist einer unserer besten Leute. Zusammen mit Herrn Schreck und Frau Köster. Wenn sich jemand mit dem Krempel auskennt, dann die drei. Ich natürlich auch, aber die sind die Asse auf dem Gebiet.«

»Sehr gut.«

Durant überließ das Feld den Kollegen und wollte bereits zu Hellmer gehen, als sie noch einen Blick in das Arbeitszimmer warf, wo sie bereits nach kurzem Suchen fündig wurde. Ein Planer für die Handtasche, in dem Svenja Martens jeden Termin akribisch vermerkt hatte. Sie blätterte ihn kurz durch und stieß einen leisen Fluch aus, denn Svenja Martens hatte hinter die meisten der eingetragenen Termine nur die Initialen der Personen gesetzt, mit denen sie sich in der Regel nach achtzehn Uhr traf. Auch die Treffpunkte hatte sie abgekürzt, so dass Durant im Augenblick keinen Hinweis darauf fand, wo sie gestern Abend gewesen war. Um siebzehn Uhr hatte sie sich mit einem J. F. getroffen, und um zwanzig Uhr hatte sie einen Termin mit einem oder einer T.-S. H.

Sie steckte den Planer ein und begab sich zu Hellmer, der im Auto saß und wartete. Ein paar Männer und Frauen standen auf der anderen Straßenseite, tuschelten und beobachteten das Haus und das ungewöhnlich rege Treiben drum herum. Zum Glück erblickte sie keine bekannten Gesichter. Das Letzte, was sie jetzt brauchte, waren irgendwelche Reporter, die Fragen stellten, auf die sie keine Antworten hatte.

Durant überquerte kurz entschlossen die Straße, zeigte ihren Ausweis und sagte: »Interessant? Wer von Ihnen wohnt in der unmittelbaren Nachbarschaft?«

»Warum?«, fragte ein älterer Mann zurück.

»Weil es mich interessiert. Kennen Sie die Frau, die in dem Haus wohnt?«

»Nur vom Sehen. Von uns kennt die eigentlich keiner so richtig. Die ist auch erst vor einem halben Jahr hier eingezogen. Ist was mit ihr?«

»Haben Sie gestern Abend oder Nacht irgendetwas Besonderes bei ihr bemerkt? Wann sie nach Hause gekommen ist oder ob sie Besuch empfangen hat? Meist kriegt man doch in einer solchen Gegend eine Menge mit, so wie jetzt.«

»Nachts ist hier alles tot«, meldete sich eine jüngere Frau zu Wort, die ein kleines Kind an der Hand hielt. »Da sieht man nichts.«

»Und Sie?«, wandte sich Durant an die anderen Umstehenden.

Kopfschütteln.

»Hier«, sagte sie und reichte der jungen Frau, die ihr von allen noch am sympathischsten war, ihre Karte, »sollte Ihnen oder irgendjemandem doch noch etwas einfallen. Sie können mich jederzeit unter einer dieser Nummern erreichen. Schönen Tag noch. Ach ja«, konnte sie sich nicht verkneifen hinzuzufügen, »Frau Martens, so heißt die Dame in dem Haus, wurde Opfer eines Gewaltverbrechens, damit Sie sich die Köpfe nicht zu sehr zerbrechen.«

Durant drehte sich um, ohne eine Erwiderung abzuwarten. Sie hörte nur lautes Gemurmel und die Wortfetzen »Umgebracht! Hier in der Siedlung?«. Tratscht ruhig weiter, dachte sie wütend. Ihr werdet noch genug Gelegenheit dazu finden, am besten bei einem Bier oder Kaffee und Kuchen.

»Was hast du so lange gemacht?«, wollte Hellmer wissen.

»Hatte noch einige Fragen an Andrea. Warum hast du dich eigentlich nicht um die Meute gekümmert? Die stehen doch bestimmt schon länger da.«

»Sollen sie doch gaffen. Zu sehen kriegen die sowieso nichts.«

»Du hättest ihnen wenigstens ein paar Fragen stellen können.«

»Sorry, ich wollte meine Ruhe haben. Außerdem musste ich dringend mit Nadine telefonieren. Sie freut sich auf deinen Besuch.«

»Ich mich auch. Ehrlich.«

»Und jetzt? In die Schule?«

»Klar.«

Sie brauchten fast eine halbe Stunde bis zum Gymnasium in Sachsenhausen. Allmählich fiel der Druck ab, den Julia Durant die ganze Zeit über im Haus von Svenja Martens gespürt hatte. Jetzt fühlte sie sich leer und ausgebrannt und wäre am liebsten nach Hause gefahren, um sich ins Bett zu legen und die Decke über den Kopf zu ziehen. Doch es lag eine Menge Arbeit vor ihr, eine Menge Fragen, viel Nachbohren und die Suche nach einem Killer, der offensichtlich einen unbeschreiblichen Hass auf Frauen hatte.

Donnerstag, 13.05 Uhr

Gleich ist Pause«, sagte Seidel zu ihren Kollegen. »Wir haben bis jetzt nur kurz mit den Damen aus dem Sekretariat gesprochen, um zu erfahren, wann

Pause ist. Die Herren und Damen Lehrer müssten jeden Moment antanzen.«

»Habt ihr schon irgendwas erzählt?«, wollte Durant wissen, nachdem sie sich in eine ruhige Ecke zurückgezogen hatten, wo sie keiner hören konnte.

»Nee, ich denke, wir sollten uns erst mit dem Direktor unterhalten und …«

»Wenn ihr nichts dagegen habt, würde ich Herrn Körber gern übernehmen. Fragt einfach nur, was für eine Person die Martens war, und versucht rauszukriegen, ob sie besondere Freunde oder Feinde hier hatte.«

»Was genau ist passiert?«, fragte Kullmer.

Durant atmete tief durch. »Sie wurde übel zugerichtet. Keine Ahnung, ob das die Handschrift unseres gesuchten Mannes ist. Irgendwie kann ich's mir nicht vorstellen.«

»Andere Vorgehensweise?«

»Er hat sie aufgeschnitten und die Gebärmutter, den Eileiter und die Eierstöcke entfernt und aufs Bett gelegt. Das ist neu, genau wie die Schrift an der Wand und die persönliche Mail an mich. Sollte er tatsächlich auch die vier andern Morde begangen haben, dann frage ich mich, warum er erst jetzt anfängt sein Vorgehen zu ändern. Irgendwas lässt mich zweifeln, dass es ein und derselbe sein soll.«

»Das hatten wir in der Vergangenheit aber schon öfter, dass ein Serientäter seine Morde anders gestaltet«, gab Kullmer zu bedenken. »Vielleicht brauchte er eine gewisse Anlaufzeit, bis er herausgefunden hat, wie es für ihn am perfektesten ist.«

»Was meinst du damit?«, fragte Durant stirnrunzelnd.

»Wir reden im Präsidium drüber.«

Die Schüler strömten aus den Klassenzimmern, ein Lehrer nach dem andern kam zum Lehrerzimmer.
»Dann mal auf in den Kampf«, sagte Durant.

Donnerstag, 13.15 Uhr

Dr. Körber schob ein paar Papiere auf dem Schreibtisch zusammen und setzte sich in seinen Sessel, ein großer, drahtiger Mann mit Nickelbrille, der auf Durant auf Anhieb einen sympathischen, wenn auch reservierten Eindruck machte. Sie schätzte ihn Mitte bis Ende vierzig, mit vollen rötlich blonden Haaren und unzähligen Sommersprossen im Gesicht und auf den Handrücken. Seine graublauen Augen hatten etwas Verschmitztes, obwohl er sie ernst anblickte. Überhaupt wirkte er auf sie nicht wie der Direktor eines Gymnasiums, auch wenn er einen hellgrauen Anzug, ein graues Hemd und eine ebenfalls graue Krawatte trug. Für Durant hätte er eher in die Chefetage eines Bankhauses oder eines anderen Unternehmens gepasst.
»Was kann ich für Sie tun?«, fragte Körber, nachdem auch Durant Platz genommen hatte, und sah sie prüfend an. Er hatte die Fingerspitzen aneinander gelegt und die Ellbogen auf den Tisch aufgestützt.
»Sie haben vorhin bei uns angerufen, um uns mitzuteilen, dass Sie Ihre Kollegin Frau Martens seit heute Morgen vermissen. Einer Ihrer Lehrer ist ja auch schon zu ihr nach Hause gefahren und hat sie dort nicht angetroffen …«
»Ja, und gibt es irgendetwas Neues von ihr? Sie haben

gesagt, Sie sind von der Mordkommission. Heißt das etwa …?« Er sprach den Satz nicht zu Ende, sondern sah Durant nachdenklich an, als würde er mit einer bestimmten Antwort rechnen.

Durant nickte. »Es tut mir leid, aber Frau Martens wurde vergangene Nacht Opfer eines Gewaltverbrechens.«

Sie wartete die Reaktion ihres Gegenübers ab, der seine Haltung kaum verändert hatte, nur sein Blick ging an Durant vorbei an die Wand. Er schüttelte leicht den Kopf und meinte nach ein paar Sekunden: »Sie wurde umgebracht?«

»Ja, das hab ich eben gesagt.«

»Schrecklich«, murmelte er und sah auf seine Hände mit den langen, schmalen Fingern, gepflegte Hände, wie Durant befand. Dennoch wunderte sie sich, wie kühl und emotionslos er auf die Nachricht reagierte. Als wäre Svenja Martens eine Frau gewesen, die ihm irgendwann einmal irgendwo kurz über den Weg gelaufen war und seine Erinnerung an sie erst allmählich wieder zurückkehrte. »Sehr schrecklich. Sie war noch so jung und voller Energie.« Er schüttelte den Kopf. »Wie kann ich Ihnen helfen?«

Durant war überrascht. Sie hatte damit gerechnet, dass er fragen würde, wie sie zu Tode gekommen war, ob man schon eine Spur hatte oder gar den Mörder … Doch nichts von dem kam über seine Lippen. Die anfängliche Sympathie für Körber wich von Sekunde zu Sekunde, seine fast starre Haltung, die undurchdringliche Miene, selbst die anfangs so verschmitzt wirkenden Augen schienen nur Täuschung zu sein. Er ist kalt und berechnend, dachte

Durant, auf jeden Fall nicht so, wie ich ihn eingeschätzt hatte. Ich werde eben doch älter, meine Menschenkenntnis lässt nach.

»Erzählen Sie mir etwas über Frau Martens. Wie lange unterrichtete sie an dieser Schule, wie stehen oder standen die Schüler zu ihr, gibt es Kollegen, zu denen sie einen besonderen Draht hat oder hatte oder mit denen sie sogar befreundet ist beziehungsweise war?«

Körber lehnte sich zurück und antwortete ruhig und gelassen: »Frau Martens unterrichtete seit gut zwei Jahren an unserer Schule. Sie war bei den Schülern sehr beliebt, weil sie etwas unkonventionelle Lehrmethoden anwandte, die sehr gut angenommen wurden. Ob sie mit Kollegen befreundet war, kann ich leider nicht beurteilen, da ich über das Privatleben des Lehrkörpers nicht unterrichtet bin. Jeder hat ein Recht auf Privatleben, wenn Sie verstehen.«

Etwas irritierte Durant an dieser Aussage, vor allem, wie er das Wort Privatleben betonte.

»Sicher, aber wir sprechen von dem Mord an einer jungen und zudem sehr hübschen und attraktiven Lehrerin Ihrer Schule. Und daher ist es für mich wichtig zu wissen, ob jemand von hier sie näher kannte. Was ist mit Ihnen?«, fragte Durant und sah Körber direkt in die Augen, ein Blick, dem er nicht lange standhielt.

»Was soll mit mir sein?«

»Wie gut kannten Sie sie?«

»Nur beruflich, um das klarzustellen. Sie kam an unsere Schule, weil sie ausgezeichnete Referenzen vorzuweisen hatte …«

Durant hob die Hand. »Wenn ich Sie unterbrechen darf, wie alt ist Frau Martens?«

»Ich müsste nachschauen«, sagte er und zog eine Schublade heraus, in der sich unter anderem die Personalakten befanden. »Frau Martens ist neunundzwanzig Jahre alt. Geboren am 13. Juni 1976. Aber das müssten Sie doch selbst schon herausgefunden haben.«

»Diese Informationen bekommen wir nachher auf den Tisch. Im Augenblick ist die Spurensicherung vor Ort. Ist es nicht ungewöhnlich, dass eine solch junge Lehrerin bereits mit siebenundzwanzig an einem Gymnasium unterrichtet? Entschuldigen Sie die Frage, aber meine Schulzeit liegt lange zurück.«

»Oh, das hätte ich nun nicht gedacht«, erwiderte Körber anerkennend nickend, ein Kompliment, mit dem Julia Durant nicht gerechnet hatte und das ihm wieder ein paar Sympathiepunkte einbrachte. »Aber um auf Ihre Frage zurückzukommen, es ist nicht ungewöhnlich, wenn auch eher selten. Frau Martens hat ihr Abitur im zarten Alter von siebzehn bestanden und war mit kaum dreiundzwanzig Jahren schon Lehrerin an einer Gesamtschule, bevor sie zu uns kam. Sie war hoch begabt und extrem ehrgeizig, aber nicht im negativen Sinn, damit Sie mich nicht falsch verstehen. Sie hatte es nicht nötig, sich profilieren zu müssen, sie wusste sehr genau, welche Fähigkeiten sie hatte.«

»Und die waren?«

»Durchsetzungsvermögen, aber immer mit einem gewissen Charme, speziell bei den Schülern.«

»Und bei den Lehrern?«

»Sie war anpassungsfähig«, sagte er nur, ohne Durant dabei anzusehen.

»Wie standen Sie zu ihr?«

»Wie habe ich diese Frage zu verstehen?«

»Mochten Sie sie als Person oder als Lehrerin oder …?«

»Oder was?«, fuhr Körber sie sichtlich erregt an, als hätte Durant ihn gefragt, ob er ein Verhältnis mit Svenja Martens hatte. »Ich weiß zwar nicht, was Sie mit dieser Frage bezwecken, aber ich habe Sie respektiert, sowohl als Person als auch als Lehrerin. Nicht mehr und nicht weniger. Stellen Sie eigentlich immer solche Fragen?«

»Nur, wenn es darum geht, einen Mörder zu finden.«

»Und Sie meinen damit hier an dieser Schule Erfolg zu haben?« Körber lachte auf und schüttelte den Kopf. »Frau Durant, ich kenne meine Kollegen, und von denen kommt keiner in Frage. Da müssen Sie schon woanders suchen.«

»Ach wissen Sie, manchmal sind Menschen nur sehr schwer zu durchschauen, und wir haben schon Täter festgenommen, von denen niemand auch nur im Geringsten vermutet hätte, dass sie einen Mord begehen könnten.«

»Mag sein, trotzdem können Sie sich die Mühe in diesem Fall sparen. Ich kenne alle Lehrer und …«

»So gut wie Frau Martens?«, fragte Durant ironisch. »Und außerdem, wenn Sie behaupten, über das Privatleben Ihrer Lehrer nichts zu wissen, wie können Sie dann sagen, dass …«

»Ich muss mir das nicht anhören!«, brauste Körber auf.

»Doch, das müssen Sie«, entgegnete Durant mit stoischer Ruhe. »Und jetzt noch einmal meine Frage: Wie gut kannten Sie Frau Martens? Ich hatte schon einige Male an Schulen zu tun und weiß, dass auch Lehrer nur Menschen sind, sich aber manchmal wie Götter aufführen. Menschen wie Sie und ich eben. Habe ich mich klar ausgedrückt? Also, würden Sie mir jetzt bitte meine Frage beantworten?«

Körber schloss die Augen. Er atmete schwer, und mit den Fingern seiner rechten Hand klopfte er monoton auf die Sessellehne. Ich hab dich, dachte Durant, während sie beobachtete, wie er immer unsicherer zu werden schien.

»Sie war eine hervorragende Lehrerin und Tutorin. Aber sie war auch anders als ihre Kollegen und Kolleginnen. Deshalb kam es hin und wieder zu Spannungen.«

»Und wie haben sich diese Spannungen gezeigt?« Durant war erstaunt, hatte Körber doch erst vor wenigen Minuten behauptet, Svenja Martens sei anpassungsfähig gewesen. Und auf einmal gab es Spannungen.

»Es gab keinen Streit, zumindest keinen offensichtlichen, aber es war schon spürbar. Sie war eine Außenseiterin, vor allem was die älteren Kollegen angeht, die mit Frau Martens' lockerer Art nicht so recht umzugehen wussten.«

»Kollegen und Kolleginnen oder hauptsächlich Kolleginnen?«, hakte Durant nach, die genau wissen wollte, wie Svenja Martens mit den andern Lehrern zurechtkam.

Körber seufzte, bevor er antwortete: »Vornehmlich die weiblichen Mitglieder des Lehrkörpers. Kein Wunder, neben Frau Martens wirken fast alle wie Mauerblümchen. Dazu noch der Erfolg, den sie bei den Schülern hatte, im Wesentlichen bei den männlichen … Ich glaube, mehr muss ich nicht sagen.«

»Sie war hübsch, nicht unbedingt das, was man sich landläufig unter einer Lehrerin vorstellt. Hatte sie vielleicht ein Verhältnis mit einem Kollegen?«

Körber schüttelte den Kopf. »Nein, das wüsste ich. Frau Durant, die meisten Lehrer an dieser Schule sind verheiratet, viele haben Kinder und sind bis auf zwei oder drei alle zwischen fünfunddreißig und sechzig …«

»Das hat noch keinen gehindert, eine Affäre zu haben …«

»Mag sein, trotzdem weiß ich von keiner solchen Affäre. Frau Martens ist morgens zum Unterricht erschienen, hat an den Besprechungen teilgenommen, Elterngespräche geführt, sich die Sorgen und Nöte der Schüler angehört und ist nach der Schule nach Hause gefahren, glaube ich zumindest. Mehr weiß ich nicht über sie.«

»War sie Vertrauenslehrerin?«

»Nein, obwohl es etliche Schülerinnen gibt, die das gerne gesehen hätten. Aber ich denke, Frau Martens wäre dieser Aufgabe nicht gewachsen gewesen.«

»Aber Sie sagten doch selbst, dass sie ein exzellentes Verhältnis zu den Schülern hatte. Warum also nicht Vertrauenslehrerin?«

»Weil sie nicht die Qualifikation dafür mitbrachte. Außerdem war sie noch zu jung.«

»Dürfte ich einen Blick in die Personalakte werfen?«, fragte Durant, die Körbers Worte genau gespeichert hatte.

»Wozu?«

»Mich interessiert, wo sie herkommt, eben ihre Vita.«

»Bitte.« Körber schob die Akte über den Tisch.

Durant blätterte darin und bemerkte nach einer Weile: »Sie kam aus Kiel?«

»Ja. Sie ist vor elf Jahren hergezogen, um hier zu studieren. So weit mir bekannt ist, leben ihre Eltern noch in Kiel.«

»Warum ist sie nicht in Schleswig-Holstein geblieben? Es muss doch einen Grund geben, weshalb sie …«

»Es tut mir leid, aber ich kenne den Grund nicht«, antwortete er abweisend. »Ich habe ihren Werdegang gelesen und war überzeugt, sie würde zu uns passen.«

»Und, hat sie gepasst?«, fragte Durant, während sie weiterblätterte und einige Einträge überflog, die Körber handschriftlich gemacht hatte.

»Haben Sie das nicht schon mal gefragt?«

»Möglich. Hat sie gepasst?«, hakte sie nach und schlug die Akte zu.

»Ich weiß zwar nicht, was Sie damit bezwecken, aber gut, ich will offen sein, sie hat nicht zu uns gepasst. Ihre lockere, manchmal etwas zu lockere Art, das war nichts für unsere Schule. Es gibt nun mal gewisse Regeln, die es einzuhalten gilt, und Frau Martens hat sich nicht immer daran gehalten.«

»Und was sind das für Regeln?«

»Zum Beispiel, wie sie mit den Schülern umgegangen ist. Sie war keine Lehrerin im klassischen Sinn, sie war mehr ein Kumpel oder eine Freundin. Aber der pädagogische Auftrag lautet, die Kinder und Jugendlichen an das Leben nach der Schule heranzuführen. Ich habe mit ihr etliche Male gesprochen und sie darauf hingewiesen, aber sie hat selbst die bestgemeinten Ratschläge ignoriert. Sind Sie jetzt zufrieden?«

»Nein, ich bin erst zufrieden, wenn ich ihren Mörder habe.«

»Das glaube ich Ihnen, nur, den werden Sie hier nicht finden. Frau Martens hatte sicherlich kaum Freunde im Kollegium, aber sie hatte auch keine Feinde. Und schon gar nicht solche, die ihr nach dem Leben getrachtet hätten. Außerdem hatte ich ihr erst vor kurzem nahe gelegt, sich nach einer anderen Schule umzusehen. Ich hätte ihr sogar eine exzellente Referenz ausgestellt.«

»Oh, das ist ja was ganz Neues. Und wie hat Frau Martens darauf reagiert?«

»Sie wollte es sich überlegen.«

»Halten wir also fest: Frau Martens war eine hervorragende Lehrerin, sie hatte ein ausgezeichnetes Verhältnis zu den Schülern, sie war hoch begabt und vermutlich für Ihre Schule überqualifiziert, sonst hätten Sie nicht versucht sie loszuwerden. Richtig?«, fragte Durant provozierend.

»Falsch! Sie war nicht überqualifiziert für unsere Schule, und ich habe nicht versucht sie loszuwerden, sondern ihr lediglich geraten, sich nach einer anderen Schule umzusehen, weil die Differenzen immer größer wurden und ich vermeiden wollte, dass die Situation für alle Beteiligten, die Schüler eingeschlossen, allmählich unerträglich wird. Aber damit kein falsches Bild entsteht, Frau Martens war charakterlich absolut integer, und über ihre berufliche Qualifikation brauche ich wohl auch nichts weiter zu sagen. Es war nur die berühmte Chemie, die nicht stimmte. Das passiert an jeder Schule und …«

»War sie verbeamtet?«

»Ja, schon seit zwei Jahren.«

»Das heißt, Sie hätten sie gar nicht einfach so feuern können«, konstatierte Durant lächelnd.

Körber hatte Mühe, nicht die Beherrschung zu verlieren, und entgegnete: »Frau Durant, ich hatte nicht vor, Frau Martens zu feuern. Das wäre aufgrund ihres Beamtenstatus gar nicht gegangen, wie Sie ja selbst sagten. Und jetzt kommen Sie bitte zum Punkt, denn ich habe das Gefühl, dass Ihnen noch irgendetwas auf dem Herzen liegt. Also?«

»Nein, mir liegt lediglich auf dem Herzen, ihren Mörder zu finden, aber Sie haben mir schon einige Fragen beantwortet, die ich gar nicht gestellt habe.«

»Hat sie leiden müssen?«

»Ja«, antwortete Durant. »Meines Erachtens sogar sehr. Sie wurde geradezu bestialisch umgebracht, weshalb es in unser aller Interesse, also auch Ihrem, liegen sollte, ihren Mörder so schnell wie möglich hinter Gitter zu bringen. Deshalb noch einmal meine Frage: Wie standen Sie zu Frau Martens? Sie war ausgesprochen hübsch, fast eine Schönheit, ganz sicher kein Gesicht, das man ignoriert. Sind Sie verheiratet?«, fragte sie geradeheraus und schaute demonstrativ auf den Ringfinger seiner rechten Hand, an dem kein Ring steckte.

»Ja, ich bin verheiratet, und zwar sehr glücklich, falls Sie das interessiert. Und ich stand nicht zu Frau Martens, denn ich habe die Zweideutigkeit Ihrer Frage sehr wohl verstanden, aber ich habe Frau Martens geschätzt …«

»Sie haben sie geschätzt, und dennoch wollten Sie sie loswerden …«

»Mein Gott, wie oft wollen Sie mir diese Frage noch stellen, und wie oft soll ich mich noch wiederholen?! Die Gründe habe ich Ihnen doch ausführlich dargelegt. Sie haben offensichtlich keine Ahnung vom heutigen Schulbetrieb und schon gar nicht von den Verhältnissen an dieser Schule. Aber um Sie zu beruhigen, es ist mir nicht leicht gefallen, Frau Martens zu ersuchen, sich nach einem neuen Tätigkeitsfeld umzusehen. Noch etwas?«

»Nein, ich denke, das war's fürs Erste.« Durant erhob sich und sagte an der Tür: »Ach ja, eine Frage hätte ich doch noch. Angenommen, Sie hätten die Gelegenheit gehabt, etwas mit ihr anzufangen …«

»Auf Wiedersehen, Frau Durant, Sie haben sicherlich noch eine Menge zu tun.«

»Sicher, aber ich begreife noch immer nicht den Widerspruch, dass Frau Martens zum einen anpassungsfähig gewesen sein soll, es zum anderen aber Spannungen gegeben haben soll, und ich könnte mir vorstellen, dass diese Spannungen nicht gering waren. Vielleicht überlegen Sie mal, welche Version denn nun stimmt. Schönen Tag noch. Und Sie werden sicher bald einen passenden Ersatz finden, einen, auf den die Kollegen nicht neidisch sein werden. So um die fünfzig, klein und dick.«

Sie lächelte Körber ein wenig süffisant zu, dessen Miene einen süß-sauren Ausdruck bekam, und ging ins Lehrerzimmer, wo Kullmer und Seidel damit beschäftigt waren, zwei Lehrer zu befragen. Körber kam ihr hinterher und meinte: »Ich wollte Sie noch um eines bitten. Gehen Sie bitte diskret vor …«

»Herr Körber, ich mag diesen Begriff nicht, vor allem nicht in einem Mordfall. Da bekommt dieses Wort immer einen faden Beigeschmack, so wie: Bitte keine unnötigen Fragen stellen, keinem auf die Füße treten, jeden mit Samthandschuhen anfassen und so weiter und so fort. Wir wahren Diskretion, aber nur in einem bestimmten Rahmen.« Sie ließ Körber einfach stehen und fragte Seidel: »Wo ist Frank?«

»Nebenan«, flüsterte diese mit viel sagendem Blick und

deutete auf eine geschlossene Tür. »Scheint ziemlich wichtig zu sein.«

Durant ging einfach hinein und sah Hellmer mit einer etwa vierzigjährigen Frau, die eine moderne Jeans und eine karierte Bluse trug. Sie hatte dunkelblonde, sehr kurz geschnittene Haare, straßenköterblond, wie Durant es nannte, und sah aus wie ein Hungerhaken, wie eine in die Jahre gekommene Twiggy oder Kate Moss, nur dass ihre Gesichtszüge wesentlich herber und auch verhärmter wirkten. Sie hatte eine lange, spitze Nase, schmale, blutleere Lippen und hervorstehende Wangenknochen. Überhaupt schien sie aus nichts als Haut und Knochen zu bestehen, und auch sonst gab es nichts an ihr, das auch nur den Ansatz von Attraktivität zeigte. Sie hat ein Problem, dachte Durant, ohne den Gedanken weiterspinnen zu können.

»Meine Kollegin, Frau Durant«, sagte Hellmer rasch und gab ihr mit dem Kopf ein Zeichen, ihn mit der Spindeldürren, deren Alter nicht zu schätzen war, sie konnte dreißig, aber auch fünfzig sein, allein zu lassen. »Wir sind gleich fertig.«

In den folgenden anderthalb Stunden wurden achtzehn Lehrer befragt, sechs hatten bereits vor Eintreffen der Polizei die Schule verlassen, vier lagen krank im Bett. Um fünfzehn Uhr, Durant war hungrig und hatte Durst, versammelten sich die Beamten auf dem Schulhof, besprachen sich kurz und beschlossen, sich schnell an einer Imbissbude etwas zu holen, um anschließend im Präsidium eine erste Lagebesprechung abzuhalten. Doch keiner von ihnen hatte zu diesem Zeitpunkt auch nur den Hauch einer Ahnung, was sie im Präsidium erwarten würde.

Donnerstag, 15.35 Uhr

Auf der Fahrt zurück fragte Durant: »Mit wem hast du dich da vorhin so lange unterhalten?«

»Eine Frau Kessler. Sie behauptet, mit der Martens befreundet gewesen zu sein.«

Sie hielten etwa hundert Meter vor einer Ampel, wo die Straße von zwei auf eine Spur verengt worden war, Bauarbeiten, die ein gutes halbes Jahr vor der Fußball-Weltmeisterschaft in ganz Frankfurt auf Hochtouren liefen. Schließlich sollten die Gäste sich wohl fühlen und ein angenehmes Bild der Stadt in Erinnerung behalten, auch wenn sie nur für ein oder zwei Spiele kamen und sich sicher wenig für die Stadt selbst oder gar für deren kulturelle Highlights interessierten. Julia Durant verstand diesen ganzen Rummel nicht. Sie sagte sich, dass es viel notwendiger wäre, die Millionengelder in andere Projekte zu investieren, eine Meinung, mit der sie nicht alleine war.

»Was heißt behauptet? War sie mit ihr befreundet oder nicht?«

»Glaub schon. Jedenfalls wollte sie unbedingt mit mir unter vier Augen reden. Sie scheint die Einzige gewesen zu sein, die die Martens näher kannte.«

»Und? Jetzt lass dir nicht alles aus der Nase ziehen.«

»Sie waren öfter zusammen, weil sie beide mit den andern Kollegen nicht sonderlich auskamen beziehungsweise auskommen. Wenn das stimmt, was sie mir berichtet hat, dann wird an der Schule ordentlich gemobbt, jedenfalls gegen ein paar Lehrer. Die Kessler gehört auch dazu.«

»Und was hat das mit unserm Fall zu tun?«

»Vielleicht die Tatsache, dass die Kessler über den Nebenverdienst der Martens Bescheid wusste.«

»Bitte?«, fragte Durant überrascht. »Woher will sie das wissen? Ich meine, die Martens wird doch nicht so blöd gewesen sein, das rumzuerzählen. Schon gar nicht in der Schule.«

»Hat sie auch nicht. Sie hat's mehr zufällig rausgefunden, als sie die Martens mal einfach so besuchen wollte und direkt vor der Garage einen 500er Mercedes stehen sah. Sie hat im Auto gewartet und wenig später einen Mann aus dem Haus kommen sehen. Daraufhin hat sie sich gedacht, ich warte mal noch ein bisschen länger, und kaum eine halbe Stunde später kam schon wieder so ein Typ vorgefahren. Sie hat bei passender Gelegenheit die Martens darauf angesprochen, die ihr aber nur ausweichend geantwortet hat, es seien Freunde, blabla. Doch die Kessler ist nicht blöd, die hat sich ihren Teil gedacht und noch mal das Haus observiert. Das war vor ein paar Tagen an einem Abend. Da hat die Martens innerhalb von drei Stunden wieder Besuch von zwei Männern bekommen. Und ganz ehrlich, wenn ich mir die Bude von der Martens anschaue, dann glaub ich nicht, dass sie das Geld gespart hat. Ich kann in etwa abschätzen, was allein die Wohnzimmereinrichtung gekostet hat. Das hätte sie sich nie von ihrem Gehalt leisten können.«

»Frank, ich glaub diese Geschichte nicht. Diese Kessler war mit Sicherheit keine Freundin von der Martens. Schau sie dir doch an, die ist doch magersüchtig …«

»Quatsch! Sie ist Sportlehrerin und Marathonläuferin, die sehen eben oft so aus. Sie hat mir einiges über die Martens erzählt, und das klang ziemlich plausibel …«

»Trotzdem. Warum hat sie nicht bei ihrer … Freundin … geklingelt? Mir wär's egal, ob da ein teurer Schlitten vor der Tür steht, ich würde jedenfalls hingehen und klingeln. Aber das hat sie offensichtlich nicht getan. Und warum nicht? Frank, die waren keine Freundinnen. Ich glaube eher, dass die Kessler neidisch war. Ich möchte mich noch mal mit ihr unterhalten, wenn du nichts dagegen hast.«

»Mach doch, was du willst, du zweifelst doch sowieso ständig meine Fähigkeiten an«, brummte Hellmer beleidigt.

»Komm, Frank, das ist unfair. Ich hab noch nie an deinen Fähigkeiten gezweifelt, das weißt du genau. Und …«

»Julia, du bist der Boss, und manchmal kehrst du den ganz schön raus, das muss ich einfach mal loswerden. Ich hab die Dame befragt, und sie wirkte sehr aufrichtig …«

»Mag ja sein, aber …«

»Genau. Es ist immer dieses Aber! Wir sind ein Team, nur du meinst immer alles besser zu wissen. Dabei hast du auch schon etliche Male ganz schön danebengegriffen.«

Durant verschlug es für einen Moment die Sprache. So hatte sie Hellmer noch nie reden hören. Er war frustriert, enttäuscht – und irgendwo hatte er auch recht. Doch das zugeben? Die eigene Schwäche zugeben?

»Frank …«

»Hör auf mit diesem Frank. Ich weiß, was jetzt kommt, und ich will's gar nicht hören. Hast du dir schon mal überlegt, wie oft du in den vergangenen Jahren Verantwortung delegiert hast? Du übernimmst immer alles, du bist die Größte, du bist immer über jeden Zweifel erhaben, du hast immer dieses untrügliche Bauchgefühl und … Ach, das kotzt mich einfach an.«

»Wenn du nicht mehr mit mir zusammenarbeiten willst …«

»Das hat doch verdammt noch mal nichts damit zu tun! Hörst du eigentlich gar nicht, was ich dir sage?! Es geht ums Prinzip, nichts anderes. Ich will mit dir zusammenarbeiten, aber ich will auch, dass du meine Meinung respektierst. Bitte, sprich mit der Kessler, das ist mir inzwischen egal. Und noch was: Immer müssen wir dir Bericht erstatten, aber du behältst bis zum Schluss immer alles für dich, zumindest sehr oft«, verbesserte er sich. »Warum? Wenn wir so ein hervorragendes Team sind, wie du stets behauptest, dann lass Peter, Doris und mich das auch spüren.« Er hupte ein paarmal, weil vor ihnen ein Fahrer nicht mitbekommen zu haben schien, dass der Verkehr wieder rollte, steckte sich eine Zigarette an und ließ das Seitenfenster herunter.

»Es zieht«, bemerkte Durant.

»Na und?«

Sie schaute auf die Straße und dachte über Hellmers Worte nach. Worte, die sie verletzt hatten, weil sie der Wahrheit entsprachen. Ich bin dominant, rechthaberisch, unberechenbar und eine schlechte Teamleiterin. Die letzten Jahre zogen an ihr vorüber, die unzähligen Fälle, die sie gemeinsam bearbeitet hatten, Fälle, in denen sie ebenso unzählige Befragungen durchgeführt hatte, mit Hellmer an ihrer Seite, der viel zu oft nicht mehr als eine Statistenfunktion ausgeübt hatte. Scheiße!, dachte sie, und sie dachte auch an den vor ihr liegenden Abend, den sie bei Frank und Nadine Hellmer verbringen würde.

Nein, das kann ich unmöglich, nicht nach dem jetzt. Aber wie bring ich das Frank bei? Er wird keine Ausrede akzeptieren, denn dann weiß er, dass ich einfach nur kneife. Ich muss mit ihm in aller Ruhe reden, wenn sich die Gelegenheit dazu ergibt. Julia, du bist echt eine dumme Kuh, dass du das die ganzen Jahre über nicht gemerkt hast. Aber die andern haben's gemerkt und halten mich bestimmt für total überspannt. Wenn Frank schon so denkt, was denken dann erst Peter und Doris? Und vielleicht ist es auch diese Art, die Männer abschreckt. Okay, mit Georg läuft's ganz gut, aber auch wieder nicht so, wie ich mir das vorstelle.

»Es tut mir leid«, sagte sie leise, ohne Hellmer anzuschauen.

»Vergiss es einfach«, erwiderte er nur.

»Nein, tu ich nicht.« Sie schloss die Augen und fuhr fort: »Bin ich wirklich so unausstehlich?«

»O bitte, nicht die Mitleidstour. Du bist nicht unausstehlich, du bist nur nicht bereit, von deinen Kompetenzen auch nur ein kleines Stück abzugeben. Jeder von uns hat die Polizeischule besucht, wir waren auf zig Fortbildungsseminaren, Peter, Doris, du und ich, wir sind Hauptkommissare, und wenn du auch die leitende Ermittlerin bist, so denke ich, dass wir trotzdem gleichberechtigt sind. Und ganz ehrlich, in den letzten Monaten hab ich mehr als nur einmal daran gedacht, meinen Job hinzuschmeißen. Keiner würde sich mehr freuen als Nadine. Aber ich tu's nicht und weißt du auch, warum? Weil ich meinen Job liebe, obwohl …« Er hielt inne und drückte seine Zigarette im Aschenbecher aus.

»Obwohl was?«

»Nichts. Red mit der Kessler, vielleicht hab ich mich ja auch in ihr getäuscht.«

»Nein, ich will, dass du noch mal mit ihr sprichst. Und wenn's dich noch so sehr nervt, aber mein Gefühl sagt mir, dass ihre Geschichte nicht ganz stimmig ist. Körber hat nämlich behauptet, dass die Martens keine Freunde im Kollegium hatte.«

»Und wenn *er* sich irrt?«, fragte Hellmer ironisch. »Oder bist du dir so sicher, dass er die Wahrheit sagt?«

»Nein«, gab sie zu. Sie ließ ihr Gespräch mit Körber noch einmal Revue passieren und fand, dass er ein aalglatter und äußerst unzugänglicher Zyniker war. Mit einem Mal konnte sie sich vorstellen, dass er doch gerne etwas mit Svenja Martens angefangen hätte, obwohl er verheiratet war.

»Ich hab übrigens nicht nur mit der Kessler gesprochen, sondern auch mit andern Lehrern, falls dir das aufgefallen ist …«

»Mein Gott, ja, es ist mir aufgefallen, wir alle haben mit Lehrern gesprochen. Aber die Auswertung wollten wir doch gleich im Präsidium vornehmen. Noch mal, es tut mir leid, wenn du dich unter Wert behandelt fühlst …«

»Julia, lass es einfach gut sein.«

Während der restlichen fünf Minuten schwiegen sie, schweigend fuhren sie mit dem Aufzug in den vierten Stock, wo die Büros vom K 11 lagen und wo sie von Berger, Kullmer und Seidel bereits ungeduldig erwartet wurden.

»Hallo«, sagte Durant und setzte sich.

»Ich habe schon auf Sie gewartet«, erwiderte Berger. »Die Spurensicherung hat eine interessante Entdeckung gemacht und mir auch was auf den Tisch gelegt. Hier«, er schob eine Videokassette über den Tisch.

»Was ist da drauf?«

»Haben Sie etwas gegessen?«

»Ja, warum?«

»Nur eine Frage. Legen Sie das Band mal ein. Platzeck von der Spusi hat's gesehen und gemeint, dass das ziemlich harter Stoff ist. Er hat's zusammen mit ein paar anderen Sachen herbringen lassen. Danach kann ich Ihnen noch ein wenig mehr berichten.«

Kullmer legte die Kassette ein und drückte auf Start. Sie sahen von hinten eine Person, die einen weißen Anzug trug, ähnlich denen, die die Männer und Frauen der Spurensicherung und KTU verwendeten. In den folgenden Minuten wurden sie Augenzeugen eines Verbrechens, wie sie es so noch nie gesehen hatten. Die Person, deren Gesicht in keiner einzigen Einstellung zu erkennen war, schnitt mit einem großen Messer sehr sorgfältig den Bauch von Svenja Martens auf, entnahm die Fortpflanzungsorgane, wobei er ein Skalpell benutzte, und legte diese auf das Bett. Doris Seidel wandte sich einige Male entsetzt ab, selbst Hellmer und Kullmer schlossen ein paarmal die Augen. Im Büro herrschte absolute Stille, nur vom Gang hörte man Geräusche, die von den Anwesenden jedoch nicht wahrgenommen wurden. Kullmer ließ das Video mehrfach im Zeitraffer laufen. Nach knapp einer halben Stunde wurde der Bildschirm dunkel.

Durant steckte sich die mittlerweile dritte Zigarette seit dem Betreten des Büros an und blickte in die Runde.

»Mein Gott!«, stieß sie hervor und schüttelte fassungslos den Kopf. Der Schock über das Gesehene war ihr deutlich anzumerken. »Was ist das für ein Kerl, der so was macht?«, sagte sie mit tonloser Stimme. »Das war so ziemlich das Grauenvollste und Widerwärtigste, das ich jemals gesehen habe. Als ich die Martens vorhin da sitzen sah, das war was anderes, sie war tot, eine Leiche, wie ich schon viele gesehen habe. Aber dieser Kerl schreckt vor nichts zurück. Habt ihr bemerkt, wie ruhig der war? Als würde ihm das Spaß machen.«

»Erstens, das ist kein Kerl, das ist eine gottverdammte Drecksau. Und zweitens, es hat ihm Spaß gemacht. Der hat das auch noch gefilmt, weil er wollte, dass wir das sehen. Wir sollen sehen, dass ... Nein, ich weiß nicht, was wir sehen sollen ... Augenblick, dann muss er ja eine Kamera dabeigehabt haben«, sagte Hellmer nachdenklich.

»Nein, hat er nicht«, wurde er von Berger korrigiert, der als Einziger scheinbar unberührt von dem Gezeigten war, doch Durant wusste, dass es auch in ihm brodelte, er aber, der alte Fuchs, es im Laufe der Jahrzehnte gelernt hatte, seine Emotionen unter Kontrolle zu halten. »Im Schrank von der Martens sind zwei Kameras angebracht, mit denen sie alles filmen konnte, was sich in diesem Zimmer abspielte. Sie sollten sich das Haus noch mal in aller Ruhe anschauen. Aber zurück zum Film. Ich möchte Ihre Meinung dazu hören. Herr Kullmer?«

Er hatte sich zu Seidel ans Fenster gestellt und sagte: »Ich hab noch keine Meinung. Ich frag mich, was er damit bezweckt. Vor allem aber frag ich mich, wie er in das Haus kam. Er und die Martens müssen sich gekannt haben.«

»Das ist doch egal, es geht doch um diese widerliche Zeremonie«, warf Hellmer ein.

»Ich finde die Bemerkung von Frank nicht schlecht«, sagte Durant. »Ich glaube, wir können die üblichen Verdächtigen ausschließen, die da wären Beziehungsdrama, Eifersucht, verschmähte Liebe und so weiter. Er hat diesen Mord inszeniert, das heißt, er wusste lange im Voraus, dass er ihn begehen würde …«

»Okay«, wurde sie von Seidel unterbrochen, »die beiden kannten sich. Wie lange? Keine Ahnung, aber offenbar gut genug, dass sie ihn arglos mit ins Haus nahm …«

»Nee, so einfach ist das nicht«, sagte Hellmer. »Was wir bis jetzt von ihr wissen, ist, dass sie einen offiziellen Job als Lehrerin hatte, sich aber nebenbei noch eine Menge Geld als Hure verdiente, jedenfalls wesentlich mehr, als ihr normales Gehalt betrug. Ihre Klientel scheint aus einer eher gehobenen Schicht zu stammen, da eine der Lehrerinnen behauptet, einmal vor dem Haus der Martens gestanden zu haben, aber nicht reingegangen ist, weil vor der Garage ein 500er Mercedes parkte. Bei einer weiteren Beobachtung hat sie auch wieder solche Nobelschlitten gesehen. Gut, das ist in der Gegend nicht unbedingt ungewöhnlich, trotzdem in unserm Fall von Bedeutung. Die Ausstattung des Hauses entspricht meiner Vermutung, dass sie über sehr viel Geld verfügte, denn ich habe einen Fernseher und eine Hifi-Anlage gesehen, die sicher zwanzigtausend, wenn nicht gar mehr Euro wert sind. Und auch den Rest hat sie garantiert nicht bei Ebay ersteigert. Damit stimmt zumindest der Spruch an der Wand, sie war eine Hure. Und sie ist einsam gestorben. Verdammt einsam. Hier, ich habe einen Taschenplaner mitgebracht. Das wird uns jedoch nicht viel weiterhelfen, weil sie alles abgekürzt hat. Aber sehen Sie selbst und lassen Sie's überprüfen. Wurde vielleicht noch irgendwas anderes gefunden? Ein Adress- oder Notizbuch vielleicht?«

Berger nickte. »Ein Adressbuch, aber einige Seiten wurden sehr sorgfältig herausgeschnitten, auch die dahinter liegenden leeren Seiten. Er hat perfekt gearbeitet, wenn ich das so sagen darf.«

»Warum auch die leeren Seiten?«, wollte Seidel wissen.

»Er hatte wohl die Befürchtung, dass die Schrift durchgedrückt wurde und man ihn mittels unserer phänomenalen Technologie doch überführen könnte. Er ging einfach auf Nummer sicher. Frage eins: Haben wir es mit unserm Mann vom Winter zu tun? Frage zwei: Woran erinnert Sie dieser Mord?«

Julia Durant kaute auf der Unterlippe, während die andern sich ratlos anschauten. Schließlich antwortete sie: »Es könnte sein, dass es unser Mann ist. Wenn ja, dann wird er uns das noch mitteilen, da bin ich sicher, denn er sucht ja den Kontakt zu uns. Zu Frage zwei fällt mir nur ein Fall ein – Jack the Ripper. Es ist durchaus möglich, dass er ihn kopiert. Es gibt zwei Parallelen. Der Ripper hatte es auf Huren abgesehen, und er hat sie ausgeweidet …«

»Nicht so schnell«, sagte Kullmer, »lediglich zwei unserer Opfer waren Huren. Die Heuer führte definitiv kein Doppelleben. Sie besuchte ihre Eltern jeden Abend, vor allem in den Wochen vor ihrem Ableben, denn ihr Vater lag im Sterben, und sie wollte so oft wie möglich bei ihm sein.«

»Darf ich meine Ausführungen zu Ende bringen?«, entgegnete Durant ungewohnt schroff. »Danke.« Sie erhob sich, ging an die Tafel und schrieb fünf Namen daran.

»Wir haben fünf Opfer, davon zwei Huren, die Frey und die Martens. Bei der Weiland bin ich mir nicht sicher, ob sie einen Lover hatte, von dem ihr Mann natürlich nichts wissen durfte. Ich erinnere nur an die Dessous und die ziemlich merkwürdige Aussage ihrer Freundin, bei der sie angeblich war. Aber ich will noch mal auf Jack the Ripper zurückkommen. Bis heute weiß niemand, ob seine ersten Opfer Huren waren, denn Ende des 19. Jahrhunderts steckte die polizeiliche Ermittlungsarbeit noch in den Kinderschuhen. Die Daktyloskopie war noch nicht anerkannt, DNA-Analysen waren noch hundert Jahre entfernt, die Gerichtsmediziner waren häufig rechte Metzger, von denen viele ihr Handwerk nur sehr unzureichend beherrschten. Niemand hat ihn je offiziell zu Gesicht bekommen, was nicht heißen will, dass es nicht doch ein paar Personen gab, die ihn kannten, aber schwiegen, was seine Identität betraf, denn es kursierte lange das Gerücht, dass es eine hoch gestellte Persönlichkeit gewesen sein soll. Es gibt auch einige sehr waghalsige Hypothesen, wer sich hinter dem Ripper verborgen haben könnte, unter anderem von der Krimiautorin Patricia Cornwell, die behauptet, dass es angeblich der deutsche Maler Walter Sickert gewesen sei, aber da hat sich die Dame ein bisschen sehr weit aus dem Fenster gelehnt, denn hieb- und stichfeste Beweise kann sie nicht vorlegen, nur Hypothesen. Auch haben weitere Untersuchungen ergeben, dass er zu neunundneunzig Prozent als Täter ausscheidet …«

»Und was bitte schön hat das mit diesem Fall zu tun?«, fragte Kullmer leicht gereizt.

»Sorry, aber ich werde das Gefühl nicht los, dass unser Mann sich den Ripper als Vorbild ausgesucht hat«, entgegnete Durant und zündete sich eine weitere Zigarette an.

»Jetzt beruhigen Sie sich mal alle wieder. Ich stimme Ihnen zu«, sagte Berger an Durant gewandt und lehnte sich zurück, die Hände über dem Bauch gefaltet. »Und ich gehe ebenfalls stark davon aus, dass es sich um unsern Mann vom Winter handelt. Und ich frage mich ebenfalls, warum er so lange stillgehalten hat.«

Kullmer löste sich vom Fenster und stellte sich in die Mitte des Zimmers. »Warum er so viel Zeit verstreichen ließ, bis er wieder mit dem Morden anfing, das weiß nur er. Vielleicht hat er sich im Ausland aufgehalten, hat eingesessen oder war anderweitig verhindert, wir können diese Frage jedenfalls nicht beantworten …«

»Aber warum hat er seine Vorgehensweise geändert?«, fragte Hellmer. »Es gibt Parallelen zu den vier vorangegangenen Morden, aber auch Abweichungen.«

»Er hat im Winter nur geübt«, bemerkte Kullmer lapidar, steckte sich einen Kaugummi in den Mund und begab sich auch an die Tafel. »Er weiß jetzt, dass diese Methode die ultimative ist. Das verschafft ihm den größten Kick. Wenn wir die Morde vom ersten bis zum vierten durchgehen, was fällt uns da auf? Die Weiland hatte Geschlechtsverkehr, allerdings benutzte ihr Partner ein Kondom. Ob er auch ihr Mörder ist, wissen wir nicht. Was wir aber definitiv wissen, ist, dass sie erstochen und im Wald an einer eher uneinsehbaren Stelle abgelegt wurde. Und sie scheint völlig unbemerkt von ihrer Umgebung ein Doppelleben geführt zu haben. Punkt.«

»Stopp«, unterbrach ihn Durant, »das mit dem Doppelleben haben wir schon ausführlich durchdiskutiert, aber es ist vorerst nur eine Vermutung, Beweise haben wir nicht.«

»Ich bitte dich, es deutet doch alles darauf hin. Aber egal, kommen wir zur Frey. Sie ist das einzige Opfer, das aufgeschlitzt wurde, nur wurden ihr keine Organe entnommen. Aber ihr wurde im Gegensatz zu den andern das Gesicht zerschnitten. Und sie war eine ganz offiziell registrierte Hure. Nummer drei, Sibylle Kröger. Fett, aufgedunsen, Alkoholikerin, arbeitslos, hat die meiste Zeit entweder vorm Fernseher oder vorm Computer verbracht. Möglicherweise hat sie so auch ihren Mörder kennengelernt. Auf jeden Fall keine Frau, auf die Männer stehen. Auch sie wurde nicht verstümmelt, nur erstochen. Und zu guter Letzt Liane Heuer. Verheiratet, Zahnärztin mit eigener Praxis in Schwanheim, die ihrem Mörder, wie es nach dem bisherigen Ermittlungsstand aussieht, zufällig über den Weg gelaufen ist, nachdem sie ihre Eltern besucht hatte, ihr Auto aber wegen einer Baustelle zweihundert Meter vom Elternhaus entfernt parken musste. Erstochen und die Kehle durchgeschnitten. All das lässt mich eben zu dem Schluss kommen, dass unser Täter zwischen Januar und März nur geübt hat. Danach ließ er eine Zeit verstreichen, bis er wieder zugeschlagen hat.«

»Aber warum hat er sich Anfang des Jahres nicht gemeldet?«, fragte Seidel. »Er hat weder eine Mail noch einen Brief geschickt, von einem Foto oder Video ganz zu schweigen.«

Kullmer zuckte mit den Schultern. »Keine Ahnung, aber wahrscheinlich gehört das zu seinem Spiel. Er muss sich verdammt sicher sein, dass wir ihm nie auf die Schliche kommen. Mehr fällt mir im Moment dazu nicht ein.«

»Du kannst recht haben«, sagte Durant nach einer Weile, »aber …«

»Nein, kein Aber. Es gibt ganz klare Unterschiede in der Vorgehensweise, aber eins ist sicher: Der Mann, der zwischen dem 10. Januar und 10. März vier Frauen umgebracht hat, ist auch der Mörder von Svenja Martens, die zweite Hure im Bunde.«

»Aber die Frauen kannten sich nicht«, warf Durant ein. »Und es gibt auch äußerlich keinerlei Ähnlichkeiten. Sie waren unterschiedlich alt, übten unterschiedliche Berufe aus, die Kröger war sogar arbeitslos …«

»Und? Wie viele Serienmörder kennst du, die sich nur Opfer aussuchen, die sich kennen? Und wie viele Serienmörder spezialisieren sich auf einen Opfertypus, zum Beispiel blonde Frauen zwischen achtzehn und dreißig? Ich weiß, wir hatten schon mal so einen Fall, aber das ist eher die Ausnahme. Die einzige Frage, die ich mir stelle, ist, wie gelangt er an seine Opfer? Vertrauen sie ihm bedingungslos, weil er nett, zuvorkommend, höflich ist? Oder gibt er sich als Installateur, Heizungsableser …«

»Unmöglich«, ergriff jetzt Hellmer das Wort. »Die Weiland, die Frey, die Heuer und die Martens wurden nachts umgebracht, da klingelt in der Regel kein Installateur oder Postbote oder irgendwer sonst. Höchstens Freunde oder Bekannte. Die Weiland und die Heuer wurden außerdem nicht zu Hause umgebracht. Er hat sie irgendwo auf der Straße oder in einer Kneipe aufgelesen, und was immer dann passiert ist, entzieht sich unserer Kenntnis. Wobei wir gerade bei der Heuer alle Kneipen und Bars in der Umgebung abgeklappert haben, aber in keiner wurde sie vor ihrem Tod gesehen. Also bleibt für mich nur, dass sie ihrem Mörder auf den zweihundert Metern zu ihrem Auto zufällig über den Weg gelaufen ist. Möglich ist aber, dass sie ihm begegnet ist und er sofort zugestochen, sie aber in seinem Wagen zu den Mülltonnen transportiert hat. Solche Fälle gab's schon öfter. Mich beschäftigt viel mehr die Frage, warum er in einer Nacht, wahrscheinlich sogar innerhalb von zwei bis drei Stunden, zweimal zugeschlagen hat.«

»Das haben wir alles schon durchdiskutiert. Wut, Hass, aufgestaute Aggressionen, die er nur so loswerden konnte«, sagte Kullmer. »Und das mit dem Installateur und den andern nehm ich zurück.«

»Moment«, meinte Durant nachdenklich, »Jack the Ripper hat auch in einer Nacht zweimal zugeschlagen. Beim ersten Mord wurde er gestört, weshalb er sein Opfer nicht ausweiden konnte. Den zweiten konnte er ungestört begehen. Und beim allerersten Mord, den man ihm zuschreibt, hat er sein Opfer mit einem Schnitt durch die Kehle und mit zahlreichen Messerstichen getötet, er hat sie aber nicht ausgeweidet.«

»Das ist doch genau das, was ich sage«, erklärte Kullmer. »Unser Mann hat ausprobiert, welche Tötungsart für ihn am ehesten in Frage kommt. Und dabei fiel ihm möglicherweise Jack the Ripper ein, da geb ich Julia in gewisser Weise recht. Literatur über ihn gibt's ja genug, jeder kann alles über dessen Vorgehensweise nachlesen. Und jetzt bei der Martens hat er erst richtig angefangen. Macht das Sinn?«

Hellmer und Durant nickten, während Seidel aus dem Fenster auf die Kreuzung Adickesallee/Eschersheimer

Landstraße schaute und Berger nur ein nachdenkliches Gesicht machte.

»Es macht Sinn, aber wir brauchen Beweise«, sagte Durant ruhig. »Bei den ersten vier Morden waren es stets unterschiedliche Messer, die er benutzt hat …«

»Falsch«, wurde sie von Berger berichtigt, »die Weiland und die Frey wurden laut Rechtsmedizin mit allergrößter Wahrscheinlichkeit mit demselben Messer getötet. Oder mit dem gleichen Messertyp, was natürlich wieder zwei Täter in Betracht kommen lässt.«

Kullmer schüttelte energisch den Kopf. »Es handelt sich um einen Täter. Wir jagen einen Mann, der sich wahllos Frauen aussucht mit dem Vorsatz, sie umzubringen. Wie er an sie rankommt, das wissen wir noch nicht, aber wir werden es rausfinden. Auf jeden Fall ist der Kerl ziemlich clever. Er ist intelligent, er verfügt über anatomische Kenntnisse, weswegen es für mich auch ein Arzt oder Medizinstudent sein könnte, er hinterlässt keine Spuren beziehungsweise er hinterlässt schon Spuren, aber noch keine für uns verwertbaren. Das heißt, er hat im Augenblick noch einen Freibrief. Ich frage mich nur, wann und wo er das nächste Mal zuschlägt. Und er wird es wieder tun, denn er hat Blut geleckt, vielleicht sogar im wahrsten Sinn des Wortes. Wer sagt uns denn, dass er vergangene Nacht kein Blut getrunken hat?«

»Bitte?!«, fuhr ihn Seidel sichtlich aufgewühlt von dem bisher Gehörten an. »Jetzt reicht's aber.«

»Nein, Peter hat recht«, sagte Durant, »wir sollten auch diesen Aspekt in Betracht ziehen. Jack the Ripper hat meines Wissens nach damals mehrfach den Kontakt zur Presse und der Polizei gesucht, so weit mir aber bekannt ist, wurde er nicht für voll genommen. Das ist auch wurscht, unsern Mann nehme ich für voll. Leute, ich brauch sämtliche Informationen zum Ripper, alles, was aufzutreiben ist. Wie seine Vorgehensweise war, alles über seine Opfer und die Zeiten, in denen die Morde geschehen sind. Wenn wir es mit einem Nachahmungstäter zu tun haben, dann danke schön. Dann können wir uns auf was gefasst machen.«

»Aber der Ripper hat doch ganz abrupt aufgehört, wenn mich mein Gedächtnis nicht trügt«, sagte Hellmer. »Er wurde auch nie geschnappt.«

»Mein Wissen über ihn ist auch nur bruchstückhaft, ich kenne nur ein paar wenige Details, im Prinzip nicht mehr als das, was ich eben erzählt habe. Aber ich will wissen, ob unser Mann ihn kopiert. Entsinnt ihr euch, wie ich damals bei der Frey schon gesagt habe, dass mich das an den Ripper erinnert?«

Hellmer nickte.

»Bei der Martens deutet noch viel mehr darauf hin. Deshalb alles zusammentragen, was wir kriegen können. Und ich stimme Peter zu, dass er weitermachen wird. Deshalb ist Eile geboten. Und wir sollten schnellstmöglich Richter hinzuziehen, er soll ein neues Täterprofil erstellen, ich denke, der Mord an der Martens wird seine ursprüngliche Analyse gewaltig über den Haufen werfen.«

»Apropos, da fällt mir noch was ein«, sagte Berger. »Bei der Martens wurden nicht unerhebliche Mengen Kokain und Marihuana sichergestellt.«

Durant und Hellmer sahen sich an, und sie meinte: »Das mit dem Gras haben wir uns schon gedacht, das ganze

Haus roch danach. Sonst noch was, das wir wissen sollten?«

»Es wurden Kontoauszüge gefunden. Sie besaß ein Barvermögen von über hundertsiebzigtausend Euro, von denen hundertfünfzigtausend auf zwei Konten bei einer Bank und einer Sparkasse verteilt waren. Außerdem lagen in einem Tresor mehrere wertvolle Schmuckstücke und Bargeld in Höhe von achtzehntausend Euro und sechstausend US-Dollar. Die Spurensicherung ist noch vor Ort und wird wohl auch noch die nächsten Tage damit zubringen, das Haus auf den Kopf zu stellen. Vielleicht finden sie ja doch noch was, das uns weiterhilft.«

»Unwahrscheinlich«, sagte Durant zweifelnd. »Mich interessiert viel mehr, wer alles zum Kundenstamm der Martens gehört hat. Würde mich nicht wundern, wenn wir auf ein paar bekannte Namen stoßen. Allerdings könnten wir dabei in ein Wespennest stechen.«

»Na und? Hat uns das jemals gestört?«, erwiderte Kullmer grinsend. »Ich liebe Wespennester. Aber glaubst du allen Ernstes, dass einer von denen der Mörder ist? Dann hätte er wohl nicht nur ein paar Seiten, sondern das ganze Buch mitgenommen.«

»Oder sein Name taucht irgendwann vorher auf, und wir bringen ihn mit dem Mord gar nicht in Verbindung.«

»Aber warum sollte ein Stammkunde der Martens auch die andern Morde begangen haben? Nur die Frey war noch im horizontalen Gewerbe tätig.«

»Ich halt's ja auch für wenig wahrscheinlich. Was ist mit der Vita?«

»Liegt hier auf dem Tisch«, sagte Berger. »Die Eltern sind geschieden, die Mutter ist in einem Pflegeheim in der

Nähe von Kiel untergebracht, steht aber nicht drin, warum. Vom Vater fehlt jede Spur. Aber hier, lesen Sie selbst.«

Durant nahm die dünne Akte in die Hand und las zusammen mit Hellmer und Kullmer, während Seidel sich weiter zurückhielt. Sie schien mit ihren Gedanken weit weg zu sein, was von den andern aber keiner bemerkte oder bemerken wollte.

»Nichts Weltbewegendes«, meinte Durant nach kurzem Überfliegen der wenigen Zeilen. »Was ist mit dem Computer? Ist er schon bei unsern Spezies?«

Berger zuckte nit den Schultern. »Keine Ahnung, aber Sie können ja mal runtergehen und denen einen Besuch abstatten.«

»Okay«, sagte sie und nahm ihre Tasche. »Frank, kommst du mit? Wir könnten dann gleich noch mal zum Haus der Martens fahren.«

Hellmer schaute auf die Uhr, die Nadine ihm zum Geburtstag geschenkt hatte, eine Rolex, so teuer wie ein Mittelklassewagen. Aber jeder in der Abteilung wusste von dem Vermögen, das Nadine mit in die Ehe gebracht hatte, und keiner war neidisch. Dachte er jedenfalls.

»Es ist schon fast fünf, meinst du, da ist noch jemand?«

»Wir schauen einfach mal nach. Wenn nicht, dann eben morgen. Ciao und denkt an die Unterlagen über den Ripper.«

Sie nahmen den Aufzug, der sie zu der Abteilung brachte, wo die Computerspezialisten saßen.

»Was hältst du von meiner Theorie?«, fragte sie.

»Das mit dem Ripper?« Hellmer hob die Schultern und

sagte: »Möglich, dass wir's mit einem Kopisten zu tun haben, oder Jack the Ripper ist aus dem Grab gekrochen.«

»Das Video ist der Hammer. Ich wundere mich immer wieder, zu was Menschen doch fähig sind.«

»Der Drecksack ist einfach pervers. Ich frag mich, was er damit bezwecken will. Geilt es ihn auf …«

Der Aufzug hielt, sie traten auf den Gang. Durant fasste Hellmer am Arm. »Warte mal, du hast da eben was gesagt, das mit dem Aufgeilen. Hattest du beim Betrachten des Videos das Gefühl, dass er sich in irgendeiner Weise aufgegeilt hat?«

Hellmer kratzte sich am Kinn und schüttelte den Kopf. »Nee, wenn du mich so fragst. Er hat vollkommen ruhig gewirkt. Er hat sie aufgeschnitten und wie bei einer Operation … Kein sexueller Kick?«

»Vielleicht vorher. Doch möglicherweise hat er ein ganz anderes Motiv. Aber wenn's nichts Sexuelles ist, was dann?«, sagte sie leise, während sie über den langen Gang mit dem grau gesprenkelten Boden gingen. Hellmer antwortete nichts darauf, er hatte keine Antwort, nicht einmal eine Vermutung. »Jack the Ripper hatte auch kein sexuelles Motiv, so weit ich informiert bin«, fuhr Durant nach einer Weile fort. »Er hat seine Opfer abgeschlachtet und ausgeweidet. Aber dabei kriegt man keinen Orgasmus. Es sei denn … Nee, ich möcht da gar nicht drüber nachdenken. Das war vorhin die reinste Horrorshow. Was hältst du davon, wenn wir es Andrea und Bock zeigen? Vielleicht können die uns was zu der Person sagen?«

»Von mir aus. Aber sag mal, wir haben den Kerl doch nur in seinem Anzug gesehen, nichts von seinem Gesicht oder seiner Figur. Ich schätze mal, dass er so zwischen einssiebzig und einsfünfundsiebzig groß ist.«

Als Hellmer nicht weitersprach, sagte Durant: »Ja und?«

»Na ja, was, wenn's gar kein Mann, sondern eine Frau ist? Nur so 'ne Idee. Zu wem haben Frauen mehr Vertrauen, zu Männern oder zu Frauen? Würdest du nachts auf einer einsamen Straße eher einem Mann oder einer Frau aus dem Weg gehen? Die Frage ist doch ziemlich leicht zu beantworten.«

»Du spinnst, doch wir müssen alle Möglichkeiten in Betracht ziehen. Aber eine Frau?« Durant machte ein nachdenkliches Gesicht und schaute Hellmer an, um schließlich den Kopf zu schütteln. »Möglich ist alles, aber ich kann's mir nicht vorstellen. Tut mir leid, ich trau so was einer Frau einfach nicht zu. Frauen gehen viel subtiler vor, sie morden mit Gift, erstechen oder erschlagen ihren untreuen oder prügelnden Gatten oder Geliebten, wenn er schläft, oder schießen im Affekt ein ganzes Magazin leer, manch eine hat ihrem Göttergatten auch schon das beste Stück abgeschnitten, aber eine solche Blutorgie wie bei der Martens passt nicht zu einer Frau. Und dieser Spruch, Huren sterben einsam, das klingt eher nach einem Mann, der von einer oder mehreren Frauen enttäuscht wurde. Womöglich hatte er eine Frau oder Freundin, die eine Hure war, was er aber erst später erfahren hat. Ich meine, es gibt unzählige Möglichkeiten, warum er so was macht. Ich bleibe dabei, es ist ein Mann. Es sei denn, es ergeben sich andere Hinweise. Aber auch das mit der Mail ist eher die Handschrift eines Mannes. Frauen halten sich zurück. Ich meine, das, was mit der Martens passiert ist, das war das reinste Schlachtfest, was anderes fällt mir dazu nicht ein.«

Hellmer erwiderte nichts mehr darauf. Sie betraten die Abteilung der Kriminaltechnik, wo es zum Teil aussah wie in amerikanischen Serien. Doch der Unterschied dazu war, dass alles viel langsamer vonstatten ging, die akribische Kleinarbeit häufig viel Zeit und Geduld in Anspruch nahm und vor allem Kriminaltechniker auch nur Menschen waren und sich auch so verhielten.

»Weißt du, wo die Computerabteilung ist?«, fragte Durant.

»Einfach mir nach.«

Sie kamen in einen großen Raum, der in mehrere kleinere Räume unterteilt war. Eine junge Frau von höchstens siebenundzwanzig Jahren trat auf sie zu und sagte: »Kann ich Ihnen helfen?«

»Vielleicht. Es geht um den PC von Svenja Martens …«

»Den hat Herr Schreck unter seinen Fittichen. Gehen Sie einfach hin, der Mann mit dem grauen Sweater.«

»Danke, Frau …«

»Köster. Und Sie?«, fragte Frau Köster, eine attraktive, sehr ansehnliche Frau, die zwar nur Jeans und einen weit geschnittenen Pullover anhatte, aber ihr Gesicht hatte etwas Besonderes, vor allem die großen grünen Augen, dazu die ungewöhnlich langen blonden Haare, die sie zu einem Zopf geflochten hatte, und die vollen Lippen, die ein wenig an die von Angelina Jolie erinnerten, auch wenn sie sonst keine Ähnlichkeit mit ihr aufwies. Eine Frau, nach der sich die Männer bestimmt die Köpfe verrenkten, wenn sie an ihnen vorbeiging.

»Durant, K 11, mein Kollege Herr Hellmer.«

Sie gingen auf den Tisch zu, an dem ein ebenfalls noch recht junger Mann saß und auf einen Monitor blickte.

»Herr Schreck?«, sagte Durant.

Er drehte sich erschrocken um und nickte. »Ja. Was kann ich für Sie tun?«

»Durant, K 11, und das ist mein Kollege Herr Hellmer. Ist das der PC von Frau Martens?«

»Ja, ich bin gerade dabei, die Dateien durchzugehen. Bis jetzt hab ich allerdings nichts Besonderes entdecken können.«

»Wir wollten eigentlich nur wissen, ob von diesem PC aus eine Mail an mich geschickt wurde. Letzte Nacht um dreiundzwanzig Uhr noch was.«

»Das lässt sich hoffentlich leicht rauskriegen. Wenn Sie sich einen Augenblick gedulden wollen.« Er deutete auf einen Stuhl, sah um sich und sagte zu Hellmer: »Nehmen Sie sich den von Herrn Nestroy. Er ist im Haus unterwegs.«

Schreck war ein mittelgroßer Mann, mit vollem dunkelbraunem, fast schwarzem Haar, sanft geschwungenen Lippen, dunklen Augen und wulstigen Augenbrauen. Er sah Durant einen Moment aus dem Augenwinkel an und tippte etwas auf der Tastatur. Ein Fenster öffnete sich, er tippte weiter und sagte nach kaum einer Minute: »Wie ist Ihre Adresse?«

»Wozu brauchen Sie meine Adresse? Wollen Sie mich besuchen?«, fragte Durant zurück.

»Ihre E-Mail-Adresse.«

»Oh, tut mir leid, wollte Ihnen nicht zu nahe treten.« Sie diktierte sie ihm.

Kurz darauf meinte Schreck: »Ja, von diesem PC wurde

gestern Abend um dreiundzwanzig Uhr dreiundvierzig eine Mail an Sie verschickt. Möchten Sie sie lesen?«

»Nein danke, das hab ich schon. Können Sie auch rauskriegen, mit wem Frau Martens in der Vergangenheit sonst noch Kontakt hatte?«

»Nur bis zu einem gewissen Zeitpunkt. Die Provider löschen die Daten in der Regel nach einem bis maximal sechs Monaten, es sei denn, man speichert sie in der Ablage.«

»Aber Sie können das feststellen, ich meine, was sich alles auf der Festplatte befindet?«

Schreck sah sie zweifelnd an. »Sie kennen sich mit Computern nicht aus, oder?«, konstatierte er treffsicher.

»Meine Kollegin hat keinen blassen Schimmer von den Dingern. Das Einzige, was sie kann, ist, ihre Mails zu lesen und manchmal auch zu beantworten. Und natürlich kann sie mit Word umgehen, aber ansonsten ist ein PC für sie ein Buch mit sieben Siegeln.«

»Frank, bitte …«

»Das ist doch keine Schande, Julia.« Und wieder an Schreck gewandt, fügte Hellmer grinsend hinzu: »Sie hat nicht mal einen zu Hause.«

»Ich …«

»Wenn Sie wollen, führe ich Sie mal in einem Crashkurs in die Materie ein. Warum haben Sie eigentlich keinen PC?«

»Weil ich bis jetzt keinen gebraucht habe«, versuchte sie sich zu rechtfertigen, obwohl sie schon hin und wieder mit einem geliebäugelt hatte, aber genau wusste, damit nicht zurechtzukommen, es sei denn, jemand würde ihr zeigen, welche Funktionen so ein Gerät hatte. Und wenn sie im Büro Hilfe bei besonders schwierigen Aufgaben brauchte, dann rief sie entweder nach Hellmer oder Kullmer oder auch nach Doris Seidel, die ebenfalls eine Menge davon verstand.

»Heutzutage ist das fast notwendig, vor allem für jemanden wie Sie«, sagte Schreck mit leicht hochgezogenen Brauen. »Außerdem ist das heute längst kein Luxus mehr, sondern gehört zur Ausstattung wie ein Kühlschrank oder ein Fernseher. Ganz ehrlich, Sie sind die Erste, die mir sagt, dass sie keinen Computer hat. Und es muss ja nicht gleich ein Desktop sein, ein Notebook reicht vollkommen aus. Es nimmt vor allem kaum Platz weg, ist leicht zu bedienen und …«

»Schon gut, schon gut«, sagte Durant und hob die Hand. »Ich werde mir bei Gelegenheit eins zulegen.«

»Julia, Herr Schreck hat dir gerade angeboten, dir zu zeigen, wie so ein Ding funktioniert. Ich würde nicht zu lange überlegen«, sagte Hellmer.

»Was kostet denn der Spaß?«, fragte sie und sah Schreck an.

»Ein gutes Notebook bekommen Sie schon für acht- bis neunhundert Euro. Mit WLAN und allen möglichen anderen Funktionen.«

»Mit was?«

»Wireless LAN. Damit können Sie drahtlos im Internet surfen.«

»Aber wozu brauch ich das?«, fragte sie naiv.

»Weil es Sie unabhängig macht.«

»Nein, ich meine Internet. Ich komm auch so ganz gut zurecht.«

»Zum Recherchieren ist das Internet zum Beispiel hervorragend geeignet. Dort finden Sie tausendmal mehr Informationen als in der besten Enzyklopädie. Allein das ist es für mich schon wert.«

»Auch über Jack the Ripper?«

»Über alles und jeden«, erklärte Schreck. »Warten Sie, ich zeig's Ihnen mal, aber dafür nehmen wir meinen, weil ich an dem Martens-PC nichts verändern darf.« Und nach wenigen Sekunden: »So, wie war das? Jack the Ripper? Okay, wir geben das bei Google ein, und voilà, da haben wir eine ellenlange Liste mit Einträgen. Wir klicken gleich mal auf die erste, und siehe da …«

Julia Durant verzog den Mund anerkennend. »Das heißt, ich müsste gar nicht in die Bibliothek gehen, wenn ich bestimmte Informationen benötige?«

»Nein, das müssten Sie nicht. Sie können Musik runterladen oder Filme, Textdateien anlegen und so weiter und so fort.«

»Und das ist wirklich so einfach?«, fragte sie zweifelnd.

»Julia, das ist so einfach. Gib dir einen Ruck, du wirst sehen, es erleichtert dir die Arbeit. Und du brauchst nicht andauernd mich oder Peter zu fragen …«

»Ich hab's ja kapiert. Und wo krieg ich so ein Notebook?«

»Im Prinzip in jedem Kaufhaus oder Elektronikmarkt, aber ich würde Ihnen raten, sich nicht irgendeins rauszusuchen. Sie sollten sich unter allen Umständen von einem Fachmann beraten lassen.«

»Wären Sie vielleicht so freundlich, ich meine, nur wenn es Ihre Zeit zulässt … Ich will nicht aufdringlich erscheinen, aber …«

»Kein Problem, ich müsste nur mal nachschauen, wann

es am besten passt. Einen Moment … Von mir aus morgen so gegen achtzehn Uhr. Um halb neun hab ich wieder einen Termin …«

»Es eilt nicht so, wirklich nicht …«

»Morgen um sechs. Treffen wir uns unten am Eingang?«

»Okay, dann bis morgen. Und schon mal vielen Dank für Ihre Mühe. Ach ja, wann in etwa sind Sie mit dem hier fertig?«, fragte sie und deutete auf den PC von Svenja Martens.

»Ich hoffe morgen Mittag. Es stimmt doch, dass ich nachschauen soll, mit wem Frau Martens Kontakt hatte?«

»Ja. Und ob sich irgendwas darauf befindet, das für uns sonst noch relevant sein könnte, Sie wissen ja, was wir so benötigen.«

»Adressen? Viele User schreiben ihre Adressen und Termine nicht mehr mit der Hand, sondern tippen sie in ein elektronisches Adressbuch ein. Mach ich auch.«

»Sie wissen, was für uns relevant ist, und Adressen gehören dazu. Danke und schönen Abend noch.«

»Ihnen auch. Und bis morgen um sechs.«

Hellmer grinste Durant an, als sie hinausgingen. Frau Köster telefonierte. Auf dem Gang kam ihnen Nestroy entgegen.

»Haben Sie mich gesucht?«, fragte er.

»Eigentlich schon, aber Herr Schreck hat uns bereits weitergeholfen«, antwortete Hellmer.

»Dann ist's ja gut. Ich hab ihm den PC gegeben, weil ich was anderes zu tun habe und unser Chef erst am Montag wieder da ist. Ich mach mich dann mal wieder an die Arbeit.«

»Nette Leute«, sagte Durant auf dem Weg zum Aufzug. »Ein junges, dynamisches Team. Aber wieso um alles in der Welt hast du mich so bloßgestellt? Ich …«

»Ich hab dich doch nicht bloßgestellt, das warst du selber. Und außerdem ist es keine Schande, von Computern nichts zu verstehen. Ich bin auch ein Laie gegen diesen Schreck oder Nestroy.«

»Aber du kennst dich aus«, grummelte Durant.

»Blödsinn! Ich weiß, wie so 'ne Maschine funktioniert, ich kenn die wichtigsten Anwendungen, doch das, was die machen, davon hab ich null Ahnung. Aber ganz ehrlich, es wird Zeit, dass du dir mal einen PC oder ein Notebook zulegst. Und dieser Schreck ist doch ein ganz patenter Bursche.«

Sie wollte etwas antworten, als ihr Handy klingelte. Sie nahm es aus der Tasche und meldete sich.

»Hier Andrea. Da du ja immer alles so schnell wie möglich haben willst, haben wir uns entsprechend gesputet. Die ersten Untersuchungen liegen hinter uns und haben erstaunliche Erkenntnisse zu Tage gefördert …«

»Kannst du auch weniger geschwollen reden?«, sagte Durant grinsend.

»Aber sicher doch. Die Martens hatte kurz vor ihrem Dahinscheiden Geschlechtsverkehr. Wir haben Spermaspuren gefunden, wenn auch nur eine sehr geringe Menge. Wir isolieren gerade die DNA und führen einen Vergleich in unserer Datenbank durch. Vielleicht haben wir ja Glück und …«

»Macht das. Aber eigentlich könnt ihr euch das auch sparen. Der hat sie vielleicht gebumst, aber er weiß, dass seine DNA nicht bei uns gespeichert ist.«

»So sicher?«

»Ziemlich. Der spielt und verhöhnt uns. Welche Untersuchungen führt ihr noch durch?«

»Wir untersuchen sie auf Fasern, Fingerabdrücke, Partikel aller Art et cetera pp. Ach ja, der Mageninhalt ist sehr aufschlussreich. Ihr Magen war noch prall gefüllt mit Hackfleisch, Pommes, Reis, Salat sowie Rotwein und Whisky. Dazu kommt, dass sie gestern Abend mindestens eine Line gezogen hat. Wir haben Spuren von Schnee an ihrer Nasenschleimhaut festgestellt. Ansonsten war sie kerngesund, körperlich.«

»Das heißt, sie könnte vor ihrer Begegnung mit dem Mörder essen gewesen sein. Worauf tippst du?«

»Jugoslawisch, griechisch, irgendwas in der Richtung. Sie hat die Mahlzeit garantiert nicht länger als zwei bis zweieinhalb Stunden vor ihrem Tod eingenommen. Ich würde an eurer Stelle mal in den entsprechenden Lokalen oder Restaurants nachfragen, ob jemand sie dort gesehen hat. Vielleicht sogar in Begleitung.«

»Und wenn sie zu Hause gegessen hat?«

»Habt ihr was Entsprechendes gefunden? Geschirr, Essensreste?«

»Woher soll ich das wissen, da muss ich unsere Leute von der Spurensicherung fragen. Aber Frank und ich fahren sowieso gleich noch mal zum Haus. Sonst noch was?«

»Nein. Ich melde mich, sobald wir die Untersuchungen abgeschlossen haben. Aber wie ich schon sagte, wer immer da am Werk war, er verfügt über sehr gute anatomische Kenntnisse. Ein Chirurg hätte das nicht besser machen können. Ich tippe immer noch auf einen Arzt oder Medizinstudenten.«

»Warten wir's ab. Erst mal danke für die Infos und schönen Abend.«

»Dir auch. Bis bald.«

»Stopp, stopp! Ich hab was vergessen. Der Täter hat seine Tat aufgezeichnet. Wir haben uns vorhin das Video angesehen, in voller Länge. Es wäre gut, wenn du auch mal einen Blick darauf werfen könntest.«

»Was? Der hat das gefilmt?« Durant meinte den ungläubigen Blick von Andrea Sievers zu sehen.

»Wann hast du Zeit dafür? Wir können dir auch 'ne Kopie machen, und du kannst es zu Hause beim Abendbrot angucken«, sagte Durant grinsend.

»Warum nicht, mich kann sowieso nichts mehr schocken.«

»Wetten doch? Ich schick dir 'ne Kopie rüber, danach können wir uns noch mal unterhalten. Ciao.« Durant steckte das Handy wieder ein und sagte zu Hellmer: »Das war Andrea. Wir sollten sämtliche Restaurants mit Balkanspezialitäten in Unterliederbach und Umgebung abklappern und fragen, ob die Martens gestern Abend in einem war. Vielleicht hatte sie ja sogar ein Lieblingsrestaurant, in dem sie Stammgast war.«

»Du glaubst doch nicht ernsthaft, dass sie mit ihrem Mörder essen war. Also ich hab für heute genug, das können andere übernehmen. Oder wir verschieben's auf morgen. Außerdem wartet Nadine auf uns.«

Durant dachte an die kleine Auseinandersetzung von vorhin, an die Worte, die Hellmer ihr an den Kopf geworfen hatte. Eigentlich hatte sie keine Lust auf die Fahrt nach Hattersheim, doch sie wollte Nadine auch nicht enttäuschen, die von alldem nichts mitbekommen hatte.

Aber bestimmt haben sie schon darüber gesprochen, dachte sie, in der Vergangenheit, wahrscheinlich mehrfach. Nein, haben sie nicht, denn dann würde Nadine sich nicht auf ihren Besuch freuen. Und Frank ist seit dem Video auch wieder zugänglicher geworden, er hat sogar schon wieder Scherze gemacht, als es um meine mangelnden Computerkenntnisse ging. Trotzdem muss ich mich am Riemen reißen, ich muss ihm mehr Freiheiten bei den Ermittlungen lassen. Es stimmt, ich bin zu dominant, das sagt ja sogar mein Vater. Julia, du wirst dich ändern. Du musst dich ändern.

»Aber zur Martens fahren wir noch, oder?«

»Liegt ja praktisch auf dem Weg. Und das vorhin, das hab ich nicht so gemeint …«

»Doch, hast du. Aber darüber reden wir ein andermal. Nur so viel – ich bin nicht sauer, höchstens auf mich. Und jetzt Ende der Diskussion, wir haben Wichtigeres zu tun.«

»Wir nehmen aber unsere Autos, denn noch mal zurück ins Präsidium, darauf hab ich keinen Bock.«

Berger und Kullmer waren noch im Büro und sahen sich ein weiteres Mal das Video an, schauten kurz auf, als Durant und Hellmer eintraten, und Kullmer drückte auf Pause.

»Braucht ihr das jetzt noch?«, fragte Durant verwundert.

»Wir machen uns Notizen, liebste Julia, und wir werden das Band von unseren Experten auswerten lassen. Manchmal finden sich Dinge auf diesen Bändern, die wir nicht sehen oder sehen können. Schatten, Spiegelungen oder irgendwelche anderen Details, die auf einem normalen Bildschirm unsichtbar sind. Vielleicht haben wir Glück und sehen diesen Mistkerl. Das ganze Zimmer ist doch voller Spiegel, wenn ich mich recht erinnere.«

»Richtig. Wir brauchen eine Kopie für Andrea, die soll sich das auch ansehen. Sie hat ein geübtes Auge, was das Sezieren angeht. Sie hat mir gerade bestätigt, dass der Mörder ein Arzt oder Medizinstudent sein könnte. Das hat man übrigens auch bei Jack the Ripper vermutet.«

»Du und dein Ripper«, erwiderte Kullmer. »Aber ich bin ja irgendwo auch deiner Meinung.«

»Wo ist Doris?«

»Beim Arzt. Und ihr fahrt noch mal zum Haus?«

Durant nickte. »Wir sehen uns morgen. Und wir setzen uns mit Richter in Verbindung. Ich will wissen, was er von diesem Mord hält. Und sollte wider Erwarten irgendwas sein, informiert den KDD, dass ich …« Sie sah Hellmer gequält lächelnd an, denn sie wusste, dass sie wieder im Begriff war, eine Entscheidung zu treffen, ohne ihn vorher zu fragen. »Frank, wie sieht's aus, wollen wir auch Bereitschaft für die nächsten Tage übernehmen?«

»Nur, wenn's unbedingt sein muss. Ich hatte erst letzte Woche, als du noch auf den Seychellen weiltest. Aber okay, von mir aus.«

»Doris und ich haben doch Bereitschaft«, meinte Kullmer. »Oder traust du uns nicht zu, dass wir …«

»Schon gut, wir sind schon weg«, wiegelte sie ab, wandte sich um und wollte bereits nach draußen laufen, als sie innehielt. »Ach ja, Andrea hat außerdem gesagt, dass die Martens nicht lange vor ihrem Tod jugoslawisch oder griechisch gegessen hat. Ein paar Kollegen sollen sich mal bereithalten, um eventuell alle Restaurants der Art in Höchst und Umgebung abzuklappern und zu fragen, ob sie in einem gesehen wurde. Und vor allem, ob sie in Begleitung war. Das war's. Und tschüs.«

Sie lief mit schnellen Schritten nach draußen. Hellmer folgte ihr und machte die Tür hinter sich zu. Er sagte nichts und drückte den Aufzugsknopf.

»Das ist genau das, was du gemeint hast, oder?« Durant sah Hellmer von der Seite an, sie hätte sich ohrfeigen können. »Komm, sag's, ich kann Kritik vertragen.«

»Du weißt es doch selbst, warum soll ich noch was sagen. Denk einfach dran, dass wir ein Team sind. Okay, du bist die leitende Ermittlerin, mehr aber auch nicht. Wir sind eine tolle Abteilung, wir haben eine fast sensationelle Aufklärungsquote, was nicht zuletzt am gesamten Team liegt. Und jetzt kein Wort mehr darüber. Erst wenn wir den Fall gelöst haben, reden wir noch mal in aller Ruhe. Einverstanden?«

Hellmer legte einen Arm um Durants Schulter und drückte sie kurz an sich.

»Einverstanden.«

Donnerstag, 18.45 Uhr

Es waren noch immer vier Kollegen von der Spurensicherung vor Ort, als Durant und Hellmer das Haus betraten. Sie wollten sich nicht lange aufhalten, nur noch einmal umsehen und nachschauen, ob Svenja Martens die Mahlzeit, von der Andrea Sievers gesprochen hatte, daheim oder auswärts zu sich genommen hatte.

»Habt ihr irgendwas gefunden, das darauf hindeutet, dass die Martens gestern Abend hier gegessen hat?«

»Was meinst du?«, fragte Platzeck, der Leiter der Truppe.

»Essensreste, ungespültes Geschirr oder irgendwas von einem Lieferservice? Griechisch, jugoslawisch, so in der Richtung.«

»Nein, wir haben die Küche auf den Kopf gestellt, aber die blitzt und blinkt. Die wurde wahrscheinlich nur selten benutzt. Im Mülleimer sind Teebeutel und ein Kaffeefilter, aber kein dreckiges Geschirr in der Spüle oder Spülmaschine. Ich wüsste jedenfalls mit so 'ner Luxusküche mehr anzufangen, das heißt, meine Frau wüsste das«, sagte Platzeck.

»Ich nicht«, gab Durant zu. »Okay, ich ruf mal schnell im Präsidium an.« Sie sprach mit Berger, der mit Kullmer noch immer vor dem Video saß, wie er ihr berichtete. »Sie hat nicht zu Hause gegessen, also muss sie in einem Restaurant gewesen sein. Die Kollegen sollen ausschwärmen, am besten heute noch.«

»Und Sie?«

»Wir haben Feierabend. Bis morgen.«

Sie sahen sich im Erdgeschoss um, das aus vier Zimmern, einer Dusche, einem Gäste-WC und der Küche bestand, gingen in den Keller, in dem es ebenfalls erstaunlich sauber aussah (auf jeden Fall sauberer als in meiner Bude, dachte Durant), mit einer Waschküche, in der eine ultramoderne Waschmaschine und ein ebensolcher Trockner standen. Hinter einer der Türen befand sich die

Heizung, hinter einer anderen ein professionell ausgestatteter Weinkeller, den Hellmer, nachdem er das Licht angemacht hatte, staunend betrachtete.

»Wow, die Martens hat wirklich gelebt«, stieß er anerkennend hervor, nahm eine Flasche aus dem Ständer und las das Etikett. »Mein lieber Scholli, das Zeug kriegst du nicht bei Aldi oder Penny.«

»Stimmt, sie hat gelebt, aber nur sehr kurz, dafür sehr intensiv«, erwiderte Durant lapidar. »Wie Jim Morrison oder Jimi Hendrix oder Janis Joplin.«

»Die wurden aber nicht umgebracht, sondern haben sich zu Tode gefixt oder gesoffen«, bemerkte Hellmer. Er legte die Flasche zurück, sah Durant fragend an und meinte: »Wo hat die das ganze Geld her gehabt? Sie hat keinen Vater, und die Mutter ist in einem Pflegeheim. Entweder hatte sie Freier en masse oder nur ein paar, denen es aber auf hundert oder tausend Euro mehr oder weniger nicht ankam.«

»Ich schätze eher Letzteres. Ich frag mich nur, wo sie die Zeit hergenommen hat, sich neben der Schule noch zu prostituieren?«

»Sie hat sich nicht neben der Schule prostituiert«, sagte Hellmer grinsend.

»Haha, du weißt genau, was ich meine. Wie viele Freier hatte sie wohl so in der Woche? Zehn, zwölf? Und wie viel hat sie für eine Stunde genommen? Hundert, zweihundert Euro? Oder mehr?«

»Mehr, garantiert. Wenn sie eine richtige Edelnutte war, dann hat sie ordentlich abkassiert. Und wenn ich mich hier umschaue, dann haben sich die werten Herren nicht lumpen lassen. Vielleicht hat ihr einer das Haus auch geschenkt. Wir müssen alles in Betracht ziehen. Ein Haus gegen Sex. Wäre nicht das erste Mal.« Hellmer hatte seinen Rundgang durch den Weinkeller beendet und ging mit Durant wieder nach oben.

»Und, habt ihr euch umgeguckt?«, fragte Platzeck. »Fläschchen Wein gefällig?«

»Schön wär's«, sagte Hellmer.

Platzeck grinste viel sagend und kratzte sich am Ohr. »Dann nicht.«

»Warum grinst du so?«

»Ich kenne Kollegen, die nehmen's nicht so genau.«

»Wir aber«, sagte Durant.

»Okay, okay …«

»Nimm dir doch was mit«, meinte sie. »Nach der Schweinearbeit hier habt ihr euch doch was verdient, oder? Aber räumt nicht gleich den ganzen Keller leer.«

»Ich überleg's mir. Ach ja, da oben an der Wand, ihr wisst schon, das wurde definitiv mit Blut geschrieben, und zwar mit dem Blut der Toten. Er hat Handschuhe angehabt und drei Finger benutzt, das konnten wir anhand der Spuren nachvollziehen. Habt ihr das entzückende Filmchen schon gesehen?«

»Allerdings. Gibt's mehr Kassetten?«

»Von gestern Abend nicht, aber eine ganze Menge aus den letzten Tagen und Monaten. Wird 'ne Weile dauern, das Material auszuwerten.«

»Noch was?«

»Im Moment fällt mir nichts ein. Ihr kriegt den vorläufigen Bericht am Samstag oder Sonntag. Wird mal wieder ein langes Wochenende.«

»Warum soll's euch anders ergehen als uns?«, sagte Durant und klopfte ihm auf die Schulter. »Wir schauen uns noch mal kurz den Ort des Grauens an, dann verschwinden Frank und ich.«

Durant und Hellmer stiegen die Treppe hinauf, betraten das Zimmer, warfen einen langen Blick auf das Bett und den Teppichboden mit den riesigen Blutlachen, die jetzt noch größer wirkten als am Vormittag, was mit Sicherheit am grellen Licht lag, das von zwei Scheinwerfern gespendet wurde. Die Schranktür stand offen. Sie gingen hinein und fanden einen fast leeren Raum vor, sahen die beiden Kameras und das Aufnahmegerät und einen Stapel bespielter Kassetten und einige, die noch verpackt waren.

»Lass uns gehen«, drängte Hellmer. »Das ist irgendwie nicht mein Ding heute.«

»Du hast doch schon andere übel zugerichtete Leichen gesehen. Ich erinnere nur an Kelkheim vor drei Jahren. Oder war's vor vier Jahren? Die sah auch nicht sonderlich appetitlich aus.«

»Na und? Damals war ich noch jünger und … Komm, ich will hier raus und diese gottverdammte Drecksau schnappen.«

»Das wird dauern, es sei denn, Kollege Zufall kommt uns zu Hilfe. Er wird wieder zuschlagen, vielleicht sogar heute Nacht.«

Hellmer machte kehrt, ohne etwas darauf zu erwidern, und ging nach unten. Durant kam wenig später nach, zündete sich eine Zigarette an und rauchte sie vor der Tür.

Wer?, fragte sie sich in Gedanken. Wer macht so was? Und warum? Sie würde die Antwort finden, und sie hoffte inständig, dass diesem Mörder nicht noch mehr Frauen zum Opfer fielen, auch wenn sie wusste, dass diese Hoffnung nichts als eine Seifenblase war.

Platzeck kam noch einmal zu ihr und sagte: »Wart ihr eigentlich schon mal in der Garage?«

»Nee.«

»Dann kommt, das müsst ihr euch unbedingt noch anschauen. Wir gehen aber hintenrum, muss ja nicht jeder mitkriegen, was wir hier machen.« Er öffnete die Tür und schaltete die Beleuchtung an. »Nicht übel, was?«, sagte er.

Hellmer ging um das Auto herum und meinte: »325er. Der Ausstattung nach zu urteilen hat der so um die fünfzigtausend gekostet. Und die Maschinen sind auch nicht von schlechten Eltern. Die hat ein Leben auf der Überholspur geführt, das ist ihr wohl zum Verhängnis geworden. Die hat jedenfalls keine kleinen Brötchen gebacken.«

»Ich kenn mich mit Motorrädern nicht aus«, gab Durant zu.

»MV Agusta, Suzuki. Beides Rennmaschinen. Von null auf hundert in weniger als drei Sekunden, Höchstgeschwindigkeit so bis dreihundert. Ich wollt mir auch schon mal so eine zulegen, aber Nadine hat's verboten. Sie hat Angst, ich könnte mir das Genick brechen.«

»Kann ich nachvollziehen. Und was kostet so eine Maschine?«

»Die Agusta an die vierzigtausend, die Suzuki etwa die Hälfte«, konstatierte Hellmer fachkundig.

»Meinst du, die gehören ihr?«

Hellmer warf einen Blick auf die Kennzeichen und nickte. »F-SM ist ja wohl eindeutig. Sie hat die Maschinen gefahren, sie hatte ja reiche Gönner. Beine breit gemacht und ordentlich abkassiert. Die war wie diese Maschinen, absolute Luxusklasse.«

»Gibt ’n Lied von den Eagles, ›Life in the fast lane‹«, sagte Platzeck. »Leben auf der Überholspur. Aber diesmal hat sie sich überschlagen und das Genick gebrochen. Mir reicht mein Leben.«

Durant hatte keine Lust auf philosophische Ergüsse und sagte zu Platzeck: »Wenn ihr noch mehr Überraschungen für uns auf Lager habt, gebt sie uns morgen. Für heute ist Schluss. Feierabend.«

Auf dem Weg zum Auto telefonierte sie mit Prof. Richter, der sich schon vor Jahren in den Ruhestand begeben hatte, obwohl er noch nicht einmal sechzig war, und erklärte ihm die neue Situation.

»Können wir uns morgen treffen?«, fragte sie.

»Seien Sie um zehn bei mir, und bringen Sie sämtliche Unterlagen mit. Alles Weitere besprechen wir, wenn Sie hier sind.«

»Danke, und grüßen Sie Ihre Frau von mir.«

Donnerstag, 19.10 Uhr

Julia Durant wurde von Nadine Hellmer mit einer herzlichen Umarmung empfangen. Sie strahlte übers ganze Gesicht, als hätten sie sich seit Jahren nicht gesehen. Was Durant jedoch schon bei den letzten Malen aufgefallen war und ihr auch diesmal nicht entging, war, dass Nadines Augen nicht mehr jenen Glanz früherer Tage besaßen. Nicht mehr den Glanz, bevor Marie-Therese geboren wurde.

»Das ist aber schön, dass du mal wieder kommst. Mann, das ist fast drei Monate her seit dem letzten Mal. Marie-Therese ist schon im Bett, aber Stephanie ist ganz wild drauf, dich zu sehen.«

»Jetzt mach aber mal halblang. Erstens war ich Mitte September zuletzt hier, und zweitens hab ich auch noch andere Verpflichtungen, an denen du nicht ganz unschuldig bist«, erwiderte Durant grinsend.

»Ich versteh das doch, trotzdem kommt es mir wie eine Ewigkeit vor. Hat wohl auch was damit zu tun, dass ich mehr denn je ans Haus gefesselt bin«, sagte Nadine mit leicht resignativer Stimme, die jedoch sofort wieder in den gewohnten lebensbejahenden Ton umschlug. »Ich hab uns zur Feier des Tages was gekocht. Ich hoffe, du hast nichts gegen eine warme Mahlzeit einzuwenden.«

»Das wär doch nicht nötig gewesen. Du machst dir immer so viele Umstände und …«

»Es macht mir doch Freude. Und jetzt komm. Steffi schaut sich eine Sendung im Kinderkanal an, isst dann noch mit uns und geht danach in die Falle. Möchtest du dich vielleicht noch frisch machen? Du weißt ja, wo alles ist.«

Das war Nadine Hellmer, wie Durant sie kannte. Immer gut gelaunt, immer ein Lächeln auf den Lippen, immer herzlich. Und so gar nicht wie eine Frau, die ein zweistelliges Millionenvermögen besaß und deren Mann noch immer bei der Polizei arbeitete, weil es ihm Spaß machte. Und Durant hoffte, dass das auch so blieb und er nicht eines Tages die Brocken hinwarf, nur weil er sich von ihr nicht genügend in die Ermittlungen einbezogen fühlte.

Sie ging ins Bad, wusch sich die Hände und das Gesicht,

legte etwas Make-up auf, zog die Lippen nach und bürstete sich zum Schluss das Haar. Eigentlich war sie müde, der Tag hatte tiefe Spuren hinterlassen, die Bilder hatten sich bei ihr eingeprägt, erst die tote Svenja Martens, was ihr nicht so viel ausgemacht hatte, dafür umso mehr das Video, auf dem zwar nicht der Mord, aber alles, was danach kam, in jedem Detail dokumentiert worden war. Bilder, die sie nie vergessen würde und mit Sicherheit auch keiner der andern, die dieses Band gesehen hatten.

Auf dem Flur kam ihr Stephanie entgegen, ein fünfjähriges quirliges Mädchen, das viel von seiner Mutter hatte. Sie war aufgeweckt, neugierig und hatte den gleichen Blick wie Nadine. Sie begrüßten sich wie alte Freunde mit einer innigen Umarmung, mit Küsschen auf die Wangen, bis Stephanie sagte, dass sie Durant etwas zeigen wolle. Sie nahm sie bei der Hand und zog sie in ihr Zimmer, das wie eine Puppenstube aussah.

»Hier, hab ich gemalt«, sagte sie und hielt ihr ein Bild entgegen. Durant war erstaunt über die Fähigkeiten der Kleinen. Sie konnte auf jeden Fall schon jetzt besser zeichnen, als Durant es je können würde. Manchmal wünschte sie sich, eine musische Begabung zu besitzen, aber sie war völlig untalentiert, hatte schon Mühe, einen Brief zu formulieren. Sie hörte gerne Musik, aber als ihr Vater sie mit acht Jahren zum Klavierunterricht angemeldet hatte, war dies nur von kurzer Dauer, weil die Klavierlehrerin schon nach ein paar Stunden gesagt hatte, dass Julia Durant kein musikalisches Talent besitze. Kein Schreiben, kein Musizieren, kein Malen. Sie beneidete all jene, die wenigstens eines davon hatten, und Stephanie hatte zweifellos Talent.

»Das ist wunderschön. Hast du das allein gemalt?«

»Natürlich, was denkst du denn«, antwortete sie fast entrüstet und stemmte die Hände in die Hüften.

»Stimmt, war dumm von mir zu fragen. Kannst du mir auch so ein Bild malen? Ich würde es in meine Wohnung hängen.«

»Ehrlich?«, fragte Stephanie zweifelnd, aber nicht ohne Stolz.

»Na klar, oder glaubst du, eine Polizistin würde lügen?«

»Nö.«

»Gehen wir zu Mama und Papa?«

»Hm. Warum kommst du nicht mehr so oft?«

»Ich hab viel Arbeit.«

»Papa auch, aber der ist abends fast immer zu Hause«, sagte sie, als würde sie diese Ausrede nicht gelten lassen.

»Ich ja auch, aber dann bin ich immer müde und will so schnell wie möglich ins Bett. Gehen wir?«

»Hm.«

Hellmer hatte es sich in seinem Sessel gemütlich gemacht, hielt eine Flasche Bier in der Hand und trank einen Schluck, als Durant mit Stephanie hereinkam.

»Auch eins?«, fragte er.

»Gern. Wo ist Nadine?«

»In der Küche.«

»Ich geh mal zu ihr, vielleicht kann ich ihr ein bisschen helfen.«

Es duftete köstlich nach exotischen Gewürzen, Zwiebeln und überbackenem Käse.

»Was hast du denn Leckeres gemacht?«, fragte Durant.

»Lass dich überraschen. Ein erst vor kurzem entdecktes Rezept. Ich sag dir nach dem Essen, was es ist. Aber eins kann ich dir jetzt schon verraten, es hat sehr wenig Kalorien.«

»Schön. Kann ich was helfen?«

»Nein, aber du kannst hier bleiben und mir Gesellschaft leisten. Was gibt's Neues bei dir?«

»Nichts Besonderes. Du weißt ja, dass Georg und ich in Urlaub waren, und jetzt hat mich der Alltag wieder. Und wie.«

»Wieso, ist irgendwas passiert?«

»Das kann man so sagen. Eine junge Frau wurde ermordet, und der Täter ist nicht gerade zimperlich vorgegangen. Aber frag mich nicht nach Details, dir würde der Appetit vergehen. Was macht eure Kleine?«

»Geht so. Ich war mit ihr vor zwei Wochen bei einem Spezialisten in Marburg, der meint, dass wir die Hoffnung nicht aufgeben sollen. Er hat uns aber gleichzeitig gesagt, dass wir uns an eine Klinik in den USA wenden sollen, wo Fälle wie Marie-Therese recht erfolgreich behandelt werden. Ihr Augenlicht wird sie zwar nicht wiedererlangen, aber eventuell ihr Gehör und ihre Sprache. Ich fliege im Januar rüber und lasse sie dort untersuchen, dann sehen wir weiter. Ich werde jedenfalls alle Möglichkeiten ausschöpfen, die es überhaupt nur gibt. So, noch zwei Minuten, dann ist das Essen fertig. Du siehst übrigens gut aus, dein neues Leben scheint dir zu bekommen«, sagte Nadine lächelnd.

»Danke. Aber das Kompliment kann ich nur zurückgeben.«

»Wie läuft's denn so zwischen Georg und dir?«

»Geht so. Im Augenblick haben wir keinen Kontakt, weil er eine Schreibphase hat und nicht gestört werden will. Ich weiß nicht, ob ich so ein Leben führen kann und möchte.«

»Das wusstest du vorher.«

»Nein, das wusste ich nicht. Als wir uns kennen lernten, war er nur Intendant. Jetzt hat er seinen Job hingeschmissen und will nur noch schreiben und Regie führen. Da bleibt nicht viel Zeit für mich.«

»Vielleicht hätte ich dir vorher sagen sollen, dass er ein Wanderer zwischen den Welten ist. Aber ein sehr liebenswerter, das musst du zugeben. Er liebt dich.«

»Und woher willst du das wissen?«

»Er hat's gesagt. Na ja, nicht so direkt, aber er schwärmt von dir, erzählt, was für eine tolle Frau du bist und dass du das Beste bist, was ihm seit Jahren widerfahren ist. Ich glaube, mehr Komplimente kann man nicht erwarten.«

»Und er hat eine Familie in den USA«, konnte sich Durant nicht verkneifen zu sagen.

»Keine Familie, Kinder. Damit musst du dich allerdings abfinden.«

»Versuch ich ja schon die ganze Zeit, aber leicht ist das nicht. Er war im Frühjahr drei Monate drüben, und ich bin hier versauert, aber das weißt du ja selbst. Und übers Telefon kann ich keinen umarmen. Ich hab das Gefühl, er liebt seine Ex noch immer, die verstehen sich einfach blind. Ich komm mir manchmal vor wie jemand, den er braucht, wenn er sich einsam fühlt oder ihm die Decke auf den Kopf fällt.«

»Ich bitte dich! Ich kenne Georg schon viel zu lange, der würde mich nicht anlügen. Ihn und seine Ex verbindet wirklich nur Freundschaft. Du kennst sie nicht, aber würdest du sie kennen, du würdest deine Meinung ganz schnell ändern. Außerdem lebt sie angeblich selbst wieder in einer Beziehung.«

»Was will das schon heißen?«, seufzte Durant. »Ich habe sie auf Fotos gesehen, sie ist zwei Jahre jünger als ich und sieht blendend aus. Er muss doch nicht gleich ganze drei Monate dort drüben verbringen.«

»Du bist viel zu misstrauisch. Wenn Georg sagt, dass er dich liebt, dann meint er das auch so. Er ist ehrlich. Vertrau ihm einfach.«

»Du hast gut reden. Mag ja sein, dass er ehrlich ist, aber in der Vergangenheit ist bei mir so viel schief gelaufen …«

»Bist du unglücklich?«, fragte Nadine.

»Quatsch! Ich bin nur am Überlegen. Ich hätte es eben lieber, wenn wir uns öfter sehen würden. Aber ich muss wohl ständig irgendwelche Kompromisse eingehen.«

»Meinst du, Frank und ich nicht? Vor allem seit Marie-Therese da ist, hat sich unser Leben um hundertachtzig Grad gedreht. Unser Leben besteht nur noch aus Kompromissen. Aber wir schaffen's. Und jetzt komm, sonst schmeckt das Essen nicht mehr.«

Julia Durant blieb bis kurz vor Mitternacht bei Frank und Nadine Hellmer. Über den Fall Svenja Martens wurde nicht gesprochen. Nadine, die sonst sehr neugierig war, stellte diesmal keine Fragen. Und das war auch gut so, fand Durant, denn sie hatte über vier Stunden nicht an den zurückliegenden Tag denken müssen. Es war ein angenehmer Abend, der mit der fast schon obligatorischen Frage endete, ob Durant nicht lieber bei den Hellmers übernachten wolle, im Gästezimmer, das Bett sei frisch bezogen und sie könne auch vorher noch eine

Runde im Pool drehen oder am Morgen direkt nach dem Aufstehen.

»Nein, nicht böse sein, aber heute nicht. Ich möchte doch lieber zu Hause pennen, aber ich verspreche hiermit hoch und heilig, dass nicht wieder so viel Zeit vergehen wird, bis ich mich wieder blicken lasse. Und vielleicht können wir ja mal was gemeinsam unternehmen.«

»Das geht schlecht wegen …«

»Und wozu gibt es Babysitter? Ciao, und danke für den schönen Abend.«

Auf der Fahrt nach Hause drehte sie die Lautstärke ihres Radios hoch, als »Have a nice day« von Bon Jovi gespielt wurde. O ja, ich hatte einen wunderschönen Tag, einfach traumhaft, dachte sie zynisch.

Donnerstag, 18.10 Uhr

Kommst du voran?«, fragte Nestroy, der hinter Schreck stand und auf den Monitor schaute.

»Schon. Kennst du diese Durant?«

»Bis heute Morgen nur vom Sehen, warum?« Er wischte sich über die Stirn und steckte die Hände in die Taschen seiner braunen Cordhose.

»Einfach so. Die hat keinen blassen Schimmer von PCs.«

»Na ja, sie ist 'ne Frau«, sagte Nestroy grinsend. »Frauen und PCs und Frauen und Autos. Irgendwie harmoniert das nicht.«

»Was harmoniert nicht?«, fragte Melanie Köster von hinten und kam schnell näher.

»Nichts weiter. Wir unterhalten uns nur.«

»Ah ja, ihr unterhaltet euch? Ich würd mal sagen, dass ihr Schweinebacken lästert. Ich bin eine sehr gute Autofahrerin, und ich kann mit PCs umgehen, sonst wär ich ja wohl nicht hier. Noch was?«

»Nee, aber ich mach für heute Schluss«, sagte Nestroy, ging zu seinem Schreibtisch, schaltete den Computer aus und winkte den beiden noch einmal zu.

»Warte, ich mach mich auch vom Acker«, rief Schreck. »Und du?«, fragte er Melanie Köster.

»Was soll ich hier allein? Außerdem hab ich sowieso noch was vor.«

»Ach ja? Und was?«

»Das, mein Lieber, geht dich überhaupt nichts an.«

Gemeinsam gingen sie zu ihren Autos, verabschiedeten sich und fuhren nacheinander los. Der übliche Stau auf der A 66 Richtung Wiesbaden, wo seit über einem Jahr die Fahrbahnen zwischen Hattersheim und dem Wiesbadener Kreuz von zwei auf drei verbreitert wurden, hatte sich um kurz nach halb sieben weitestgehend aufgelöst.

Mike verließ an der Abfahrt Zeilsheim/Kriftel/Hofheim die Autobahn und erreichte seine Wohnung keine fünf Minuten später. Er nahm den Pilotenkoffer aus dem Kofferraum, ging in den ersten Stock des unansehnlichen Gebäudes am Berliner Ring, wo man anonym lebte, aber auch von keinem belästigt wurde. Nur der Krach aus der Wohnung nebenan nervte ihn immer häufiger, wenn das junge Pärchen sich wieder einmal fetzte, um sich anschließend noch lauter zu versöhnen. Die Schreie und das Stöhnen dauerten nicht selten die ganze Nacht an und raubten Mike den Schlaf. Eines Tages würde er etwas dagegen unternehmen, den genauen Zeitpunkt würde er noch bestimmen. Er schloss auf, betrat seine Wohnung, die wahrscheinlich sauberste in der ganzen Anlage, stellte den Koffer in seinem Arbeitszimmer ab, machte den Fernseher an und zog sich aus. Er duschte, wusch sich die Haare, rasierte sich wie jeden Abend, cremte sich das Gesicht und die Hände ein und legte ein Eau de Toilette von Givenchy auf.

Nachdem er sich frische Unterwäsche, eine Jeans, ein hellgraues Hemd, braune Lederschuhe und seine Lederjacke angezogen hatte, überprüfte er den Inhalt seines Koffers, steckte einen neuen Kunststoffanzug hinein (den gebrauchten hatte er in einen blauen Müllbeutel gepackt und in eine Tonne zwischen Unterliederbach und Kriftel geworfen), lächelte versonnen, als er den Kasten mit dem kostbaren Besteck öffnete und gleich wieder verschloss und ihn zurück in den Koffer legte. Dann machte er den Fernseher aus und verließ nach kaum einer Stunde die Wohnung wieder. Das Pärchen stritt, und sie würden bald mit der Versöhnung beginnen, ein Ritual, das sie seit ihrem Einzug vor anderthalb Jahren beharrlich beibehielten.

Mike zog die Tür hinter sich zu. Die junge Frau kam ebenfalls aus der Wohnung, das Gesicht gerötet, ein kurzer Blick, ein kaum hörbares Hallo, während sie sich auf den Aufzug zubewegte. Ihr Freund oder Mann, Mike hatte noch nicht herausgefunden, ob sie verheiratet waren, rannte ihr nach und hielt sie am Handgelenk fest. Er sagte nichts, sondern nahm sie einfach in den Arm und flüsterte ihr etwas ins Ohr. Ohne Mike anzusehen, gingen sie zurück und schlossen leise die Tür.

Dann macht mal schön, dachte Mike und fuhr mit dem

Aufzug nach unten. Er setzte sich in seinen Golf und startete den Motor. Sie würde jetzt zu Hause sein, wie jeden Montag, Donnerstag und Sonntag.

Es war dunkel und kalt, leichter Nieselregen machte alles noch ungemütlicher, doch das störte ihn nicht. Mike hatte ein Ziel vor Augen, an das er vor einem Dreivierteljahr noch nicht einmal im Entferntesten gedacht hätte. Doch etwas stimmte nicht in seinem Leben. Seit er auf der Welt war, seit er denken konnte verlief sein Leben anders als das der meisten, die er kannte.

Seine Mutter war angeblich früh verstorben, doch er hatte vor zwölf Jahren erfahren, dass sie nicht tot war, sondern ihn und seinen Vater in einer Nacht-und-Nebel-Aktion verlassen hatte, weil sie nur noch verzweifelt war. Sein Großvater hatte es ihm kurz vor seinem Tod gebeichtet und sich dafür entschuldigt, Mike all die Jahre hinweg angelogen zu haben. Seine Mutter sei nicht tot, sondern am Leben, aber nur er wisse, wo. Er sei auch der Einzige gewesen, dem Mikes Mutter sich anvertraut hatte, nicht lange, bevor sie abhaute. Sein Großvater hatte ihre Adresse und sie Mike gegeben, ihn jedoch gebeten, niemals seinem Vater oder seiner Großmutter etwas davon zu verraten.

Nur kurz danach hatte Mike den Kontakt zu ihr gesucht. Sie verabredeten sich in einer Kneipe in Hamburg, wo sie ihm bei mehreren Bier und Kurzen erzählte, warum sie ihn im Stich gelassen habe. Sie habe damals keine andere Wahl gehabt. Entweder wäre sie zugrunde gegangen, oder sie hätte eines Tages diesen Mistkerl, wie sie ihn nannte, umgebracht. Aber sie hatte damals kein Geld, doch sie musste untertauchen, denn er habe ihr gedroht, sie zu töten, sollte sie ihn jemals verlassen. Er habe sie geschlagen, misshandelt und vor allem ständig wechselnde Liebschaften gehabt, die er manchmal sogar mit nach Hause brachte und sie zu Dingen zwang, vor denen sie sich nur ekelte. Dennoch sei sie sicher gewesen, dass er Mike nie etwas antun würde. Und angeblich habe es nicht einen Tag gegeben, an dem sie nicht an Mike gedacht habe.

Sie war eine außergewöhnliche Frau, die nach dem Desaster mit seinem Vater nicht wieder geheiratet hatte. Früher war sie schön und begehrenswert gewesen, doch bereits beim ersten Treffen sah Mike eine Frau, die vom Leben enttäuscht und verbittert war. Tiefe Falten hatten sich um die Nase und die Mundwinkel in die Haut gegraben, und ihr Blick war glanzlos und leer, obwohl sie zu diesem Zeitpunkt erst Anfang vierzig war.

Mike und seine Mutter hatten sich danach noch ein paarmal getroffen, aber nie bei ihr zu Hause, sondern immer in dieser Kneipe, und manchmal waren sie auch spazieren gegangen. Und hin und wieder telefonierten sie miteinander. Später fand er auch heraus, warum sie sich nie bei ihr zu Hause trafen. Sie arbeitete als Kassiererin in einem Supermarkt, trank und lebte in einem großen verwahrlosten Mehrfamilienhaus in einer heruntergekommenen Gegend von Hamburg, ein Haus, das schon von außen wenig einladend wirkte, mit Gestalten vor der Tür und auf der Straße, um die man normalerweise einen großen Bogen machte. Aber sie war seine Mutter, und er hätte alles für sie getan, doch sie wollte es nicht. Sie hatte mit ihrem Leben abgeschlossen, ging arbeiten, trank viel zu viel und hatte sich in ihr Schicksal ergeben, das es nicht gut mit ihr gemeint hatte.

Seit zwölf Jahren hatte er wieder eine Mutter, auch wenn ihr Verhältnis nicht das zwischen einer Mutter und ihrem Sohn war, dafür lagen zu viele Jahre zwischen der Trennung und dem Wiedersehen. Aber ihre Ausführungen klangen plausibel, schließlich hatte er selbst miterlebt, wie sein Vater war. Sein Frauenverschleiß war immens. Er konnte es sich leisten, verdiente er doch in einem Jahr mehrere Millionen als Europachef einer international agierenden Unternehmensberatung. Und allein wie er ihm zum fünfzehnten Geburtstag eine Hure zum Geschenk machte, die ihn zum Abschied auch noch wegen seiner mickrigen Männlichkeit verspottete und auslachte, zeugte von seinem niederen Charakter. Mikes Vater hatte ständig Frauen um sich, und je älter er wurde, desto jünger mussten sie sein.

Mike hatte seinen Vater zuletzt vor drei Monaten gesehen, anlässlich dessen fünfundfünfzigstem Geburtstag, den er in großem Stil in seiner Villa in Falkenstein feierte. Es war eine jener Partys, wie er sie zur Genüge aus der Vergangenheit kannte, ein Haufen alter Geldsäcke, von denen die meisten die fünfzig längst überschritten hatten, und noch mehr junge Frauen, die möglichst nicht älter als fünfundzwanzig sein durften. Mike nahm an der Party teil, ohne auch nur von einem der Anwesenden beachtet zu werden. Es war wie so oft, er stand abseits, beobachtete, hörte zu, trank zwei oder drei Cocktails und aß ein paar Häppchen, lauschte den Gesprächen, die mit zunehmender Stunde immer seichter, aber auch ordinärer wurden. Viele der Gäste waren angetrunken oder betrunken, in einem Nebenraum wurde eine Line nach der andern gezogen, die Mädchen wurden begrapscht und ließen es sich gern gefallen, wussten sie doch, dass allein dieser Abend ihnen eine Menge Geld einbringen würde.

Mike fiel vor allem eine junge Frau auf, die sich die ganze Zeit über nur einem Mann widmete, den Mike wie kaum einen andern hasste, seinen Vater ausgenommen. Sie war relativ groß, knapp einsachtzig, blond und vollbusig – und für Geld zu allem bereit. Alle diese Weiber würden für Geld doch alles machen, dachte er.

Mike hatte noch an diesem Abend herausgefunden, wie sie hieß und wo sie wohnte. Sie war auch schon ziemlich betrunken und vom Koks benebelt und äußerst auskunftsfreudig, doch als er sie im Garten fragte, ob sie mit zu ihm kommen wolle, hatte sie nur gelacht und gemeint, das komme gar nicht in Frage, sie habe schon eine Begleitung. Aber ein andermal gernc, vorausgesetzt, er könne sie sich leisten. Und dann hatte sie wieder gelacht, ihm mit dem Zeigefinger auf die Nasenspitze gestupst und war im Haus verschwunden.

Ab diesem Abend beobachtete er sie regelmäßig, sofern es seine Zeit zuließ. Er wusste, dass sie studierte, wann ihre Unizeiten waren, dass sie auch nach drei Monaten noch mit Rösner zusammen war, und er kannte die Zeiten, wann sie sich trafen, festgelegte Zeiten, denn Rösner war seit fünfunddreißig Jahren verheiratet und hatte Kinder, von denen drei das Haus bereits verlassen hatten. Eines war jedoch ein Nachzügler, elf Jahre alt, ein aufgeweckter Junge, den er schon einmal zusammen mit seinem Vater gesehen hatte.

Vor zwei Wochen hatte Mike zum ersten Mal nach dieser Party wieder einen Anruf von seinem Vater erhalten, ein anfangs belangloser Plausch, bis sein Vater ihn fragte, ob er nicht gerne etwas mehr Geld hätte. Er würde ihm sein Pflichtteil vom Erbe auszahlen, dafür müsse er bei einem Notar unterschreiben, dass er fortan auf jegliche Ansprüche ihm gegenüber verzichte. Er habe bereits mit seinem Anwalt gesprochen und das Schriftstück aufsetzen lassen. Allerdings, so ließ er durchblicken, würde es sich nicht um viel Geld handeln, da er seit einiger Zeit in einer finanziellen Krise stecke. Mike wusste, dass dies eine infame Lüge war, sein Vater hatte noch nie Geldprobleme gehabt und würde auch nie welche haben, denn der größte Teil seines Vermögens lag im Ausland auf diversen Konten, und seine Firma machte weit überdurchschnittlich hohe Gewinne.

Mike lehnte ab, mit der Begründung, im Augenblick nicht in finanziellen Schwierigkeiten zu sein. Natürlich wollte er Geld, auch wenn er zufrieden war mit dem, was er verdiente, aber er würde sich wesentlich mehr von seinem Vater holen, als dieser bereit war, ihm zu geben.

All dies ging ihm durch den Kopf, als er in die Nordweststadt fuhr. Er parkte auf dem großen Parkplatz des gepflegten Hochhauses und wartete. In spätestens einer halben Stunde würde sie eintreffen, ihren Audi auf dem für sie reservierten Parkplatz abstellen, ihn mit der Funkfernbedienung aus etwa zehn Metern Entfernung abschließen, die Handtasche in der linken Hand, die Umhängetasche über der rechten Schulter, und ins Haus gehen. Sie würde in den dreizehnten Stock fahren und den Abend entweder vor dem Computer oder dem Fernseher verbringen, es sei denn, sie hatte noch eine Verabredung.

Sie kam pünktlich. Sie trug Jeans, Sportschuhe und eine Daunenjacke. Er stieg aus, nahm seinen Koffer vom

Beifahrersitz und lief ihr mit schnellen Schritten nach. Sie hatte bereits den Aufzugknopf gedrückt und wartete mit ihm. Dreizehnter Stock. Keiner, der mit ihnen ein- oder auf einem andern Stockwerk zustieg. Sie sah Mike kurz an, als würde sie sich wundern, dass auch er in den dreizehnten Stock fuhr, denn sie hatte ihn noch nie hier gesehen.

Der Aufzug hielt mit einem Ruck, sie drückte die Tür auf und verließ die Kabine.

»Verzeihen Sie, ich suche eine Frau Carolina Fischer«, sagte er freundlich, als sie im Flur standen.

»Das bin ich«, erwiderte sie und sah ihn fragend an. »Was kann ich für Sie tun?«

»Das trifft sich ja bestens. Ich soll Ihnen etwas von Herrn Rösner geben, ich arbeite für ihn. Es dauert höchstens zwei Minuten.«

»Oh«, sagte sie mit einem Lächeln, »hat er sich wieder eine Überraschung ausgedacht. Aber warum kommt er nicht selbst?«

Mike lächelte charmant und entgegnete: »Weil er unterwegs ist und mir aufgetragen hat, es Ihnen heute zu überreichen.«

»Ich verstehe zwar nicht ganz, was er mir geben will, aber gut, kommen Sie mit. Doch wieso ist er unterwegs? Wir hatten uns doch für halb neun verabredet.«

»Er kommt ja auch zu der Verabredung, aber er hat mich gebeten, Ihnen vorher etwas vorbeizubringen.«

Sie begaben sich gemeinsam zur Wohnungstür, sie schloss auf, ließ ihn vorbeigehen, kickte die Tür mit dem Absatz zu und machte das Licht an.

»Bitte, nehmen Sie Platz, Herr ...«

»Nennen Sie mich Mike.« Er stellte den Koffer ab, blieb jedoch stehen, während sie ihre Jacke auszog, an die Garderobe hängte und ihre Taschen auf den Boden im Flur legte. Mike sah sich schnell im Zimmer um. Es war nicht sonderlich groß, maximal fünfundzwanzig Quadratmeter, aber sauber und vor allem teuer eingerichtet. An einer Wand hing ein Plasma-Fernseher, darunter stand eine Hi-fi-Anlage. Auf dem Fensterbrett ein paar Grünpflanzen, dicker heller Teppichboden dämpfte jeden Schritt.

Carolina hatte ihre Schuhe abgestreift und kam auf ihn zu. »Okay, Mike, was sollen Sie mir von Herrn Rösner geben?« Mit einem Mal hielt sie inne und zog die Stirn in Falten. »Sagen Sie, kennen wir uns nicht? Ich hab Sie doch schon mal irgendwo gesehen.«

»Schon möglich, aber ich kann mich nicht erinnern. Na ja, ich bin sehr viel unterwegs und komme mit sehr vielen Menschen zusammen. Tut mir leid.«

»Ist auch egal, doch Ihr Gesicht, ja, ja, das ist markant. Aber jetzt zeigen Sie schon, was Sie mir von Herrn Rösner geben sollen«, sagte sie neugierig, wobei ihre Augen diesen speziellen Glanz annahmen, als würde sie etwas ganz Kostbares erwarten, einen Ring, eine Kette, ein Armband oder einen Scheck. Für Dienste, die sie Rösner erwiesen hatte. Alle Extras inklusive. Und nun revanchierte er sich dafür.

»Ich bitte Sie, setzen Sie sich doch, es ist eine Überraschung.«

»Das dachte ich mir schon …«

Zu mehr kam sie nicht. Er machte einen schnellen Schritt um sie herum, packte sie von hinten, hielt ihr das Messer, das er aus der Innentasche seiner Jacke gezogen hatte, an den Hals und zischte: »Ganz ruhig, sonst stech ich dich ab. Das ist die Überraschung.«

Ihre Augen weiteten sich vor Angst. »Was wollen Sie von mir?«, fragte sie mit belegter Stimme, die auch trotz der Angst noch ungemein erotisch und sinnlich klang. Einundzwanzig Jahre alt und eine Stimme, die mit Sicherheit die meisten Männer verrückt machte. Leicht rauchig und eher dunkel.

»Das erklär ich dir gleich. Übrigens, du kannst mich duzen, wir werden nämlich ein Weilchen zusammen verbringen. Und jetzt zieh dich aus, oder ist dir so kalt?«

»Willst du mich vergewaltigen? Das brauchst du nicht, ich mach's auch freiwillig.«

»Wie schön. Aber dass du's freiwillig machst, das weiß ich längst. Für Geld machst du doch immer die Beine breit, stimmt's, oder hab ich recht?«

»Nein, das stimmt nicht!«, beteuerte sie mit Tränen in den Augen. »Hör zu, ich mach alles, was du willst, aber steck das Messer weg. Bitte!«

»Halt's Maul und zieh dich aus, aber ein bisschen dalli! Und solltest du Dummheiten machen oder schreien, bist du sofort tot. Kapiert?« Er nahm das Messer von ihrem Hals und stellte sich einen Meter vor sie.

»Du kommst gar nicht von Rösner …«

»Oh, wie scharfsinnig. Und jetzt endlich runter mit den Klamotten! Alles«, sagte er ruhig und zeigte mit der Messerspitze auf sie.

»Okay.« Sie knöpfte ihre Bluse auf und legte sie auf das Sofa, danach die Jeans. Nur noch mit einer Strumpfhose, einem Slip und BH bekleidet, stand sie vor ihm und sah ihn an.

»Wenn ich alles sage, dann mein ich auch alles. Wird's bald? Du bist doch sonst nicht so genierlich.«

»Du bringst mich aber nicht um, oder? Oder?«

Er antwortete nichts darauf, sondern beobachtete sie, während sie sich auch die restlichen Sachen auszog, bis sie splitternackt war.

»Und jetzt hinsetzen, und zwar auf diesen Stuhl.« Sie gehorchte seinem Befehl und setzte sich am ganzen Körper zitternd hin, obwohl es warm in der Wohnung war. Mike griff nach der Strumpfhose, die auf dem Boden lag, und sagte: »Hände auf den Rücken. Wusstest du, dass Strümpfe und Stumpfhosen so fest sind, dass man damit einen gerissenen Keilriemen ersetzen kann? Na ja, wahrscheinlich nicht. Ist auch egal. Wo sind deine andern Strümpfe?«

»In der Kommode im Schlafzimmer«, brachte sie mühsam hervor.

»Lauf nicht weg«, sagte er grinsend, »und versuch auch nicht zu schreien, es wäre das letzte Mal für dich.«

»Ich tu alles, was du willst, ich schwör's.«

»Du wiederholst dich«, erwiderte er kalt, riss aus einer Schublade mehrere Strümpfe heraus und kam zurück. Carolina saß noch immer starr da, und ihre Augen flehten ihn an, ihr nichts zu tun.

»Du studierst, soweit ich weiß«, sagte er, zog sich einen Stuhl heran und setzte sich direkt vor sie. »Hast aber gerade erst angefangen. Was willst du denn später mal werden?«

»Psychologin«, kam es leise aus ihrem Mund.

»Psychologin«, wiederholte er und schürzte die Lippen. »Dann hast du also einen an der Klatsche. Ich meine, alle, die einen an der Klatsche haben, studieren Psychologie, um so von ihren eigenen Problemen abzulenken. Und dann werden Leute wie du auf die Menschheit losgelassen. Ich weiß, das ist ein Klischee, aber irgendwas muss da dran sein. Wie ist es bei dir?«

»Ich bin nicht verrückt, ich möchte Menschen helfen. Warum tust du mir das an?«, sagte sie weinend.

»Was tu ich dir denn an?«, fragte er und ließ seine Finger über ihren Körper gleiten, die Brüste, den glatten, straffen Bauch, die Scham. »Bis jetzt doch noch gar nichts.«

»Und was soll der ganze Zirkus dann?«, fragte sie mit einem Mal ruhig.

»Zirkus? Na ja, wenn du's so siehst.« Er kniete sich hin und band ihre Füße zusammen, verknüpfte zwei Strümpfe und legte sie um Carolinas Bauch und verknotete sie hinter dem Stuhl.

»Erzähl mir was von Gerd. Wie ist er so?«

»Ich kenne ihn kaum, das musst du mir glauben …«

»Ach komm, hör doch endlich mit dieser Lügerei auf! Du lässt dich noch immer von ihm ficken, und er zahlt dafür. Er hat dir das Auto bezahlt, und ich nehme an, dass er auch sonst nicht gerade knauserig ist …«

»Nein, verdammt noch mal, das stimmt nicht! Ich hatte zwar mal was mit Gerd, aber das ist lange vorbei …«

»Hör auf zu lügen!«, herrschte er sie an. »Es ist nicht vorbei, du weißt es, und ich weiß es auch. Und ich weiß auch, wo ihr euch kennengelernt habt, aber du kannst dich nicht mehr an mich erinnern. Freut mich aber trotzdem, dass dein Gedächtnis noch einigermaßen funktioniert, ich meine, Alkohol und Koks können ganz schön aufs Hirn schlagen. Und du warst ziemlich angeheitert, um nicht zu sagen besoffen, und du hast die Nase voller Koks gehabt. Du hast mir einfach so gesagt, wie du heißt und wo du wohnst. Einfach so. Das macht man doch mit keinem Fremden, oder haben dir das deine Eltern nicht beigebracht?«

»Bitte, Gerd und ich sind uns mal auf einer Party begegnet, und dann hat er mich zu einem Kaffee eingeladen, aber als er mehr wollte, hab ich ihm gesagt, dass ich nicht so eine bin. Ich schwör's!«

»Ah ja? Und wieso haben deine Augen dann so geglänzt, als ich dir sagte, ich hätte ein Geschenk von ihm? Du würdest doch alles sagen, um deine Haut zu retten. Aber das ist auch egal. Er stopft dir doch das Geld nur so in den Rachen, damit er dich ficken kann. Wie lange kennt ihr euch eigentlich schon?«

»Seit einem Vierteljahr«, antwortete sie leise.

»Ausgerechnet Gerd Rösner! Ein ganz besonderer Spezi meines alten Herrn. Auch so ein geiler Bock, dem die Weiber nicht jung genug sein können. Wie bei meinem werten Herrn Papa. Wie viel hat Rösner denn bis jetzt springen lassen? Lass mich raten – das Auto, den Fernseher, die Anlage, die Möbel und ein paar große Scheine. Ich weiß nämlich, dass er hinter Weibern wie dir her ist. Sie müssen aussehen wie du. Rösner und mein alter Herr haben so ziemlich den gleichen Geschmack und die gleichen Vorlieben. Möglichst blond und große Titten. Und natürlich jung. Die Herren werden älter, ihre Gespielinnen jünger. Sie können sich einfach nicht damit abfinden, dass auch sie irgendwann zum alten Eisen gehören. Hab ich recht?«

»Nein, das stimmt nicht«, verteidigte sie sich zum wiederholten Mal. »Das Auto hat mir mein Vater zum bestandenen Abi geschenkt und …«

»Wie rührend. Du hast aber einen großzügigen Daddy. Meiner war nie so, obwohl er mit Sicherheit viel mehr Kohle hat. Aber was ist schon ein Sohn gegen ein paar knackige Titten?! Und deine sind wirklich bombastisch. Sind die echt?«

»Hm.«

»Ich frag mich nur, warum du deinen Traumkörper an einen alten Sack verkaufst. Hast du's so nötig?« Er winkte ab und fuhr fort: »Ich will's gar nicht wissen, ist deine Sache. Und jetzt mach den Mund auf.«

»Warum?«

»Weil ich es sage.«

»Nein, bitte nicht«, flehte sie.

»Soll ich böse werden? So richtig böse?«

Sie weinte immer noch und hätte am liebsten geschrien, aber sie brachte keinen Ton heraus.

»Also, ich warte.«

Sie presste die Lippen aufeinander und atmete hastig. Er hielt ihr die Nase zu, sie schüttelte den Kopf verzweifelt hin und her, doch er war stärker. Sie bekam keine Luft mehr und machte den Mund auf. Blitzschnell stopfte er einen Strumpf hinein, setzte sich wieder und streichelte lange über ihre Brüste.

»Manchmal ist das Leben verdammt kurz, was? Manche werden hundert, andere nur einundzwanzig. Deine Fahrt ist hier zu Ende. Aber vorher will ich dir noch eine kleine Geschichte erzählen. Es ist die Geschichte von einem Mann, der keiner ist. Alle Frauen lachen ihn aus, wenn er mit ihnen Liebe machen will. Alle. Du hättest es auch getan, ich weiß das. Aber ich kann darüber nicht mehr lachen, ich konnte es noch nie. Schon das erste Mal war wie ein Stich in meinem Herzen. Da kommt mein Alter mit so einer Hure daher, damit sie mir beibringt, wie's geht, und dann lacht sie mich aus. Und weißt du auch, warum?«

Sie schüttelte den Kopf.

»Ich zeig's dir.« Er knöpfte seine Hose auf und sagte: »Deswegen. Das ist die Ungerechtigkeit im Leben. Mein alter Herr, Rösner und all die andern, die zu ihrem erlauchten Kreis gehören, haben alles, aber auch wirklich alles, was das Herz begehrt, Geld, Einfluss und einen großen Schwanz. Kannst du verstehen, wie ich mich fühle, du Psychologin?«

Carolina nickte.

»Natürlich stimmst du mir zu, das würde ich in deiner Situation auch tun. Aber für deinen ach so spendablen Gerd und vor allem für meinen Alten bin ich nur Abschaum, ich habe ihn nie interessiert. Das mag sich jetzt anhören, als würde ich mich beklagen, vielleicht tu ich das auch … Und das hier ist nicht wirklich gegen dich gerichtet, du hast nur einen Fehler gemacht – du hast dich verkauft. Du hast dich verkauft wie eine billige Hure. Damals auf der Geburtstagsfeier, als wir uns kurz im Garten unterhalten haben, da hab ich dich gefragt, ob … Na ja, du hast mich nur ausgelacht. Es hat sich wirklich nicht schön angehört. Das war nicht nett, nein, das war gar nicht nett. Und jetzt ist es zu spät. Caro, du hast einfach einen riesengroßen Fehler gemacht. Und selbst wenn ich dich am Leben lassen würde, du würdest zu den Bullen rennen und mich verpfeifen, aber meine Mission ist noch nicht vollbracht. Tut mir leid, Kleines, deine Reise ist hier zu Ende.«

Carolinas Augen weiteten sich vor Schmerz und Entsetzen, als das Messer zweimal in ihren Leib gestoßen wurde und Blut aus den Wunden trat und über ihren Körper floss und auf den Boden tropfte.

Mike zog sich in aller Ruhe den weißen Anzug über und Handschuhe an und holte das Besteck aus dem Kasten. Er wartete, bis ihr Kopf nach vorne fiel, und fühlte ihren Puls, der nicht mehr zu spüren war.

Während er bei der Arbeit war, klingelte das Telefon und kurz darauf Carolinas Handy. Er ignorierte es und hatte sein Werk fast vollendet, als er jemanden auf dem Flur näher kommen hörte und es klopfte.

»Caro?«, fragte eine weibliche Stimme.

Er reagierte nicht, es klopfte erneut. Diesmal rief die Stimme lauter: »Caro? Ich weiß, dass du da bist, mach doch auf!«

Mike ging zur Tür und öffnete sie. Eine junge Frau kam herein, aber noch bevor sie etwas sagen konnte, spürte sie einen langen und tiefen Schnitt an ihrem Hals. Sie fasste mit beiden Händen hin, die Augen weit aufgerissen. Das Blut schoss aus den Adern gegen die Wände, die Decke und den Boden. Sie wollte etwas sagen, doch sie fiel hin, ein paar letzte Zuckungen jagten durch ihren Körper, und dann war sie tot.

»Du hättest verschwinden sollen, als niemand aufgemacht hat«, murmelte er und beendete sein Vorhaben. Anschließend setzte er sich vor das Notebook und schrieb eine Mail. Er klickte auf Programme und fand nach einer

Weile, was er suchte. Okay, dachte er, das können wir so stehen lassen. Bevor er ging, durchsuchte er noch Carolinas Taschen, wurde auch hier fündig, steckte aber alles wieder zurück. Er war zufrieden.

Um Viertel vor zehn saß er wieder in seinem Wagen und fuhr nach Hause. Unterwegs hielt er an einer Mülltonne an und warf einen blauen Müllsack hinein. In seiner Wohnung stellte er den Fernseher an, machte sich zwei Scheiben Brot mit Leberwurst und Käse, trank eine Flasche Wasser und vernahm aus der Nachbarwohnung die üblichen Geräusche. Er aß langsam und bedächtig und stellte den Teller, das Glas und die Flasche nach der Mahlzeit in die Küche.

Mike fühlte sich nicht gut, er war erschöpft und ausgebrannt. Die andere junge Frau wollte er nicht töten, eigentlich wollte er nie einen Menschen töten, denn er hasste Gewalt. Aber dann hatte es sich einfach so ergeben. Was hatte Svenja gestern gleich gesagt? Du bist kein gewalttätiger Mensch. O doch, ich bin gewalttätig, sehr sogar.

Aber ich tue es für dich, dachte er und warf einen langen Blick auf das Foto von Louise, das sie ihm kurz vor ihrem Tod geschenkt hatte. Er hatte es vergrößern lassen. Jetzt hing es in einem wunderschönen Rahmen an der Wand, und jedes Mal, wenn er heimkam, war sein Blick darauf gerichtet. Das kleinere Foto stand auf seinem Nachtschrank. Siebzehn Jahre war es her, seit sie ermordet worden war. Siebzehn verdammt lange Jahre. Alles, was er sich vorgenommen hatte, war mit einem Mal null und nichtig und unendlich wertlos geworden. Er schaffte sein Abi mit Ach und Krach, aber er studierte weder Mathematik noch Physik, sondern Informatik. Es gab kaum jemanden, der so fit am Computer war wie er. Er kannte alle Tricks und Kniffe, wusste, wie man unbemerkt in vermeintlich bestens gegen Angriffe von außen geschützte Netzwerke eindrang, ohne erkannt zu werden oder Spuren zu hinterlassen. Viele streng vertrauliche und geheime Informationen hatte er so schon erhalten, und hätte er sie veröffentlicht, wären an vielen Stellen von Politik und Wirtschaft Köpfe gerollt. Aber das interessierte ihn nicht, er hatte eine andere Mission zu erfüllen. Und er würde es tun, für Louise und auch für sich.

Er schaltete sein Notebook an und rief die Seite über Jack the Ripper auf. Es gab noch einiges, das vor ihm lag und das er so schnell wie möglich beenden wollte. Bevor er gegen Mitternacht zu Bett ging, beantwortete er noch die Mail einer Frau, die sich unbedingt mit ihm treffen wollte. Er hatte ihr am Dienstag gemailt, dass sie ihm von einem Bekannten empfohlen worden sei, der sehr angetan von ihrer Dienstleistung gewesen sei, und ob das mit den sechshundert Euro seine Richtigkeit habe. Sie hatte sofort geantwortet und ein Treffen vorgeschlagen. Dreiundvierzig Jahre alt und sexhungrig, wie sie schrieb, und ihm als Beweis ein höchst aufschlussreiches Foto als Mailanhang beigefügt. Er kannte sie, aber sie ihn nicht. Eine Hure, die ihr Leben geheim hielt, wie die Martens. Am Freitag um halb neun vor dem Eingang der Stadthalle Hofheim. Er bestätigte den Zeit- und Treffpunkt und schaltete das Notebook wieder aus. Dann legte er sich hin, nicht ohne vorher noch ein paar Verse in der Bibel gelesen und Louise gute Nacht gesagt zu haben.

Freitag, 8.30 Uhr

Julia Durant hatte schlecht geschlafen. Es war eine unruhige Nacht, durchsetzt mit zahlreichen Alpträumen, an die sie sich jedoch nur schemenhaft erinnern konnte. Um fünf vor sechs hatte sie keine Lust mehr, im Bett zu bleiben. Sie fühlte sich wie gerädert, ihre Beine waren schwer, als sie aufstand und ins Bad ging. Sie war nervös, vermochte kaum einen klaren Gedanken zu fassen. Eine innere Stimme sagte ihr, dass dieser Tag nicht gut werden würde. Zum Frühstück aß sie nur zwei Bananen und trank eine Tasse Kaffee, bevor sie ihre Tasche nahm und ins Präsidium fuhr, das sie bereits um zehn nach sieben erreichte.

Noch nicht einmal Berger war da, der nur selten später als sieben Uhr im Büro erschien. Durant begab sich sofort an ihren Schreibtisch und schaltete den Computer ein. Sie hatte nur eine Mail in ihrem Postkasten, der Absender sagte ihr nichts. Sie öffnete die Mail und wusste, dass ihre innere Stimme recht gehabt hatte.

»Liebe Frau Durant,
ich konnte mich leider nicht zurückhalten und musste es wieder tun. Im Anhang finden Sie ein Foto, das ich Ihnen als Geschenk und bleibende Erinnerung übersenden möchte. Die Dame heißt Carolina Fischer, ihre Adresse finden Sie im Telefonbuch. Ich möchte Sie auch vorab schon darauf hinweisen, dass eine weitere Überraschung dort auf Sie wartet. Ich hoffe, ich mache Ihnen nicht zu viele Um-

stände, aber sollte es so sein, dann tut es mir leid, ich kann es nun mal nicht ändern. Ich melde mich in Bälde wieder.
In tiefster Verbundenheit
Ihr
F. R.
PS: Der Schlüssel liegt unter der Fußmatte.«

Bevor sie den Anhang aufmachte, steckte sie sich eine Zigarette an und lehnte sich zurück. Doch dann stand sie auf und stellte sich ans Fenster. Ihre Befürchtung hatte sich bewahrheitet. Sie hasste diesen Tag, der Himmel war wie fast während der ganzen letzten Woche grau und trist, eine schreckliche Nacht lag hinter und ein noch schrecklicherer Tag vor ihr. Sie hatte kaum zu Ende geraucht, als Berger endlich kam.

»Guten Morgen. Sie schon hier?«, fragte er überrascht. Und nach einem Blick in ihr besorgtes Gesicht: »Was ist passiert?«

»Schauen Sie selbst.«

»Nein, oder?«, sagte er fassungslos, einer seiner seltenen Gefühlsausbrüche, und stellte sich vor den Bildschirm. Als er fertig gelesen hatte, fragte er: »Und der Anhang?«

»Ich hab's selber noch nicht gesehen, und ich will es eigentlich auch gar nicht …«

»Machen Sie schon auf.«

Sie klickte darauf, ein Foto baute sich langsam über den gesamten Bildschirm auf, viel größer als das, was ihr gestern geschickt wurde.

»Das darf nicht wahr sein«, sagte sie leise, und Tränen

stiegen ihr in die Augen, die sie verstohlen wegwischte. Berger sah es trotzdem und reichte ihr ein Taschentuch.

»Weinen Sie ruhig, wenn es Ihnen hilft«, sagte er väterlich und legte seine Hand auf ihre, denn was sie auf dem Monitor sahen, überstieg jede Vorstellung. »Ich kann mir denken, wie Ihnen zumute ist. Sie stellen sich vor, Sie wären die Frau auf dem Foto. Hab ich recht?«

»Nicht nur das. Ich frag mich, wie ein Mensch zu so etwas fähig sein kann. Was geht in diesem kranken Hirn vor? Hat er zu viel über den Ripper gelesen und möchte ihm unbedingt nacheifern? Oder warum tut er das? Er muss doch einen Grund haben.«

»Sie wissen so gut wie ich, dass manche Serienkiller keinen Grund brauchen, um zu morden. Sie tun es einfach so. Eins scheint jedenfalls offensichtlich, er hat die Kontrolle verloren«, bemerkte Berger mit stoischer Ruhe und holte sich einen Stuhl. »Wie schon bei der Martens, allerdings sieht das noch etwas blutiger aus …«

»Und dieser Zynismus in seinen Worten! Der verhöhnt uns nach Strich und Faden. Und warum adressiert er seine Mails ausgerechnet an mich? Können Sie mir das sagen?«, fragte Durant und sah Berger hilfesuchend an. »Was weiß er von mir? Woher kennt er mich? Ich meine, er muss mich kennen, sonst würde er diese Mails nicht direkt auf meinen Rechner schicken. Was hat er vor?«

»Haben Sie Angst, er könnte es auf Sie abgesehen haben?«

»Ich weiß überhaupt nicht mehr, was ich denken soll. Aber das ist mir unheimlich. Warum ich?«

»Tut mir leid, ich kann Ihnen da nicht helfen. Sie hatten

doch gesagt, Sie wollten Richter hinzuziehen, vielleicht hat er eine Antwort.«

Durant putzte sich die Nase und lehnte sich zurück. »Ich habe gestern Abend noch mit ihm telefoniert. Ich habe eigentlich um zehn einen Termin mit ihm. Mal sehen, vielleicht schaff ich's ja.«

»Bevor ich's vergess, ein paar Kollegen vom KDD haben gestern noch die Restaurants abgeklappert und sind tatsächlich fündig geworden. Die Martens war am Mittwochabend in männlicher Begleitung im Restaurant Stadt Höchst. Sie war praktisch Stammgast, wie einige Bedienstete erklärten, aber sie war immer mit andern Männern dort. Es gibt unterschiedliche Beschreibungen von ihm, unterschiedlicher könnten sie gar nicht sein. Von blond bis braunhaarig, von einem Anzug bis zu Jeans und Lederjacke und von einsfünfundsechzig bis einsachtzig ist alles dabei. Damit kommen wir nicht weiter. Und leider gibt es auch keine Kameras in der näheren Umgebung des Lokals, die aufzeichnen, was sich auf der Straße tut.«

»Es war einen Versuch wert.« Sie blätterte im Telefonbuch, fand den Eintrag mit der Adresse von Carolina Fischer und sagte: »Wie sieht's aus, kommen Sie mit? Frank kommt bestimmt nicht vor acht ins Büro. Bitte.«

Berger überlegte nicht lange und nickte. »Einverstanden. Bringen wir's schnell hinter uns, dann können Sie nachher auch gleich mit Herrn Hellmer zu Richter fahren. Aber vorher benachrichtigen wir noch unsere Leute von der Spusi und so weiter. Verständigen Sie Dr. Sievers oder Prof. Bock. Einer von ihnen soll sich auf die Socken machen.«

Durant nahm den Hörer auf, gab die Meldung durch und sagte, dass sie sich beeilen sollen.

Berger setzte sich ans Steuer. Durant telefonierte während der Fahrt mit Hellmer und Kullmer, die sich auf dem Weg ins Präsidium befanden, und teilte ihnen mit, dass sie mit Berger zu einem Tatort unterwegs sei, und erklärte auch kurz, was passiert war.

»Und was ist mit Richter?«, fragte Hellmer.

»Ruf ihn an und sag ihm, dass es eventuell ein paar Minuten später werden könnte. Er soll auf jeden Fall auf uns warten.«

Durant steckte das Handy ein und sah aus dem Seitenfenster, wo die Häuser und Schallschutzwände nur so an ihnen vorbeizufliegen schienen.

Sie benötigten keine zehn Minuten, bis sie auf dem großen Parkplatz vor dem noch größeren Haus hielten.

»Das Stockwerk hat er aber nicht dazugeschrieben«, sagte Berger und ging zusammen mit Durant die Klingeltafel durch.

»Hier, C. Fischer, dreizehnter Stock«, murmelte Durant. »Na dann.«

Die Haustür war geschlossen und ließ sich auch nicht aufziehen. Berger wollte bereits seine Hand auf mehrere Klingeln gleichzeitig legen, als eine Frau mit einem Kind herauskam, das sie vermutlich in den Kindergarten brachte. Sie fuhren in den dreizehnten Stock. Durant hatte ein mulmiges Gefühl in der Magengrube. Sie wollte die kommenden Minuten nicht erleben, hätte sich am liebsten irgendwo verkrochen, aber Berger gab ihr auf eine gewisse Weise auch Sicherheit, selbst wenn sie mit ihm in all den Jahren, in denen sie in Frankfurt ihren Dienst versah, erst ein einziges Mal gemeinsam an einem Tatort war. Er strahlte eine Ruhe und Sicherheit aus, die sie bewunderte. Er war ein Mann, der viele Höhen und Tiefen des Lebens durchgemacht hatte, der seine Frau und seinen Sohn bei einem tragischen Unfall verlor und von diesem Schicksalsschlag so gebeutelt war, dass er jahrelang an der Flasche hing. Selbst im Büro hatte er immer eine Flasche Cognac in seiner untersten Schreibtischschublade, und schon morgens, wenn Durant ins Zimmer trat, roch sie die Fahne, die er mit seinem Atem verströmte. Er war fett geworden, und es schien nur eine Frage der Zeit, bis sein Körper aufgab, aber irgendwann hatte er festgestellt, dass er so nicht weiterleben konnte. Er hörte von einem Tag auf den andern mit dem Trinken auf, rauchte nicht mehr, begann sich gesund zu ernähren und lernte schließlich eine Frau kennen, mit der er seit nunmehr fast drei Jahren glücklich verheiratet war.

Durant hatte ihn immer gemocht, auch in seiner schweren Zeit, wenn manche Kollegen meinten, es wäre besser für ihn, wenn er seinen Dienst quittieren oder wenigstens zum Entzug gehen würde. Er hatte so viel Vertrauen zu ihr, dass er sie schon vor Jahren zur leitenden Ermittlerin machte. Er hatte ihr immer wieder den Rücken gestärkt und sie gegen Widerstände von außen verteidigt, sogar wenn er sich damit selbst schadete. Aber er war ein Diplomat, er wusste, wie man mit bornierten Staatsanwälten und Kollegen umzugehen hatte, etwas, das Durant noch lernen musste. Sie wollte viel zu oft mit dem Kopf durch die Wand und duldete nur selten Widerworte und unternahm zu viele Alleingänge. Im Prinzip das, was Hellmer ihr gestern vorgeworfen hatte.

Auf der Etage befanden sich vier Wohnungen. Carolina Fischer wohnte am Ende des Flurs rechts vom Aufzug. Es roch sauber, es war sauber, keines dieser vielen Hochhäuser, die sie in all den Jahren gesehen hatte, wo die Knöpfe in den Aufzügen von Feuerzeugen versengt waren, die Aufzüge selbst ratterten und schaukelten, dass einem Angst und Bange werden konnte, man die Türgriffe nur widerwillig anfasste und die Wände voller Graffitisprüche waren und überhaupt alles einen verkommenen Eindruck machte. Hier fand sie das genaue Gegenteil davon vor.

Vor der Tür lag eine Fußmatte mit einem Herz darauf und den Worten »Herzlich willkommen«, an der Tür war in Augenhöhe ein Spion, der jedoch von innen zugeklebt war, darunter ein goldenes Namensschild mit der Aufschrift »C. Fischer«.

Berger hob die Matte hoch, nahm den Schlüssel, sah Durant kurz an und steckte ihn ins Schloss. Er atmete einmal tief durch. Auch ihn schien es Überwindung zu kosten, in die Wohnung zu gehen. Schließlich drehte er den Schlüssel und drückte die Tür vorsichtig auf.

»Kommen Sie schnell rein«, sagte er und schloss die Tür hinter sich, als er Stimmen auf dem Flur vernahm.

Ihnen bot sich ein Bild des Grauens. Julia Durant brachte keinen Ton hervor, selbst Berger war sprachlos vor Entsetzen. Vor ihnen lag eine junge Frau, die Augen weit aufgerissen, die Arme und Beine seltsam verkrümmt, der Hals mit einem langen Schnitt durchtrennt, rings um sie eine riesige, inzwischen getrocknete Blutlache, Blut an den Wänden, und Blut, das sogar bis an die Decke gespritzt war. Die Frau war vollständig bekleidet, hatte mittellange schwarze Haare und blaue Augen, aus denen jeder Glanz gewichen war.

Berger stieg über sie hinweg und blieb kurz darauf stehen. Er wandte für einen Moment den Blick ab und mahnte sich zur Ruhe. Durant stellte sich neben ihn und schaute auf die andere junge Frau, die nackt auf einem Stuhl saß. Der Oberkörper, die Arme und die Beine waren mit schwarzen Strümpfen gefesselt, ein Strumpf steckte in ihrem Mund. Ihr Bauch war vom Schambein bis zum Brustbein aufgetrennt, alles um sie herum war voller Blut. Auch ihr war ein tiefer Schnitt durch die Kehle beigebracht worden, doch das war nicht das Schlimmste. Julia Durant starrte auf die beiden großen Wunden, wo bis vor wenigen Stunden noch Brüste waren, die jetzt auf dem Tisch lagen. An der Wand hinter der Toten stand in großen Lettern und wie bei Svenja Martens mit Blut geschrieben »Huren sterben einsam«.

In Durants Magen rumorte es. Sie hätte sich übergeben können, doch sie unterdrückte den Würgereiz. Erst jetzt nahm sie den durchdringenden, alles überdeckenden Gestank wahr, der durch die voll aufgedrehte Heizung noch intensiviert wurde. Allmählich überblickte sie das Zimmer, sah etwas über einer Stuhllehne hängen sowie Organe, die auf dem blutdurchtränkten Sofa und neben dem Stuhl lagen. Sie wandte rasch den Blick ab und drehte sich um.

»Das kann nicht sein«, stieß sie mit tonloser Stimme hervor. »Das ist ein Alptraum.«

»Frau Durant, wir können hier gar nichts machen, und ich will hier auch gar nicht lange bleiben. Das ist eine Sache für die Spurensicherung und unsere Rechtsmediziner.«

»Darf ich mich noch kurz umschauen?«, fragte sie, als sie sich einigermaßen gefangen hatte. Auf dem Tisch stand ein aufgeklapptes, aber ausgeschaltetes Notebook, ein benutztes Glas, ein Aschenbecher und ein Einkaufszettel.

»Natürlich.«

Sie warf einen Blick in das Bad mit den hellen Kacheln – auf einer gläsernen Ablage mehrere Parfumflakons, bis auf zwei alles Damendüfte, im Waschbecken und in der Badewanne Blutflecken, ebenso am Spiegel, an den Fliesen und den Armaturen.

Berger kam ihr nach und sagte: »Und, was gefunden?«

»Was meinen Sie? Reicht das da draußen nicht?«

»Ich sag Ihnen ganz ehrlich, ich halt diesen bestialischen Gestank nicht aus. Ich hoffe, unsere Leute tanzen bald an, sollen die damit klarkommen.«

»Sie hatte Geld«, sagte Durant, die allmählich ihre Fassung wiedergewann. »Haben Sie den Fernseher und die Stereoanlage gesehen? Das kostet.«

»Vielleicht hatte sie einen guten Job.«

»Oder sie war eine Hure wie die Martens.«

»Und wenn schon. Ich hab in meinen nunmehr fast fünfunddreißig Dienstjahren eine Menge gesehen, aber so was zum ersten Mal. Wie halten Sie das aus?«

»Ich ruf nachher meinen Vater an«, antwortete sie lakonisch und ging ins nächste Zimmer. Eine der drei Schubladen der Kommode war herausgerissen, auf dem Boden lagen verteilt Dessous, Strümpfe, Strumpfhosen, Strapse und BHs.

»Warum fesselt er sie mit ihren eigenen Strümpfen?«, fragte Durant, während sie vorsichtig die Sachen durchsuchte und sich danach über die andern beiden Schubladen hermachte, in denen sich ebenfalls Unterwäsche befand.

»Schwer zu beurteilen, vielleicht hat Richter eine Antwort darauf.«

»Er muss sich etwas dabei denken, denn er hat alles dabei, aber nichts, womit Täter ihre Opfer normalerweise fesseln. Ich möchte wissen, wie alt sie ist. Es muss doch irgendwo eine Handtasche oder ein Portemonnaie mit ihrem Ausweis geben.«

Sie ging langsam zurück ins Wohnzimmer und sah eine Handtasche und eine Umhängetasche auf dem Boden neben dem Tisch. Sie zog den Reißverschluss der Handtasche auf und fand außer einem Handy auch eine Geldbörse, in der der Ausweis steckte.

»Einundzwanzig Jahre alt, sie wäre im Januar zweiundzwanzig geworden. Warum musste sie sterben? Wenn ich mich hier umschaue, dann kann ich nicht glauben, dass sie eine Hure war, schon gar keine professionelle.«

Berger zuckte nur mit den Schultern, während Durant die Umhängetasche öffnete, in der sich neben einem Adressbuch und einem Terminplaner zahlreiche Unterlagen befanden. Sie überflog einige davon und sagte: »Sie war Studentin. Psychologie und Pädagogik. Na ja, vielleicht hat sie neben ihrem Studium gejobbt, womöglich doch als Prostituierte. Das würde dann natürlich auch die eher kostspielige Einrichtung erklären. Oder sie hat einen reichen Vater.«

»Ein reicher Vater würde seine Tochter nicht in einem Hochhaus wie diesem unterbringen«, entgegnete Berger. »Sie würde entweder bei ihren Eltern wohnen oder in einem gepflegten Apartmenthaus. Ich kann mir nur schwer vorstellen, dass die Eltern von dem hier wissen. Wenn die das erfahren.«

»Das Haus hier ist gepflegt«, bemerkte Durant.

»Trotzdem, ich glaube nicht an einen reichen Vater. Die Umhängetasche ist von Harold's und sieht nicht gerade billig aus und die Handtasche von Coccinelle auch nicht.«

»Sie kennen diese Marken?«, fragte Durant überrascht.

»Nein, ich habe nur ein geübtes Auge, und die Hersteller stehen drauf.«

Sie schlug sowohl das Adressbuch als auch den Terminplaner auf und stellte fest, dass hier keine Seiten fehlten. Wozu auch, Carolina Fischer hatte fast nichts eingetragen, lediglich ihre Unizeiten. Vielleicht auf ihrem Notebook, dachte Durant.

Es klingelte, Durant meldete sich durch die Sprechanlage, die Spurensicherer waren eingetroffen. Berger trat auf den Flur und sagte mit gedämpfter Stimme, nachdem die drei Männer und zwei Frauen vor ihm standen: »Eins vorweg, der Anblick da drin ist nichts für schwache Nerven. Wir haben's mit zwei toten Frauen zu tun, eine von ihnen wurde grausam verstümmelt. Und es stinkt bestialisch. Nur als kleine Warnung.«

»Wie bei der Martens?«, fragte Platzeck, der Chef der Truppe.

»Ich hab die Martens nicht gesehen, aber Frau Durant sagt, dass das hier wesentlich schlimmer ist. Ich hab so was auch noch nie gesehen.«

»Okay, wir schmieren uns was unter die Nase und setzen den Mund- und Nasenschutz auf. Wir werden's schon schaffen«, sagte Platzeck und sah seine Kollegen an. »Oder?«

Allgemeine Zustimmung, auch wenn Berger meinte, in den Gesichtern von zwei Beamten Unbehagen vor den kommenden Minuten zu erkennen.

»Es ist nur der erste Augenblick. Sie können nachher lüften und …«

»Bringen wir's hinter uns«, sagte Platzeck, nachdem er und die andern sich die Salbe unter die Nase geschmiert und den Mundschutz übergestreift hatten. Er trat als Erster über die Schwelle, warf einen Blick auf die schwarzhaarige Frau, ging ein paar Schritte weiter und blieb abrupt stehen. »Das ist übel.« Er stellte seinen Koffer ab. »Wann kommt der Arzt?«

»Müsste jeden Moment eintreffen«, antwortete Durant, die aus der Küche kam. »Unser Mann läuft zu Hochform auf.«

»Verdammte Scheiße!«, entfuhr es Platzeck, der erst nach genauerem Hinsehen das Chaos erkannte. Einer seiner Kollegen rannte nach draußen, stützte sich an der Wand ab und atmete ein paarmal tief durch. »Das ist das Härteste, was ich je gesehen habe. Und ich dachte, das gestern wäre schon nicht zu überbieten gewesen.«

»Ich auch«, sagte Durant.

»Los«, forderte er den Fotografen auf, »schieß die Fotos und mach ein Video von der Sauerei, aber beeil dich. Und dann weg mit den Gedärmen.«

»Was hör ich da?«, sagte eine Julia Durant bekannte Stimme. »Gedär…« Andrea Sievers hielt mitten im Wort inne und schaute entsetzt auf Carolina Fischer. Alle Farbe war mit einem Schlag aus ihrem Gesicht gewichen, ihre Hände zitterten leicht, sie schien wie versteinert.

»Mein Gott, das ist ja unbeschreiblich. Wieder eine Mail?«

»Hm.«

»Wie alt?«

»Einundzwanzig.«

»Und die hier?« Sievers deutete auf die Tote zu ihren Füßen.

»Keine Ahnung, wir wissen nicht mal, wer sie ist.«

»Ich bin für die Todesstrafe«, entfuhr es Sievers, die ihre Souveränität erstaunlich schnell wiedererlangt hatte. »Es gibt Fälle, da hab ich kein Mitleid mit den Tätern. Das ist eine Bestie, was anderes fällt mir nicht ein.«

»Ja, ja, schon gut, ihr könnt euch draußen weiterunterhalten«, sagte der Fotograf und forderte alle auf, schleunigst die Wohnung zu verlassen. »In spätestens zehn Minuten dürft ihr wieder rein.«

»Mach mal 'ne einigermaßen gescheite Polaroidaufnahme von der auf dem Boden. Nur das Gesicht. Vielleicht kennt sie jemand hier aus dem Haus.«

»Hast du mal 'ne Zigarette?«, fragte Sievers. »Ich wollte mir eigentlich das Qualmen abgewöhnen, aber … Egal.«

Durant hielt ihr die Packung hin, gab ihr Feuer und zündete sich anschließend selbst eine an.

»Gehen wir dort vorne hin, das ist ein sauberes Haus.«

»Jetzt nicht mehr.«

Sie traten durch eine Glastür und stellten sich auf einen lang gezogenen Balkon, von dem zwei Türen abgingen.

»Wann wurde die Mail abgeschickt?«

»Zwanzig vor elf.«

»Dann wurde sie irgendwann zwischen neun und zehn umgebracht. Ausweiden braucht nun mal seine Zeit. Ist aber trotzdem nur ’ne Schätzung.«

»Was weißt du über Jack the Ripper?«, fragte Durant unvermittelt.

»Wie kommst du denn darauf?«

»Weiß nicht, das geht mir eigentlich schon seit letztem Winter durch den Kopf. Und seit gestern bin ich fast sicher, dass da jemand den Ripper kopiert.«

»Also, ganz ehrlich, ich hab mich mit diesem Typ bisher nicht auseinander gesetzt. Sorry, aber ich kann dir nicht helfen.«

»Brauchst du auch nicht, ich bekomm die Infos schon noch. Was stinkt da drin eigentlich so erbärmlich?«

Sievers inhalierte und blies den Rauch aus. »Die Heizung ist voll aufgedreht, der Bauch komplett aufgeschnitten, und die Innereien wurden, so weit ich das auf den ersten Blick erkennen konnte, entnommen, einschließlich der Gedärme, die über dem Stuhl hängen. Und der Darm stinkt nun mal am meisten, auch ganz logisch. Wenn ich eine Autopsie mache, dann pack ich den Darm als Erstes in eine Plastiktüte, weil ich mir den Gestank nicht unbedingt antun muss. Andere Kollegen sind da nicht so zimperlich, aber ich sag mir, warum soll ich mehr einatmen als notwendig?«

»Gehen wir, der Fotograf müsste inzwischen fertig sein.«

»Augenblick noch. Wir sind zwar an der Martens noch dran, aber ich sollte vielleicht erwähnen, dass er ihr den

Hals bis zum Wirbel durchgeschnitten hat. Und das mit einem einzigen Schnitt. So was haben wir bisher noch nicht auf den Tisch gekriegt. Selbst Bock hat das noch nicht gesehen, und das will was heißen.«

»Was willst du damit sagen?«

»Er verfügt über eine extrem scharfe Klinge, das will ich damit sagen.«

»Okay, aber das hilft mir nicht ein Stück weiter.«

»Vielleicht doch. Es ist ein Messer ähnlich denen, die wir zum Sezieren verwenden, zum Beispiel für den Y-Schnitt. Sieht ein bisschen wie ein herkömmliches Brotmesser aus, ist aber keins. Unsere sind verdammt scharf. Ich hab mich schon mal geschnitten, das merkst du im ersten Moment gar nicht. Diese Messer bekommst du auch nicht im Warenhaus …«

»In einem Waffengeschäft?«, fragte Durant.

»Schon eher. Oder in einem Geschäft, das sich auf Schneidwerkzeuge spezialisiert hat.«

»Ja, ja, oder übers Internet. Da kannst du auch Schnellfeuergewehre und Handgranaten bestellen. Danach zu suchen wäre sinnlos.«

Durant und Seidel gingen zurück zur Wohnung. Der Fotograf kam heraus, packte die Apparate in die Tasche und sagte: »Soll ich hier bleiben, oder brauchen Sie die Fotos gleich?«

»Wie lange dauert's ungefähr?«

»Halbe Stunde.«

»Dann machen Sie das jetzt und kommen anschließend zurück. Und legen Sie die Fotos auf meinen Schreibtisch, ich brauch die schnellstmöglich.«

Berger hatte inzwischen die Männer vom Bestattungsinstitut benachrichtigt, die in wenigen Minuten eintreffen würden.

Andrea Sievers beugte sich über die auf dem Boden liegende Tote. »Keinen Schimmer, wer sie ist?«

»Vermutlich eine Bekannte oder Freundin von Frau Fischer.«

»Sie wurde mit einem einzigen Schnitt durch die Kehle getötet. Dass er sie nicht aufgeschnitten hat, deutet für mich darauf hin, dass sie einfach zur falschen Zeit am falschen Ort war. Sie hat weder eine Jacke noch einen Mantel an, also muss sie entweder in diesem oder einem der Nachbarhäuser wohnen. Ist bis jetzt noch keine Vermisstenmeldung bei euch eingegangen?«

Berger und Durant schüttelten gleichzeitig den Kopf. Sievers fingerte in den Hosentaschen der Toten und fischte einen Schlüsselbund heraus. »Jetzt dürfte es nicht mehr allzu schwer sein, herauszufinden, wo sie wohnt und wie sie heißt.« Sie reichte Durant den Schlüssel, stand auf, ging vier Schritte, blieb stehen und fuhr fort: »Und jetzt zum Höhepunkt des heutigen Vormittags. Hier haben wir die Leber und die Gallenblase, die Milz, die Nieren …« Sie hielt inne, trat näher heran und deutete auf eine Niere. »Das ist nur eine Niere. Wo ist die andere? Sieht hier irgendjemand noch eine rumliegen?«, fragte sie die anwesenden Beamten. Kopfschütteln. »Na, das könnte bedeuten, dass er sie mitgenommen hat. Vielleicht als Souvenir oder … Nein, daran will ich gar nicht denken …«

»Woran?«, fragte Durant mit zu Schlitzen verengten Augen.

»Vielleicht hat er sie gegessen. Das wolltest du doch hören, oder?«, antwortete sie mit hochgezogenen Brauen.

»Jedenfalls, wir haben hier noch das Pankreas, den Magen sowie die Fortpflanzungsorgane. Schön säuberlich voneinander getrennt. Selbst die Brüste wurden fachmännisch entfernt.« Sie blickte auf und fuhr fort: »Tut mir leid, wenn ich so sachlich wirke, aber das ist mein ganz persönlicher Schutz. In Wirklichkeit könnt ich kotzen, wenn ich das sehe. Hat mal jemand 'ne Plastiktüte?«, rief sie.

»Ja«, antwortete Platzeck und reichte ihr eine durchsichtige Tüte.

»Nicht so was«, fuhr sie ihn unwirsch an. »Ich brauch am besten einen blauen oder grauen Müllsack. Ne Penny- oder Alditüte tut's auch, aber nicht euer Spusikram. Sucht doch mal, ob ihr was in der Art findet, ich will endlich den Darm weghaben. Und ein bisschen dalli, wenn's geht! Und dreht mal jemand die Heizung runter, und macht verdammt noch mal die Balkontür und ein Fenster auf, damit endlich der Gestank verschwindet. Gibt's Fotos von ihr? Ich meine, als sie noch gelebt hat?«

»Dort auf dem Regal unter der Schrift«, sagte Durant, die Sievers' Ungehaltenheit sehr gut nachvollziehen konnte.

Sievers erhob sich und meinte mit sanfterer Stimme: »Verdammt hübsches Mädchen. Was hat sie getan, dass … Ach Scheiße. Leute, ich kann hier nicht viel machen.« Ein Beamter gab ihr einen blauen Müllsack. Sie sagte zu Durant: »Tut mir leid, aber kannst du mal aufhalten, geht auch ganz schnell. Dann bist du erlöst.«

Durant schluckte schwer, hielt den Sack weit auf, den Blick abgewandt, Sievers griff mit beiden Händen nach dem Darm und warf ihn blitzschnell hinein. Sie nahm den Sack, machte mit flinken Fingern einen Knoten und stellte ihn auf den Balkon. Anschließend ließ sie sich von Platzeck verschließbare Plastikbeutel geben, in die sie jedes Organ einzeln packte. »Ich hau ab, und bringt mir die beiden mitsamt dem ganzen andern Zeug ins Institut. Das ist echt 'ne verdammte Sauerei. Ich mach mich vom Acker.«

Sie warf Durant noch einen Blick zu und wollte bereits gehen, als Berger fragte: »Kommt für Sie ein Arzt als Täter in Betracht?«

»Möglich«, antwortete sie müde. »Aber ich kenn keinen, der so durchgeknallt ist, und ich kenn einige schräge Typen, das können Sie mir glauben. Wollt ihr auch diesen beschaulichen Ort verlassen?«, fragte sie Durant.

»Hm. Ich denke, es reicht fürs Erste, was wir gesehen haben. Außerdem hab ich um zehn noch einen Termin.« Sie überließen das Feld der Spurensicherung. Vor dem Gehen sagte Durant: »Ach ja, das Notebook nehm ich gleich mit und bring's persönlich zu Herrn Nestroy oder Herrn Schreck. Und das Handy auch. Ich lass nachprüfen, mit wem sie in den letzten Tagen telefoniert hat. Ihr Adressbuch hab ich vorhin schon eingesteckt.«

Auf der Fahrt ins Präsidium meinte Berger: »Da bin ich fünfunddreißig Jahre im Dienst und hab wirklich geglaubt, dass mich nichts mehr erschüttern könnte, und dann das. Wie geht's Ihnen jetzt?«

»Beschissen. Ich würde mich am liebsten in den Flieger setzen und auf die Seychellen oder irgendwo anders hinfliegen. Nur weg von hier. Der hat innerhalb von nicht mal vierundzwanzig Stunden drei Frauen umgebracht, abgeschlachtet wie Vieh.«

»Sie werden den Fall lösen. Das heißt, wir werden es tun, denn ich werde mich diesmal aktiv an den Ermittlungen beteiligen, vorausgesetzt, Sie haben nichts dagegen. Und wie immer haben Sie natürlich meine vollste Unterstützung.«

»Danke.«

»Ich kann doch meinen besten Mann, Verzeihung, meine beste Frau nicht allein lassen«, sagte er schmunzelnd.

»Aber wie wollen Sie das tun? Wir brauchen jemanden im Büro.«

»Das lassen Sie mal meine Sorge sein. Ich kann auch vom Büro aus ermitteln. Unser Apparat muss auf Hochtouren laufen, damit wir diesen Mistkerl möglichst schnell aus dem Verkehr ziehen können.«

»Jack the Ripper wurde auch nie geschnappt«, konterte Durant.

»Hören Sie, diese Geschichte ist derart komplex, vielleicht wurde er geschnappt, vielleicht auch nicht. Das ist eine Ewigkeit her und hat mit unserm Fall nicht das Geringste zu tun. Bitte verrennen Sie sich da nicht in etwas, das …«

»Das was? Halten Sie es für so unwahrscheinlich, dass in Frankfurt einer rumläuft und einen Serienkiller imitiert?«

»Nein, natürlich nicht, aber es geht hier nicht um Jack the Ripper, sondern um einen Mann, der die abscheulichsten Verbrechen begangen hat und aller Voraussicht nach auch noch begehen wird, mit denen wir es je zu tun hatten. Verstehen Sie, was ich meine?«

»Ja, aber …«

»Kein Aber. Es gilt, dass wir uns allein auf diesen Fall konzentrieren. Sie fahren gleich mit Herrn Hellmer zu Prof. Richter und legen ihm alles Material vor, das wir bis jetzt haben, einschließlich des Videos. Herr Kullmer hat gestern Abend noch das Band kopiert.«

Julia Durant hörte gar nicht mehr zu. Sie war in Gedanken versunken, alles um sie herum schien zusammenzubrechen. In ihr war eine tiefe Leere, die sie nicht beschreiben konnte. Sie wünschte sich aber, Georg Meister wäre jetzt bei ihr und würde sie in den Arm nehmen und nicht mehr loslassen. Doch er saß in seinem Haus, abgeschieden von der Außenwelt, und tippte irgendetwas in seinen Computer. Seit Tagen hatte sie nichts von ihm gehört, und wenn Nadine Hellmer auch behauptete, er liebe sie, so mochte sie das nicht so recht glauben. Wenn er mich wirklich liebt, warum lässt er mich dann so wenig an seinem Leben teilhaben?, dachte sie traurig. Ihr war zum Heulen zumute, aber das würde ihr auch nicht helfen. Uns sie hatte das Gefühl, unter Strom zu stehen oder gleich zu explodieren.

Im Präsidium ging sie als Erstes auf die Toilette, holte ihr Handy aus der Tasche und wählte Georg Meisters Nummer. Nach dem zweiten Läuten sprang der Anrufbeantworter an. Sie versuchte es auf seinem Mobiltelefon, doch auch da war nur die Mailbox. Sie sprach darauf und bat ihn, sie zurückzurufen. Nur kurz. Sie wollte wissen, wie es ihm ging. Er wird nicht anrufen, dachte sie und war sich auf einmal sehr sicher. Aber auch das machte ihr jetzt nichts aus. Sie wollte gerade den Wasserhahn aufdrehen, als eine SMS bei ihr eintraf.

»Muss dich treffen. Heute. Georg.«

Warum eine SMS?, dachte sie wütend und enttäuscht zugleich. Sie schrieb zurück: »Wann?«

Sekunden später die Antwort: »Um acht bei unserm Italiener.«

Durant: »Ruf mich bitte sofort an.«

Sie wartete, während sie sich die Hände und das Gesicht wusch. Erst jetzt merkte sie, dass ihre Sachen den alles durchdringenden und sich in jeder Faser ihrer Kleidung und ihres Körpers festgesetzten Geruch aus der Wohnung angenommen hatten. Bevor sie zu Richter fuhren, musste sie nach Hause und sich umziehen. Am liebsten hätte sie geduscht und sich die Haare gewaschen und Parfum aufgelegt. Sie fühlte sich einfach schmutzig. Gerade wollte sie die Toilette verlassen, als ihr Handy klingelte. Georg.

»Warum meldest du dich nicht mal?«, fragte sie vorwurfsvoll. »Wir sind seit beinahe einer Woche wieder zu Hause, und ich hör und seh nichts von dir.«

»'tschuldigung, aber ich hatte dir deutlich erklärt, dass ich dringend meine Ruhe brauche. Doch lass uns nicht jetzt darüber reden, sondern heute Abend beim Essen.«

»Es klingt irgendwie wichtig. Ist es wichtig?«

»Ja, aber nicht am Telefon. Um acht?«

»Bis nachher, und denk dran, ich liebe dich«, sagte sie und legte auf. Irgendetwas stimmte nicht mit ihm. Am liebsten wäre sie zu ihm gefahren, um mit ihm zu sprechen. Sie war ungeduldig, wie immer. Doch eine innere Stimme oder ein Gefühl sagte ihr, dass es nicht angenehm war, was er ihr mitzuteilen hatte. »Julia«, sagte sie leise zu sich selbst, »was Männer angeht, wirst du immer auf der Verliererseite stehen. Aber du wirst damit klarkommen.«

Freitag, 9.40 Uhr

Hast du Richter erreicht?«, fragte sie Hellmer, als sie ins Büro trat.

»Ich hab ihm gesagt, dass es etwas später werden könnte. Du siehst mitgenommen aus«, meinte er und kam hinter seinem Schreibtisch hervor, während Kullmer vor seinem Computer saß und wie gebannt auf den Bildschirm starrte. Durant hängte ihre Tasche über den Stuhl, roch an ihrer Jacke und schüttelte den Kopf.

»Riechst du das?«, fragte sie Hellmer.

»Hm.«

»Können wir kurz bei mir vorbei, ich will mich schnell frisch machen. Die Zeit haben wir doch, oder?«

»Logisch«, antwortete Hellmer, der merkte, dass etwas mit seiner Kollegin und Freundin nicht stimmte. Er schob es auf den unerfreulichen Morgen, auch wenn er nicht glaubte, dass dies die alleinige Ursache für ihren bedrückten Zustand war. Er hoffte, seine Vermutung würde sich nicht bewahrheiten, aber er würde sich hüten, sie auf Georg Meister anzusprechen. Stattdessen sagte er: »Ich hab schon gehört, was passiert ist. Du darfst das nicht zu nahe an dich ranlassen, sonst gehst du kaputt.«

»Das weiß ich selbst«, erwiderte sie unwirsch. Im Moment brauchte sie alles, nur keine guten Ratschläge. »Können wir?«

»Klar. Ich muss noch die Unterlagen einpacken.«

»O shit, das Notebook und das Handy von der Fischer liegen noch im Auto ...«

»Kein Problem, das Notebook bringen wir gleich zu diesem netten Herrn Schreck ...«

»Verschwinden Sie«, sagte Berger, »ich kümmere mich um die Telefongespräche der Fischer und …«

»Das ist der Hammer«, stieß Kullmer aufgeregt hervor. »Das müsst ihr euch anschauen. Hier gibt's 'ne ganze Website exklusiv über Jack the Ripper. Auf Deutsch und Englisch. Er hat ausschließlich Huren umgebracht, hat ihnen die Kehle durchgeschnitten und sie teilweise ausgeweidet. Und er hat tatsächlich über die Presse Kontakt mit der Polizei aufgenommen, indem er ihnen Briefe geschrieben hat, die hier alle nachzulesen sind. Und einem dieser Briefe hat er eine halbe Niere beigefügt und …«

»Was? Eine halbe Niere?!« Durant stellte sich neben Kullmer, stützte sich mit einer Hand am Schreibtisch ab und las den Brief, der vor fast hundertzwanzig Jahren verfasst worden war, und einen neueren Kommentar dazu. »Die andere Hälfte hat er angeblich gebraten und gegessen. So was Ähnliches hat Andrea vorhin schon angedeutet.«

»Kann mich mal einer aufklären?« Kullmer sah erst Durant, dann Berger ratlos an.

»Weil bei der Fischer auch eine Niere fehlte. Ich hoffe, wir kriegen nicht auch so einen Brief mit einer halben Niere drin. Wenn, dann wissen wir endgültig, dass er den Ripper kopiert.«

»Uups …«

»Nix Uups. Druck alles über den Ripper aus, egal, wie viel das ist. Und tu mir bitte einen Gefallen, markier die entscheidenden Stellen, unser Boss wird dir bestimmt helfen. Stimmt doch, oder?«, sagte sie in Bergers Richtung.

»Hab ich doch gesagt.«

»Wir müssen jetzt wirklich los«, meinte Hellmer ungeduldig, die Unterlagen für Richter unter den Arm geklemmt. »Es wird sonst immer später, und Richter hat bestimmt keine Lust, ewig …«

»Ja, ja, bin schon unterwegs, aber ich würde gern noch auf die Fotos von heute warten, Richter sollte sie unbedingt sehen. Wo ist eigentlich Doris?«

»Noch mal beim Arzt. Sie müsste jeden Moment kommen«, antwortete Kullmer, ohne eine weitere Erklärung abzugeben.

Es klopfte, und fast gleichzeitig ging die Tür auf. Der Fotograf kam herein, legte die Bilder auf den Tisch und verschwand gleich wieder. Durant, Hellmer und Kullmer sahen sie sich wortlos an, Hellmer steckte sie in den Ordner, den er mit zu Richter nehmen würde.

»Wenn was ist, wir …«

»Raus«, sagte Berger und deutete demonstrativ auf die Tür.

»Wann können wir mit einem Ergebnis der Videoanalyse rechnen?«

»Frau Durant, ich kümmere mich um all das, und Sie machen jetzt, dass Sie endlich verschwinden.«

Sein Telefon klingelte, er hob ab, hörte einen Moment zu, ohne eine Miene zu verziehen, und verabschiedete sich mit einem »Danke, gute Arbeit«. Durant und Hellmer waren bereits an der Tür, als er sagte: »Die andere Tote ist identifiziert. Ihr Name ist Alexandra Fischer, sie ist die Schwester. Ebenfalls Studentin, wohnhaft im selben Haus, nur zwei Etagen tiefer. Ich lass Sie wissen, wenn ich mehr Informationen habe.«

»O Scheiße!«, entfuhr es Durant, die zum zweiten Mal

an diesem Tag mit dem Wasser zu kämpfen hatte, das mit Macht aus ihren Augen wollte. Diesmal schaffte sie es, nicht zu weinen, auch wenn ihr danach zumute war.

Ein andermal, vielleicht heute Abend schon, vielleicht nach dem Treffen mit Georg Meister. Sie hatte Angst davor, aber sie wollte Klarheit haben. Und sollte er sich von ihr trennen wollen, so würde sie es hinnehmen müssen.

»Benachrichtigen Sie die nächsten Angehörigen, sofern es welche gibt. Und machen Sie sich schon mal Gedanken über eine Soko, denn allein können wir das unmöglich schaffen. Er wird wieder zuschlagen, und zwar bald.«

»Ich weiß«, murmelte Berger. »Ich werde noch fünf oder sechs Mann anheuern, auch wenn ich lieber dreißig oder vierzig hätte, was aber im Moment nicht drin ist. Aber was erzähl ich Ihnen da.«

Durant nickte nur, drückte die Klinke herunter, ließ Hellmer, der die ganzen Unterlagen schleppte, an sich vorbeitreten, und machte die Tür leise hinter sich zu.

Freitag, 10.10 Uhr

Auf dem Weg nach unten sagte Hellmer: »Ich bin ehrlich froh, dass ich vorhin nicht dabei war. Muss echt übel gewesen sein, so wie Berger das geschildert hat.«

»Übel?! Für das, was ich vorhin gesehen hab, gibt es keine Beschreibung und auch kein Wort. Nach gestern glaub ich nicht, dass du das ausgehalten hättest, denn wenn sogar Andrea Tränen in den Augen hat, dann will das schon was heißen.«

»Und wie hast du's ausgehalten?«

»Gar nicht. Ich hab die Bude durchsucht und jeden Blick auf die Tote vermieden, sofern es möglich war. Aber da war ja auch noch die Schwester, wie wir inzwischen wissen.«

»Die den Täter offenbar gestört hat.«

»Ich geh davon aus. Er hat sie nur umgebracht, aber sonst nichts mit ihr angestellt. Mein Gott, wie sich das anhört – er hat sie nur umgebracht! Schon fast zynisch.«

»Das Ganze ist zynisch, pervers, menschenverachtend ...«

»Und doch muss es einen Grund geben. Ich bin erst zufrieden, wenn ich weiß, warum er das macht. Keiner begeht solche Morde aus lauter Jux und Tollerei. Da steckt eine Tragödie dahinter ...«

»Oder ein Durchgeknallter, so ein Irrer, der in die Klapse gehört, auf immer und ewig. Julia, so leid's mir tut, aber immer Erklärungen zu suchen, bringt nichts. Was, wenn wir es mit einem zu tun haben, der einfach die Welt verbessern will und dabei Scheuklappen trägt? Ein religiöser Fanatiker oder einer, dem Huren einfach ein Dorn im Auge sind?«

»Dann würde er doch aber nicht mit einer solch unbeschreiblichen Grausamkeit vorgehen. Wir schauen mal, was Richter zu sagen hat. Aber vorher bitte noch zu mir. Ich versprech auch, nicht länger als eine Viertelstunde zu brauchen, doch ich halt diesen Gestank nicht aus. Außerdem wohnt Richter ja praktisch um die Ecke.«

»Du brauchst dich nicht zu rechtfertigen, du stinkst wie eine Müllhalde«, sagte Hellmer grinsend.

»Richtig«, stimmte sie ihm zu. Sie holte trotz Bergers

Angebot, sich um die Telefongespräche der Fischer zu kümmern, das Notebook und das Handy aus dem Wagen, lief mit schnellen Schritten in die Computerabteilung, sah Nestroy und Schreck bei der Arbeit und sagte: »Guten Morgen. Ich hab hier was, Dringlichkeitsstufe zehn. Herr Schreck oder Herr Nestroy, wer will's haben?«

»Geben Sie her«, sagte Schreck. »Ich kann Ihnen auch schon was zum PC der Martens sagen …«

»Nicht jetzt, ich hab's eilig. Wie lange sind Sie heute hier?«

»Bis sechs auf jeden Fall. Wir wollten doch los und ein Notebook für Sie kaufen.«

»Oh, das hab ich schon wieder vergessen. Ich weiß nicht, ob das was wird, aber ich lass es Sie rechtzeitig wissen. Okay?«

»Wir können's auch auf morgen oder einen andern Tag verschieben, die Geschäfte haben ja lang genug auf.«

»Ich geb Ihnen Bescheid. Hier, bei diesem Gerät muss ich wissen, mit wem die Dame in letzter Zeit Kontakt hatte. Falls Sie noch irgendwas finden.«

»Geht klar«, sagte Schreck.

Durant rannte zurück zum Auto, wo Hellmer wartete. Sie war außer Atem, als sie einstieg, schnallte sich an und lehnte den Kopf an die Nackenstütze. Sie schloss die Augen, in ihrem Kopf hämmerte es, aber es waren keine Schmerzen, nur Anspannung.

Hellmer fuhr schneller als gewohnt und hielt bereits zwölf Minuten nach Verlassen des Präsidiumshofs vor Durants Haus.

»Ich beeil mich. Maximal eine Viertelstunde, Ehrenwort.«

»Laber nicht lange, sondern sieh zu, dass du wieder an Land kommst.«

Er hörte Radio, schaute aus dem Fenster auf das in tiefes Grau gehüllte Frankfurt und dachte nach. Er fragte sich, wer sich hinter dem Monster verbergen mochte, das solche Gräueltaten verübte. Taten, die jedem den Atem stocken ließen, nur dem Täter offenbar nicht. Die Presse hatte bereits von dem Mord an Svenja Martens Wind bekommen, die ersten Reporter waren erschienen und wieder abgewimmelt worden, eine Pressekonferenz würde laut Berger frühestens am Montag stattfinden. Er rief Nadine an und sagte, dass er sich einfach mal melden und hören wolle, wie es ihr gehe. Und er sagte ihr, dass er sie über alles liebe. Er sprach noch mit ihr, als Julia Durant zurückkam, legte aber auf, als sie die Tür öffnete und frisch duftend einstieg.

»Mein lieber Scholli, das ging aber fix. Das war nicht mal 'ne Viertelstunde. Wie hast du das gemacht? Ich meine, Frauen brauchen doch immer länger …«

»Mein kleines persönliches Geheimnis«, antwortete sie lächelnd, klappte die Sonnenblende runter und betrachtete sich im Kosmetikspiegel. Sie zog die Lippen nach und sah danach Hellmer an. »Und, gefall ich dir jetzt wieder?«

»Ganz passabel.«

»He, sei ernst. Ich hab mich tierisch beeilt, aber ich musste einfach diesen furchtbaren Gestank loswerden. Ich frag mich, wie die von der Spusi das aushalten. Und Andrea bewundere ich seit heute sowieso noch mehr. Und auch Bock und Morbs und wie sie nicht alle heißen. Das wär kein Job für mich.«

»Was hast du empfunden, als du die beiden Leichen gesehen hast?«, wollte Hellmer wissen.

»Mir hat sich fast der Magen umgedreht.« Sie machte eine Pause, sortierte ihre Gedanken und fuhr fort: »Das ist ganz komisch, aber im Moment ist alles fast ausgeblendet. Liegt vielleicht daran, dass ich geduscht und mich umgezogen habe. Aber die Erinnerung kommt zurück, sobald die Fotos auf dem Tisch liegen. Und ich dachte, ich hätte schon alles gesehen und erlebt. Und dann so was. Ich möchte jedenfalls nicht in der Haut der Eltern stecken, wenn sie erfahren, dass sie gleich zwei Töchter auf einen Streich verloren haben. Das wird megahart für die.«

Hellmer ging nicht darauf ein, sondern sagte: »Du hast doch das Handy von der Fischer. Ist es eingeschaltet?«

»Ja, aber der Batteriestatus ist ziemlich niedrig. Wir müßten es aufladen, aber dazu bräuchten wir ein Kabel.«

»Welche Marke?«

»Nokia.«

»Im Handschuhfach liegt eins, das passen müsste. Steck's einfach in den Zigarettenanzünder.«

Durant öffnete die Klappe, holte ein Kabel heraus und verband es mit dem Handy.

»Schau doch mal nach, mit wem sie zuletzt telefoniert hat, wen sie angerufen hat und von wem sie angerufen wurde. Du weißt doch, wie das funktioniert, oder?«

Ohne etwas darauf zu entgegnen, sagte sie: »Oh, vier entgangene Anrufe. Mal sehen, wer sie erreichen wollte. Gerd, Gerd, Gerd und noch mal Gerd. Tja, bin mal gespannt, wer dieser Gerd ist. Er hat's zuletzt heute morgen um Viertel vor sieben probiert. Ihr Freund oder ein Freier?«

»Frag ihn«, sagte Hellmer nur und bog in die Straße ein, in der Prof. Richter wohnte. Er lenkte den BMW in die offen stehende Toreinfahrt und parkte neben dem dunkelblauen Jaguar von Richter.

Sie stiegen aus, gingen zur Haustür und klingelten. Viola Richter kam an den Eingang und begrüßte die Ankömmlinge. Sie war immer noch so schön wie vor beinahe sechs Jahren, als sich Durant und Viola zum ersten Mal begegnet waren. Und sie umgab noch immer diese beinahe mystische Aura, die sie so faszinierend machte. Sie trug ihr kastanienbraunes Haar wie damals schulterlang, ihre großen braunen Augen blickten die Kommissare neugierig und mit diesem längst bekannten, leicht spöttischen Lächeln an, ihr sinnlicher, erotischer Mund war dezent geschminkt, der Duft von Chanel No. 19, der wie für sie geschaffen schien, umwehte sie. Nein, dachte Durant, sie wird von Mal zu Mal schöner, als ob ihr die ewige Jugend in die Wiege gelegt worden wäre. Obwohl sie allmählich auf die vierzig zugeht, hat sie das Gesicht und die Hände einer Fünfundzwanzigjährigen, aber vor allem ihr Hals ist makellos, keine Falte, nichts, das ihr Alter auch nur ansatzweise verrät. Wie macht sie das bloß?

»Hallo«, sagte Viola Richter mit dieser unvergleichlich warmen und seidigen Stimme, mit dem leichten Timbre, das sich nicht beschreiben ließ, und reichte erst Durant, dann Hellmer die Hand. »Kommen Sie rein, mein Mann erwartet Sie bereits. Darf ich Ihnen etwas zu trinken anbieten? Einen Tee vielleicht?«

Sie sah kurz Durant, danach Hellmer intensiver an, ein Blick, der ihn fast um den Verstand brachte und Gedanken und Gelüste hervorrief, die ihm sonst fremd waren, es sei denn, es handelte sich um seine eigene Frau. Aber mit Nadine war er seit Jahren verheiratet, sie kannten sich ein halbes Leben lang, Viola hingegen traf er nur hin und wieder, und dann waren sie auch nie allein. Er konnte sich noch zu gut an die erste Begegnung mit ihr erinnern, an ihre Augen, wie sie ihn amüsiert anblitzten, als er fasziniert vor ihr stand. Sie war damals noch mit einem berühmten Schriftsteller verheiratet, aber todunglücklich in ihrer Beziehung, wie Hellmer später erfuhr.

Er kannte jedenfalls keine Frau mit solchen Augen und einer solchen Ausstrahlung. Sie trug eine Jeans, weiße Leinenschuhe und eine tief ausgeschnittene weiße Bluse.

Auch wenn Hellmer versuchte es sich nicht anmerken zu lassen, so wusste Durant doch, dass er jedes Mal aufs Neue in den Bann dieser Frau gezogen wurde und sich mit Sicherheit fragte, warum sie sich ausgerechnet ihren ehemaligen Therapeuten, der dazu noch beinahe zwanzig Jahre älter war, als Ehemann ausgesucht hatte, auch wenn ihm bekannt war, dass die Ehe mit ihrem geschiedenen Mann sehr unbefriedigend gewesen war. Er war ein höchst erfolgreicher Schriftsteller, der aber kaum Notiz von dem Juwel an seiner Seite genommen hatte, bis dieses Juwel beschloss, ein neues Leben zu beginnen. Kleiber hatte daraufhin versucht sich das Leben zu nehmen, war jedoch im letzten Moment wie durch ein Wunder gerettet worden. Wenn es überhaupt eine Frau gab, die in Hellmer verwerfliche Gedanken auslöste, dann Viola. Wann immer er sie sah, und das war nicht selten, denn Richter arbeitete häufig für die Polizei, war er bis in die Haarspitzen angespannt, als stünde er unter Strom. Durant wusste das, sie hatte auch schon mit ihm darüber gesprochen, und er selbst hatte keine Erklärung, warum diese Frau solche Gefühle in ihm auslöste. Durant würde sich natürlich hüten, Nadine jemals davon zu erzählen, was auch, schließlich war zwischen Viola Richter und Frank Hellmer bisher nichts passiert, aber sie fürchtete, dass es eines Tages doch dazu kommen könnte. Und davor hatte sie Angst, denn die Freundschaft mit Frank Hellmer und seiner Frau Nadine bedeutete ihr unendlich viel, und sie wusste, dass, sollte Hellmer sich nicht unter Kontrolle halten, diese Freundschaft vermutlich über kurz oder lang in die Brüche gehen würde.

»Machen Sie sich keine Umstände, wir …«

»Das sind keine Umstände. Einen Tee?«

»Einverstanden«, gab Durant nach.

Richter, dieser große, stattliche Mann mit dem vollen grauen Haar, das allmählich weiß wurde, auch wenn er noch nicht einmal sechzig war, kam ihnen entgegen und sagte, während sich seine Frau in die Küche begab: »Gehen wir gleich in mein Arbeitszimmer, es ist spät, und ich habe noch einiges zu erledigen.«

Seit dem letzten Besuch vor acht Monaten hatte sich an der Einrichtung nichts verändert, die aus einem wuchtigen Schreibtisch bestand, einer Büchereckwand, die mit der Decke abschloss, einer braunen Ledergarnitur und einigen höchst kostbaren Teppichen sowie diesem ganz besonderen Tisch, dessen Glasplatte auf einem Felsbrocken aus Granit lag. Lediglich die Patientencouch war seit zwei Jahren verschwunden, dafür standen dort jetzt ein Nebler und eine blaugrüne Wand, über die Wasser in monotonem Rhythmus floss. Das Markanteste an dem Zimmer war jedoch das mindestens fünf Meter breite Fenster, das zum

Garten hinausging, diesem weitläufigen Gelände mit dem Swimmingpool, in dem sich jetzt kein Wasser befand, den Bäumen, allen voran dem wunderschönen Bergahorn inmitten von zwei Birken und zwei Erlen, und diesen vielen Sträuchern und Büschen und der übermannshohen Hecke, die so exakt geschnitten war, als hätte Edward mit den Scherenhänden dieses Kunstwerk vollbracht.

Richter war ein Ästhet, der sich nur mit schönen Dingen umgab. Auch alle seine Frauen und Geliebten, die Durant bislang kennengelernt hatte, waren schön, doch keine konnte Viola in Sachen Intelligenz und Charme auch nur annähernd das Wasser reichen. Sie war der Diamant, der in Richters Krone noch gefehlt hatte. Bevor sie in die Küche ging, um den Tee aufzubrühen, warf sie Hellmer noch einen langen, viel sagenden Blick zu, den Durant durchaus bemerkte, dann drehte sie sich um und schwebte mit wiegendem Schritt davon.

»Tut uns leid, dass wir uns verspätet haben, aber wir wurden durch einen weiteren und leider sehr tragischen Zwischenfall aufgehalten.«

Richter erwiderte nichts darauf, war er doch bereits von Hellmer telefonisch darüber informiert worden, und deutete auf das braune Ledersofa, während er in einem der beiden Sessel Platz nahm. Er stopfte sich eine Pfeife, zündete sie an und lehnte sich zurück, die Beine übereinander geschlagen.

»Also, was kann ich für Sie tun?«, fragte er obligatorisch.

Hellmer legte den dicken Ordner auf den Glastisch, schlug die Seite mit den Fotos von Svenja Martens auf und schob ihn über den Tisch. Richter beugte sich nach vorn, nahm den Ordner und betrachtete die Fotos mit regungsloser Miene. Er paffte ein paarmal an seiner Pfeife. Ein angenehmer Duft erfüllte den Raum, ein Duft, der Durant an ihr Zuhause erinnerte, an ihren Vater, wenn sie mit ihm zusammensaß und er seine Pfeife genüsslich rauchte.

»Darf ich?«, fragte Durant und zog ihre Zigaretten aus der Tasche.

»Selbstverständlich«, sagte Richter mit seiner markant tiefen Stimme, ohne aufzublicken. »Das ist vorgestern passiert?«

»Ja. Wir haben auch ein Video dabei, das die Tat in allen Einzelheiten zeigt, das heißt, der Mord selbst ist nicht drauf, aber alles, was mit dem Aufschneiden und Ausweiden zu tun hat. Es wäre gut, wenn Sie sich das ansehen könnten.«

»Hm«, brummte Richter und blätterte um, entnahm zwei Seiten und las weiter. Nach zehn Minuten schlug er den Ordner zu und sagte: »Und heute ist wieder ein Mord vergleichbar mit dem von gestern geschehen?«

»Svenja Martens wurde vorgestern Abend gegen zweiundzwanzig Uhr dreißig umgebracht. Die beiden Frauen, die wir heute gefunden haben, wurden gestern Abend getötet.«

»Zwei?« Richter zeigte zum ersten Mal, seit sie zusammensaßen, eine Gefühlsregung.

»Er hatte es wohl nur auf die eine abgesehen, die andere muss mehr zufällig vorbeigekommen sein, was natürlich ihr Todesurteil war. Sie waren Schwestern. Carolina und Alexandra Fischer. Frank, du hast die Fotos.«

Hellmer reichte sie ihm. Richter sah sich eins nach dem andern an und nickte ein paarmal wie selbstverständlich, als würde er sich Urlaubs- oder Familienbilder anschauen. Seine Miene war undurchdringlich, als er die Fotos zurücklegte.

Viola kam mit einem Tablett und drei Tassen herein, stellte alles auf den Tisch und begann einzuschenken, doch als ihr Blick mehr zufällig auf die Bilder fiel, zuckte sie erschrocken zusammen. Ihr Gesicht wurde aschfahl, ihre Hände zitterten, als sie auch die dritte Tasse füllte. Anschließend begab sie sich zum Fenster und sah hinaus auf den Garten, der im trüben Novembergrau zu ersticken schien.

»Liebling, würdest du uns bitte allein lassen?«, sagte Richter sanft, aber bestimmt.

Viola drehte sich um, die Hände auf die Fensterbank gestützt, und sagte mit leiser und leicht heiserer Stimme, wobei sie auf einen imaginären Punkt an der Wand starrte: »Ich kenne eine der drei Frauen.«

Das Fallen einer Stecknadel hätte wie Donnerhall geklungen. Richter nahm die Pfeife aus dem Mund und legte sie auf den Aschenbecherrand, erhob sich und ging zu seiner Frau.

»Woher kennst du sie?«, fragte er mit zusammengekniffenen Augen und dennoch behutsam und fasste sie bei den Oberarmen. Sie schüttelte seine Hände ab, als wäre ihr diese Berührung lästig, drehte sich wieder um und sah erneut auf den Garten.

»Ich hab sie vor etwa einem Monat bei einer Party getroffen. Es war, soweit ich weiß, am 14. Oktober. Sie heißt Carolina, aber alle haben sie nur Caro genannt.« Sie stockte, fasste sich mit einer Hand an die Nase und schüttelte den Kopf.

»Und weiter? Bei wem fand die Party statt?«, wollte Richter wissen, wobei sein Ton etwas schärfer wurde, ungewohnt scharf, wie Durant und auch Hellmer verwundert feststellten, da sie Richter bislang nur als äußerst kontrollierten und stets höflichen Mann kennengelernt hatten.

»Bei Kantauer. Ich war allein dort, weil du wieder mal verhindert warst«, entgegnete Viola spitz und mit hochgezogenen Augenbrauen, wich aber einen Schritt zurück, als würde sie fürchten, von ihm geschlagen zu werden.

Durants Herz schlug schneller, beruhigte sich aber gleich wieder, als Richter sanfter sagte: »Entschuldige, aber …«

Sie ließ ihn nicht aussprechen. »Caro ist oder war Rösners Gespielin, soweit ich weiß.«

»Rösner?«, fragte Richter ungläubig. »Seit wann hat der 'ne Gespielin? Der macht doch immer einen auf liebevollen Ehemann und Vater.«

»Das machen doch viele, das müsstest du am besten wissen«, entgegnete sie schnippisch. »Du solltest vielleicht mal wieder mitkommen, wenn wir eingeladen werden. Aber deine Vorträge in den USA oder sonst wo sind ja stets wichtiger.«

»Bitte, nicht jetzt und nicht vor den Kommissaren«, zischte Richter.

»Nein, keine Sorge, ich werde unsere heile Welt schon nicht kaputtmachen«, erwiderte sie bitter.

»Frau Richter«, mischte sich Durant ein, die wie elektrisiert war, »wie heißt dieser Rösner mit Vornamen und wo wohnt beziehungsweise arbeitet er?«

»Gerd hat eine große Anwaltskanzlei in Frankfurt. Rösner und Partner. Soweit ich weiß, wohnt er mit seiner Familie im Vordertaunus, ich meine in Hofheim. Aber das müssten Sie doch leicht rauskriegen. Er hat aber auch noch ein Penthouse in Frankfurt und ein Haus in Bad Homburg sowie diverse Immobilien im Ausland.«

»Erzählen Sie uns etwas über diese Party. Haben Sie Rösner und Carolina Fischer dort zum ersten Mal gesehen oder …«

»Nein, es war nicht zum ersten Mal. Das erste Mal war im Sommer, da kam mir das alles schon ziemlich verdächtig vor, wie die sich angeguckt und Händchen gehalten haben und, na ja … Auf der Party war mir dann endgültig klar, dass zwischen den beiden was läuft. Nun gut, er kann sich's leisten, er könnte sich einen ganzen Harem zulegen, ohne arm zu werden. Er kümmert sich übrigens auch um die Angelegenheiten meines Mannes. Ich wusste schon länger, dass Rösner nichts anbrennen lässt …«

»Moment, Moment«, wurde sie von ihrem Mann unterbrochen, »woher weißt du das alles? Das mit Rösner ist mir neu.«

»Tja, ab und zu sollte man sich schon für das interessieren, was um einen herum vorgeht«, entgegnete sie ironisch.

»Liebling, ich interessiere mich immer für das, was um mich herum vorgeht, aber ich habe auch meine Arbeit zu erledigen. Und dass ich kein Partyhengst bin, das weißt du. Und ich gebe auch herzlich wenig auf Klatsch und Tratsch.«

»Ach ja, das ist aber erst so, seit wir zusammen sind«, sagte sie leise, doch immer noch laut genug, dass Durant und Hellmer es verstanden.

Und an die Kommissare gewandt: »Ich hab mich schon

gewundert, dass er sich so ein junges Ding zugelegt hat. Caro ist doch höchstens Anfang zwanzig, und Rösner ist gerade sechzig geworden. Er könnte fast ihr Großvater sein. Er hat eine wunderbare Frau und vier reizende Kinder. Ich staune immer wieder über diese jungen Dinger, die sich mit den alten geilen Böcken einlassen. Aber es ist wohl alles eine Frage des Geldes.«

»Und dieser Kantauer?«

»Der gibt einmal im Jahr ein Fest, zu dem alle mögliche Prominenz eingeladen ist, die dann in der Regel mit einem Tross junger, williger Damen antanzt, so wie Rösner mit Caro. Ich geh da nur hin, weil ich mich dort jedes Jahr mit zwei Frauen treffe, die ich schon seit vielen, vielen Jahren kenne. Wir haben dann was zum Lästern, bei der Party und auch noch danach«, sagte sie mit beißender Ironie in der Stimme.

»Wie war Ihr Eindruck von Carolina Fischer?«, fragte Hellmer, der seinen Blick nicht von der atemberaubend schönen Frau abwenden konnte. Die Farbe war längst in ihr Gesicht zurückgekehrt, und sie strahlte wieder jene Souveränität und Sicherheit aus wie eh und je.

Sie registrierte Hellmers Blick, ließ es sich aber nicht anmerken, indem sie einfach zu Boden schaute. »Ich weiß nicht, da waren zu viele Menschen. Doch sie ist mir trotzdem aufgefallen, weil sie ziemlich groß ist und einige äußerst hervorstechende oder besser hervorstehende körperliche Merkmale aufweist oder aufgewiesen hat, die wohl auch Rösner nicht entgangen sind.«

»Wie groß in etwa?«

»Was, die Merkmale oder die Körpergröße?«

»Die Körpergröße«, sagte Hellmer.

»Etwa einsachtzig. Und sie hatte gewaltige Brüste, deren Größe sie durch entsprechende Kleidung noch unterstrich. Aber ich muss neidlos anerkennen, dass sie echt waren, die Brüste, meine ich. So weit ich mich erinnern kann, trug sie nur ein schwarzes, sehr durchsichtiges und sehr eng anliegendes Stück Stoff und einen kaum den Po bedeckenden Rock ohne einen Slip darunter, was ich zufällig gesehen hab, als sie sich einmal bücken musste. Oder wollte. Ich hab nur gedacht, Mädchen, wie kann man sich bloß so billig präsentieren. Aber den Männern und vor allem Rösner scheint's gefallen zu haben. Sie war jedenfalls das meistbegaffte Mädchen an diesem Abend, und ich bin sicher, dass es so einige Typen gab, die sich auf der Toilette …« Sie hielt inne und machte ein entschuldigendes Gesicht.

»Sie ist tot«, sagte Richter verständnislos und nahm wieder Platz.

»Das ist traurig, aber denk mal drüber nach, vielleicht hat sie sich das selbst zuzuschreiben. Sie war eine Nutte unter vielen, mit einem Rock, der kaum breiter als ein Gürtel war. Du müsstest eigentlich am besten wissen, Alfred, dass manche Menschen das Schicksal wie beim russischen Roulette herausfordern. Oder?«

»Trotzdem mag ich es nicht, wie du redest …«

»Ich wurde etwas gefragt und habe meine Meinung dazu geäußert. Außerdem bin ich kein kleines Mädchen mehr, das gemaßregelt werden muss. Frau Durant, Herr Hellmer, ich bin hier offenbar unerwünscht«, sagte Viola und löste sich vom Fenster, wurde aber von Hellmers Stimme aufgehalten.

»Und die andere junge Frau?«, sagte er, nahm das Foto

von Alexandra Fischer und ging mit ihm zu Viola Richter. »Haben Sie die schon mal gesehen? Schauen Sie sich das Gesicht genau an.«

»Kann sein«, antwortete sie nach einer Weile zögernd und fuhr sich nachdenklich mit der Zunge über die Lippen. »Wenn Sie mich so fragen, die war glaub ich auch bei Kantauer, aber sie war längst nicht so extravagant und offenherzig gekleidet und hat sich auch mehr im Hintergrund gehalten. Aber ich würde es nicht beschwören … Doch, sie war auch da, ich hab sie gesehen.«

»Wie sicher sind Sie?«

»Sehr sicher, denn ich habe ein phantastisches Personengedächtnis.«

»Die beiden sind Schwestern.«

Viola Richter sah Hellmer in die Augen und erwiderte: »Mein Gott, wer macht so was? Ich geh dann mal wieder nach draußen …«

»Warten Sie bitte. Wer ist Kantauer?«

»Sie kennen Kantauer nicht? Den berühmten Musikproduzenten? Der hatte allein im letzten Jahr elf Nummer eins Hits, das hat nicht mal Bohlen in seiner besten Zeit geschafft. Von ihm eingeladen zu werden ist mittlerweile eine Ehre und beweist, dass man dazugehört«, erwiderte sie mit triefendem Spott, wobei sie ihren Mund entsprechend verzog. »Aber glauben Sie mir, mir ist es egal, ob ich dazugehöre oder nicht, Kantauers Partys sind genauso langweilig wie fast alle, zu denen ich eingeladen werde. Und doch geh ich hin, aber nur, wenn auch meine Freundinnen dort sind. Verzeihen Sie, aber hätten Sie mal eine Zigarette für mich, ich bin etwas durcheinander …«

»Du hast doch aufgehört«, sagte Richter. »Du wolltest nie wieder …«

»Na und?«, entgegnete sie schnippisch, nahm eine aus der ihr von Hellmer entgegengehaltenen Schachtel und ließ sich von ihm auch Feuer geben, wobei sie seine Hand umfasste. Ein kurzer, aber intensiver Blick, den Hellmer erwiderte. Durant beobachtete die Szene aufmerksam und mit einem gewissen Unbehagen, weil sie Hellmers Gedanken nur zu gut kannte und wusste, dass auch sein Gehirn bei einer Frau wie Viola Richter bisweilen ausgeschaltet wurde. Und Viola war auch keine Kostverächterin. Es hieß zwar, dass sie und ihr Mann eine glückliche Ehe führten, aber dennoch kursierte das Gerücht, dass sie zu häufig getrennte Wege gingen. Und dass es bei ihnen nicht zum Besten stand, hatten die vergangenen Minuten bewiesen. Durant fühlte sich auf einmal unbehaglich und unwohl, aber sie konnte noch nicht gehen, schließlich hing von Richter und seinem ungeheuren Wissen um die Psyche des Menschen eine Menge ab.

Er war viel unterwegs, fast immer auf Vortragsreisen, auf die er seine Frau manchmal mitnahm, doch meist ließ er sie allein zu Hause. Und Hellmer war der Typ Mann, auf den sie stand und bei dem sie nicht nein gesagt hätte, hätte er die entsprechenden Signale ausgesandt. Und nichts anderes tat er im Augenblick, wenn auch auf sehr subtile Art und Weise.

Frank, pass auf, warnte Durant ihn in Gedanken. Ein unbedachter Schritt, und du landest in der Hölle. Nadine bekommt's raus, du wirst von Schuldgefühlen geplagt und greifst womöglich wieder zur Flasche. Tu's nicht, bitte!

»Danke«, säuselte Viola Richter und nahm einen tiefen Zug, den sie lange in sich behielt, bevor sie den Rauch wieder ausstieß. »Ich habe mir vor einem halben Jahr das Rauchen abgewöhnt, aber Sie sehen, es genügt nur ein kleiner Funke, und schon häng ich wieder an der Kippe. Ich bin eben ein Suchtmensch, wie mein geliebter Gatte einmal so trefflich formulierte. Eine genetische Disposition, wie du es so schön ausgedrückt hast.«

»Und was war der kleine auslösende Funke?«, fragte Richter kühl und sichtlich gereizt, auch wenn er sich beherrschte.

»Die Fotos. Es ist grausam, so etwas zu sehen, das erinnert mich irgendwie an die grauenvollen Bilder aus den KZs oder von den Massakern im ehemaligen Jugoslawien oder wo auch immer … Ich möchte jedenfalls nie so enden. Gleichzeitig stelle ich mir die wahnsinnigen Schmerzen vor, die die beiden gehabt haben müssen …«

»Nein«, wurde sie von Hellmer unterbrochen, »da kann ich Sie beruhigen, Schmerzen hatten sie kaum oder gar keine. Es ging alles sehr schnell. Aber Sie sollten sich die Fotos nicht weiter anschauen, Sie können sonst nicht mehr ruhig schlafen.«

»Und Sie? Können Sie denn ruhig schlafen, nachdem Sie so etwas gesehen haben? Kann man da überhaupt noch schlafen?« Ihre Stimme hatte eine laszive Nuance bekommen, zumindest meinte Durant das herauszuhören.

»Wir sind einiges gewohnt«, erwiderte Hellmer lakonisch, während sich Viola Richter in den noch freien Sessel direkt neben ihm setzte.

»Darf ich hier bleiben, oder stör ich?«

»Nein, es stört mich nicht«, antwortete Hellmer schnell und sah kurz zu Richter und noch kürzer zu Durant.

»Liebling, es wäre besser, wenn du uns allein lassen würdest. Ich habe mit den Kommissaren einiges zu besprechen, das nicht sehr appetitlich ist.«

»Mir fällt gerade ein, ich hab doch irgendwo Fotos von der Party bei Kantauer. Ich geh sie mal suchen. Herr Hellmer, vielleicht können Sie mir helfen, dann geht's schneller.«

Er zuckte mit den Schultern. »Werd ich hier gebraucht?«

»Eigentlich schon. Ich geb dir zehn Minuten«, antwortete Durant mit einem mahnenden Blick, der Bände sprach. Als sie allein waren, sagte sie zu Richter: »Ja, und jetzt zu dem, weswegen wir gekommen sind. Wir haben uns ja schon im Winter nach den vier Morden kurzgeschlossen, und Sie hatten ein vorläufiges Täterprofil erstellt. Wir gehen aber davon aus, dass auch diese neuen Morde die Handschrift unseres Mannes tragen. Was ist Ihre Meinung dazu?«

»Dazu müsste ich sämtliche Details kennen. Erzählen Sie mir das Wesentliche, die Akten nehme ich mir nachher vor.«

»Wie schon im Winter wurden die Opfer durch Messerstiche getötet, Svenja Martens und Caro Fischer darüber hinaus ausgeweidet. Die Vorgehensweise ist ziemlich identisch, mit dem Unterschied, dass im Winter ein anderes Messer benutzt wurde …«

»Wie hat er seinen Opfern die Organe entnommen? Mit dem Messer oder mit einem Skalpell?«

»Auf dem Video hat er sich sowohl eines Messers als

auch eines Skalpells bedient. Und so wird es auch bei Frau Fischer gewesen sein, aber Details erfahren wir nach der Obduktion, auch wenn es nicht mehr viel zu obduzieren gibt«, erklärte sie sarkastisch. »Allerdings ist er sehr akribisch vorgegangen, wie Dr. Sievers sagt. Sie attestiert ihm sogar chirurgische Fähigkeiten. Womit natürlich auch ein Mediziner in Frage käme.«

»Und er hat ihnen den Hals durchgeschnitten«, sagte Richter mit Blick auf die Fotos. »Helfen Sie mir auf die Sprünge, die Morde zwischen Januar und März, den Opfern wurde doch auch die Kehle durchgeschnitten, so weit ich mich erinnern kann?«

»Weiland, Frey und Heuer wurden erstochen, und ihnen wurde die Halsschlagader durchtrennt. Bei der Kröger war's nur Erstechen, keine sonstigen Verletzungen. Der Frey wurde zudem der Bauch zum Teil aufgeschlitzt, aber es wurden keine Organe entnommen. Meine Fragen sind: Handelt es sich um ein und denselben Täter, oder haben wir es mit zwei Tätern zu tun? Wenn es sich um einen handelt, warum hat er acht Monate verstreichen lassen, bis er wieder angefangen hat? Und was bringt ihn dazu, mit einem Mal seine Opfer auszuweiden? Kopiert er vielleicht einen andern Serienkiller?«

Nach dem letzten Satz beobachtete sie Richters Reaktion, ob er überhaupt darauf einging. Noch zeigte sich keine Regung in seinem Gesicht, seine Mimik war unergründlich wie fast immer, wenn es ernst wurde und er nachdachte.

Er hatte sich die Fragen notiert, stopfte sich die Pfeife neu und zündete den Tabak an. Richter überlegte, stand auf, die rechte Hand in der Hosentasche, in der linken die

Pfeife, und wandelte lautlos in dem großen Raum umher, in dem nur das leise Plätschern des Wassers zu vernehmen war. Mittlerweile war mehr als eine Viertelstunde vergangen, und Hellmer war noch immer nicht zurück.

Nach einer schier endlosen Zeit sagte Richter: »Die Wahrscheinlichkeit, dass es sich um zwei Täter handelt, ist verschwindend gering. Ich würde behaupten, sie liegt im Promillebereich. Es ist einer, da lege ich mich einfach fest. Am schwersten dürfte die Frage zu beantworten sein, warum er so lange stillgehalten hat. Ich muss diese Frage und auch die Antwort zurückstellen. Zu Frage drei, warum er mit einem Mal seine Opfer ausweidet. Blutrausch mag eine entscheidende Rolle spielen. Aber es könnte auch eine Art Bestrafung sein. Was mich etwas irritiert, ist die Art der Aufbahrung, die er jetzt erst zelebriert. Er setzt seine Opfer auf einen Stuhl, fesselt sie … Womit eigentlich? Es ist auf den Fotos nicht zu erkennen.«

»Mit ihren eigenen Strümpfen, auch der Knebel ist ein Strumpf.«

»Sehr interessant. Und er schminkt sie sehr grell. Dazu die Schrift an der Wand, Huren sterben einsam. Aber die meisten von ihnen leben auch einsam. Von meiner Frau wissen wir, dass Caro Fischer wohl eher lebenslustig war. Welche Berufe übten Frau Martens und Frau Fischer aus?«

»Frau Martens war Oberstufenlehrerin am Brecht-Gymnasium, Frau Fischer studierte Psychologie.«

»Hm. Und was noch? Wenn ich meine Frau vorhin recht verstanden habe, dann hat Frau Fischer sich offensichtlich aushalten lassen und dafür eine entsprechende Gegenleistung erbracht. Welche das gewesen sein könnte, dürfte nach den ziemlich eindeutigen Schilderungen unschwer zu erraten sein. Aber was ist mit Frau Martens?«

»Sie auch. Sie hat ein Haus bewohnt, das sie sich von ihrem normalen Gehalt niemals hätte leisten können, und auch die Einrichtung entspricht einem eher luxuriösen Standard. Sie fuhr einen BMW und zwei Motorräder der absoluten Luxusklasse, wie Herr Hellmer feststellte. Und auch die Schrift an der Wand deutet auf ein Doppelleben hin.«

»Es ist davon auszugehen …«

»Ach ja, die Martens verfügte zudem über ein beträchtliches Barvermögen. Wir überprüfen gerade, ob sie auch noch Wertpapiere oder Immobilien hatte.«

»Eltern?«

»Vater verschollen, die Mutter lebt in einem Pflegeheim.«

Richter ließ ein paar Sekunden verstreichen, bevor er sagte: »Frau Durant, die Frage ist doch, wie lernte der Täter seine Opfer kennen? Die beiden Damen führten ein nach außen normales Leben, aber unbemerkt von Freunden, Bekannten und Verwandten auch noch ein zweites, weniger akzeptables. Es könnte sich um einen verschmähten Liebhaber handeln oder einfach einen, dem nicht gefiel, was sie trieben. Gibt es irgendeine Verbindung zwischen den Frauen, das Fest bei Kantauer einmal ausgenommen?«

»Nicht, so weit uns bekannt ist. Es gab ja auch keine bei den Wintermorden. Die Opfer wiesen keine äußerlichen Ähnlichkeiten auf, eine war Langzeitarbeitslose, eine andere Akademikerin, dazu noch eine Hure und eine Hausfrau, wobei ich nicht glaube, dass die angeblich so biedere

Hausfrau wirklich so bieder war. Für mich sah es bis vorgestern noch so aus, als würde er sich seine Opfer wahllos aussuchen, aber mittlerweile bin ich überzeugt, dass er gezielt vorgeht. Und ebenso bin ich überzeugt, dass er weitermachen wird, denn im Winter hat er noch nicht den Kontakt zur Polizei gesucht, jetzt auf einmal doch. Ich habe Ihnen einen Ausdruck seiner beiden bisherigen Schreiben mitgebracht, sie sind in dem Ordner. Dazu die Schrift an der Wand und die fein säuberlich entfernten Organe. Bei der Martens nur die Gebärmutter, den Eileiter und die Eierstöcke, bei der Fischer alles, was es im Bauchraum so gibt. Warum dieses Gemetzel?«

Richter holte tief Luft und dachte nach. Durant schaute auf die Uhr, Hellmer war seit über zwanzig Minuten mit Viola allein.

»Sie haben vorhin gefragt, ob er jemanden kopiert«, sagte Richter nach einer Weile. »Ich glaube, ja, und ich bin fast sicher, Sie denken dasselbe. Sprechen Sie's ruhig aus.«

»Jack the Ripper.«

»Gut, dass wir uns einig sind. Ich habe ihn oder besser gesagt seine Taten ziemlich genau studiert, als ich mich vor Jahren auf Kriminalpsychologie fokussierte. Seine vermutlich ersten Morde waren vergleichsweise harmlos, auch wenn behauptet wird, er habe nur die sogenannten kanonischen Fünf getötet, also jene Frauen, die zwischen Ende August und Mitte November 1888 getötet wurden. Andere Opfer davor und danach werden ihm nur ungern zugeschrieben. Ich habe jetzt nicht ihre Namen im Kopf, nur Mary Jane Kelly ist mir in Erinnerung geblieben, weil sie wirklich grausamst verstümmelt wurde. Sie war auch das einzige Opfer, das in einem geschlossenen Raum getötet wurde. Aber ich will nicht zu viel über die Vergangenheit reden, konzentrieren wir uns lieber auf das Heute.« Er klopfte die Asche aus der Pfeife und stopfte sie wieder.

»Es sieht ziemlich stark danach aus, als würde der Täter von heute die Taten des Rippers kopieren, und er will auch, dass wir das wissen. Dazu würde passen, dass seine ersten vier Opfer vergleichsweise …«

»Human?«, sagte Durant, als Richter nicht weitersprach.

»Entschuldigen Sie, aber das Wort human in Verbindung mit solchen Morden erscheint mir doch ziemlich deplatziert. Das ist wie ein schwarzer Schimmel oder eine lebendige Leiche, wenn Sie verstehen. Aber gut, lange Rede, kurzer Sinn, wir haben es mit einem Kopisten zu tun. Natürlich unterscheidet sich sein Vorgehen in einigen Punkten von dem des Original-Ripper, aber es sind nur Kleinigkeiten. Unser Mann bedient sich unter anderem der modernen Technik, wenn er mit Ihnen Kontakt aufnimmt. Ende des 19. Jahrhunderts schrieb der Ripper mehrere Briefe an die Presse, und einem fügte er sogar eine halbe Niere bei. Unser Täter schreibt nicht mit der Hand, und er verschickt seine Briefe auch nicht mit der Post, er nutzt das Internet als Kommunikationsplattform …«

»Wenn ich Sie unterbrechen darf. Warum hat er sich ausgerechnet mich ausgesucht? Das K 11 besteht aus vier Dienstgruppen, wir haben um die dreißig Mitarbeiter, aber ausgerechnet mir schickt er zwei Mails. Mir! Warum?«

»Diese Frage kann ich Ihnen leider nicht beantworten, noch nicht. Er kennt Sie, er hat Ihre E-Mail-Adresse, und er scheint Respekt vor Ihnen zu haben. Sie sind für ihn möglicherweise die einzige Person, die es in seinen Augen mit ihm aufnehmen kann. Und jetzt will er spielen und sehen, inwieweit sie sich in seine Gedankenwelt hineinversetzen können. Auf seine Art erweist er Ihnen damit seine Ehrerbietung. Hier, die beiden Schreiben, die Sie erhalten haben, drücken das recht deutlich aus. Sie sind orthographisch und grammatikalisch fehlerfrei verfasst, und sein Gruß ›In tiefster Verbundenheit‹ ist nicht höhnisch oder zynisch gemeint, sondern ernst …«

»Und das Kürzel F. R.?«, fragte Durant.

»Seine Initialen, wobei ich allerdings nicht glaube, dass er so dumm ist, die Initialen seines wirklichen Namens zu verwenden, dadurch würden wir ihm viel zu schnell auf die Schliche kommen. Er hat auch erst beim zweiten Brief diese Signatur verwendet.«

»Selbst wenn es sein richtiger Name ist, was glauben Sie, wie viele Personen mit den Initialen F. R. allein in Frankfurt rumlaufen? Außerdem, wer sagt uns denn, dass er überhaupt in Frankfurt wohnt? Viele, die hier arbeiten, wohnen im Speckgürtel von Frankfurt, Main-Taunus-Kreis, Hochtaunuskreis; das reicht bis zur Wetterau, zum Main-Kinzig-Kreis und bis Darmstadt.«

»Möglich. Haben Sie Angst vor ihm?«

Durant presste die Lippen aufeinander und schüttelte zaghaft den Kopf. »Nnnein«, kam es zögerlich aus ihrem Mund, »ich habe keine Angst vor ihm.«

»Frau Durant, es ist keine Schande, es zuzugeben. Ich

hätte im ersten Moment auch Angst. Ich würde mich fragen: Was will er von mir, warum schickt er die Mail nicht an Hellmer oder Berger oder Frau Seidel oder einen andern Kollegen? Aber schauen Sie sich doch mal ihre ganz persönliche Aufklärungsquote an, und dann wissen Sie, warum er sich an Sie wendet.«

»Ich habe keine persönliche Aufklärungsquote«, widersprach sie, auch wenn sie sich geschmeichelt fühlte, »das ist alles Teamwork.«

»Gut, aber Sie leiten das Team, auch wenn Herr Berger Kommissariatsleiter ist. Darauf kommt es dem Täter an. Sie führen die Mannschaft zum Erfolg. Für ihn sind Sie eine Art Vorbild …«

»Aber ich bin auch eine Frau und gehöre somit zur Zielgruppe.«

»Sie sind aber keine Hure«, bemerkte Richter und pafftc an seiner Pfeife.

»Das waren drei der ersten Opfer auch nicht.«

»Warten Sie, ich hole mir die Notizen von damals.« Richter begab sich an sein Sideboard aus dunklem englischem Holz, holte einen Ordner hervor und schlug ihn auf. »Ich hatte bei unserer großen Besprechung am 22. März vor der Soko Folgendes geäußert: Bei Karin Weiland, Sibylle Kröger und selbst der angesehenen Zahnärztin Liane Heuer wissen wir nicht, ob sie ein Doppelleben führten. Sie erinnern sich, dass die Weiland am Abend ihres Verschwindens Dessous trug, die sie eigentlich nur anzog, wenn sie mit ihrem Mann intim werden wollte? Warum also die Dessous, wenn sie nur eine Freundin besuchte? Eine Freundin, die sich bei der Vernehmung bekanntlich mehrfach in Widersprüche verwickelte. Aber

Sie konnten sie nicht der Lüge überführen. Außerdem hatte sie definitiv nichts mit dem Verschwinden der Weiland zu tun, da sie an besagtem Abend zwischen zweiundzwanzig Uhr und Mitternacht mit einer andern Freundin telefoniert hatte, und zwar von zu Hause aus. Ich habe mir die wesentlichen Stellen gelb markiert und mehrere Fragezeichen dahinter gemacht. Auch der Ehemann von Karin Weiland hat sich mehrfach in seinen Aussagen verheddert. Ich bin fast sicher, er weiß etwas, will es aber nicht preisgeben, denn niemand soll jemals erfahren, dass und womit seine Frau ebenfalls Geld verdient hat. Oder sie war eine Nymphomanin im klinischen Sinn. Er konnte ihre Bedürfnisse nicht mehr befriedigen, so dass sie sich mit andern Männern austobte, was er hinnahm, auch wenn es ihm das Herz zerriss. Kein Ehemann gibt so was gerne zu.

Bei Sibylle Kröger wurde zwar festgestellt, dass sie über einen längeren Zeitraum keinen Geschlechtsverkehr hatte, aber das will nicht heißen, dass sie nicht doch ein Leben neben ihrem normalen führte.

Und die Person Liane Heuer ist ein vollkommenes Rätsel, über ihr Privatleben wissen wir nur das, was uns ihre Eltern und ihr Mann über sie berichtet haben. Die brave Tochter und Ehefrau, die sich nie etwas zuschulden kommen ließ. Fällt Ihnen etwas auf?«

Durant nickte. Sie hatten im Präsidium die Protokolle, die Berichte der Spurensicherung, die Auswertung der KTU zigfach durchgelesen, durchgesprochen und analysiert, aber jetzt auf einmal wurde ihr einiges klar, weil Richter es verstand, die Dinge mit wenigen Worten auf den Punkt zu bringen.

»Das mit der Weiland und der Frey kann ich ja noch irgendwo nachvollziehen, aber die Kröger …«

»Moment, hier ist die Notiz, die ich mir gemacht habe. Telefonsex oder Internetsex. Auch wenn sich diese sexuellen Handlungen ausschließlich virtuell abgespielt haben sollten, so würde ich diesem Punkt doch ein wenig mehr Beachtung schenken.«

»Telefonsex scheidet aus, wir haben alle Anrufe von ihr überprüft und nichts Ungewöhnliches in ihren Abrechnungen gefunden.«

»Dann eben Cybersex, wie es so schön neudeutsch heißt. Wissen Sie eigentlich, wie viele Personen sich gerade jetzt in irgendeinem Chatroom aufhalten und Schweinereien austauschen? Allein in Deutschland dürften es mehrere tausend sein. Man sieht sich nicht, man hört sich nicht, man liest nur das geschriebene Wort. Lauter dreckige Sachen. Und daran geilt man sich auf. Sie haben die Kontoauszüge der Kröger überprüft und festgestellt, dass sie über ein Barvermögen von fast zwölftausend Euro verfügte, und das ist auf alle Fälle mehr, als sie aufgrund ihres kärglichen Unterhalts hätte haben dürfen, denn sie war ja arbeitslos und lebte von Hartz IV. Wo also hatte sie das Geld her? Sie haben es bis heute nicht herausgefunden.« Er klappte den Ordner zu und legte ihn auf den Tisch, lehnte sich zurück und schlug die Beine wieder übereinander. »Sie sehen, es gibt noch viel zu viele offene Fragen, die wohl erst der Mörder dieser Frauen wird beantworten können. Stimmen Sie mir zu?«

»Ja, zumindest teilweise. Aber ich kann mir nicht vorstellen, dass sie alle Huren gewesen sein sollen.«

»Das behaupte ich auch gar nicht. Von der Frey ist es

bekannt, bei der Weiland gehe ich stark davon aus, dass sie zumindest außerehelichen Sex hatte, bei den andern beiden halte ich mich vornehm zurück. Aber um noch mal auf Sie zurückzukommen – er hat es nicht auf Sie abgesehen, vertrauen Sie mir. Es gibt keinen Grund zur Sorge.«

»Gut, lassen wir das …«

»Nein, das ist wichtig. Ich möchte Ihnen die Angst nehmen. Er wird Ihnen nichts tun, aber er kennt Sie. Die Frage ist jedoch: Woher kennt er Sie? Sie müssen sich schon einmal oder sogar mehrfach begegnet sein, sonst würde er nicht den Kontakt zu Ihnen suchen. Sie müssen ihn beeindruckt haben, vielleicht durch Ihr attraktives Äußeres und gleichzeitig Ihren geschulten Verstand und die intuitiven Fähigkeiten.«

»Danke, aber …«

»Lassen Sie mich das zu Ende bringen. Vermutlich zieht er eine Parallele zwischen ihren Fähigkeiten und Eigenschaften und seinen Fähigkeiten und Eigenschaften. Womöglich ist er sogar der Überzeugung, dass Sie auf einer Wellenlänge schwingen.«

»Der spinnt …«

»Ich sage nur, es könnte sein. Sicher ist jedoch, er ist überdurchschnittlich intelligent, er lebt in geordneten Verhältnissen, wahrscheinlich ist er verheiratet, vielleicht sogar Vater, der nette Nachbar von nebenan. Vermutlich bedient er sämtliche Klischees eines Serienkillers. Aber wie bei fast allen von ihnen ist irgendetwas in seinem Leben schief gelaufen, weshalb er sich jetzt rächt. Es mag eine Demütigung gewesen sein, nicht erfahrene Liebe oder einfach nur Liebesentzug. Es kann auch Missbrauch dahinter stecken, körperlicher und/oder seelischer Missbrauch. Auf jeden Fall hat er ein erhebliches Problem mit Frauen, er fühlt sich von ihnen nicht verstanden oder missverstanden. Aber um nicht zu konkret zu werden, möchte ich das alles ein wenig abschwächen und bemerken, dass ich viel zu wenig über die aktuellen Fälle weiß, um ein Urteil abzugeben. Es kann sich bei dem Täter auch um eine extrem gestörte Persönlichkeit handeln, hochintelligent und gleichzeitig hochgradig psychopathisch. Was er tut, ist nichts anderes, als seine Opfer zu bestrafen. Und diese Bestrafung hat bei ihm eben exzessive Formen angenommen, indem er seine Opfer verstümmelt. Es fehlt nur noch, dass er eine Frau auch im Gesicht derart verunstaltet, dass sie überhaupt nicht mehr wiederzuerkennen ist. Bei der Frey hat er es ansatzweise schon geschafft.«

»Ist das für ihn ein Höhepunkt? Ein Orgasmus?«

»Glaub ich nicht. Eher ein Ritual. Doch warum er sie bestraft, wenn es denn eine Bestrafung ist, das entzieht sich noch meiner Kenntnis. Wie gesagt, ich muss die Akten in aller Ruhe studieren und kann erst dann ein hoffentlich einigermaßen brauchbares Urteil abgeben.«

»Hat er im Winter nur geübt, um sich auf den Herbst vorzubereiten?«, fragte Durant.

»Möglich, sogar wahrscheinlich. Er war sich vermutlich noch nicht klar, welche Vorgehensweise für ihn am passendsten ist. Aber das sind alles nur Spekulationen, und ich halte nicht viel vom Spekulieren, für mich zählen Fakten. Eine dieser Fakten ist jedoch, dass er organisiert vorgeht. Er kennt seine Opfer, studiert ihr Verhalten und ihren Lebensrhythmus und schlägt bei passender Gelegenheit zu. Aber auch das werde ich noch ausführlich dokumentieren.«

Durant erhob sich, streckte ihren Rücken und sah hinaus auf den Garten, wo bald die letzten Blätter von dem Ahorn fallen würden. Die Tür ging auf, und Viola Richter und Hellmer kamen herein. Sie legte sieben Fotos auf den Tisch und sagte: »Tut mir leid, dass es so lange gedauert hat, aber wir mussten mehrere Kartons durchwühlen, bis wir sie gefunden haben. Die sind von der Party bei Kantauer. Hier, da ist Caro, und das ist wohl ihre Schwester.«

Durant betrachtete die Fotos eingehend und nickte. »Stimmt, das sind sie. Wieso wurden sie eingeladen, wenn sie doch offiziell nicht zur Highsociety gehörten?«

»Das hab ich doch bereits erklärt«, entgegnete Viola Richter und hielt ein weiteres Foto in der Hand. »Das hier wird Sie vermutlich noch viel mehr interessieren. Voilà.« Sie reichte es Durant.

»War das auch bei diesem Kantauer?«, fragte Durant mit hochgezogenen Brauen.

»Ja«, antwortete Hellmer. »Die Martens hat auch dort verkehrt. Diesmal gibt es eine Verbindung.«

»Wurden an dem Abend Videoaufnahmen gemacht oder noch mehr Fotos?«, wollte Durant wissen.

»Bestimmt. Aber da sollten Sie lieber Kantauer fragen. Ich geb Ihnen seine Adresse, doch Sie werden ihn nicht erreichen, er ist bis Ende Januar auf einer Reise durch Südamerika. Ohne Handy oder andere Kommunikationsmittel. Sorry.«

»Existiert eine Gästeliste?«

»Wie ich Kantauer kenne, nein. Er hat zwar Einladungen verschickt, aber er ist ein Künstler, ein total abgedrehter Typ, der nichts von Organisation hält.«

»Gut, dann wenden wir uns an Herrn Rösner, den Geliebten von Frau Fischer. Er wird ja wohl nicht auch auf Weltreise sein, oder?«, fragte Durant spitz, die sich ärgerte, dass Viola und Hellmer über eine halbe Stunde weggeblieben waren.

»Unwahrscheinlich. Brauchen Sie seine Telefonnummer?«

»Nein, danke, die haben wir schon. Könnte ich noch kurz mit Ihrem Mann unter vier Augen sprechen?«

»Selbstverständlich. Herr Hellmer, gehen wir doch in die Bibliothek und trinken etwas.«

Nachdem sie die Tür geschlossen hatten, sagte Durant: »Professor, halten Sie es für abwegig, dass sich unser Mann noch weitere Opfer von dieser Party holt?«

»Ich halte es nicht für ausgeschlossen. Allerdings würde ich an Ihrer Stelle erst einmal versuchen herauszufinden, ob die Martens und die Fischer sich kannten. Und mich würde interessieren, welche Rolle Alexandra Fischer gespielt hat. Und ich möchte Sie nicht Ihrer Illusionen berauben, aber so intelligent, wie der Täter ist, kann ich mir nicht vorstellen, dass er auf dieser Party war. Verstehen Sie, was ich meine?«

»Nein, nicht ganz.«

»Es gibt Luxushuren, die auf jeder Promiparty erscheinen und dabei ihren Kundenstamm erweitern. Die Martens und die Fischer zählten offensichtlich dazu. Fragen Sie Rösner, fühlen Sie ihm ruhig kräftig auf den Zahn, er kann's vertragen. Aber seien Sie trotzdem vorsichtig, er hat eine Menge Einfluss und noch viel mehr Freunde in exponierten Positionen. Im Notfall lässt er Sie über die Klinge springen …«

»Keine Sorge, wir haben das Handy von Caro, er hat zwischen gestern Abend und heute Morgen viermal versucht sie zu erreichen. Dazu dieses herrliche Foto, das ihn in eindeutiger Pose mit Caro zeigt.« Sie lachte auf und fuhr fort: »Der wird sich hüten, auch nur einmal zu zucken. Wie ist seine Frau?«

»Nett, für ihr Alter recht attraktiv, aber etwas langweilig, wie ich ehrlich zugeben muss. Doch sie hält ihre Familie zusammen und ist extrem traditionsbewusst.«

»Genau das wollte ich hören. Ach ja, wann können wir mit einer ersten Analyse rechnen?«

»Geben Sie mir das Wochenende, auch wenn ich eigentlich etwas ganz anderes vorhatte. Viola wird sich zwar mal wieder ärgern, aber sie wird verstehen, dass das hier Vorrang hat.«

»Danke für Ihre Hilfe und die Zeit, die Sie sich genommen haben.«

»Danken Sie mir nicht zu früh. Außerdem gibt das eine gepfefferte Rechnung.«

»Mit der hab ich nichts zu tun«, entgegnete Durant lachend.

»Ihr Glück. Warten Sie, ich bring Sie noch zur Tür.«

Hellmer kam mit Viola Richter aus der Bibliothek. »Fertig?«, fragte er.

»Ja. Ach, wo hat dieser Rösner sein Büro?«

»Ich notier's Ihnen«, sagte Viola Richter, schrieb die Adresse auf einen Zettel und reichte ihn Durant. »Im Messeturm! Die Kanzlei scheint zu florieren.«

»Tschüs«, verabschiedete sich Hellmer von Viola Richter, die mit an die Tür kam und ihm einen ihrer unwiderstehlichen Blicke mit auf den Weg gab.

»Machen Sie's gut«, sagte Richter zu Durant und Hellmer, »und ein schönes Wochenende.«

Richter ging zurück ins Haus, während Viola in der Tür stehen blieb und wartete, bis Hellmer gewendet hatte. Ein paar Sekunden lang sagte Durant nichts, dann platzte es aus ihr heraus: »Sag mal, jetzt fängst du an zu spinnen, oder?«

»Was meinst du?«, fragte er mit Unschuldsmiene.

»Du hast mich fast die ganze Zeit mit Richter allein gelassen und dich mit deiner Traumfrau amüsiert!«

»Halt mal schön den Ball flach, okay. Erstens, wir haben uns nicht amüsiert, und zweitens, meine Traumfrau wohnt in Hattersheim-Okriftel und ist mit mir verheiratet. Klar?«

»Frank, ich hab Augen im Kopf ...«

»Lass mich zufrieden ...«

»Nein, nur den einen Satz noch. Bau keinen Scheiß, bitte. Um die Ehe der Richters ist es nicht gerade gut bestellt, das hab nicht nur ich, sondern mit Sicherheit auch du gemerkt. Und dass sie auf dich steht, das sieht ein Blinder mit Krückstock. Das heißt, ihr steht beide aufeinander. Tu Nadine nicht weh, es wäre eine Katastrophe.«

»Julia, kannst du jetzt bitte aufhören? Da läuft nichts zwischen mir und Viola und ...«

»Ach ja? Und wieso duzt ihr euch dann auf einmal?«

»Das hat sich vorhin einfach so ergeben. Du duzt dich doch auch mit einem Haufen Leute.«

»Aber ich bin nicht scharf wie Nachbars Lumpi.«

»Wohin?«

»Hast du doch gehört, Messeturm. Mensch, Frank, ich mein's doch nur gut.«

»Kannst du jetzt bitte die Klappe halten?! Ich mach keine Dummheiten, okay, Mama?!«

»Okay. Hast du noch irgendwas rausgekriegt?«

»Nein. Und du?«

Sie berichtete Hellmer in knappen Worten von der Unterhaltung mit Richter, wobei sie sicher war, einiges vergessen zu haben. Aber Hellmer machte ohnehin nicht den Eindruck, als würde es ihn wirklich interessieren. Er schien mit seinen Gedanken weit weg zu sein. Oder recht nahe, bei Viola Richter. Nein, dachte Durant, ich halt mich da völlig raus. Soll er doch machen, was er will, und wenn er in sein Unglück rennt, ist das auch nicht meine Sache. Aber ich merk doch, dass da was im Busch ist. So, wie sie ihn angesehen hat, das war mehr als nur Freundschaft, das war Verliebtheit. Was haben die beiden die ganze Zeit über geredet? Wahrscheinlich haben sie ihre Handynummern ausgetauscht, vielleicht treffen sie sich irgendwann heimlich, um sich dann endlich in die Arme fallen zu können. Ach Julia, du wirst kitschig und sentimental und machst dir Gedanken über Dinge, die dich nun wahrlich nichts angehen. Aber ich frag mich, warum Richter seine Frau so vernachlässigt. Ich kann mich noch so gut erinnern, wie sie sich damals kennengelernt haben und wie verliebt sie waren. Er hatte endlich eine Frau gefunden, die nicht nur hinreißend schön, sondern ihm zudem intellektuell ebenbürtig war, die sich in der feinen Gesellschaft genauso zu bewegen wusste wie bei Otto Normalverbraucher, die Charme und Esprit versprühte und es immer noch tut und alles mitbrachte, um ihn glücklich zu machen. Aber sie ist immerhin seine dritte Frau, dachte Durant, und wie es aussieht, wird auch diese Ehe nicht mehr lange halten. Sie haben sich nichts mehr zu sagen, das Band zwischen ihnen ist zerschnitten.

Sie wurde in ihren Gedanken unterbrochen, als Hellmer anhielt. Er zog den Zündschlüssel ab, sie stiegen aus, und er drückte auf die Funkfernbedienung.

Freitag, 12.45 Uhr

Rösner und Partner, einundvierzigster Stock. Ganz schön hoch.«

»Angst?«, fragte Hellmer und trat in die riesige Eingangshalle.

»Nee, du?«

Sie zeigten ihre Ausweise, baten aber darum, Rösner nichts von ihrem Kommen zu melden. Durant wollte ihn überraschen, ihm eine unerfreuliche Neuigkeit überbringen und ihm ein paar Informationen entlocken, die er unter anderen Umständen nie preisgegeben hätte.

Sie fuhren mit dem Aufzug nach oben, folgten den Schildern und gelangten an eine verschlossene Glastür mit der Aufschrift »Rösner & Partner, Fachanwälte für deutsches und internationales Recht, Straf-, Wirtschafts- und Zivilrecht«.

Durant klingelte. Eine junge Frau von etwa dreißig Jahren, schick gekleidet, kam an die Tür. Sie hatte halblanges blondes Haar, blaue Augen und niedliche Grübchen an den Mundwinkeln, als sie die Beamten anlächelte.

»Was kann ich für Sie tun?«, fragte sie mit heller Stimme.

»Durant, Kripo Frankfurt, mein Kollege Herr Hellmer. Wir möchten gerne zu Herrn Rösner.«

»Dr. Rösner befindet sich im Augenblick leider in einem Gespräch. Wenn ich ihm etwas ausrichten kann …«

»Können Sie nicht. Aber wir warten gerne auf ihn, wenn's nicht länger als zehn Minuten sind.«

»Die Mandantin ist gerade erst gekommen, und es wird bestimmt anderthalb bis zwei Stunden dauern und …«

»Okay, dann müssen wir die Sitzung leider unterbrechen«, sagte Durant, schob die junge Dame einfach beiseite und trat ins Innere. »Wo finden wir ihn?«

»Dort hinten links. Soll ich Sie nicht wenigstens anmelden?«

»Nein, nicht nötig. Übrigens, die Sachen stehen Ihnen. Vor allem die Bluse passt perfekt zu Ihrem Teint.«

Durant klopfte an die Tür und öffnete sie, bevor sie eine Antwort erhielt. Rösner saß mit einer etwa vierzigjährigen Frau an einem Tisch, jeder hatte einen Kaffee vor sich und Rösner eine dicke Akte auf den Schenkeln. Er hatte fast eine Glatze, nur an den Seiten waren noch ein paar Haare zu erkennen. Eine lange spitze Nase war das Auffälligste in seinem Gesicht. Er wirkte alles andere als erfreut, die ungebetenen Gäste zu sehen.

»Was wollen Sie? Hat man Ihnen nicht gesagt, dass ich beschäftigt bin?«, fuhr er die Beamten barsch und unfreundlich an.

»Doch, eine junge Dame hat versucht uns davon abhalten, zu Ihnen vorzudringen, aber wir waren stärker. Durant, Mordkommission, mein Kollege Herr Hellmer.«

Sie hielt Rösner ihren Ausweis vor die lange Nase und fuhr fort: »Meinen Sie, dass Sie jetzt etwas Zeit für uns haben? Frau …«

»Gärtner«, antwortete Rösners Mandantin und erhob sich schnell. »Ich warte draußen.« Sie huschte hinaus und machte die Tür lautlos hinter sich zu.

»Mordkommission? Ich wüsste nicht, dass ich jemanden umgebracht hätte«, sagte er mit gekünsteltem Lachen und stand auf.

»Setzen Sie sich wieder«, sagte Hellmer, keinen Widerspruch duldend. »Am besten hinter ihren Schreibtisch, damit wir alle einen Sitzplatz bekommen. Sie kennen diese junge Dame?« Er legte das Foto auf den Tisch und wartete auf die Reaktion von Rösner, der nur einen kurzen Blick darauf warf und das Foto sofort umdrehte.

»Ja, aber nur flüchtig. Wir haben uns mal bei einem Treffen kennengelernt und …«

Durant holte tief Luft, steckte sich eine Zigarette an und sah Rösner mit kaltem Blick direkt in die Augen. »Hören wir auf, um den heißen Brei herumzureden. Sie hatten ein Verhältnis mit Carolina Fischer, und zwar schon seit einigen Monaten. Sie haben gestern um zwanzig Uhr dreiundfünfzig bei ihr angerufen, dann ein weiteres Mal um einundzwanzig Uhr neunundzwanzig und um dreiundzwanzig Uhr zwei. Und schließlich heute morgen um sechs Uhr vierundvierzig. Es ist alles auf dem Handy von Frau Fischer gespeichert. Und wenn wir die Auswertungen aller Telefonate, die von Frau Fischers Festnetzanschluss und Handy zu Ihnen abgegangen sind, vorliegen haben und dann noch die, die Sie getätigt haben, wird wohl so einiges zusammenkommen. Deshalb unser Vorschlag: Sie erzählen uns einfach die Wahrheit, und Sie sind uns ganz schnell wieder los. Es liegt an Ihnen.«

»Was ist mit ihr geschehen?«, fragte er mit belegter Stimme, als würde ihn eine düstere Ahnung beschleichen.

»Sie wurde gestern Abend ermordet. Einzelheiten will und darf ich Ihnen nicht mitteilen, nur so viel, es war kein schöner Anblick …«

»Was, Caro ist tot?«, stieß er bestürzt hervor. Sein Blick ging von Durant zu Hellmer und wieder zu Durant. »Sagen Sie, dass das nicht wahr ist. Nicht Caro, oder?«

»Leider ja. Seit wann waren Sie mit ihr zusammen?«, fragte Durant, die Rösner genau beobachtete, der wie versteinert dasaß und noch immer nicht zu begreifen schien, was die Beamten ihm soeben mitgeteilt hatten.

»Herr Rösner, haben Sie meine Frage verstanden? Seit wann kannten Sie sie, und seit wann waren Sie mit ihr zusammen.«

»Entschuldigung, aber das nimmt mich ziemlich mit.« Er straffte sich, räusperte sich und sagte: »Wir haben uns auf einer Party vor fast vier Monaten kennengelernt.«

»Bei wem?«

»Bei der Betriebsfeier eines unserer Mandanten.«

Als er nicht weitersprach, sagte Hellmer: »Sind Sie Strafverteidiger?«

»Auch, warum?«

»Sind Sie im Gerichtssaal auch immer so wortkarg? Hören Sie, wir haben unsere Zeit nicht gestohlen und sind nicht zum Vergnügen hier. Sie war Ihre Geliebte, richtig?«

»Ja, verdammt noch mal! Caro war meine Geliebte und meine Freundin!« Er schloss die Augen und fuhr leise fort: »Aber meine Frau darf davon nichts erfahren, wir sind seit fünfunddreißig Jahren verheiratet und …«

»Und was? Es ist nicht unser Problem, wenn Sie sich nach jungem Fleisch sehnen. Ihre Frau wird von uns nichts erfahren, es sei denn, Sie liefern uns einen Grund dafür«, sagte Hellmer mit einer Kälte, die selbst Durant frösteln ließ.

Rösner beugte sich vor, die Ellbogen auf die Schreibtischplatte aufgestützt, die Hände gefaltet. »Also gut, noch einmal von vorn. Caro war meine Geliebte. Wir hatten uns eigentlich für gestern Abend verabredet, und als sie nicht zum vereinbarten Treffpunkt gekommen ist, habe ich etwa eine Stunde gewartet. Ich habe sie angerufen, aber es sprang immer nur diese verdammte Mailbox an. Ich hab's sogar auf ihrem Haustelefon probiert, aber auch da war nur der Anrufbeantworter. Ich dachte mir, vielleicht hat sie sich verfahren, weil wir uns zum ersten Mal in diesem Restaurant treffen wollten. So gegen elf hab ich's dann ein letztes Mal probiert und bin anschließend nach Hause gefahren.« Er fasste sich an die Stirn und sagte konsterniert: »Hätte ich sie doch bloß direkt von der Uni abgeholt, wie ich es ursprünglich geplant hatte. Aber sie meinte, sie müsse sich noch frisch machen und umziehen. Diese verfluchte Entscheidung hat sie das Leben gekostet. Dabei war es mir immer egal, ob sie Jeans oder ein elegantes Kleid anhatte.«

»Sie haben sich diese Affäre eine Menge kosten lassen. Wir haben uns in der Wohnung umgeschaut, das alles kann sich eine Studentin niemals leisten.«

»Na und, was ist daran verwerflich? Mein Gott, ich habe das Geld, und sie hatte den Körper, aber darauf kam es mir gar nicht so sehr an, auch wenn es mir natürlich nicht unangenehm war. Wichtig ist für mich auch, was eine Frau im Kopf hat. Und dumm war Caro ganz bestimmt nicht. Soll ich die Hosen noch weiter runterlassen?«, fragte er zynisch.

»Wie oft haben Sie sich getroffen?«

»In der Regel dreimal in der Woche, manchmal auch öfter. Ob Sie's glauben oder nicht, es hat mit ihr einfach Spaß gemacht. Sie war für mich wie ein Jungbrunnen. Ich bin sechzig, und sie ist einundzwanzig. Es hat verdammt viel Spaß gemacht, und ich hab mir das Vergnügen einiges kosten lassen. Das ist doch kein Verbrechen, oder?«

»Nein, solange Sie das mit Ihrem Gewissen vereinbaren können ...«

»Ach hören Sie doch auf! Gewissen! Ich habe ein Gewissen, aber wenn zwischen zwei Menschen körperlich nichts mehr läuft, die sich aber trotzdem noch lieben, dann sucht man sich einen Ausgleich. Wer weiß, wie lange ich noch kann ... Das mit Caro tut mir in der Seele weh, glauben Sie mir, denn Menschen wie sie gibt es nur ganz wenige. Und das bestimmt nicht, weil ich jetzt keine ...«

»Sie haben keine Gespielin mehr.«

»Caro war mehr als eine Gespielin, sie war ein besonderer Mensch. Mit ihr konnte ich herzhaft lachen, mit ihr konnte ich Dinge tun, von denen ich gar nicht mehr wusste, dass es sie überhaupt gibt. Das Leben ist so verdammt kurz, und wir verpassen so viele gute Gelegenheiten. Eben noch war ich zwanzig, und schon bin ich sechzig.« Er wischte sich mit einer Hand über die Augen, zog ein Taschentuch aus seiner Anzugjacke und schnäuzte sich die Nase. Nachdem er sich wieder gefangen hatte, sagte er: »Sie können's glauben oder auch nicht, aber ich hatte mich in Caro verliebt. Sie war jung, sie war so voller Elan, sie hat mir gezeigt, was wichtig ist im Leben.«

Durant war verblüfft über die Offenheit, mit der Rösner sprach, und sie kaufte ihm sogar ab, dass er sich in diese junge Frau verliebt hatte. Da war nichts von Selbstgefälligkeit, die sie schon bei vielen Anwälten erlebt hatte, diese Arroganz, die ihr zuwider war. Rösner war schockiert und zutiefst bestürzt, und das war nicht gespielt.

»Und was ist wichtig?«

»Sehen Sie diese Kanzlei? Ich habe sie mir in den vergangenen dreißig Jahren aufgebaut. Ich habe gearbeitet und gearbeitet und gearbeitet. Ab und zu dachte ich, ich würde irgendwann schlappmachen, aber mein Körper hat durchgehalten, nur mein Geist war manchmal kurz davor, durchzudrehen. Mein Leben bestand aus nichts als Arbeit, Arbeit, Arbeit. Und wenn ich nach Hause kam, was erwartete mich da in den letzten Jahren? Eine Frau, die ein vorwurfsvolles Gesicht machte, weil ich wieder einmal zu spät war. Erst Caro hat mir gezeigt, dass es auch ein Leben abseits der Arbeit gibt. Einen Spaziergang am Abend, ein Essen in einem gemütlichen Restaurant, einen schönen Film … Ich habe viele Fehler gemacht, aber den mit Caro bereue ich nicht im Geringsten, denn es war kein Fehler. Sie war das Beste, was mir in den letzten Jahren passiert ist.«

»Ich will nicht indiskret erscheinen, Dr. Rösner«, sagte Durant, »aber uns ist zu Ohren gekommen, dass Sie auch in der Vergangenheit schon Affären hatten.«

Rösner lachte bitter auf und schüttelte den Kopf. »Ich

weiß zwar nicht, wer solche Gerüchte in die Welt setzt, aber das ist eine glatte Lüge. Ich gebe zu, da waren vor Caro zwei andere Frauen, mit denen ich intim war, aber das war rein körperlich. Es gab keinerlei innere Bindung zu diesen Damen. Nein, Caro war mein Jungbrunnen, das kann ich nur noch einmal betonen. Allein sich mit ihr zu unterhalten war eine Wohltat. Warum sie? Warum?« Seine Finger krallten sich um die Armstützen seines Sessels, bis die Knöchel weiß hervortraten.

»Hatte sie Feinde? Oder hat sie jemals Andeutungen gemacht, dass sie bedroht wird? Von einem Stalker vielleicht?«

»Nein, weder das eine noch das andere. Sie hätte es mir sofort gesagt. Ich habe sie vorgestern zuletzt gesehen, da war sie so fröhlich und aufgekratzt wie immer. Wäre sie bedroht worden oder hätte sie Angst gehabt, ich hätte das gemerkt. Mein Gott, warum ausgerechnet Caro? Ich hatte noch so viele Pläne mit ihr. Ich hätte alles für sie getan, wirklich alles. Warum, warum, warum?«

»Wir wissen es nicht. Was können Sie uns über Caros Schwester Alexandra erzählen?«

»Machen Sie sich doch selbst ein Bild von ihr.«

»Das würden wir gerne, aber sie ist auch tot.«

Rösners Miene versteinerte sich. Er stand schnell auf, alles drehte sich um ihn. Er hatte das Gefühl, gleich ohnmächtig zu werden, schenkte sich ein Glas Cognac ein und leerte es in einem Zug. Wasser trat ihm in die Augen. Er füllte nach und trank auch dieses Glas aus.

»Entschuldigung, das musste sein.« Und nach einigen Sekunden: »Sandra auch? Was um alles in der Welt ist da passiert?«

»Darüber dürfen wir Ihnen leider keine Auskunft geben, nur so viel, sie wurden beide in Caros Wohnung getötet. Haben die beiden sich gut verstanden?«

»Gut ist überhaupt kein Ausdruck. Sie waren schon immer ein Herz und eine Seele, hat Caro zumindest gesagt, und das hat man auch gespürt.«

»Hatte Alexandra auch einen reichen Freund?«

»Ja, bis vor knapp einem Monat, dann ist er nach Großbritannien versetzt worden. Seitdem war sie auf der Suche nach jemand Neuem.«

»Das heißt, sie hat allein gelebt?«

»Hm. Im selben Haus wie Caro. Elfter Stock«, murmelte er vor sich hin, während er am Fenster stand, die Hände in den Hosentaschen, und auf die weit unter ihm liegende Stadt blickte.

»Wie war Sandra?«

»Nicht so extrovertiert wie ihre Schwester. Sie war eher scheu und schüchtern, aber nichtsdestoweniger hochintelligent und unglaublich scharfsinnig. Sie war zwei Jahre älter als Caro, aber das wissen Sie ja sicher längst.«

»Und im Augenblick hatte sie niemanden?«

»Nicht, dass ich wüsste. Caro hätte es mir bestimmt erzählt, und außerdem waren wir erst am Montag zu dritt essen. Nein, sie hatte keinen Freund.«

»Der Name Kantauer sagt Ihnen doch bestimmt etwas.«

»Natürlich. Er ist mein Mandant. Und wahrscheinlich wollen Sie auf sein alljährliches Fest im Oktober anspielen, wo ich mit Caro war. Hab ich recht?«

»Ja. Erzählen Sie uns davon.«

»Da gibt's nicht viel zu erzählen. Es waren die üblichen Verdächtigen eingeladen, wir haben getrunken, gegessen und den obligatorischen Smalltalk gehalten. Caro und ich haben uns recht früh verabschiedet, weil uns die Atmosphäre nicht behagte. Außerdem hatte sich Caro ein wenig in ihrem Outfit vergriffen. Es hat mir nicht gefallen, wie sie sich präsentiert hat, sie sah aus wie eine …«

»Nutte?«, sagte Hellmer.

»So drastisch wollte ich's nicht ausdrücken, aber es kommt schon hin. Sie hatte das vorher nie gemacht, und ich habe mich gefragt, warum ausgerechnet an diesem Abend bei Kantauer. Später hat sie mir verraten, warum. Sie kann seine Musik auf den Tod nicht ausstehen und findet ihn zum Kotzen arrogant, das waren ihre Worte, und sie wollte einfach nur provozieren, was ihr auch hervorragend gelungen ist. Vor allem die etwas älteren Damen zeigten sich höchst mokiert ob des sich ihnen bietenden Anblicks. Aber das ist Schnee von gestern.«

»Haben Sie Fotos von diesem Fest?«

»Nein, leider nicht. Warum fragen Sie?«

»Nur so.« Hellmer zog zwei Fotos aus der Innentasche seiner Lederjacke und legte sie auf den Tisch. »Die wurden bei Kantauer gemacht. Welche von diesen Personen kennen Sie? Schauen Sie sich die Fotos in aller Ruhe an, wir haben's nicht eilig.«

Nach etwa drei Minuten sagte Rösner: »Das ist Alexandra, hier Caro … Und die kenn ich auch, aber mir fällt der Name nicht ein. Ich hab sie einige Male auf diversen Empfängen und Festen gesehen, sie ist sehr begehrt. Irgendwas mit S. Moment, gleich hab ich's. Äh … S, S, Sonja, nein, nein, nicht Sonja, aber so ähnlich. Ich hab's, Svenja. Sie heißt Svenja, der Nachname ist mir nicht bekannt. Die meisten jungen Damen stellen sich nur mit ihrem Vornamen oder unter einem Pseudonym vor. Dann seh ich noch Frau Richter, die sich mit Frau Gerhardt unterhält, Dr. Schneedorn, die junge Dame hier kenne ich nicht. Und viele sind ja nur von hinten aufgenommen. Tut mir leid …«

»Diese Svenja, haben Sie je mit ihr gesprochen?«

»Nein, das heißt, einmal vielleicht. Sie ist nicht mein Typ, aber ich weiß, dass sie als Prostituierte arbeitet. Sie hat eine Menge Stammkunden.«

»Namen?«

»Keine Ahnung, da hält man sich in der Regel sehr bedeckt. Wer gibt schon zu, zu einer Nutte zu gehen? Aber wenn man einen Tipp haben will, den bekommt man immer. Und sie hat was zu bieten, zweifellos.« Mit einem Mal hielt Rösner inne und fragte: »Aber warum sind Sie so interessiert an der Dame? Hat sie etwa mit dem Tod von Caro und …«

»Nein, ganz im Gegenteil. Sie wurde auch umgebracht, vorgestern Abend«, sagte Durant.

Rösner lachte unwirklich auf und schüttelte den Kopf. »Haben Sie vielleicht noch ein paar nette Neuigkeiten für mich? Vielleicht noch ein paar Leichen? Personen, die ich kenne?«

»Nein, das war's. Können Sie ausschließen, dass Caro und Alexandra als Prostituierte tätig waren?«

»Ich lege meine Hand dafür ins Feuer. Sandra war auf der Suche nach einem Mann, der ihr etwas bieten konnte, und mein Gott, sie war bildhübsch, nicht dumm, und sie hatte Manieren, was man längst nicht von jeder Dame auf diesen Partys, Festen, Empfängen oder wie diese Treffen alle genannt werden behaupten kann. Ich kenne eine ganze Palette sogenannter Damen aus der sogenannten Oberschicht, die keinerlei Manieren haben, die sich aber wie Königinnen aufspielen. Caro und Sandra hingegen kannten die Benimmregeln … Wann ist die Beisetzung?«

»Können wir noch nicht sagen, aber wir informieren Sie, falls Sie das möchten.«

»Das wäre sehr nett. Ich werde hingehen und ihnen meine letzte Ehre erweisen, das bin ich ihnen schuldig.«

»Nur noch eine Frage. Haben Caro und Alexandra je von ihren Eltern gesprochen?«

Rösner sah Durant wie einen Menschen von einem andern Stern an. »Von ihren Eltern? Ist das jetzt eine Fangfrage?«

»Nein, um Himmels willen. Wir haben die Frauen erst vor ein paar Stunden gefunden und hatten noch keine Zeit, uns um ihre Vita zu kümmern. Wir haben bis jetzt nur spärliche Informationen.«

»Schon gut«, sagte Rösner und nahm wieder Platz. »Ihre Eltern sind tot. Sie wurden bei einem Urlaub in der Dominikanischen Republik überfallen und ermordet. Das war vor ziemlich genau drei Jahren. Ging damals tagelang durch die ganze Presse. Zum Glück waren Caro und Sandra schon aus dem Gröbsten raus …«

»Und wieso haben die beiden dann in dem Hochhaus gewohnt?«

»Weil das Elternhaus nach dem Tod der Eltern zwangsversteigert wurde. Der Vater hatte sich total überschuldet, wovon die Mädchen natürlich nichts wussten. Es ist eine mittlerweile fast typische Geschichte. Manche haben alles, können aber den Hals nicht voll genug kriegen. Er hat in Asien investiert und alles verloren. Die Mädchen dachten natürlich, dass sie was erben würden, aber das einzige Erbe waren Schulden, für die sie zum Glück nicht zur Rechenschaft gezogen werden konnten. Trotzdem war alles dahin. Und deshalb wohnten sie in dem Hochhaus. Ich hatte ihnen angeboten, in eine Wohnung in Kelkheim zu ziehen, die mir gehört, aber das wollten sie nicht.«

»Und was ist mit Großeltern, Onkel, Tanten?«

»Nein, ist mir nichts bekannt. Wir haben uns auch nie darüber unterhalten. Wir haben auch nicht über meine Familie gesprochen, das war einfach tabu. Die Zeit mit Caro war zu kostbar, als dass wir sie mit unnützen Gesprächen verschwendet hätten. Um ganz ehrlich zu sein, ich habe schon mit dem Gedanken gespielt, meine Frau zu verlassen und mit Caro zusammenzuziehen. Aber es war nur eine Gedankenspielerei oder auch die Träumerei eines alten Mannes. Es wäre nie gut gegangen, ich werde immer schneller immer älter, und sie hat das ganze Leben …« Er hielt inne, schluckte schwer, stand auf und stellte sich wieder ans Fenster. Seine Schultern zuckten verdächtig, ein paarmal wischte er sich mit der Hand übers Gesicht. Durant und Hellmer sahen sich nur stumm an. Nachdem er sich einigermaßen gefangen hatte, drehte er sich um und sagte: »Ich kann noch immer nicht glauben, dass sie tot ist. Wir hatten eine schöne Zeit. Eine unglaublich schöne, kostbare Zeit, die ich nie vergessen werde. Ich habe mir oft gewünscht, jünger zu sein, um noch einmal von vorn anzufangen. Aber dann dachte ich an meine Frau, an die Kinder, an die vielen guten und manche schlechten Zeiten und sagte mir, nein, das wäre unfair, jetzt zu gehen. Meine Frau hat das auch nicht verdient, sie ist herzensgut. Und

Caro hat mich auch nie zu irgendwas gedrängt. Sie war wie ein bunter Vogel, wunderschön und frei. Und so sollte es auch bleiben … Tut mir leid, wenn ich eben sentimental wurde, das ist normalerweise nicht meine Art.«

»Danke, Dr. Rösner, Sie haben uns sehr geholfen. Und sollte Ihnen noch etwas einfallen, rufen Sie an, hier ist meine Karte. Und bitte, behalten Sie die Informationen vorerst noch für sich, und wir halten dafür auch Ihre Frau raus«, erwiderte Durant lächelnd, die mit einem sehr negativen Bild von Rösner in die Kanzlei gekommen war, da Viola Richter von ihm als einem Hurenbock gesprochen hatte. Aber dieser angebliche Hurenbock war ihr von Minute zu Minute sympathischer geworden, was sie jedoch nicht zeigte.

»Versprochen«, sagte er ebenfalls lächelnd, auch wenn es ein gezwungenes, leidendes Lächeln war, und legte die Karte in ein speziell dafür vorgesehenes Silberetui.

»Und wo können wir Sie erreichen, falls wir noch Fragen haben?«

»Ich gebe Ihnen meine Karte, da steht auch meine Handynummer drauf. Wenn ich Sie um einen Gefallen bitten dürfte, rufen Sie nicht bei mir zu Hause an. Ich werde mein Handy immer eingeschaltet lassen.«

»Gut, dass Sie uns das sagen.«

Durant nahm die Karte und steckte sie ein.

»Finden Sie allein hinaus?«, fragte Rösner.

»Natürlich. Wiedersehen.«

»Wiedersehen.«

Durant und Hellmer gingen zum Aufzug, fuhren nach unten und stiegen in den Wagen.

»Caro war also keine Hure und ihre Schwester auch

nicht. Da hat sich Frau Richter ziemlich weit aus dem Fenster gelehnt.«

»Sie konnte das doch nicht wissen. Mich hat viel mehr Rösner überrascht. Meinst du, er hat die Kleine wirklich geliebt?«, fragte Hellmer.

»Er hat seine Frau betrogen, nicht nur einmal, sondern mehrmals. Soll ich jetzt Mitleid mit ihm haben? Andere Männer werden auch älter und holen sich keine jungen Mädchen ins Bett.«

»Sie war einundzwanzig und wusste, was sie tat.«

»O ja, wir wissen ja alle, was wir tun«, entgegnete sie zynisch.

»Wir fahren ins Präsidium, mit dir ist heut nicht gut Kirschen essen. Gib mir Bescheid, wenn du dich wieder eingekriegt hast.«

»Sorry«, sagte sie kaum hörbar und ohne Hellmer anzuschauen.

»Okay. Aber ich sag dir was, der Mann tut mir leid. Ich hab genau zugehört, was er gesagt hat, und ich kann ihn verstehen. Caro war für ihn wahrscheinlich eine Art Lebenselixier.«

»Und die böse Frau zu Hause ist schuld an seinem Leid«, konnte Durant sich nicht verkneifen zu sagen. »Sie hat ihm vier Kinder geboren, hat das Haus gehütet, hat gewaschen, gekocht, gebügelt und ihm den Rücken freigehalten … Ach Scheiße, er tut mir ja auch irgendwie leid. Und heut ist wirklich nicht mein Tag. Frank, tu mir einen Gefallen und leg nicht alles auf die Goldwaage, was ich von mir gebe, ich …«

»Goldwaage«, erwiderte er grinsend. »Eine LKW-Waage wäre passender.«

»Idiot«, sagte sie und boxte ihn leicht in die Seite. »Aber sollte ich merken, dass da was zwischen dir und Viola Richter läuft …«

»Blablablablablabla …«

»Ja, ja, ich hör schon auf. Du musst schließlich wissen, was du tust. Von mir wird Nadine jedenfalls nichts erfahren, auch wenn sie meine Freundin ist.«

»Wie generös, dann kann ich ja heute Abend beruhigt mit Viola eine Nummer schieben.«

»Mach doch, was du willst. Ich treff mich heute mit Georg beim Italiener. Ich hoffe, es kommt nichts dazwischen.«

»Ich würde mich nicht zu früh freuen«, war der einzige Kommentar, den Hellmer dazu abgab. Er fuhr auf den Präsidiumshof und stellte den Wagen auf dem für sie reservierten Parkplatz ab. Als Erstes begaben sie sich in die Kantine, bekamen wider Erwarten noch etwas zu essen und rauchten zum Abschluss noch eine Zigarette, bevor sie ins Büro gingen, wo sie von Berger erwartet wurden. Seine Miene drückte Besorgnis aus.

Freitag, 15.10 Uhr

Jetzt sagen Sie nicht, dass schon wieder was passiert ist.«

Er schüttelte den Kopf und holte einen wattierten Umschlag aus seinem Schreibtisch. »Das wurde vorhin für Sie abgegeben. Da mich sowohl die Größe als auch die Dicke etwas stutzig machte, habe ich mir erlaubt, ihn zu öffnen.«

»Und?«

»Eine halbe Niere und ein Anschreiben. Hier.«

»Liebe Frau Durant,
Sie haben bestimmt längst meine letzten Damen gefunden, womit ich nicht sagen will, dass es auch die letzten sein werden. Das mit Alexandra Fischer tut mir leid, sie wollte ich nicht treffen, aber was hätte ich machen sollen, sie stand mit einem Mal vor der Tür? Die halbe Niere ist für Sie, die andere Hälfte habe ich gebraten und gegessen. Einfach köstlich. Aber Sie mögen keine Nieren, stimmt's? Lieber eine deftige Currywurst oder ein saftiger Rinderbraten. Na ja, jeder hat seinen eigenen Geschmack. Nun wünsche ich Ihnen viel Erfolg bei Ihrer Arbeit, vielleicht laufen wir uns ja mal wieder über den Weg. Bis dahin alles erdenklich Liebe und Gute
Ihr F. R.
PS: Haben Sie schon eine Idee, was F. R. heißt?«

»Wann ist das gekommen?«, fragte sie mit heiserer Stimme.

»Vor einer halben Stunde. Ein Fahrradkurier hat's am Eingang abgegeben. Wir haben ihn schon kontaktiert. Er sagt, dass ihn heute Morgen jemand angesprochen und gesagt hat, dieser Umschlag müsse heute Nachmittag um Punkt halb drei im Polizeipräsidium abgegeben werden. Er hat hundert Euro bekommen und sich nichts weiter dabei gedacht …«

»Hat er keine Quittung ausgestellt?«

»Doch, und zwar auf einen Friedrich Richard, Stiftstraße 36, Frankfurt. Die Adresse steht auch auf dem Umschlag.« Berger machte eine Pause und beobachtete Durants Reaktion, doch da war nichts als ein fragender und nachdenklicher Blick. »Sie können mit der Adresse nichts anfangen?«

»Nein, was ist in der Stiftstraße 36?«, fragte sie ungehalten zurück, während Hellmer nur still vor sich hin grinste.

»Dort hat sich 1957 ein Mord ereignet, der auch heute noch für Schlagzeilen gut ist. Klingelt's jetzt?«

»Hören Sie, ich hab keine Lust auf Rätselraten. Was war 1957 in der Stiftstraße 36? Ich war damals noch nicht geboren und bin auch erst vor zwölf Jahren nach Frankfurt gekommen.« Sie wurde zunehmend ärgerlicher und ließ es Berger und Hellmer auch spüren.

»Also gut. Dort hat Rosemarie Nitribitt gewohnt, und dort ist sie auch gestorben. Eine Hure. Unser Mann hat jedenfalls Humor.«

»Ich fall gleich tot um vor Lachen! Friedrich Richard, aus dem Buchstabieralphabet. Kann der Kurier den Mann wenigstens beschreiben?«

»Er erinnert sich nur, dass er zwischen einsfünfundsiebzig und einsachtzig und eher schlank war und einen Vollbart und eine Hornbrille trug. Zum Alter konnte er nichts sagen. Er hatte auch keine Zeit, weil er einen dringenden Auftrag zu erledigen hatte.«

»Wurde er einfach auf der Straße von diesem Friedrich Richard angesprochen?«

»Er sagt ja, und ich glaub's ihm. Er musste sogar kräftig

bremsen, um ihn nicht umzufahren. Ein harmloser Kurier, dem ein paar Euro in die Hand gedrückt wurden, damit er diesen Umschlag zu uns bringt.«

Durant hatte nicht weiter zugehört. Sie zündete sich eine Zigarette an und sagte gedankenverloren: »Woher kennt er meine Lieblingsgerichte?«

»Sind das wirklich Ihre Lieblingsgerichte?«, fragte Berger zweifelnd. »Rinderbraten kann ich ja noch verstehen, aber Currywurst?«

»Nein, nur wenn ich in Eile bin, hol ich mir 'ne Currywurst. In der Kantine nehm ich schon mal Rinder- oder Schweinebraten«, rechtfertigte sie sich. »Und was heißt F. R.? Ganz sicher nicht Friedrich Richard.«

»Frau Richter«, sagte Hellmer mit bierernster Miene.

»Haha. Mir ist nicht nach Scherzen zumute, falls du das noch nicht kapiert hast. Nicht dir werden diese Sachen geschickt, sondern mir. Und ich kann so was nicht leiden, weil ich damit nichts anfangen kann. Was macht die Auswertung der Adressbücher und der Telefonliste? Und was ist mit den Computern?«, fragte sie geschäftsmäßig kühl und nahm hinter ihrem Schreibtisch Platz, ohne eine Antwort abzuwarten. Sie fuhr den PC hoch, zwei neue Mails. Eine von Susanne Tomlin, die sich nur mal melden wollte und Durant um einen gelegentlichen Anruf bat, weil sie schon seit einer halben Ewigkeit nichts mehr von ihr gehört hatte. Die zweite war vor zehn Minuten eingegangen.

»Liebe Frau Durant,
ich wollte Ihnen nur ein schönes Wochenende wünschen, auch wenn ich Ihnen leider mitteilen muss, dass wieder Arbeit auf Sie und Ihre geschätzten Kollegen wartet. Ich habe mich

noch nicht entschieden, ob heute oder morgen, aber vielleicht werfen Sie morgen Vormittag mal einen Blick in Ihren Posteingang. Alles Liebe
Ihr F. R.«

Sie lehnte sich zurück, legte die Beine hoch und rief nach Hellmer. Ihr Gesicht sprach Bände. Er las die Mail, ohne jedoch einen Kommentar dazu abzugeben.

»Frank, tust du mir einen Gefallen und bringst mir einen Kaffee? Ich bin ziemlich fertig. Wo sind eigentlich Peter und Doris?«

»Keine Ahnung, frag den Chef.« Hellmer holte seiner Kollegin einen Becher Kaffee, schwarz und ohne Zucker, stellte ihn auf den Schreibtisch und ging in sein Büro. Sie nahm den Becher und wärmte sich die Hände, dachte für einen Moment an das Treffen mit Georg Meister heute Abend und hatte immer stärker das Gefühl, dass es für sie enttäuschend enden würde. Sie nippte an dem heißen Kaffee, schürzte die Lippen, als die Tür aufging und Kullmer und Seidel hereinkamen.

»Hi«, sagte Kullmer, während Seidel nur ihre Jacke auszog und gleich wieder nach draußen verschwand.

»Lies das.« Durant drehte den Monitor so, dass Kullmer lesen konnte.

»Ziemlich dreist, der Kerl. Was will er von dir?«

»Wenn ich das wüsste. Sag mir lieber, was sich hinter dem Kürzel F. R. verbirgt. Und er hat mir auch was geschickt, eine halbe Niere und noch einen Brief.«

»Aber hallo, der Typ steht auf dich«, bemerkte Kullmer trocken und setzte sich auf die Schreibtischkante. »Ich meine das ernst, er scheint dich ziemlich gut zu kennen. Vielleicht bist du so eine Art Traumfrau für ihn. Intelligent, kein Nullachtfünfzehn-Weib, keine, die mit dem Strom schwimmt, sondern eine, die sich in andere hineinversetzen kann et cetera pp.«

»Meinst du wirklich?«, fragte sie, weil Kullmer zum ersten Mal aussprach, was er über sie dachte. Sie fühlte sich geschmeichelt, ausgerechnet aus seinem Mund das zu hören.

»Es wäre zumindest eine von vielen möglichen Erklärungen.«

»F. R. Was könnte das bedeuten?«

»Ist das so wichtig? Wir müssen zusehen, dass die Spuren ausgewertet werden, dass unsere Computerspezies endlich Ergebnisse vorweisen und dass hoffentlich die eine oder andere Adresse gefunden wird und, und, und. Wir sind inzwischen zehn Leute, alles, was wir noch brauchen, ist eine Strategie.«

»Davon weiß ich ja noch gar nichts.«

»Hat alles unser Boss in dic Wege geleitet. Als du mit Frank los bist, hat er die Mannschaft zusammengestellt und sie in anderthalb Stunden über das Wesentliche informiert. Und am Montag kriegen wir noch weitere sechs Leute. Doris und ich haben noch bis einschließlich Sonntag Bereitschaft, ab dann übernimmst du mit Frank. Ist alles schon abgesprochen. Ich hab dir auch die ganzen Ausdrucke über Jack the Ripper gemacht.«

»Ich hol sie mir …«

»Liegen direkt vor deiner Nase. Hab auch schon mal etwas intensiver reingeschaut und muss sagen, es gibt tatsächlich eine Menge Parallclen zu unserm Metzger. Und das mit der Niere ist ja wohl mehr als eindeutig.«

»Hat der Chef schon gesagt, wie's weitergeht?«, fragte Durant und trank von ihrem Kaffee, stellte die Tasse ab und holte eine Zigarette aus ihrer Tasche.

»Wir arbeiten heute normal, allerdings ist das Wochenende gestrichen, soll heißen, wir versammeln uns morgen um neun hier. Du hast doch wohl hoffentlich nichts vor?«

»Nee. Außerdem weißt du genau, dass ich mir nichts vornehme, solange ein Fall so aktuell ist. Ich …« Sie nahm den Hörer ab, als das Telefon klingelte.

»Durant.«

»Andrea hier. Es gibt ein paar interessante Neuigkeiten, die ich aber nicht am Telefon mit dir besprechen möchte. Kannst du herkommen, am besten gleich, ich will nämlich auch irgendwann Feierabend machen?«

»So dringend?«

»Quatsch nicht lange, schwing dich in dein Auto und komm rüber, ich muss dir was zeigen. Und bring Frank mit. Und beeil dich bitte.«

»Ja, aber ich muss unbedingt vorher noch kurz zu unsern Computerspezies. Wir haben jetzt zwanzig vor vier, wir sind so gegen halb fünf bei dir. Reicht das?«

»Bis gleich.«

Andrea Sievers legte auf, Durant sprang hoch, schnappte sich ihre Jacke und rief zu Hellmer rüber: »Andrea hat eben angerufen. Sie will, dass wir in die Rechtsmedizin kommen. Vorher muss ich aber diesem Schreck absagen.«

»Was absagen?«

»Der wollte doch heute mit mir ein Notebook kaufen

gehen. Wir müssen das verschieben, bis ich den Kopf frei habe. Wir treffen uns am Auto. Oder nein, ich fahr mit meinem, weil ich gleich anschließend nach Hause will.« Dann wandte sie sich zu Berger um. »Oder werd ich heute noch gebraucht?«, fragte sie ihn.

»Sollte es etwas Wichtiges geben, werden Sie schon informiert. Wie war's bei unserm Professor? Nur ein paar Sätze.«

»Er ist überzeugt, dass wir es mit dem Täter vom Winter zu tun haben, und er ist genauso überzeugt, dass er Jack the Ripper kopiert. Ich hab ihn gefragt, warum er sich ausgerechnet an mich wendet, ob ich eventuell in Gefahr bin, aber Richter meint, nein, der Kerl hat nur Respekt vor mir. Er hat von einer Art Seelenverwandtschaft gesprochen, die unsern Mann und mich verbindet.«

»Blödsinn!«, bemerkte Kullmer abfällig.

»Nein, so hat er das nicht gemeint. Der Täter scheint überzeugt zu sein, dass wir beide quasi auf einer Wellenlänge schwingen. Richter meint auch, dass er hochintelligent ist und die Herausforderung sucht. Und er hat mich als Kontaktperson ausgewählt, weil unser Team eine so hohe Erfolgsquote aufzuweisen hat. Fragt sich nur, woher er das weiß? Das sind Polizeiinterna, die nirgends nachzulesen sind, höchstens in einer internen Statistik, zu der nur ganz wenige Personen Zugang haben. Ich bin noch ratlos, und deshalb will ich mich auch gar nicht weiter dazu äußern. Vielleicht morgen. Ciao und schönen Abend.«

»Sie wissen also schon Bescheid wegen morgen? Um Punkt neun hier im Büro. Wir müssen unser weiteres Vorgehen besprechen und koordinieren. Auch wenn ich selbst im Augenblick keine Ahnung habe, wie wir vorgehen sollen, weil wir keinerlei Anhaltspunkte haben, was den Täter betrifft. Also dann, bis morgen in alter Frische.«

»Ach ja, bevor ich's vergesse, Richters Frau kannte die Martens, die Fischer und ihre Schwester vom Sehen. Wir wissen auch, dass die Fischer ein Verhältnis mit einem Dr. Rösner pflegte. Er hat eine Anwaltskanzlei im Messeturm. Wir waren bei ihm, er zeigte sich höchst erschüttert über den Tod seiner Geliebten und hat uns jede Unterstützung zugesagt. Er scheidet als Täter aus. Er hat gestern verschiedentlich bei Caro anzurufen versucht. Fällt dir noch was ein?«, fragte sie Hellmer.

»Auf die Schnelle nicht.«

»Okay, dann sind wir endgültig weg.«

Durant machte einen Abstecher in die Computerabteilung, während Hellmer gemütlich zum Parkplatz ging.

»Herr Schreck«, sagte sie, woraufhin dieser sich schnell umdrehte und ein etwas zerknittertes Lächeln seine Lippen überzog. Er wirkte müde und übernächtigt und leicht fahrig. Sein Kollege Nestroy war in seine Arbeit vertieft und schien Durant gar nicht wahrzunehmen.

»Ja?«

»Ich muss Ihnen leider sagen, dass das mit heute nichts wird. Der Fall nimmt mich voll und ganz in Anspruch, und außerdem bin ich am Abend verabredet. Wir müssen das mit dem Notebook verschieben. Was haben Sie bisher rausgefunden? Können Sie mir das in ein paar Sätzen erklären, ich bin auf dem Sprung in die Rechtsmedizin.«

»Die Martens hatte sehr viele Kontakte über den Rechner laufen, das konnte ich trotz ihrer IP-Verschlüsselung rauskriegen, und sie hat auch ein sehr umfangreiches Adressbuch geführt. Moment, hunderteinundzwanzig Namen, ausschließlich Männer. Aber keine Telefonnummern, leider. Es könnte jedoch sein, dass sie die Nummern unter einer andern Datei gespeichert hat. Ich such noch weiter. Zudem war sie bei sechs verschiedenen Providern angemeldet.« Schreck sprach sehr schnell, doch deutlich. »Und jetzt etwas Pikantes – sie hat über jeden ihrer Kunden Buch geführt, mit seinen Stärken und Schwächen, wie groß, wie spendabel, ob humorvoll … Ich druck's Ihnen aus, dann haben Sie's morgen auf dem Tisch. Ich will nicht indiskret sein, aber war sie eine Prostituierte?«

»Ja und nein. Sie war im eigentlichen Leben Lehrerin.«

»Hab schon verstanden. Die Fischer hatte nur einen Provider und hat Mails nur mit ganz wenigen Personen ausgetauscht, vornehmlich weiblichen. In den vergangenen Monaten hat sie sich des öfteren mit einem Mann geschrieben, der Gerd heißt. Ansonsten sind da nur noch Sachen von der Uni drauf. Ich weiß nicht, ob ich Ihnen damit helfen konnte.«

»Danke für die Mühe. Wann können wir mit der endgültigen Auswertung rechnen?«

»Anfang der Woche.«

»Schaffen Sie's bis Montag um zehn?«

»Denk schon. Ach, da fällt mir noch was ein. Ähm … die Morde, die im Winter begangen wurden, die sind doch noch nicht aufgeklärt, oder?«

»Nein.«

»Und gehen Sie davon aus, dass er auch die Morde an Frau Martens und Frau Fischer begangen hat?«

»Wir nehmen es an. Sonst noch was, ich bin in Zeitdruck.«

»Ich hab schon mal vor einer ganzen Weile die Daten durch den Computer gejagt und dabei festgestellt, dass alle vier Frauen bei Neumond umgebracht wurden. Aber das wissen Sie ja sicherlich längst.«

»Das hör ich heute zum ersten Mal. Tötet er nur bei Neumond?«

»Nein, wenn es sich um ein und denselben handelt, dann war das nur Zufall. Vorgestern hatten wir nämlich Vollmond.«

»Dann war das wohl wirklich Zufall. Aber trotzdem danke für die Mühe. Und ein schönes Wochenende.«

»Das werd ich garantiert nicht haben, ich muss morgen hier sein, genau wie meine Kollegen, Anordnung von oben. Und denken Sie dran, mit Computern geht alles einfacher.«

»Sicher. Einen schönen Abend noch, Herr Schreck. Auch Ihnen, Herr Nestroy.«

Dieser blickte auf und seufzte: »'tschuldigung, aber …«

»Ich wollte Ihnen nur einen schönen Abend wünschen.«

»Daraus wird nichts, Sie sehen ja, was hier los ist.«

»Wir haben's alle nicht leicht«, konstatierte sie und dachte im selben Atemzug: Was für einen Mist rede ich da. »Tschüs.«

»Wiedersehen«, sagte Nestroy und wandte sich erneut seiner Arbeit zu.

Hellmer stand auf dem Parkplatz und telefonierte. Als er Durant kommen sah, legte er auf und steckte das Handy in seine Jackentasche. Sein Gesicht war leicht gerötet, sein Blick ausweichend, als würde er sich bei etwas Unrechtem ertappt fühlen.

»Ich hab doch gesagt, wir fahren mit zwei Autos. Du hättest nicht auf mich zu warten brauchen. Hast du Fieber?«, fragte sie wie beiläufig und doch mit diesem Unterton, den er nur zu gut kannte, während sie zu ihrem neuen Corsa ging. Sie hatte ihn ertappt.

»Wie kommst du denn darauf?«

»Sieht so aus«, sagte sie und stieg ein.

Scheiße, dachte er, und fuhr hinter Durant vom Präsidiumshof.

Freitag, 16.35 Uhr

Sie quälten sich durch den Freitagnachmittagsverkehr, der so dicht war, als ob alle Berufstätigen auf einmal nach Hause wollten, um sich ins Wochenende zu stürzen. Lange Staus vor den Ampeln, vor allem am Baseler Platz auf der Abbiegespur zur Friedensbrücke, von wo aus es normalerweise nur noch ein Katzensprung bis zum Gerichtsmedizinischen Institut war. Über eine halbe Stunde dauerte die Fahrt. Sie parkten ihre Autos direkt vor dem Institut und gingen gemeinsam hinein.

»Was will Andrea von uns?«, fragte Hellmer.

»Lassen wir uns doch überraschen.«

Sie liefen die schmale Treppe hinunter ins Untergeschoss, wo sich dieser unverwechselbare Geruch scheinbar in jeder Ritze und jeder Fuge festgesetzt hatte, der Geruch von Tod, aufgeschnittenen Leibern, Desinfektionsmitteln, ein Gemisch, das Hellmer nicht ausstehen konnte und weshalb er den Gang in diese Räumlichkeiten vermied, wenn es nur irgend ging.

Andrea Sievers hielt sich in ihrem Büro auf. Sie hatte eine Zigarette in der linken Hand und machte mit der rechten einige Notizen. Ihr Handy klingelte, sie meldete sich, wechselte ein paar Worte mit dem Anrufer und sagte zum Schluss: »Ja, tschüs und bis nachher. Ja, ich dich auch. Ich hab Kundschaft.«

Sie schaute auf, lächelte und kam den Kommissaren entgegen. »Hat ein bisschen länger gedauert, was? Viel Verkehr?«

»Als ob ganz Frankfurt unterwegs wäre«, sagte Hellmer. »Und was soll das heißen, du hast Kundschaft?«

»Na ja, meine normale Kundschaft hält in der Regel die Klappe, hört zu, wenn ich was sage, und schreit nicht gleich, wenn ich mit dem Messer oder der Säge komm. Sehr geduldig, meine Leutchen. Aber kommen wir gleich zum Wesentlichen. Setzen wir uns, ich hab den ganzen Tag gestanden, meine Füße tun schon weh. Was zu trinken?«

»Nein, danke.«

»Und du?«, fragte sie Hellmer.

»Ein Wasser.«

»Ich hab auch gar nichts anderes.« Sie holte ein frisches Glas aus dem kleinen Schrank und füllte ihres und das von Hellmer. »Also, wir haben eine geradezu sensationelle Entdeckung gemacht. Ihr erinnert euch doch, wie ich gesagt habe, dass die Martens Geschlechtsverkehr hatte, das heißt, wir haben Spermareste bei ihr gefunden. Wie das so üblich ist, haben wir die DNA aus dem

Sperma isoliert und durch die Datenbank gejagt. Und jetzt haltet euch fest. Wir haben eine fast hundertprozentige Übereinstimmung mit einer andern bereits gespeicherten Probe festgestellt. Ist das ein Knaller oder nicht?«

Durant kniff die Augen zusammen und neigte den Kopf zur Seite. »Was bedeutet das, fast hundertprozentige Übereinstimmung?«

»Ich fang einfach von vorne an. Die alte Probe stammt von einem Mord, der sich vor über siebzehn Jahren in der Nähe von Düsseldorf ereignet hat. Es handelt sich dabei um den Mord an einer Siebzehnjährigen, die vergewaltigt und erdrosselt wurde. Damals steckte die DNA-Analyse noch in den Kinderschuhen, vor allem hier bei uns. Aber mittlerweile wurden die DNAs, so weit noch welche vorhanden waren, fast alle gespeichert. Das reicht zurück bis zu Mordfällen aus den fünfziger Jahren. Was ich sagen will, ist, dass der Mörder der Siebzehnjährigen in einem direkten Verwandtschaftsverhältnis zu unserm Täter steht ...«

»In welchem?«

»Vater und Sohn, Bruder und Bruder ... Es gibt etliche Kombinationen, die denkbar sind. Aufgrund der extrem hohen Übereinstimmung tendiere ich zu Vater und Sohn oder Bruder und Bruder, eher zu Ersterem.«

»Moment«, sagte Durant und hob die Hand. »Könnte es auch sein, dass der Mörder von damals auch der Mörder von heute ist?«

»Möglich ist alles. Aber warum sollte jemand siebzehn Jahre verstreichen lassen, bevor er wieder mordet? Außerdem hab ich mich schnell kundig gemacht, dieses Mädchen gehört in die Kategorie klassischer Sexualmord. Sie wurde vergewaltigt und anschließend erdrosselt. Vom Täter fehlt bis heute jede Spur. Er hat kein Messer benutzt und auch sonst auf die Grausamkeiten verzichtet, die jetzt an den Tag gelegt werden. Sicher ist jedenfalls, dass es sich um eine Familienangelegenheit handelt. Welche Schlüsse ihr daraus zieht, bleibt euch überlassen.«

Durant erhob sich, presste die Lippen aufeinander und schüttelte den Kopf. Der Informationsfluss, dem sie den ganzen Tag über schon ausgesetzt war, überforderte sie. Sie wollte nur noch weg, nach Hause, ein wenig Ordnung machen und sich später mit Georg Meister treffen.

»Wie sicher bist du, dass es sich um Vater und Sohn handelt?«

»Wie sicher kann man schon sein, für mich ist es jedoch die wahrscheinlichste Variante. Der Vater hat einen Mord begangen, der Sohn macht's ihm jetzt nach.«

»Gibt es ein Mördergen?«, fragte Hellmer.

»Nein, aber vielleicht findet man eines Tages eins. Bis jetzt gibt es dazu keine Informationen. Aber die menschliche DNA ist derart komplex und zum größten Teil noch unerforscht, da halte ich nichts für unmöglich. Wenn man bedenkt, dass die DNA bis noch vor dreißig Jahren praktisch ein weißer Fleck auf der Landkarte der Humangenetiker war, sind wir inzwischen doch geradezu sensationell weit. Klar, man wusste um die Struktur, man konnte schon 1953 die Doppelhelix in einem Modell nachbauen, aber was sich im Innern der Chromosomen abspielte, war fast völlig unbekannt. Mittlerweile wissen wir so unglaublich viel, und irgendwann wird jemand kommen und sagen, dass er den Schlüssel zur ewigen Jugend gefunden hat.«

Nachdem Sievers sich erkundigt hatte, ob sie noch etwas für sie tun könne, ließ Durant sich den Namen des Opfers geben.

»Was ist mit der Fischer?«, fragte Durant dann.

»So weit das noch feststellbar war, hatte sie am Tag ihres Ablebens keinen Geschlechtsverkehr. Das mit der Niere beschäftigt mich.«

»Da kann ich dich beruhigen. Vorhin wurde mir ein Umschlag zugestellt, in dem sich ein Brief und eine halbe Niere befanden. Die andere Hälfte hat er angeblich gebraten und gegessen.«

»Diese alte Drecksau«, entfuhr es Sievers, die sich eine Zigarette anzündete. »Schade, dass er nicht dran erstickt ist. Ich hätte mir gerne sein Hirn vorgenommen und es auf Abnormitäten untersucht.«

»Vielleicht kriegst du's ja noch. Wir hauen ab, du willst doch auch nach Hause. Ciao und vielen Dank. Aber viel weiter hat uns das auch nicht gebracht.«

»Das würd ich so nicht sagen. Es muss doch damals Tatverdächtige gegeben haben …«

»Mit Sicherheit gab's die, nur was ist, wenn sie von jemandem umgebracht wurde, der eben nicht zu den Verdächtigen zählte? Ich kenne die Akte nicht, aber wie häufig geschehen Morde, wo sich Täter und Opfer zum ersten und auch einzigen Mal begegnen? Viel zu oft. Aber wir können uns ja den Fall mal schicken lassen. Ich werd gleich Berger informieren, es wird ihn sehr interessieren. Und danke für deine Mühe.«

»Da nich für. Kommt gut heim.«

Draußen rief Durant im Präsidium an, wo Berger gleich nach dem ersten Läuten abnahm. Sie schilderte ihm den neuen Sachverhalt. Berger erklärte mit Nachdruck, nachdem sie geendet hatte: »Es müssen zwei Täter sein. Keiner begeht einen Mord und hält siebzehn Jahre still. Die Frage ist, weiß oder wusste der Sohn oder der Bruder von diesem Mord? Ich setze mich gleich mit den Kollegen in Düsseldorf in Verbindung, die sollen mir noch heute sämtliche Unterlagen zu dem Fall mailen oder faxen.«

Freitag, 17.55 Uhr

Mike war eine halbe Stunde früher gegangen, war noch in einem Supermarkt einkaufen gewesen, nur ein paar Kleinigkeiten, Wurst, Käse, Brot, Margarine und ein paar Joghurts. Zu Hause packte er die Sachen in den Kühlschrank, begrüßte Louise und stellte sich anschließend unter die Dusche. Während er sich abtrocknete, hörte er, wie das Pärchen nebenan die Wohnung betrat. Sie unterhielten sich wieder laut, sie schienen sich wieder anzuschreien, aber dies gehörte zu ihrem ganz normalen Umgangston, an den er sich nie gewöhnen würde. Aber er würde ohnehin nicht lange in der Wohnung bleiben, etwas essen und trinken und gegen zwanzig Uhr Richtung Hofheim starten.

Sein Telefon klingelte, er nahm ab, nachdem er die Nummer auf dem Display erkannte.

»Hallo, ich bin's. Wie geht's dir?«, fragte sein Vater kühl, wie immer, wenn sie sich sahen oder telefonierten, es sei denn, andere waren dabei, dann war er freundlich und jovial und spielte den liebenden, fürsorglichen Vater, der alles für seinen Sohn getan hätte.

»Es geht. Was willst du?«

»Das weißt du doch. Mein Angebot steht noch, aber nicht mehr lange. Gib dir endlich einen Ruck und setz deine Unterschrift unter den Schrieb.«

»Warum sollte ich? Ich brauch jetzt kein Geld, und die Summe, die du mir anbietest, ist ja wohl lächerlich.«

»Ich geb dir noch einen Monat, wenn du bis dahin nicht unterschrieben hast, wirst du nie auch nur einen Cent sehen. Kapiert? Du wirst vor Gericht mit Pauken und Trompeten untergehen, das schwör ich dir. Und glaub bloß nicht, dass ich die Gerichtskosten übernehme. Entweder zu meinen Bedingungen oder überhaupt nicht. Hast du das verstanden?«

»Sicher, ich verstehe immer alles, was du sagst. Aber was soll ich mit lächerlichen zwanzigtausend Euro …«

»Junge, begreif doch, ich steh kurz vor der Pleite …«

»Aber sicher doch«, entgegnete Mike höhnisch. »Kurz vor der Pleite, aber eine Villa für fünf Millionen, mehrere Häuser und Wohnungen über die halbe Welt verteilt, sechs Autos, eine Yacht … Soll ich noch mehr aufzählen? Eine Million, und ich unterschreib. Überleg's dir.«

»Du spinnst! Ich hab keine Million.«

»Dann werde ich einen Anwalt einschalten und deine Konten prüfen lassen. Das Recht habe ich … Papa!«

»Hör auf mit diesem sarkastischen Papa! Aber okay, lassen wir das Geplänkel. Wie gesagt, du hast noch einen Monat, danach läuft die Frist ab. Außerdem kannst du nicht damit rechnen, dass ich bald in die Grube steige, ich bin fünfundfünfzig und habe vor, noch ein bisschen zu leben.«

»Warte«, sagte Mike beschwichtigend. »Können wir uns am Wochenende treffen? Ich komm zu dir und unterschreib. Aber vielleicht können wir uns auf einen vernünftigen Kompromiss einigen …«

»Und wie soll dieser Kompromiss aussehen?«

»Du erhöhst die Summe auf fünfhunderttausend und siehst mich nie wieder.«

Mikes Vater schien zu überlegen und entgegnete: »Zweihundertfünfzig.«

»Vierhundert.«

»Dreihundert, mein letztes Wort.«

»Einverstanden.«

Eine Pause trat ein, schließlich sagte Mikes Vater: »Für dreihunderttausend würdest du unterschreiben?«

»Ja.«

Wieder eine kurze Pause, Atmen am andern Ende der Leitung. »Also gut, aber nur, weil du mir so viel bedeutest. Wann willst du kommen?«

»Morgen um sechs?«

»Sei pünktlich.«

Mike hielt den Hörer noch eine Weile in der Hand und lächelte versonnen und kurz darauf maliziös. Du kannst mich mal kreuzweise, du gottverdammter Hurenbock! Du hast ja keine Ahnung, was auf dich zukommt. Ich wäre so oder so morgen zu dir gekommen.

Er zog sich an, aß zu Abend und sah sich die heute-Nachrichten an. In der Nachbarwohnung hatten sie die Musikanlage kurz vor dem Wetterbericht auf volle Lautstärke gedreht. Mike ging hinüber und klingelte Sturm, bis der Mann aufmachte. Er trug ein geripptes Unterhemd und eine viel zu weite und ätzend bunte Jogginghose und sah Mike herausfordernd an.

»Was ist?«, fragte er barsch.

»Könnten Sie vielleicht die Musik ein wenig leiser stellen, ich muss mich konzentrieren. Die Wände sind sehr dünn, das haben Sie vielleicht auch schon bemerkt.«

»Verzieh dich, ich hör meine Musik so laut, wie ich will.«

»Dann werde ich den Hausmeister informieren«, sagte Mike sanft und beobachtete jede Reaktion seines Gegenübers.

»Willst du mich provozieren, Alter? Das haben schon andere versucht, und hinterher mussten sie sich zusammenflicken lassen«, sagte er grinsend und baute sich vor Mike auf.

»Das glaub ich Ihnen sogar. Dennoch habe ich das Recht auf ein ungestörtes Wohnen. Wenn Sie nachts ficken, kann ich oft kein Auge zumachen.«

Es war ein fast ansatzlos geführter Schlag, den Mike jedoch erwartet hatte. Bevor die Faust ihn traf, fing er sie ab und drehte dem jungen Mann den Arm mit einem Ruck nach hinten und stieß ihm gleichzeitig das Knie in die Seite. Der andere schrie vor Schmerzen auf. Die junge Frau kam herausgerannt und sah Mike entsetzt und ängstlich zugleich an.

»Tut mir leid, aber das hat er sich selbst zuzuschreiben. Ich hatte ihn nur gebeten, die Musik leiser zu stellen. Reden Sie mit ihm, auf mich will er ja nicht hören.«

»Doch, verdammt noch mal, ich mach die verdammte Musik auch aus, wenn du willst, aber lass mich endlich los!«

»Ich heiße übrigens Mike, und wir können uns ruhig weiter duzen. Ich glaube, wir könnten noch richtig gute Freunde werden.«

Mike ließ ihn los, der andere fasste sich an die Seite und krümmte sich vor Schmerzen.

»Und damit du's nicht vergisst, ich habe nicht nur den schwarzen Gürtel in Karate. Leg dich also bitte nie wieder mit mir an. Ist nur ein gut gemeinter Rat. Schönen Abend noch, und seid in Zukunft auch beim Ficken ein bisschen leiser.«

Mike drehte sich um. Er war selbst verwundert über sein ungewohnt aggressives Verhalten und gleichzeitig stolz, so ruhig und gelassen geblieben zu sein. Am meisten jedoch wunderte er sich über seinen Mut, es mit einem Kerl aufgenommen zu haben, der sich bestimmt schon oft geprügelt hatte. Ich bin doch stark, dachte er und ging zurück in seine Wohnung. Die Musik war ausgemacht worden, das Pärchen unterhielt sich mit gedämpfter Stimme. Er legte sein Ohr an die Wand und hörte sie keifen: »Ich hab dir immer gesagt, dass du mehr Rücksicht auf andere nehmen sollst. Aber nein, auf mich wird ja nicht gehört. Das hast du jetzt davon.«

»Halt's Maul, halt verdammt noch mal dein Maul! Woher soll ich denn wissen, dass diese Brillenschlange so was drauf hat?!«

»Du darfst nicht immer nach dem Äußeren gehen. Er sieht vielleicht komisch aus, aber du hast ja gemerkt, dass er …«

Mike löste sich von der Wand. Es reichte ihm, was er gehört hatte. Ja, ich seh komisch aus, aber nicht immer. Gleich würdet ihr mich nicht wiedererkennen, ich bin nämlich wandelbar wie ein Chamäleon. Er brauchte zehn Minuten, bis er tatsächlich kaum noch etwas mit dem Mike gemein hatte, der er sonst war. Ein paar Spritzer Givenchy Eau de Toilette, etwas Gel in die Haare, die Brille legte er ins Etui und setzte die Kontaktlinsen ein.

Er packte seinen Koffer, löschte das Licht und verließ die Wohnung. Es wird bestimmt ein prickelnder Abend, dachte er, während er auf den Lift wartete. Sehr prickelnd.

Freitag, 17.40 Uhr

Julia Durant hatte sich vor der Gerichtsmedizin von Hellmer verabschiedet, der noch einen Abstecher ins Nordwestzentrum machen wollte, und war nach Hause gefahren. Im Briefkasten steckte das neue Geo, zwei Rechnungen, die von ihrem Konto abgebucht wurden, und ein Brief ohne Absender, abgestempelt gestern in Frankfurt. Sie riss ihn noch im Treppenhaus auf und war erleichtert, dass es sich nur um ein Werbeschreiben handelte. Du siehst schon Gespenster, dachte sie und spürte ihr Herz bis zum Hals klopfen. Sie kickte die Eingangstür mit dem Absatz zu, hängte ihre Jacke über einen Stuhl und setzte sich aufs Sofa. Es roch muffig und nach Rauch in der Wohnung. Sie stand wieder auf und öffnete die Fenster im Wohn- und im Schlafzimmer und ließ zehn Minuten lang die kalte Luft hereinwehen.

Währenddessen hielt sie sich im Bad auf, ließ Wasser einlaufen und dachte über den hinter ihr liegenden Tag nach. Es war einer dieser Tage, die sie am liebsten aus ihrem Gedächtnis gestrichen hätte. Und sie glaubte nicht, jemals den Anblick der toten Carolina Fischer vergessen zu können, der aufgeschnittene Leib, die herumliegenden

Organe, das unnatürlich grell geschminkte Gesicht, das viele Blut an den Wänden, der Decke, auf dem Boden und auf dem Bett, wo ihr Mörder sie wie in der Pathologie seziert hatte.

Sie hatte schon viele Thriller gelesen und im Fernsehen oder Kino gesehen, aber das gestern und vor allem heute hatte alles in den Schatten gestellt, was sich Autoren oder Regisseure bisher ausgedacht hatten. Sie schloss die Fenster, als es zu kalt wurde, drehte die Heizung höher, wirbelte für ein paar Minuten durch die Wohnung, machte das Bett, warf die Schmutzwäsche in den Korb (sie würde sie morgen sortieren und waschen), leerte die beiden Aschenbecher, spülte das wenige Geschirr und hörte dabei laut eine alte CD von Guns 'N Roses. Bei »Knockin on Heavens Door« sang sie laut mit, obwohl sie kaum die Hälfte vom Text verstand. Nach nicht einmal zwanzig Minuten war ihre Aufräumaktion beendet. Sie lehnte sich an die Spüle, stemmte die Hände in die Hüften, ließ ihren Blick durch die Küche mit dem angrenzenden Wohnbereich schweifen und zuckte einigermaßen zufrieden mit den Schultern. Dann holte sie sich eine Dose Bier aus dem Kühlschrank und nahm auch die Zigaretten mit ins Bad, entkleidete sich und setzte sich in das heiße Wasser, auch wenn sie erst am Vormittag geduscht hatte, doch das war im Schnelldurchgang gewesen, nur um den ekelhaften Geruch vom Tatort abzuwaschen. Und sie wollte sich für Georg ganz besonders schön machen, auch wenn ihre innere Stimme immer lauter wurde. Unangenehm laut. Erschreckend laut.

Durant machte die Dose Bier auf, trank einen Schluck,

rauchte eine Zigarette und nahm das Telefon in die Hand. Sie hatte sich seit ihrer Rückkehr aus dem Urlaub erst einmal kurz bei ihrem Vater gemeldet und ihm berichtet, wie schön es war und dass sie gesund angekommen sei. Da standen ihre beiden Koffer noch unausgepackt mitten im Wohnzimmer, und sie war müde von dem langen Flug. Auch wenn Georg ganz tief in die Tasche gegriffen und First Class gebucht hatte, war dieser neunstündige Flug äußerst anstrengend gewesen. Sie hatte eine Menge Fotos gemacht, die sie irgendwann in der nächsten Zeit entwickeln lassen würde. Georg meinte, es wäre besser, wenn sie sich eine Digitalkamera und einen PC zulegen würde, so könnte sie sich die Entwicklung der Bilder sparen und vor allem selbst aussuchen, welche davon sie behalten wolle und welche nicht. Er riet ihr zu einem Computer, Hellmer und Kullmer taten es und auch noch dieser Herr Schreck und dessen Kollege Nestroy.

Sie wählte die Nummer ihres Vaters, der sich nach dem achten oder neunten Läuten meldete, als Julia Durant bereits wieder auflegen wollte.

»Hi, Paps, ich bin's, dein Töchterlein.«

»Hallo, ich hab gar nicht mit deinem Anruf gerechnet. Entschuldige, aber ich bin etwas außer Atem, weil ich Besuch habe. Gibt es etwas Wichtiges?«

»Nein, nein, ich wollte nur mal so hören …«

»Es ist wichtig. Aber es geht jetzt wirklich nicht, ich mache zur Zeit Vertretung für Pfarrer Heinrich …«

»Du machst Vertretung für Heinrich?«, fragte sie ungläubig, war ihr Vater doch schon vor beinahe zehn Jahren in den Ruhestand gegangen. Lediglich im seelsorgerischen Bereich war er noch immer tätig.

»Er hat sich die Gallenblase entfernen lassen. Pass auf, wir telefonieren nachher so gegen neun …«

»Da bin ich mit Georg verabredet. Morgen?«

»Ja. Sag mir nur die Uhrzeit.«

»Wie jetzt?«

»Ich bin auf jeden Fall um sechs zu Hause und werde mir den Termin auch freihalten. Die Predigt für Sonntag hab ich zum Glück schon fertig. Und sollte es ganz dringend sein, du weißt, du kannst mich jederzeit anrufen, auch nachts um drei. Vergiss das nicht. So, und jetzt muss ich wieder in mein Büro. Kopf hoch und mach dir nicht zu viele Gedanken.«

Sie hielt den Hörer in der Hand und starrte ihn verwundert an. Weiß der wieder Sachen, die ich ihm noch gar nicht gesagt habe? Mach dir nicht zu viele Gedanken! Woher weiß er, dass im Moment alles über mir zusammenbricht und ich nicht mehr weiß, wo mir der Kopf steht? Und verdammt, ja, ich mach mir Gedanken, viel zu viele wieder mal. Scheiße, scheiße, scheiße!

Sie trank die Dose leer, blieb noch eine Viertelstunde im Wasser, ging dann hinaus und trocknete sich ab, während das Wasser ablief. Sie verbrachte eine Dreiviertelstunde vor dem Spiegel, bis ein Blick auf die Uhr sie daran erinnerte, dass sie schon in weniger als zwanzig Minuten beim Italiener sein sollte. Und Georg hasste es, wenn man ihn warten ließ. Er legte Wert auf Pünktlichkeit, sie war für ihn eine der Grundtugenden eines ordentlichen und verantwortungsbewussten Menschen. Als sie sich einmal eine halbe Stunde verspätete, weil sie an einem Tatort aufgehalten wurde, war er bereits wieder gegangen und hatte ihr eine SMS geschickt und ihr mitgeteilt, dass er nicht glaube, dass sie noch komme. »Gute Nacht« war das Letzte, was er geschrieben hatte. Sie hatte versucht ihn telefonisch zu erreichen, was ihr erst nach drei schier endlosen Tagen gelungen war. Aber das war Vergangenheit, es lag über ein Jahr zurück.

Dennoch beeilte sie sich, zog sich die Sachen an, die sie vorhin aufs Bett gelegt hatte – einen dunkelblauen Rock, der knapp oberhalb des Knies endete, eine gelb-blau gemusterte Bluse und einen dazu passenden Blazer. Sie betrachtete sich noch einmal im Spiegel, legte etwas Chanel No. 19 auf, ein Duft, den er besonders an ihr mochte (auch wenn sie ihn spätestens seit heute nicht mehr sogern riechen mochte, weil sie mit einem Mal eine unerklärliche Aversion gegenüber Viola Richter hatte), und verließ die Wohnung, nicht ohne vorher noch den Anrufbeantworter anzustellen und ihr Handy einzustecken.

Sie traf um eine Minute vor acht ein. Er wartete vor der Tür, obwohl es recht kühl war und nieselte.

»Hallo«, begrüßte er sie und hauchte ihr einen flüchtigen Kuss auf die Lippen. Sein Blick war ungewöhnlich ernst, als er vor ihr das Restaurant betrat. Er hatte einen Tisch reserviert, wo sie fast ungestört waren. Georg Meister trug einen schwarzen Anzug mit einem anthrazitfarbenen Rollkragenpullover aus Cashmere, Farben, die seine vollen grauen Haare noch besser zur Geltung brachten und ihn ungemein seriös wirken ließen.

»Hattest du einen angenehmen Tag?«, fragte er, nachdem sie Platz genommen hatten, und sah ihr für einen kurzen Moment in die Augen.

»Nein, hatte ich nicht. Und du?«

»Das erzähl ich dir gleich«, antwortete er ausweichend

und blätterte in der Getränkekarte, obwohl er wie immer eine Flasche Frescobaldi Castelgiocondo Brunello di Montalcino bestellen würde, den, wie er behauptete, besten Rotwein, den man in Deutschland bekommen könne. Ob es der beste war, vermochte Durant nicht zu beurteilen. Sie war keine begeisterte Weintrinkerin und schon gar keine Weinkennerin, sie hielt sich lieber an ein gepflegtes Pils.

Georg gab die Bestellung auf. Julia rauchte eine Zigarette und beobachtete ihr Gegenüber. Ich hatte recht, dachte sie nur und schnippte die Asche in den Aschenbecher. Ich möchte zu gerne wissen, was ich ihm getan habe, dass er so kühl und distanziert ist. Kein Wort in den letzten fünf Minuten. Der Wein wurde serviert, Georg kostete ihn und nickte zufrieden. Der Kellner schenkte ein und verschwand gleich darauf wieder. Etwas mehr als die Hälfte aller Tische waren belegt.

»Also, mach's nicht so spannend«, begann sie die Unterhaltung. »Warum wolltest du dich ausgerechnet heute mit mir treffen? Ich habe die ganze Woche über mehrfach versucht dich zu erreichen, aber …«

»Ich hab dir doch gesagt, dass ich ungestört sein wollte. Ich lebe im Augenblick völlig abgeschottet von der Außenwelt, auch das habe ich dir klarzumachen versucht.«

»Und warum verlässt du deine Höhle heute? Treibt dich der Hunger nach draußen?«, fragte sie spöttisch.

»Julia, bitte, lass diesen Ton«, sagte er ungewohnt scharf und beugte sich nach vorn, nahm einen Bierdeckel und drehte ihn monoton durch seine Finger. »Es war schön auf den Seychellen. Ich finde, wir hatten eine wunderbare Zeit. Oder bist du da anderer Meinung?«

»D'accord.«

Er lachte auf und schüttelte den Kopf. »Was möchtest du essen?«

»Ich habe noch nicht gewählt«, erwiderte sie, aber ich habe auch keinen sonderlich großen Hunger. »Und du?«

»Ich nehme wie immer einen Rinderschmorbraten mit Steinpilzen.«

»Ach, ich nehm diesmal einen schnöden Teller Spaghetti Bolognese. Da weiß ich wenigstens, was ich habe.«

Ein leichtes Schmunzeln zeichnete sich auf Georgs Lippen ab, bevor er wieder ernst wurde. Er winkte den Kellner heran, der die Bestellung notierte.

»Du siehst gut aus«, sagte Georg.

»Oh, das hätte ich nun nicht gedacht. Ich dachte, ich würde die Augenringe gar nicht mehr wegkriegen.«

»Arbeitest du an einem besonderen Fall?«, fragte er und nahm einen Schluck von dem Wein.

»Kann man so sagen. Aber wie du weißt, darf ich nicht darüber sprechen. Also wechseln wir das Thema. Du hast mich doch nicht herbestellt, um dich mit mir in Smalltalk zu ergehen, oder?«

»Nein, natürlich nicht. Ich wollte dich sehen und mich entschuldigen, dass ich mich nach dem Urlaub so zurückgezogen habe. Das ist die Wahrheit.«

Durant atmete erleichtert auf. Ihre unterschwellige Angst war mit einem Mal verflogen, aber da war immer noch dieser seltsame Gesichtsausdruck, den sie nicht zu deuten wusste.

»Okay, wir können ja Termine ausmachen, wann wir uns sehen, wann wir telefonieren …«

»Julia«, unterbrach er sie, »ich bin noch nicht fertig.

Du weißt, ich liebe dich und würde alles für dich tun, aber ich denke, es wäre besser, wenn wir die zwei Jahre einfach in guter Erinnerung behalten und uns nicht mehr sehen.«

Sie lachte plötzlich schrill auf und erwiderte lauter als gewollt: »Sag mal, weißt du eigentlich, was für einen Stuss du da redest?! Julia, ich liebe dich und würde alles für dich tun, und im gleichen Atemzug knallst du mir vor den Bug, dass wir die zwei Jahre in guter Erinnerung behalten sollten?! Du hast sie doch nicht mehr alle! Was gibt das hier, eine Schmierenkomödie?!«

»Könntest du bitte deine Stimme dämpfen«, zischte er.

»Nein, kann ich nicht, denn ich hab die Schnauze voll, von Typen wie dir immer wieder wie ein Stück Dreck abserviert zu werden. Bin ich nicht gut genug im Bett, oder was ist es? Bin ich dir zu alt, stehst du etwa auch auf Zwanzigjährige?« Ihre Augen funkelten wütend. Am liebsten hätte sie ihm das Glas Wein ins Gesicht geschüttet, doch der Anstand verbot es ihr, auch wenn sie innerlich kochte und gleichzeitig kurz davorstand, laut loszuheulen. Aber diese Blöße wollte und würde sie sich nicht geben, er sollte nicht merken, wie verletzt sie war. »Na, keine Antwort parat? Es ist mit euch Arschlöchern doch immer das Gleiche! Ihr wollt euern Spaß, aber dann seid ihr wie die Bienen, euch zieht's gleich wieder zu einer neuen Blüte, wenn ihr eine ausgelutscht habt. Du verdammter Dreckskerl, du verdammter! Wie alt ist sie, und was hat sie, was ich nicht habe? Komm, ich kann's vertragen, ich kann heute alles vertragen. Ober!«, rief sie und drehte sich um, und als er nicht gleich reagierte, fuchtelte sie ein paarmal mit dem

Arm und sagte, als er vor ihr stand: »Bringen Sie mir ein großes Pils und nehmen Sie mein Glas Wein mit, er schmeckt sauer.«

»Der Wein ist sauer?«, fragte der Kellner verwirrt.

Georg sagte beschwichtigend: »Ist schon gut, bringen Sie der Dame das Bier.«

»Was ist bloß los mit dir? Du lügst sogar Nadine an ...«

»Wieso lüg ich Nadine an?«

»Ich war gestern bei den Hellmers. Nadine hat mir gesagt, wie sehr du mich liebst, was für ein toller Mann du bist, na ja, eben all der Schmu, den du ihr erzählt hast. I'm not amused, würde die Queen sagen. Und jetzt raus mit der Sprache, wer ist es, und was hat sie ...«

»Wir sind hier nicht bei dir im Präsidium«, erwiderte er kühl.

»Und wieso beantwortest du mir dann nicht wenigstens meine Frage? Oder hab ich nach zwei Jahren noch kein Recht darauf? Hab ich dich zu sehr eingeengt in deinem Freiheitsdrang? Oder steckst du in einer verspäteten Midlife-Crisis? Bitte, ich kann's wirklich vertragen, aber ich brauch eine ehrliche Antwort. Wer ist es, und wie alt ist sie?«

»Das ist unwichtig. Ich möchte nämlich nicht, dass du ihr eine Szene machst. Und das würdest du mit Sicherheit tun.«

»Dann waren die Seychellen also eine Art Abschiedsgeschenk. Wie lange geht das schon zwischen euch?« Er zögerte, fuhr sich mit der Zunge über die Innenseite der Wange, und als er nicht antwortete: »Hast du mit einem Mal die Sprache verloren, du Wortkünstler? Wie lange geht das schon zwischen euch?«

»Ist das so wichtig?«

»Ja, verdammt, es ist sogar sehr wichtig! Raus damit, wie lange?«

Er war dem Druck nicht länger gewachsen und gestand schließlich flüsternd: »Fünf Monate.«

»Wow, fünf ganze Monate! Du hast also ganze fünf Monate abwechselnd mit ihr gevögelt und mit mir. Ich hoffe, sie ist sauber, wenn du verstehst. Na ja, dann brauch ich mich wenigstens nicht mehr zu wundern, wenn du nicht ans Telefon gehst und … Ach, hast du deshalb deinen Intendantenposten hingeworfen? Das war doch vor ziemlich genau fünf Monaten, wenn ich mich recht erinnere. Du hast sie kennen gelernt, es hat sofort peng gemacht, na ja, halt das übliche Programm. Lass mich raten, sie ist nicht älter als fünfundzwanzig, ihr versteht euch natürlich blind, du kannst dich prima mit ihr unterhalten, im Bett ist sie sowieso eine Granate, die dir deine Jugend zurückgibt … Ha, so was Ähnliches hab ich heute doch schon mal gehört. Ein alter reicher Sack wie du, der sich eine einundzwanzigjährige Konkubine gehalten hat, nur leider ist diese Dame jetzt tot, und er muss sich nach einer neuen Gespielin umschauen. Die Einzige, um die es mir leid tut, ist dieses Mädchen. Sie hat es nicht verdient, so früh zu sterben.«

Georg sagte nichts. Er sah aus wie ein geprügelter Hund, der darauf wartete, den Todesstoß versetzt zu bekommen, schaute verdrossen in sein Glas Wein, nahm einen Schluck und schenkte sich nach, bis das Glas fast überlief. Das Essen wurde serviert. Durant hatte ihr Bier längst ausgetrunken und orderte gleich ein weiteres.

»Denk dran, du musst nachher noch Auto fahren«, sagte Georg und begann zu essen.

»Und? Du machst dir doch nicht etwa Sorgen um mich, oder? Ich weiß, was ich tu, im Gegensatz zu dir. Du wirst älter, deine Haare werden bald weiß sein, und dein kleiner Mann wird's auch nicht mehr ewig machen. Und dann? Du glaubst doch nicht, dass ein so junger Hüpfer an deinem Bett sitzt, wenn du nicht mehr laufen kannst, von den andern Dingen ganz zu schweigen«, fügte sie süffisant hinzu.

»Du vergreifst dich im Ton …«

»Oh, entschuldige, wenn ich an deiner ach so sensiblen Psyche gekratzt habe«, stieß sie höhnisch hervor und schob den noch unberührten Teller Spaghetti beiseite. Stattdessen steckte sie sich eine Zigarette an und blies den Rauch demonstrativ in Georgs Richtung.

»Julia, hör auf damit, du weißt, dass ich das nicht leiden kann.«

»Und ich kann es nicht leiden, verarscht zu werden. Immer und immer wieder werde ich von euch Scheißmännern verarscht! Ich frag mich echt, was in euern kranken Hirnen vorgeht!«

»Könntest du bitte etwas leiser sprechen, die Leute …«

»Na und?!«, schrie sie ihn an. »Was interessieren mich die Leute?! He, du hast mir eben mitgeteilt, dass du eine andere vögelst, und das kann von mir aus jeder hören.« Georg lehnte sich zurück, sein Atem ging hastig, Schweiß stand auf seiner Stirn. Er winkte nach dem Kellner, doch Durant sagte mit einem Mal sehr leise: »Du wirst schön sitzen bleiben und mir eine Antwort geben. Du weißt, ich finde es raus, so oder so. Wer ist sie?«

»Was bringt es dir, wenn du es weißt? Willst du sie umbringen? Sie kann nichts dafür, ich habe mich einfach in sie verliebt.«

»Du bist so ein verlogenes Schwein. Ich hätte alles von dir erwartet, aber nicht so was. Liebe! Wie oft hast du mir im Urlaub gesagt, wie sehr du mich liebst und dass du für immer mit mir zusammen sein willst? Bestimmt so an die hundertmal. Und wir haben fast jeden Tag gebumst, dass es nur so gekracht hat. Mann, das war echt scharf … Mal ganz ehrlich – hast du dabei an sie gedacht? Komm, steh wenigstens jetzt deinen Mann.« Sie lachte höhnisch auf und fuhr fort: »Was für ein Wortspiel. Na ja, ich geb zu, dass du im Bett nicht übel bist für dein Alter, wenn auch nicht mehr ganz so fit wie ein knackiger junger Kerl. Trotzdem wünsche ich mir eine Antwort, und du kannst sichergehen, dass ich deiner Kleinen nichts tun werde, ich bin schließlich bei der Polizei. Es ist nur für mich ganz allein. Wir Frauen sind nun mal so, wir wollen wissen, mit welchen Waffen unsere Konkurrenz in den Kampf zieht.«

Georg holte tief Luft und sagte: »Sie heißt Marlene, ist vierundzwanzig und … Mehr brauchst du nicht zu wissen.«

»Wie sieht sie aus? Komm, raus mit der Sprache. Blond?«

»Mein Gott«, quetschte er zwischen den Zähnen hervor, trank sein Glas in einem Zug leer und schenkte sich nach, bis in der Flasche nur noch ein winziger Rest war, »sie ist blond, etwas kleiner als du und …«

»… sie kann gut ficken. Richtig? Es geht doch nichts über junges, frisches Fleisch, das man so richtig schön ficken kann. Und deine nächste Eroberung wird dann zwanzig sein. Georg, du kannst mich mal kreuzweise. Du bist wie Rösner oder Kantauer …« Sie biss sich auf die Zunge und schloss für einen Moment die Augen, weil sie diese Namen unter keinen Umständen erwähnen durfte.

»Was hast du mit Rösner und Kantauer zu tun?«, fragte Georg verwundert.

»Sag bloß, du kennst sie?«

»Ja.«

»Woher?«

»Man sieht sich hin und wieder.«

»Das ist zwar keine Antwort auf meine Frage, aber gut. Gehe ich recht in der Annahme, dass dieses Sich-Sehen auf Partys mit jungen Mädchen stattfindet, die ein paar durchsichtige Klamotten anhaben und willig alles tun, was die werten Herren so wünschen?« Sie wartete auf eine Antwort, die jedoch nicht erfolgte. »Bingo, hab ich doch ins Schwarze getroffen. So kann man sich in einem Menschen täuschen. Oder andersrum, so täuschen Typen wie du andere. Die Welt ist verdammt klein, das hab ich gerade erfahren. Pass auf, ich mach dir jetzt keine Szene mehr, ich erwarte Antworten. Warst du am 14. Oktober auf einem Fest bei Kantauer?«

»Ja, warum?«

»Die Fragen stelle ich, du bist gleich entlassen. Sagt dir der Name Svenja Martens etwas? Oder Carolina Fischer, von allen nur Caro genannt? Oder Alexandra Fischer, Sandra genannt?«

»Ja.«

»Wer war noch alles auf der Party?«

»Eine Menge Leute, die meisten aus der Kulturszene,

aber auch aus Politik und Wirtschaft waren einige da. Was sollen diese Fragen überhaupt?«

»Das will ich dir gerne erklären. Svenja Martens und Carolina Fischer wurden umgebracht. Ich ermittle gerade in diesem Fall. Die Schwester von Caro wurde übrigens auch ermordet. Wie gut kanntest du die Frauen?«

»Nur vom Sehen«, antwortete er, ohne Durant dabei anzuschauen.

»Nur vom Sehen? Es ist jetzt schnurzpiepegal, das hat alles nichts mehr mit uns zu tun. Und schau mich an, wenn ich mit dir rede. Also, nur vom Sehen oder vielleicht doch etwas intensiver? Überleg dir gut, was du sagst, ich krieg's sowieso raus. Solltest du zum Beispiel mit der Martens geschlafen haben, das heißt, solltest du ein Kunde von ihr gewesen sein, ist es nur eine Frage von Stunden, bis wir das wissen. Also?«

»Mein Gott, ich war ab und zu bei ihr. Ist das denn so wichtig?«

»Würd ich sonst die Fragen stellen? Allerdings erklärt es mir die Person Georg Meister etwas besser. Es wird immer interessanter. Du hast also auch mit der Martens rumgevögelt.«

»Ja, verdammt noch mal!«

»Erzähl mir ein bisschen über sie. Wie habt ihr euch kennengelernt, seit wann kennst du sie, wann hast du sie zuletzt gesehen?«

»Ich kenne sie seit drei oder vier Jahren. Wir sind uns auf einem Empfang über den Weg gelaufen. Und das letzte Mal hab ich sie bei Kantauer getroffen. Noch was?«

»Wann warst du das letzte Mal bei ihr?«

»Keine Ahnung.«

»Ich wiederhol mich ungern, aber ich krieg's raus. Wir werten gerade sämtliche ihrer Unterlagen aus und … Wenn Berger und Frank mitkriegen, dass du … Na, du weißt schon. Also, wann das letzte Mal?«

»Mein Gott, vor drei oder vier Wochen.«

»Vor drei oder vier Wochen! Also unmittelbar vor unserm Urlaub. Das heißt, du hast nicht nur mich, sondern auch deine neue Flamme die ganze Zeit über belogen und betrogen. Aber lassen wir das. Wie viel hast du der Martens jedes Mal bezahlt? Wir wissen, dass sie eine Hure war, aber das ist ja wohl das, was du bevorzugst.«

»Du schlägst immer wieder unter die Gürtellinie. Wie kann man nur so zynisch sein?!«

»Ich und zynisch? Du hast mich noch nicht in voller Aktion erlebt, wenn ich meinem Zynismus so richtig freien Lauf lasse. Also, wie viel?«

»Vierhundert bis achthundert Euro.«

»Okay. Wen kennst du noch, der bei und mit ihr verkehrt hat?«

»Keinen, sie hat nie über andere Kunden gesprochen. Ob du's glaubst oder nicht, sie war eine echte Dame.«

»Wie schön. Nur ist diese echte Dame jetzt eine echte Leiche. Wo warst du am Mittwoch zwischen einundzwanzig Uhr und dreiundzwanzig Uhr dreißig? Und gestern zwischen zwanzig und zweiundzwanzig Uhr?«

»Bei mir zu Hause, wo sonst? Sag bloß, ich bin jetzt verdächtig, mit den Morden etwas zu tun zu haben?«, sagte Georg laut und schaute sich erschrocken um, doch keiner der andern Gäste schien seine letzten Worte gehört zu haben.

»Gibt's dafür Zeugen?«, fragte Durant ruhig und mit einem fast maliziösen Lächeln.

»Ah, so läuft der Hase. Hätt ich mir denken können. Ja, es gibt eine Zeugin, Marlene. Sie war die ganze Woche Tag und Nacht bei mir.«

»Ich würde sie gerne sprechen und mir das bestätigen lassen. Wo kann ich sie erreichen? Am besten heute noch, damit ich das vom Tisch kriege.«

»Das kannst du nicht machen!«, stieß Georg aufgeregt hervor. Sein Adamsapfel hüpfte auf und ab, sein Blick war panisch. »Bitte, tu das nicht. Ich schwöre dir bei allem, was mir heilig ist, dass ich mit Marlene am Mittwoch zusammen war.«

»Wo ist sie jetzt?«

»Bei mir. Sie wartet, dass ich zurückkomme, weil wir morgen für ein paar Tage wegfahren wollen.«

»Ich habe nichts dagegen, allerdings dürft ihr erst fahren, wenn sie deine Aussage bestätigt hat. Hat sie ein Auto?«

»Natürlich.«

»Dann ruf sie an und sag ihr, dass sie herkommen soll. Du hast sie doch bestimmt schon in dieses Lokal ausgeführt, oder?«

»Nein.«

»Oh, ich vergaß, die Kellner könnten sich ja verplappern und die Namen verwechseln. Nun mach schon, ich hab meine Zeit auch nicht gestohlen«, forderte sie ihn auf.

Er rief über sein Handy Marlene an und bat sie, so schnell wie möglich zum Brunnen an der Alten Oper zu kommen. Nach dem Telefonat sagte er: »Zufrieden?«

»Erst, wenn ich die Aussage habe.«

»Ach komm, das ist doch pure Schikane!«

»Nein, mein Lieber, das, was du mit mir gemacht hast, das war pure Schikane. Du hast mich in dem Glauben gelassen, mich zu lieben, du hast mir Versprechungen gemacht, die du nie vorhattest einzuhalten. Ich bin ja das einsame, bedauernswerte Dummchen, das keinen abkriegt. Wahrscheinlich hat Nadine dir das erzählt … Scheiße, Mann, ich hätte nicht gedacht, dass du so verkommen bist. Aber das Leben steckt voller Überraschungen. Und glaub mir eins, ich werde die Zeit mit dir nie vergessen, und weißt du auch, warum? Damit ich in Zukunft nie wieder auf einen wie dich reinfalle.«

»Julia, ich kann dir das alles erklären …«

»O natürlich, ihr Männer könnt immer alles erklären. Nee, nee, nicht mit mir. Hättest du von Anfang an mit offenen Karten gespielt, ich hätte es akzeptiert, doch es gibt nichts, aber auch wirklich nichts, was ich mehr hasse, als angelogen zu werden. Das bezieht sich allein auf mein Privatleben. Wir hätten gute Freunde werden können, aber nein, der werte Herr hatte ja nichts Besseres vor, als mich schon nach zwei Tagen ins Bett zu zerren. Und ich war so blöd und hab gedacht, du meinst es ernst. Dabei bist du nebenher noch zu Nutten gegangen und wer weiß, mit wem du noch alles rumgevögelt hast. Ich könnte kotzen. Ich wundere mich nur, wie du das aushältst. Wie kannst du noch in den Spiegel schauen, ohne dich anzuspucken?«

»Julia, es reicht.«

»Ich bin gleich fertig. Hat sich deine Frau wegen deines zügellosen Lebenswandels von dir getrennt? Sei ehrlich, nur einmal.«

»Sie wollte wieder zurück in die Staaten und ich nicht.«

»Wie lange kennst du Nadine schon?«

»Welche Nadine?«

»Entschuldige, ich vergaß, dass in deinem Adressbuch einige Namen wahrscheinlich mehrfach vorhanden sind. Nadine Hellmer.«

»Weiß nicht, ein paar Jahre.«

»Irgendwie seh ich dir an der Nasenspitze an, dass du auch mit ihr schon was hattest. Stimmt's, oder hab ich recht?«

»Steh ich hier vor Gericht?«

»Das kannst du sehen, wie du willst. Habt ihr, oder habt ihr nicht? Ich wette, ich könnte es aus Nadine irgendwie rausquetschen.«

»Mach doch, was du willst, ich bin froh, dass ich …«

»Dass du was? Mich los bist? Ja, es ist nicht einfach, mit mir zu leben. Das hab ich auch nie behauptet. Doch für einen wie dich ist es wahrscheinlich unmöglich, mit jemandem über eine längere Zeit zusammenzuleben. Ich gehe nachher jedenfalls mit erhobenem Haupt nach Hause und weiß, dass ich mir nichts, aber auch rein gar nichts vorzuwerfen habe. Das Einzige, was ich mir vielleicht vorwerfen könnte, ist, immer noch zu naiv zu sein und zu denken, irgendwann wird schon Mr. Right auftauchen und mich in seine Arme nehmen. Ich hab wirklich gedacht, du wärst das. Wie funktioniert das? Ich meine, das mit dem Lügen? Ich konnte das komischerweise noch nie, aber ich kenne mittlerweile einige, deren ganzes Leben ein einziges Lügengebilde ist. Kannst du überhaupt noch zwischen Lüge und Wahrheit unterscheiden?«

»Wir sollten gehen, Marlene müsste jeden Moment eintreffen. Ich bitte dich nur, sei nett zu ihr und …«

»Was hast du ihr von mir erzählt?«

»Nichts. Sie weiß überhaupt nichts von dir.«

»Und wie hast du ihr den Urlaub auf den Seychellen erklärt?«

»Sie dachte, ich wäre in den USA bei meiner Ex.«

Georg beglich die Rechnung mit Kreditkarte und ging mit Durant nach draußen. Es hatte aufgehört zu nieseln, die Wolkendecke war aufgerissen und hatte einem klaren Sternenhimmel Platz gemacht. Trotz der Lichter der Stadt war das Sternbild Orion deutlich zu erkennen, das sich am südöstlichen Horizont allmählich nach oben arbeitete.

Auf dem Weg zum Brunnen fragte Durant: »Und was hast du ihr gesagt, wo du heute bist?«

»Sie denkt, ich treffe mich mit einem Freund«, gab er kleinlaut zu.

»Tja, wie ein Mann seh ich nun nicht gerade aus. Aber irgendwie werden wir das Kind schon schaukeln. Ist sie das?« Durant deutete auf eine junge Frau, die am Brunnen stand.

»Ja.«

»Okay, lass mich einfach machen. Wie heißt sie mit Nachnamen?«

»Link«, sagte er leise. »Hi, Marlene, danke, dass du so schnell gekommen bist. Darf ich vorstellen, das ist Hauptkommissarin Durant, Frau Link. Frau Durant hat ein paar Fragen an dich.«

Julia betrachtete die junge Frau, die älter als vierundzwanzig aussah. Sie hatte halblanges blondes Haar, ein sehr ebenmäßiges Gesicht, schmale Lippen und eine hübsche Nase. Nichts Besonderes, dachte Durant, die eine andere Vorstellung von der Frau hatte, die jetzt an der Seite von Georg Meister stand.

»Gehen wir in das Café dort«, sagte Durant. »Ich habe nur ein paar Fragen an Sie.«

»Von mir aus. Aber um was geht's eigentlich?«

»Das wird dir Frau Durant gleich erklären.«

»Woher kennt ihr euch überhaupt?«, fragte Marlene und legte einen Arm um Georgs Hüfte.

»Von früher«, log er. »Wir sind uns eben zufällig begegnet.«

Im Café herrschte reger Betrieb, doch sie fanden einen freien Tisch. Durant bestellte sich einen Cappuccino, Georg, der nach einer Flasche Wein nicht mehr ganz sicher auf den Beinen war, einen Espresso und Marlene ein Glas Wasser. Erst jetzt, im Licht des Cafés, sah Durant, dass Marlene doch noch recht jung aussah und ein ausgesprochen feminines und hübsches Gesicht hatte, in dem das Hervorstechendste die großen grünen Augen waren. Als sie ihre Daunenjacke auszog, musste Durant unwillkürlich schmunzeln, denn sie hatte genau die Vorzüge, auf die Georg und wohl auch die meisten Männer standen – große Brüste, die von einem dünnen weißen Pullover umspannt wurden. Warum haben heutzutage bloß alle jungen Frauen solche Titten?, fragte sie sich. Gut, meine sind auch nicht gerade klein, aber damals war ich eine Ausnahme. Und außerdem, es interessiert doch eh keinen.

»Frau Link, ich ermittle gerade in zwei Mordfällen und möchte Sie fragen, wo Sie am Mittwochabend und Donnerstagabend jeweils zwischen zwanzig und dreiundzwanzig Uhr waren.«

»Ich war bei Herrn Meister«, sagte sie irritiert. »Wieso fragen Sie mich das?«

»Weil Herr Meister beide Opfer persönlich kannte und wir jeden nach seinem Alibi befragen.«

»Wer wurde denn umgebracht?«

»Das wird Herr Meister Ihnen bestimmt nachher erzählen. Sie würden diese Aussage auch vor Gericht beeiden?«

»Ja, natürlich.«

»Was machen Sie beruflich?«

»Ich studiere Literaturwissenschaft und Anglistik.«

»Das war's schon. Ich wünsche noch einen angenehmen Abend. Ach ja, Herr Meister, ich hätte Sie gerne noch kurz unter vier Augen gesprochen. Dauert auch bestimmt nicht lange.«

Durant, die ihren Cappuccino noch nicht angerührt hatte, erhob sich und ging mit Georg nach draußen. Sie lächelte ihn süffisant an und sagte: »Ich erzähl dir jetzt eine kleine Geschichte. Vor ein paar Jahren hatte ich schon mal so ein Arschloch wie dich. Er wohnte die meiste Zeit bei mir, aber eines Tages hat es mir gestunken, dass er kaum noch vor Mitternacht nach Hause kam, dass wir nichts mehr gemeinsam unternahmen und er auch nichts in der Wohnung gemacht hat. Ich hab ihm gesagt, dass er wieder in seine Wohnung ziehen soll. Er hat mir die große Liebe vorgeheult, aber ich hab ihn trotzdem rausgeschmissen. Am nächsten Tag kam er seinc Sachen abholen, die ich ihm schon gepackt hatte. Ich hab ihm angeboten, beim Tragen zu helfen, aber er bekam mit einem Mal einen hochroten Kopf und meinte, er würde das schon allein schaffen. Ich bin trotzdem mit runter. Und siehe da, er hatte eine schnuckelige Einundzwanzigjährige dabei, mit der er schon über ein halbes Jahr ein Verhältnis hatte.«

»Und was hab ich damit zu tun?«

»Das ist mein Leben, immer wieder Reinfälle.«

»Es ist vorbei, du wirst mich nie mehr wiedersehen«, sagte Georg.

»Das hoffe ich. Aber dass du bei der Martens warst, gibt mir doch zu denken. Wie viele Huren waren's noch?«

»Ich bin dir keine Rechenschaft schuldig.«

»Eine fällt mir noch ein – ich. Aber gehen wir wieder rein, trinken unsern Kaffee und fahren gemütlich nach Hause. Das heißt, du bist nicht mehr fahrtüchtig nach einer Flasche Rotwein. Wenn meine Kollegen dich anhalten, bist den Lappen erst mal für 'ne Weile los.«

»Du bist doch auch nicht mehr ganz nüchtern.«

»Ich habe mein zweites Glas nicht angerührt.«

Marlene hatte ihr Wasser zur Hälfte ausgetrunken, als Durant sagte: »Wir sind fertig. Passen Sie gut auf ihn auf, er ist schwer zu halten und schon gar nicht zu zähmen, wenn Sie verstehen.«

»Hä?«

»Schatz, komm, Frau Durant macht nur Spaß.«

»Ach, Schatz, hier, der Ring, den du mir zu Weihnachten als kleine Anzahlung für meine körperlichen Dienste geschenkt hast, du kannst ihn wiederhaben.« Sie zog den Saphirring vom Finger und legte ihn auf den Tisch. »Er würde mich nur an dich erinnern. Ciao, Liebling«, sagte sie und verließ das Café, einen verdutzt ihr hinterherschauenden Georg Meister zurücklassend.

»Was hatte das eben zu bedeuten?«, fragte Marlene sichtlich verwirrt.

»Das ist eine lange Geschichte. Die Frau spinnt manchmal.«

»Und der Ring?«

»Ja, der ist von mir, aber ich hatte nie was mit ihr. Sie war bis eben eine gute Freundin, mehr nicht. Ich weiß auch nicht, was in sie gefahren ist.«

»Hm, eine gute Freundin also. Ich frag mich nur, warum du auf einmal so rot wirst. Und seit wann siezen sich Freunde? Ich denke, wir sollten in aller Ruhe darüber sprechen. Oder? Komm, Liebling, wir fahren nach Hause. Aber ich fahre, denn du bist mir nicht nüchtern genug.«

Georg beglich die Rechnung und ging mit Marlene nach draußen. Durant stand an einer dunklen Stelle und beobachtete das ungleiche Paar, bis es außer Sichtweite war.

Sie stieg in ihren Corsa, den sie in der Hochstraße geparkt hatte, und stellte die Musik auf volle Lautstärke. Vor ihren Augen bildeten sich Nebel, die sie wegwischte, die sich aber nicht vertreiben ließen.

Zu Hause warf sie ihre Handtasche auf den Sessel, holte sich eine Dose Bier aus dem Kühlschrank und trank sie ex. Sie fühlte sich hundsmiserabel, vergrub ihr Gesicht in einem der Sofakissen und heulte wie seit Ewigkeiten nicht mehr.

Es war fast Mitternacht, als sie ins Bad ging, sich bis auf die Dessous, die sie sich extra für Georg gekauft hatte, auszog, ihr verheultes Gesicht kurz im Spiegel ansah und nur den Kopf schüttelte und wieder einen Heulkrampf bekam.

Sie wollte ins Bett gehen, doch sie wusste, sie würde nicht schlafen können. Sie nahm den Telefonhörer und dachte an ihren Vater. Sie brauchte jemanden, dem sie ihr Leid klagen konnte und der ihr einfach nur zuhörte. Und er hatte gesagt, dass sie ihn jederzeit anrufen könne. Das Leben war ungerecht. Das Leben war sogar verdammt ungerecht. Warum trifft es immer mich? Warum?

Freitag, 20.30 Uhr

Mike kam pünktlich zum vereinbarten Treffpunkt. Er sah Barbara am Eingang zur Stadthalle stehen. Sie war mittelgroß und schlank, hatte sehr dunkle Haare und ebensolche Augen und einen Blick, mit dem sie ihn in Sekundenschnelle abtastete und offenbar für gut befand. Sie hatte ein erwartungsvolles Lächeln auf den Lippen, als er sich ihr vorstellte. In natura sah sie um einiges besser aus als auf dem Foto, auf jeden Fall wesentlich jünger als dreiundvierzig, und in ihren Augen war jener laszive Glanz, den er schon zu oft gesehen hatte.

»Hi, ich bin Mike«, sagte er und reichte ihr die Hand, die sich angenehm weich und warm anfühlte, obwohl die Temperatur auf unter fünf Grad gesunken war. »Schön, dich zu sehen. Wollen wir was essen gehen?«

»Nein, aber ich könnte vorher einen Wein vertragen«, sagte sie mit einer sündig verruchten Stimme, die irgendwie nicht zu ihr passte. »Ich kenne da ein Weinlokal gleich um die Ecke.«

»Um ganz ehrlich zu sein, ich mag Wein nicht besonders. Können wir nicht woanders hingehen?«

»Okay, Mike, wir beide wissen, warum wir uns treffen.

Fahren wir also gleich zu mir. Du siehst sehr stark aus – das kannst du auslegen, wie du möchtest. Und ich stehe auf junge und starke Männer. Sehr starke Männer.« Sie sagte das so, dass keiner der vorbeigehenden Passanten es hören konnte, und es waren auch nicht viele unterwegs. »Ich park dort vorne.« Sie deutete zum Parkplatz. »Fahr mir einfach nach.«

Der Wetterbericht in HR3 wurde gerade verlesen, als sie vor dem Haus hielten. Er stoppte direkt hinter ihrem Porsche an der Zufahrt zur Garage, nahm seinen Koffer und wollte aussteigen, als sie zu ihm kam und sagte: »Ich fahr in die Garage, lass deinen Wagen am besten hier stehen.«

»Okay.«

»Was hast du da drin?«, fragte sie und deutete auf den Koffer.

»Arbeit. Ich darf das Zeug unter keinen Umständen im Auto lassen. Wenn das wegkommt, bin ich meinen Job los.«

»Warst du bis eben im Büro?«

»Ja.«

»Ach so. Aber hier kommt nichts weg, das ist eine ruhige und recht sichere Gegend, auch wenn's hier einiges zu holen gäbe. Ich wohn hier schon seit beinahe zehn Jahren, und da ist noch nie irgendwas passiert.«

»Irgendwann ist immer das erste Mal, und ich möchte nicht, dass es ausgerechnet mich trifft«, erwiderte Mike lachend.

»Kann ich verstehen.«

Sie fuhr in die Garage, in der noch ein zweites Auto stand, ein Mercedes, kam wieder heraus und gab Mike ein Zeichen, ihr zur Haustür zu folgen.

»Komm rein«, sagte sie und warf noch einen Blick zur Straße hin, die wie ausgestorben war. Seit sie angekommen waren, war kein Auto die Straße entlanggefahren, war kein Mensch zu sehen gewesen, nicht einmal eine Katze.

Die weit auseinander stehenden Straßenlaternen tauchten die Umgebung in ein unwirkliches Licht, die Häuser waren von teils hohen Hecken und Zäunen verdeckt, vor vielen Fenstern waren Gitter angebracht, die Rollläden waren heruntergelassen – eine noble Wohngegend, wie Mike sie nur zu gut kannte. Hier kümmerte sich keiner um den andern, hier hatte sich jeder sein eigenes Refugium geschaffen, das man verließ, um entweder zur Arbeit zu fahren oder einkaufen zu gehen oder zwischen April und Oktober den Garten zu verschönern, das Laub wegzukehren oder aufzusaugen, die Hecken und Sträucher millimetergenau zu schneiden, das Dach und die Regenrinne nach dem Fallen der letzten Blätter zu säubern oder säubern zu lassen, den Swimmingpool zu reinigen, es sei denn, er befand sich wie bei einigen dieser Anwesen im Keller. Wer hier lebte, hatte es geschafft. Der Geldadel hatte sich hier eingenistet, und Mike fragte sich, ob es nicht doch ein Fehler war, heute Abend herzukommen. Es konnte immerhin sein, dass er dadurch die Pferde scheu machte, die Leute misstrauisch wurden und zumindest in den nächsten Tagen die Gegend sehr genau beobachteten, nicht nur hier, sondern auch in den umliegenden Gemeinden.

Er betrat eine stilvolle Eingangshalle. Der Fußboden bestand aus glänzendem Marmor, in einer Ecke war eine etwas kitschige Statue, in einer andern eine etwa zwei Meter hohe Grünpflanze.

»Du wohnst schön«, bemerkte er anerkennend.

»Man tut, was man kann. Leg ab«, sagte sie und deutete auf seine Lederjacke. »Was möchtest du trinken? Scotch, Cognac, Gin …«

»Einen Scotch, bitte«, erwiderte er und folgte ihr ins Wohnzimmer, das mehr einem Saal glich, lang, breit und sehr elegant eingerichtet.

»Mach's dir bequem«, sagte sie, ging an die Bar und holte eine Flasche und zwei Gläser heraus. Sie hat eine Topfigur, dachte er, während er sie von hinten betrachtete und sich in einen der schneeweißen Ledersessel fallen ließ. Barbara kam mit den Gläsern zurück und stieß mit ihm an. »So, jetzt ganz offiziell, ich bin Barbara und du bist Mike. Auf unser Wohl.«

»Auf dein Wohl«, sagte Mike und kippte die braune Flüssigkeit in einem Zug hinunter. Es brannte in seinem Magen, Wasser schoss ihm in die Augen, doch er versuchte sich nicht anmerken zu lassen, dass er Alkohol eigentlich verpönte. Er trank höchstens ein Glas Wein, wenn er wütend oder aggressiv war, und das auch nur zu Hause.

Barbara setzte sich zu ihm auf die Lehne und kraulte sein Haar. »Ich könnte dir das Haus zeigen, aber dafür sind wir nicht hier. Vielleicht später«, säuselte sie in sein Ohr und griff mit einem Mal zwischen seine Beine. »Das Geld kannst du auf den Tisch legen. Und dann geht's los.«

»Wieso lebst du eigentlich allein in diesem riesigen Haus?«, fragte Mike, während er das Geld aus seiner Tasche zog und hinlegte.

»Weil ich mich so entschieden habe. Ist eine lange Geschichte, auf die ich aber keine Lust habe. Ich lebe gerne allein. Das Einzige, was mir hin und wieder fehlt, ist richtig guter Sex. Und den werden wir jetzt haben, oder?« Sie beugte sich zu ihm hinunter, ließ ihre Zunge über sein Ohr gleiten, knabberte an seinem Ohrläppchen und flüsterte: »Bist du geil?«

»Hm, sehr sogar.«

»So lieb ich es. Dann komm mit, hier kann man nicht so gut ficken.«

Sie stand auf, nahm ihn bei der Hand und zog ihn hinter sich her in ein Zimmer, das in diffuses rotes Licht getaucht war. Auf eine gewisse Weise erinnerte es ihn an das Zimmer, in dem er über zwei Stunden mit Svenja Martens verbracht hatte.

»Du lebst in keiner festen Beziehung, nicht?«, sagte sie, während sie die Schuhe abstreifte und sie in die Ecke schleuderte.

»Doch«, erwiderte er grinsend.

»Du hast doch geschrieben, dass du solo bist«, sagte sie und fuhr sich mit der Zunge über die Lippen.

»Ich lebe mit mir«, entgegnete er. »Ich brauche keine Partnerin, um glücklich zu sein. Ich will wie du nur ficken. Klar?«

»Sonnenklar. Zieh mich aus, starker Mann.« Sie stand vor ihm, packte ihn bei den Händen und drückte diese gegen ihre Brüste, schloss die Augen und stöhnte. »Alles echt, rein naturgewachsen. Nicht schlecht, was?«, hauchte sie.

Er war erregt, wie er schon vorgestern bei Svenja erregt war, und er wünschte sich wieder einmal nichts mehr, als ein richtiger Mann zu sein und Barbaras Aufforderung nachkommen zu können. Doch er wusste, er hatte keine Chance, jetzt nicht und auch nicht in der Zukunft.

»Sind das Titten?«, fragte sie mit einem Augenaufschlag, der ihm signalisierte, dass sie heiß war.

»Fühlt sich wirklich gut an«, erwiderte er nur und knöpfte ihre weiße Bluse auf, unter der sie einen vollkommen transparenten BH trug. Sie hatte eine ungewöhnlich gute Figur, und Mike fragte sich, warum sie nicht verheiratet war, warum es ihr genügte, sich regelmäßig wildfremde Männer ins Haus zu holen, um sich so ihre Befriedigung zu verschaffen, anstatt einen ihrer reichen Kunden zu heiraten.

»Fühlt es sich geil an? Sag, dass sich das geil anfühlt. Ich will, dass du mir so richtig schmutzige Sachen sagst, wir sind hier schließlich ganz unter uns. Und jetzt fühl mal hier.« Sie führte seine Hand unter ihren Rock und presste sie zwischen ihre Schenkel – sie trug keinen Slip. Währenddessen griff sie mit der andern Hand zwischen seine Beine und begann ihn dort zu massieren.

Mit einem Mal warf sie ihn aufs Bett. Ihr Atem ging hastig, sie öffnete die Gürtelschlaufe an seiner Hose, machte den Knopf und den Reißverschluss auf und fasste in Mikes Slip. Sie wollte ihn mit dem Mund befriedigen, hielt plötzlich inne und sagte mit einem ungläubigen Lachen: »Was ist das denn?«

»Was ist was?« Mike tat ahnungslos.

»Wie sollen daraus dreiundzwanzig Zentimeter werden? Hab ich mich nicht deutlich genug ausgedrückt? Unter zwanzig Zentimetern läuft bei mir gar nichts, außer, es handelt sich um besondere Kunden, und dazu gehörst du noch längst nicht, es sei denn, du legst noch einen Tausender drauf. Und du hast geschrieben, dass dein Schwanz dreiundzwanzig Zentimeter lang ist!«

»Auch aus kleinen Dingen erwächst manchmal Großes«, sagte er mit einem undefinierbaren Lächeln.

»Willst du mich verarschen?! Oder willst du mir oder dir selber Mut machen?«, fauchte sie ihn an. Sie hatte sich jedoch erstaunlich schnell wieder beruhigt und sagte: »Ich geb dir fünf Minuten.« Sie hielt seinen Penis wie einen Bleistift zwischen Daumen und Zeigefinger, schließlich konnte sie sich nicht mehr beherrschen und lachte laut auf, prustete vor Lachen und schüttelte den Kopf. »Entschuldigung, aber so was hab ich noch nie zuvor bei einem erwachsenen Mann gesehen.« Sie kriegte sich kaum noch ein vor Lachen, während sie immer wieder auf Mikes Penis schaute und lachte und lachte und lachte. Sie krümmte sich vor Lachen, bis ihr Tränen in die Augen stiegen. Schrill und laut, höhnisch und hämisch. »Das ist der reinste Witz! Mit so einem Ding kannst du nicht mal ein Huhn ficken, sogar das würde lachend davonrennen.« Sie hielt inne, wurde schlagartig ernst, sah Mike mit einem Blick an, der selbst das Death Valley in eine Eiswüste verwandelt hätte, und sagte hart, grausam und ohne jegliches Mitgefühl: »He, Junge, verpiss dich, aber ein bisschen dalli. Und tritt mir nie wieder unter die Augen.« Sie zog sich schnell die Bluse über. »Ab durch die Mitte! Von wegen starker Mann!«

»Tut mir leid, ich bin schon weg«, sagte Mike, zog seine Hose hoch und schloss den Gürtel.

»Kleiner Tipp von mir, geh zum Arzt. Es gibt doch heutzutage Operationsmethoden, um einen solchen Babypimmel zu vergrößern«, meinte sie abfällig.

»Ich werd's mir überlegen. Was ist mit dem Geld?«

»Das ist meine Entschädigung für den entgangenen Spaß. Und jetzt raus!«

Mike tat geknickt und bückte sich nach seinem Koffer. Barbara stand direkt hinter ihm. Es war eine blitzschnelle Drehung und ein ebenso rasch und unerwartet geführter Schlag, der sie mitten in die Magengrube traf. Sie klappte zusammen, fiel zu Boden und japste nach Luft.

»Na, ist dir immer noch nach Lachen zumute?«, fragte Mike, der auf sie hinabblickte und noch einmal kräftig zutrat, diesmal gegen die Brust.

Sie schüttelte den Kopf und stieß heulend hervor: »He, das war nicht so gemeint, ehrlich …«

»Halt's Maul und erspar mir deine verfluchten Ausreden. Und denk nicht mal dran zu schreien, hörst du?«

»Julian, er …«

Mike hörte gar nicht zu, er trat ihr mit voller Wucht mehrmals hintereinander ins Gesicht. Blut rann aus ihrem Mund und der Nase. »Das ist für dein erbärmliches, schäbiges Lachen, du elende Hure!«

»Hör auf, hör bitte auf«, jammerte sie wispernd. »Julian …«

»Ich hab gesagt, du sollst dein Maul halten. Na, wo ist dein hämisches Lachen jetzt? Hm, wo? Wie die Dinge sich doch so schnell ändern.« Die Worte kamen wie ätzende Säure aus seinem Mund. Er packte sie an den Fußgelenken und schleifte sie um das Bett herum, riss sie an den Haaren hoch und drückte ihren Kopf weit nach hinten, bis sie kaum noch Luft bekam. Er ließ sie los, und sie fiel zu Boden. Er beugte sich zu ihr hinunter und sagte leise: »So, und jetzt zieh dich aus, und zwar alles.«

»Was hast du vor?«, wimmerte sie kraftlos.

»Lass dich überraschen. Du liebst doch Überraschungen, oder? Sie können doch gar nicht groß genug sein!«

Sie wagte nicht zu widersprechen, setzte sich mühsam auf, zog sich aus und hievte sich mit letzter Kraft aufs Bett, bis sie verkrümmt dalag.

»Hinsetzen!«, befahl er. Und als sie seiner Aufforderung nicht sofort Folge leistete: »Wird's bald, oder soll ich nachhelfen?«

Erst kroch sie, doch schließlich schaffte sie es, sich hinzusetzen. Sie zitterte am ganzen Körper. Noch immer floss Blut aus ihrer Nase und tropfte auf ihre Schenkel.

Mike nahm ihre Strümpfe und sagte: »Hände auf den Rücken.« Er fesselte sie mit einem Strumpf, ging nach draußen, holte einen Stuhl und stellte ihn vor das Bett. »Dahin.«

Sie gehorchte wortlos.

»Wo hast du deine Unterwäsche aufbewahrt?«

»Im ersten Stock im Schlafzimmer«, kam es kaum hörbar über ihre geschwollenen Lippen.

»Hier hast du nichts? Ach komm …« Er riss die oberste Schublade einer Kommode auf und fand eine Unmenge verschiedenfarbiger Slips, in der mittleren die dazugehörigen BHs und in der unteren Strümpfe und Strapse in allen Farben. »Das ist doch genau das, was ich suche. Hast du etwa auch andere Unterwäsche, ich meine, so biederes Zeug, das man in deinem fortgeschrittenen Alter normalerweise trägt?«

Mike fesselte sie, bis sie sich nicht mehr bewegen konnte. Nur ihren Kopf vermochte sie noch zu drehen, doch der war ein einziger großer Schmerz, den sie kaum ertrug. Sterne tanzten vor ihren Augen, in ihrem Kopf war ein dumpfes Hämmern, ihre Zunge war trocken, sie konnte kaum schlucken, und das rechte Ohr fühlte sich taub an, als wäre ihr Trommelfell geplatzt. Ihre Nase schien gebrochen, vielleicht auch der Kiefer und das Jochbein. Es gab kaum eine Stelle an ihrem Körper, die nicht schmerzte, die nicht brannte, doch all das war nichts gegen die Angst, die Barbara verspürte. Sie krallte sich in ihr fest, als wollte sie sie nie mehr loslassen.

Mike zog sich Handschuhe über und stellte sich breitbeinig vor sie, einen Strumpf in der Hand. »Mach's Maul auf«, befahl er kalt, riss ihren Kopf erneut nach hinten und stopfte den Strumpf zwischen ihre Zähne. Barbara hatte keine Kraft mehr, sich zu wehren. »Gut so. Ich will's kurz machen, ich werde dich töten. Nicht sofort, aber in ein paar Minuten. Ich meine, du solltest dich schon mal drauf vorbereiten. So ein schönes Haus, so viel Geld und so ein früher Tod. Wie tragisch, wie tragisch. Aber ich sag nur Robert Wimmer. Klingelt's jetzt bei dir?«

Ihr Gesicht war schmerzverzerrt, Tränen liefen ihr über die Wangen und tropften mit dem Blut auf ihre Schenkel und das Bett.

»Du hast ja solche Angst. Brauchst du aber nicht zu haben, ich werde dir nicht weiter wehtun. Nur ein bisschen, aber das geht vorbei. Weißt du, der Tod auf dem elektrischen Stuhl oder durch die Giftspritze dauert manchmal wesentlich länger. Hast du eigentlich von den Morden gehört, die sich in den letzten Tagen ereignet haben?«

Barbara nickte erschöpft.

»Das war ich. Und irgendwie hat das alles mit deinem

geliebten Robert zu tun. Oder nein, er ist ja nicht mehr dein geliebter Robert. Aber er hat dir eine Menge geschenkt, wenn ich mich hier so umschaue … Oh, ich sehe, du möchtest mir etwas mitteilen, aber ich kann mir schon denken, was es ist. Du fragst dich bestimmt, woher ich Robert kenne. Das ist unwichtig, du könntest damit sowieso nichts mehr anfangen.« Er klatschte in die Hände und fuhr fort: »So, ich denke, die Party ist vorbei.«

Mike schlug ihr mit beiden Fäusten so oft ins Gesicht, bis sie bewusstlos wurde. Er hörte, wie Knochen brachen, seine Wut steigerte sich ins Unermessliche, während er weiter auf sie einschlug, als wäre sie ein Sandsack, an dem er seine Aggressionen abreagierte.

Schließlich hörte er nach vielen Minuten auf und holte das große Messer aus dem Koffer. Ganz vorsichtig fuhr er über die Klinge, sah die bewusstlose Barbara an und stach zu.

Er legte sie aufs Bett, zog sich seinen weißen Anzug an und begann mit seiner eigentlichen Arbeit. Nach etwas mehr als einer halben Stunde war er fertig, begutachtete sein Werk noch einmal, indem er ein paar Schritte zurücktrat, und war zufrieden. Zum Abschluss machte er ein paar Fotos mit der Digitalkamera, stieg die Treppe hinauf in den ersten Stock, öffnete mehrere Türen und zuckte zusammen, als er das Gitterbett sah. Er trat auf Zehenspitzen heran und fand einen höchstens zwei Jahre alten Jungen schlafend vor. Er überlegte, was er falsch gemacht hatte. Er kannte doch Barbaras Leben fast auswendig. Wann immer er sie gesehen hatte, war sie allein gewesen oder in Männerbegleitung. Wo kam das Kind her? Sie hatte doch kein eigenes Kind, und adoptiert konnte es auch nicht sein. Ihre Schwester? Sie war etwas jünger, womöglich gehörte er zu ihr, und vielleicht hatte der Junge nur bei der Tante übernachtet.

Mike überlegte angestrengt, was zu tun war. Ich werde gar nichts tun, er schläft schließlich, dachte er dann, machte die Tür leise wieder zu, fand das Arbeitszimmer, durchwühlte den Schreibtisch und setzte sich an den Computer.

Um halb elf zog er die Tür ins Schloss, ging zu seinem Wagen, wendete und fuhr nach Hause. Er brauchte genau sieben Minuten.

Aus der Nachbarwohnung war ausnahmsweise kein Geräusch zu hören, obwohl er schon von unten Licht gesehen hatte. Kein Stöhnen, kein Schreien, keine laute Musik, keine Stimmen aus dem Fernseher.

Mike schaltete mit der Fernbedienung den Fernseher ein, zog sich aus, holte eine Flasche Wasser und eine Tüte Chips aus der Küche und setzte sich in Unterwäsche aufs Sofa. Er legte die Beine hoch, aß ein paar Chips, nahm hin und wieder einen Schluck aus der Flasche und hörte den Gästen der Talkshow zu. Bevor er zu Bett ging, dachte er an Julia Durant und sagte leise: »Julia, auf dein Gesicht morgen bin ich gespannt. Ich wäre zu gerne dabei, wenn du deine Mail öffnest. Na ja, wenigstens das kannst du. Und du bist eine fast perfekte Ermittlerin. Aber an mich wirst du nie rankommen, denn ich weiß alles über dich, aber du nicht das Geringste über mich. Schlaf gut, liebe Julia. Und du auch, Louise.« Er schaute auf das große Bild an der Wand und warf ihr mit verklärtem Blick einen Kuss zu.

Er legte sich ins Bett, die Hände über dem Bauch gefaltet, und starrte an die Decke, bis ihm die Augen zufielen. Er hatte einen anstrengenden Tag hinter sich.

Freitag, 17.55 Uhr

Frank Hellmer parkte unweit von Richters Haus und wählte die Nummer von Violas Handy. Sie hatte sie ihm am Vormittag gegeben, ihn dabei mit diesem ganz eigenen Blick angesehen und ihm gesagt, wie sehr sie sich über seinen Anruf freuen würde.

»Hallo, ich bin's noch mal, ich musste vorhin schnell auflegen«, sagte er, nachdem sie sich gemeldet hatte.

»Ich hatte ehrlich gesagt nicht so schnell wieder mit deinem Anruf gerechnet. Hast du Zeit?«

»Ich weiß nicht, was ich meiner Frau sagen soll …«

»Dir wird doch bestimmt was einfallen. Wir könnten essen gehen und uns völlig zwanglos unterhalten. Was hältst du davon?«

»Wann?«

»Sagen wir um acht …«

»Geht's auch schon um sieben? Ich weiß nicht, was ich die ganze Zeit machen soll.«

»Natürlich, ich stelle mich voll und ganz auf dich ein. Komm zu dem Restaurant, von dem ich dir heute Vormittag erzählt habe. Ich werde auf jeden Fall da sein. Bis nachher.« Sie legte auf, ohne eine Erwiderung abzuwarten.

Hellmers Herz schlug schneller, er war aufgeregt, und er wusste nicht, wie er Nadine beibringen sollte, dass er womöglich erst sehr spät nach Hause kommen würde, ohne dass sie Verdacht schöpfte. Du machst einen Riesenfehler, dachte er und überlegte, wie er sich verhalten sollte. Er konnte genauso gut nach Hause fahren und es einen Abend wie jeden andern Abend werden lassen. Die Beine hochlegen, eine Flasche Bier in der Hand, während Nadine sich um die Kinder kümmerte, den Tisch deckte und wieder abräumte, nachdem sie gegessen hatten; und sie würden fernsehen, und Nadine würde, wie so oft in letzter Zeit, einmal mehr auf der Couch einschlafen. Er würde sie sanft wecken, sie einen knurrenden Laut von sich geben und im Halbschlaf nach oben ins Bad gehen, duschen und sich hinlegen.

Es war schon lange her, seit sie zuletzt in seinem Arm eingeschlafen war. Meist rollte sie sich in ihre Decke und rutschte bis zur äußersten Bettkante, als wollte sie so weit wie möglich von ihm entfernt sein. Ihre Gespräche drehten sich in letzter Zeit fast nur noch um Marie-Therese oder um Belanglosigkeiten, die ihn nicht interessierten. Das Feuer, das in den ersten sieben Jahren ihrer Ehe manchmal wie wild gelodert hatte, war nur noch eine winzige Flamme, die keine Wärme und auch kaum noch Licht spendete und, wenn es so weiterging, bald verlöschen würde.

Hellmer liebte Nadine, er würde sie immer lieben, aber es gab etwas, das sie ganz allmählich voneinander trennte. Sie schliefen kaum noch miteinander, in diesem Jahr waren es ganze dreimal gewesen. Sie gingen nicht mehr spazieren, Nadine schnappte sich einfach die Kinder und ging mit ihnen zum nahe gelegenen Spielplatz. Er fühlte sich oft ausgeschlossen. Es war ein Zustand, den er anfangs auf die Geburt von Marie-Therese zurückführte, doch als dieser Zustand nicht endete, begann er sich zu fragen, was in ihrem Leben falsch gelaufen war.

Er traute sich nicht, Nadine darauf anzusprechen, denn er hatte Angst vor ihrer Reaktion. Außerdem hatte sie die Mädchen den ganzen Tag um sich, musste sich um das Haus kümmern, obwohl sie sich leicht eine Putzfrau und sogar eine Köchin hätte leisten können, aber sie meinte abfällig, das würde sie den blasierten und gelangweilten Frauen einer gewissen Schicht überlassen, sie sei mit Leib und Seele Hausfrau und Mutter. Ja, dachte Hellmer, Hausfrau und Mutter, aber schon lange keine Ehefrau mehr.

Hellmer jedenfalls kam seit mindestens einem Jahr mit der Situation nicht mehr zurecht. Er kehrte längst nicht mehr so gerne nach Hause zurück wie früher, alles war eingefahren, die Wege ausgetreten, Nadine und er hatten sich eigentlich nichts mehr zu sagen. Nadines ganze Fürsorge galt Marie-Therese und direkt danach Stephanie, doch für ihn hatte sie so gut wie nichts mehr übrig, wie er fand. Und er fragte sich, wie es sein konnte, dass eine anfängliche Bilderbuchehe wie ihre, schon nach so kurzer Zeit in einer Sackgasse endete.

Nur wenn Besuch kam, wie gestern Julia, wurde Nadine wieder zu der Frau, die er liebte. Dann war sie wieder lebendig, aufgeschlossen, interessiert. Und sie lachte wieder dieses Lachen, bei dem sich diese bezaubernden Grübchen um die Mundwinkel bildeten, ein Lachen, das er so liebte und so vermisste. Und auch gestern Abend keimte wieder die Hoffnung in ihm auf, dass es so bleiben würde. Doch sobald der Besuch weg war, war wieder alles beim Alten. Julia hatte sich verabschiedet, sie und Nadine hatten noch einmal Küsschen ausgetauscht, sie hatte in der Tür gestanden und Julia nachgewunken, war ins Haus gekommen, hatte gegähnt und gemeint, sie sei sehr müde und müsse dringend ins Bett. Die übliche Tristesse hatte von einer Sekunde zur andern wieder Einzug gehalten. Tristesse, Langeweile und Schweigen, dumpfes, hämmerndes, lautes Schweigen.

Selbst in den Arm wollte sie sich kaum noch nehmen lassen, und wenn sie sich eine Umarmung gefallen ließ, so kam es ihm doch vor, als würde sie ihn am liebsten wegstoßen. Das Schlimme jedoch war, dass sie sich noch nie gestritten hatten, obwohl er ihr gerne mal in klaren Worten gesagt hätte, was ihm an ihrer Ehe nicht gefiel. Aber er konnte mit Nadine nicht streiten, er hatte Angst, sie zu verletzen, und er hatte Angst, dass dadurch endgültig alles in die Brüche ging.

»Hi, Schatz, ich bin's. Du, es wird heute später, ich kann dir nicht mal sagen, wann ich komme. Ich versuch mich aber zu beeilen.«

»Ich hab sowieso zu tun«, erwiderte sie. »Liegt es an dem Fall?«

»Ja, ich muss noch ein paar Akten wälzen, die uns von Düsseldorf rübergeschickt wurden. Sollte was sein, ruf mich auf dem Handy an, weil ich im Besprechungszimmer bin.«

»Was soll schon sein. Bis nachher.«

»Bis nachher.«

Er legte die Stirn auf das Lenkrad und schloss die Augen. Julia, wenn du nur wüsstest! Du machst mir Vorwürfe und hast keine Ahnung, was bei uns zu Hause abläuft. Egal, ich werde mit Viola essen gehen, und danach schauen wir weiter. Nein, nur essen und keine Dummheiten machen. Auch wenn ich gerne mal wieder Dummheiten machen würde.

Dieser Tag war nicht sein Tag, nein, die letzten Wochen und Monate waren nicht seine Wochen und Monate, und es gab kaum einen Abend, an dem er ins Bett gegangen war und nicht dachte, er wäre lieber woanders. Auch die Arbeit machte ihm keinen Spaß mehr. Er war zwar Kriminalhauptkommissar, aber doch nichts anderes als der Handlanger für Berger und Durant. Er kam sich so nutzlos vor, sein Leben hatte keinen Sinn. Das Geld, das er verdiente, ging zum größten Teil an seine Ex und die Kinder, das Geld aber, wovon er lebte, das hatte Nadine mit in die Ehe gebracht. Im Sommer, als Nadine für eine Woche mit Marie-Therese in einer Spezialklinik in England war, hatte er sich die Mühe gemacht, die Vermögensverhältnisse zu überprüfen, und war auf die stolze Summe von knapp fünfzig Millionen Euro gekommen, wovon allein zehn Millionen Barvermögen waren, das sie nie im normalen Leben würden ausgeben können. Der Rest steckte in Immobilien, Wertpapieren, Schmuck und Kunst. Egal, was auch passierte, Geldsorgen würden sie nie haben. Dennoch war er frustriert, denn er lebte auf ihre Kosten, ohne auch nur den geringsten Teil zum Unterhalt beizutragen. Und wenn Nadine auch noch versuchte ihn dazu zu bewegen, seinen Job an den Nagel zu hängen, tat sich in ihm ein schwarzes Loch auf. Auch wenn er nicht mehr wie früher mit Leib und Seele Polizist war, so war es doch seine ganz persönliche Freiheit, die er sich bewahren wollte und auch würde. Und irgendwann würde er mit Julia sprechen und ihr klarmachen, dass sie gleichberechtigte Partner waren.

Er blieb noch eine Viertelstunde auf dem Parkplatz stehen und wollte gerade wenden, als er Viola aus der Seitenstraße kommen sah. Sie fuhr den Porsche. Hellmer blinkte dreimal kurz auf, und sie hielt neben ihm an.

»Was machst du hier?«, fragte sie erstaunt.

»Ich steh schon seit fast einer Stunde hier.«

»Du hättest doch was sagen können, dann wär ich schon früher losgefahren. Fahr mir nach, oder willst du lieber bei mir mitfahren?«

»Ich nehm meinen Wagen«, sagte er und wendete.

Um Punkt sieben kamen sie an dem Restaurant in Neu-Isenburg an. Sie parkten nebeneinander auf dem großen Parkplatz, und er ging, wie es sich gehörte, vor Viola hinein.

»Haben Sie reserviert?«, wurde er von einem Kellner gefragt.

»Ja, haben wir«, antwortete Viola. »Hellmer, einen ruhigen Tisch für zwei Personen.«

»Wenn Sie mir bitte folgen wollen«, sagte er und zeigte ihnen den Tisch und zündete eine Kerze an. »Was darf ich Ihnen zu trinken bringen?«

»Wir wählen noch«, erwiderte Viola und nahm Platz. Ihre Blicke trafen sich. »Und, hast du eine gute Ausrede gefunden?«

»Sonst wär ich nicht hier. Und was sagt dein Mann, wenn du einfach so am Abend verschwindest?«

»Wollen wir über unsere Ehen reden oder lieber den Abend genießen?«, fragte sie mit diesem leicht spöttischen Zug um den Mund, den er so mochte. Und dennoch rumorte das schlechte Gewissen mit Macht in ihm, hier mit einer der begehrenswertesten Frauen zu sitzen, die er kannte, während seine eigene Frau sich zu Hause um die Kinder und den Haushalt kümmerte. Er hatte Nadine angelogen, zum ersten Mal, seit sie verheiratet waren. Aber was machte das schon. Sie würde nie von diesem Abend erfahren, und er würde mit Viola nur zusammensitzen und sich mit ihr unterhalten. Nur unterhalten, unterhalten, unterhalten.

»Du hast recht«, sagte Hellmer und lächelte etwas gequält.

»Doch um dich zu beruhigen, mein werter Gatte hat sich in seinem Arbeitszimmer eingeschlossen und brütet über den Akten, die ihr ihm heute mitgebracht habt. Aber das ist längst nicht alles, er geht seine Wege und ich meine. Als wir uns kennenlernten, war ich überzeugt, wir würden auf einer Wellenlänge funken. Doch wie heißt es so schön, Therapeut und Patientin, das geht nicht gut. Ich kann das nur bestätigen.«

»Ist er gewalttätig dir gegenüber?«, fragte Hellmer plötzlich, der noch zu gut eine bestimmte Szene vom Vormittag in Erinnerung hatte.

»Wie kommst du darauf?«, fragte sie ungewohnt ernst zurück.

»Heute Vormittag hatte ich den Eindruck, als hätte er dir am liebsten eine runtergehauen.«

Viola senkte den Blick und sah auf die Kerze, deren Flamme sich leicht bewegte. »Wechseln wir besser das Thema«, sagte sie leise.

»Also ja. Der große Prof. Richter schlägt Frauen. Das

ist irgendwie verkehrte Welt, oder? Sag mir, wenn ich dir helfen kann.«

»Mach dir keine Sorgen, ich komm damit zurecht. Er rührt mich ja sonst nicht an und ist eigentlich kein Schläger. Ihm ist zwei- oder dreimal die Hand ausgerutscht, weil er sich mir unterlegen fühlte.«

»Das hat er dir gesagt?«, fragte Hellmer ungläubig.

»Nein, gesagt nicht, höchstens mit den Händen, weil er mit Worten nicht mehr gegen mich ankam. Aber lassen wir das jetzt, ich werde sonst noch sentimental.«

»Was trinken wir?«, fragte Hellmer und schlug die Getränkekarte auf.

»Ich bevorzuge einen edelsüßen 2003er Riesling. Wir könnten uns eine Flasche bestellen, es sei denn, du magst keinen Wein.«

»Wir haben zu Hause auch einen Weinkeller.«

Sie blieben zwei Stunden, ein paarmal berührten sich ihre Hände, wobei immer Viola ihre auf seine legte. Je länger sie zusammen waren, desto stärker wurde sein Verlangen nach ihr.

Als sie auf dem Parkplatz standen, fragte sie: »Und was machen wir nun? Ich hab noch keine Lust, nach Hause zu fahren, und du?«

»Ich auch nicht, aber …«

Sie stellte sich dicht vor ihn, ihr Atem streifte sein Gesicht, als sie sagte: »Ich habe eine Wohnung gleich hier in der Nähe. Du brauchst nur ja oder nein zu sagen.«

»Wieso ich?«

»Die Antwort geb ich dir, wenn du mitkommst. Aber ich zwinge dich zu nichts. Ist nur fünf Minuten von hier.«

»Okay. Ich muss nur noch mal schnell telefonieren.«

Er setzte sich in seinen Wagen und rief zu Hause an.

»Hi, Nadine. Du, ich werd heut auf der Liege übernachten, ich muss die Akten bis morgen früh durchgesehen haben. Wir sind da einer ganz heißen Sache auf der Spur.«

»Von mir aus. Schlaf gut und übernimm dich nicht. Ist Julia auch da?«

»Nein, ich bin allein. Peter und Doris haben Bereitschaft, Berger will ich damit nicht auch noch belasten, und Julia trifft sich heute Abend mit Georg. Es sind noch ein paar Kollegen vom KDD da, aber …«

»Du brauchst dich nicht zu rechtfertigen. Gute Nacht und mach nicht zu lange.«

»Nein, keine Sorge.«

»Übrigens, ich liebe dich. Ich hab's dir lange nicht gesagt, aber es ist so. Tschüs.«

»Tschüs.«

Er schaltete das Handy aus und steckte es in die Jackentasche. Und sein Gewissen nagte mit spitzen und immer spitzer werdenden Zähnen an ihm, denn er wusste, dass er und Viola sich nicht nur unterhalten würden.

Am nächsten Morgen auf der Fahrt ins Präsidium dachte er unentwegt an Viola. Und ein paarmal auch an Nadine. Er wusste, dass er gerade dabei war, den größten Fehler seines Lebens zu begehen, wenn er sich nicht selbst stoppte.

Nadine war eine wunderbare Frau, die es nicht verdient hatte, von ihm hintergangen zu werden. Aber Viola war die Frau, bei der seine Knie seit Jahren weich wurden, wenn er sie nur sah. Und Nadine war die Mutter seiner Kinder.

Er hielt an einem Kiosk, holte sich zwei Schokoriegel und zwei Flachmänner Weinbrand, die er in der Innentasche seiner Lederjacke verstaute.

Samstag, 0.10 Uhr

Jetzt beruhig dich erst mal, und dann erzähl ganz langsam, was passiert ist«, sagte Durants Vater, als sie wieder und wieder in den Hörer schluchzte.

»Er hat mich verlassen!«, schrie sie. »Dieser gottverdammte Hurensohn hat mich einfach in den Wind geschossen …«

»Julia, ich kann deine Aufregung verstehen, aber wie ist das passiert?«

»Na, wie wohl? Er hat eine Neue, vierundzwanzig Jahre alt und natürlich viel frischer als ich. Ich wollte dir das nur sagen, weil ich völlig fertig bin.«

»Magst du herkommen? Du hast doch sicher am Wochenende nichts weiter vor …«

»Das geht nicht, wir sind gerade an einem ganz schlimmen Fall dran …« Sie heulte wieder los. Ihr Vater wartete geduldig, bis sie sich einigermaßen gefangen hatte und weitersprach. »Und Georg hatte sogar was mit einem der Opfer! Der hat die ganze Zeit, die wir zusammen waren, wie wild in der Gegend rumgevögelt! Und ich blöde Kuh hab nichts gemerkt. Wieder mal.«

»Ich kann ja verstehen, dass du traurig und wütend bist, aber wenn er wirklich so ist, wie du ihn beschreibst, dann wird die Trauer auch bald vergehen. Du hast etwas Besseres verdient.«

»Paps, ich bin zweiundvierzig! Wer will mich denn noch?! Selbst die älteren Typen wollen doch nur noch Zwanzigjährige.«

»Das stimmt nicht …«

»Doch, das stimmt! Ich hab's erst in den letzten Tagen wieder erlebt. Paps, ich fühl mich einfach nur elend. Am liebsten würd ich mich sinnlos besaufen …«

»Dafür bist du viel zu klug. Vergiss Georg und …«

»Ich hab ihm den Saphirring zurückgegeben, den er mir zu Weihnachten geschenkt hat.«

»Das ist typisch für dich. Und warum hast du das getan?«

»Weil ich stinksauer war, als er mit seiner Neuen dagestanden hat und ich ihn am liebsten erwürgt hätte. Aber eins kann ich dir sagen, der wird ihr eine Menge Fragen beantworten müssen.«

»Wieso die Neue? War die etwa auch da?«

»Ja, aber das hat mit dem aktuellen Fall zu tun.«

»Du hast ihn doch nicht etwa vor ihr bloßgestellt?«

»Na ja, in gewisser Weise schon«, antwortete sie mit einer Spur Triumph und auch Genugtuung in der Stimme.

»Doch noch mal zu dem Ring. Er war ein Geschenk, du hättest ihm ihn nicht …«

»Das weiß ich selbst, und ich ärgere mich ja auch. Aber ich halte diese ewigen Enttäuschungen nicht mehr aus. Ganz ehrlich, ich hab keine Lust mehr, nach einem Mann zu suchen. Ich werde allein bleiben, da kann mir wenigstens keiner wehtun.«

»Folge einfach deiner inneren Stimme«, sagte Durants Vater. »Aber jetzt gehst du schlafen …«

»Ich kann nicht schlafen, ich hab's ja schon versucht.«

»Musst du morgen beziehungsweise heute arbeiten?«

»Ja, wir treffen uns alle um neun im Präsidium. Ich weiß nicht mehr, was ich machen soll. Es ist alles so sinnlos. Jeder, den ich kenne, hat jemanden, nur ich bin immer noch allein und werd's auch ewig bleiben. Aber ich hab mich inzwischen schon wieder etwas beruhigt, liegt vielleicht an den zwanzig Dosen Bier, die ich intus hab.«

»Zwanzig Dosen?! Bist du völlig übergeschnappt?«

»Paps, das war ein Scherz, ich hab nur zwei getrunken. Ich bin völlig klar im Kopf.«

»Dein Glück. Aber wir unterhalten uns ein andermal in aller Ruhe über dich und deine Männer. Und wenn du möchtest, komm her, oder ich komm zu dir, sobald Heinrich wieder fit ist.«

»Danke. Papa, ich glaub, wenn ich dich nicht hätte, ich hätte mir schon längst einen Strick genommen.«

»Julia, so was will ich nie wieder aus deinem Mund hören!«, wies er sie scharf zurecht. »Kein Mann und keine Frau sind es wert, dass man sein eigenes Leben für sie wegschmeißt. Aber hör gut zu, wenn du überhaupt dazu in der Lage bist, sich das Leben zu nehmen ist ein Frevel wider die Natur. Hörst du!«

»Ja, ja, ich hab's doch gar nicht so gemeint«, wiegelte sie ab.

»Das hoffe ich sehr.«

Eine Pause entstand, Durant zündete sich eine Zigarette an und setzte sich auf. Sie war nicht müde, und sie war auch nicht betrunken, höchstens ein wenig angeheitert, auch wenn ihr hundeelend zumute war.

»Darf ich dich was anderes fragen?«

»Immer zu.«

»Warum bringt jemand Frauen um und schneidet ihnen die Eingeweide raus?«

»Bitte?«

»Na ja, wir haben gerade so eine Serie. Er bringt sie um und schneidet sie auf. Der Kerl muss völlig verrückt sein.«

»Tut mir leid, da kann ich dir nun wirklich nicht helfen. Aber es gibt Menschen, die vor nichts zurückschrecken. Manchmal sind es welche, die extrem lieben und genauso extrem hassen und die irgendwann die Kontrolle über sich verlieren. Ich weiß nicht, was ich sonst darauf antworten soll.«

»Ist schon in Ordnung. Schlaf gut und entschuldige, dass ich dich aus dem Bett geholt habe.«

»Ich bin froh, dass du mich angerufen hast. Und jetzt denk nicht länger über Georg nach, sondern schau nach vorn. Da wartet nämlich jemand unbedingt darauf, von dir festgenommen zu werden.«

»Was?«, fragte sie entgeistert. Mit einem Mal ging ihr ein Licht auf.

»Du hast eine Aufgabe zu erfüllen, die wichtiger ist als alles sonst in deinem Leben.«

»Nein, was hast du gesagt? Da wartet jemand unbedingt darauf, von mir festgenommen zu werden? Wie kommst du überhaupt darauf?«

»Weiß nicht, einfach so.«

»Paps, du sagst nie etwas einfach so. Aber du hast recht, er will von *mir* verhaftet werden, deshalb schickt er die Mails an mich. Danke, danke, danke! Du glaubst gar nicht, wie sehr du mir geholfen hast. Ich glaube, jetzt kann ich doch schlafen. Und Georg kann mich mal kreuzweise!

Soll er doch mit seiner kleinen Schlampe glücklich werden.«

»Recht hast du«, erwiderte ihr Vater lachend. »Gute Nacht.«

Sie legte auf, stellte sich ans Fenster, öffnete es und ließ die kalte Nachtluft herein. Es war Viertel vor eins, sternenklar und allmählich abnehmender Mond. Kaum ein Geräusch war von draußen zu hören, kein Straßenverkehr, keine Stimmen, nur etwas Undefinierbares. Sie sah zu den Häusern in ihrer Nachbarschaft, bloß hinter einem der vielen Fenster brannte noch Licht, und hinter einem andern erkannte sie das bläuliche Flackern eines Fernsehers.

Sie spürte die kalte Luft nicht, obwohl sie kaum etwas anhatte, zu sehr beschäftigte sie der Fall. Ihr Vater hatte wie so oft recht, irgendwo da draußen war jemand, der mordete, der unruhig war wie ein Tiger im Käfig, der unkontrollierbar in seinen Handlungen geworden war. Ob er wieder zugeschlagen hat?, fragte sie sich und lehnte sich auf die Fensterbank. Ich werde es sehen, wenn er mir eine Mail geschickt hat. Vielleicht steht er jetzt da unten im Dunkeln und beobachtet das Haus, vielleicht sieht er mich sogar, denn wieso weiß er sonst so viel über mich?

Sie begann zu frösteln, schloss das Fenster und ging im Zimmer auf und ab. Sie legte einen Finger auf den Mund und dachte nach. Die Wirkung des Alkohols war längst verflogen. Sie setzte sich aufs Sofa, nahm einen Block und einen Kugelschreiber und machte sich Notizen. Sie hatte die Ausdrucke der Mails vor sich liegen und las sehr aufmerksam die Zeilen, die er geschrieben hatte.

Vielleicht laufen wir uns ja mal wieder über den Weg. Das heißt, wir sind uns schon begegnet. Ich kenne dich, und du kennst mich. Aber ich habe dich nicht bewusst wahrgenommen, du mich schon.

Sie notierte:

»Wo könnte er wohnen? Hier im Haus oder in der näheren Umgebung?

Wo arbeitet er? Im Supermarkt, wo ich immer einkaufen gehe und wo ich manchmal vor der Tür an der Imbissbude eine Currywurst esse?

Aber woher weiß er von meiner Vorliebe für Rinderbraten? Aus dem Supermarkt kann das keiner wissen, weil ich nie Fleisch kaufe.

Wo war ich in der letzten Zeit gewesen, wo mehrere Personen waren?

Mit wem habe ich mich zwanglos unterhalten?

Woher hat er meine E-Mail-Adresse im Büro?

Richter behauptet, der Täter bewundere mich. Aber warum? Irrt Richter sich?

Und was bedeutet das Kürzel F. R.? Friedrich Richard ist erfunden.

F. R. Er hat unterschrieben mit ›Ihr F. R.‹.

F. R., F. R., F. R. Ich kenne keinen mit den Initialen F. R.

Er ist nicht mein F. R., aber er fühlt sich offenbar so. Also doch Verbundenheit. Vielleicht.

Warum schneidet er seinen Opfern die Kehle durch und weidet sie aus? Er kopiert Jack the Ripper.

Warum kopiert er Jack the Ripper? Keine Ahnung. Vielleicht eine alte Affinität, vielleicht hat er zu viel über ihn gelesen und denkt jetzt, er sei Jack the Ripper.

Was hat ihn dazu gebracht, diese abscheulichen Taten zu begehen? Demütigung? Lieblosigkeit? Verlust? Wird er nicht beachtet oder genügend gewürdigt?

Hatte er eine Frau oder Freundin, die eine Hure war, ohne dass er davon wusste?

Richter sagt, er sei überdurchschnittlich intelligent und lebe in geordneten Verhältnissen. Sprachlich gewandt.

Netter Nachbar? Möglich.

Einzelgänger oder in fester Beziehung? Eher Einzelgänger, auch wenn Richter anderes behauptet.

Probleme mit Frauen? Sehr wahrscheinlich.

Will er ein Exempel statuieren? Nein, zu viele Morde.

Ritual? Sehr wahrscheinlich.

Wurde er missbraucht oder misshandelt? Nein, glaub ich nicht.

Psychopath? Ja!

Bestraft er seine Opfer? Ja.

Bestraft er aber auch jemand anderen? Gut möglich.

Aber warum diese Verstümmelungen? Lust, Befriedigung? Möglich.

Wer kann bei so etwas Lust verspüren? Keine Ahnung.

Rache? Für was? Oder an wem? Keine Ahnung.

Warum schminkt er seine Opfer so seltsam? Keine Ahnung. Sie sehen aus wie Clowns oder Gruselpuppen. Oder auch schlampige Huren.

Warum schreibt er mit Blut ›Huren sterben einsam‹ an die Wand? Er hasst Huren. Aber warum?

Jack the Ripper hat auch nur Huren getötet. Also doch Verbindung zum echten Ripper.

Hat er im Winter nur geübt? Warum? Wollte er ausprobieren, ob es leicht ist, einen Mord zu begehen? Möglich.

Sexuelle Probleme? Möglich.

Beobachtet er seine Opfer? Sehr wahrscheinlich.

Nimmt er vorher Kontakt zu ihnen auf? Wahrscheinlich.

Art der Kontaktaufnahme? Internet, Annoncen, Begegnungen in Restaurants, Bars, Discos etc.

Äußeres Erscheinungsbild? Vertrauenswürdig.

Beobachtet er mich? Sehr wahrscheinlich.

Will er mich töten? Keine Ahnung, hoffe nicht.

Was hat er mit dem Mord vor siebzehn Jahren zu tun? Keine Ahnung.

Hat sein Vater oder sein Bruder einen Mord begangen? Keine Ahnung.

Gibt es ein Mördergen? Ich hoffe nicht.

Will er wirklich, dass ich ihn finde? Hoffentlich!

Oder spielt er nur mit mir und lässt mich in dem Glauben, mich zu verehren, in Wirklichkeit aber ist das nur ein Trick, um an mich heranzukommen?

Woher kennen wir uns? Keine Ahnung.

Wer kennt meine Vorlieben und meine Abneigungen und woher? Durch Beobachten. Aber wo?

Ich hasse Nieren und liebe Rinderbraten.

Wann habe ich das letzte Mal Rinderbraten gegessen? Bei Hellmers vor zwei Monaten.

Und davor? Keine Ahnung.

Currywurst? Sehr oft, zu oft.«

Sie ließ sich zurückfallen und machte die Augen zu. Die rechte Hand tat ihr vom Schreiben weh, und sie dachte: Ich muss mir doch endlich einen PC zulegen. Oder ein Notebook. Vielleicht lerne ich ja übers Internet mal jemanden kennen, der mich so nimmt, wie ich bin.

Sie war müde, und doch wusste sie, dass sie nicht würde schlafen können. Zu viele Gedanken waren in ihrem Kopf, die Mordserie, aber auch Georg Meister, dessen perfides Verhalten sie wohl nie verstehen würde. Nein, dachte sie, ich werde mich von einem wie dir nicht unterkriegen lassen. Du bist Vergangenheit.

Mit einem Mal schoss sie hoch, ging noch mal ihre Liste durch und sagte leise zu sich selbst: »Hat der Mord vor siebzehn Jahren vielleicht doch etwas mit den jetzigen Morden zu tun? Und wenn, was? Was ist damals passiert? Ich werde die Akte sehr genau studieren, vielleicht komm ich dir so auf die Schliche. Ich werde einen Weg finden, dich aus der Reserve zu locken, mein Freund. Verlass dich drauf.«

Um zehn nach zwei löschte sie das Licht im Wohnzimmer und ging ins Bett. Sie lag noch lange wach, bis ihr endlich die Augen zufielen. Wie so oft, wenn sie sich in einen Fall geradezu verbiss, hatte sie auch diesmal einen düsteren Alptraum, aus dem sie erschrocken und nach Luft ringend erwachte.

Samstag, 6.15 Uhr

Es war kurz nach sechs, sie hatte kaum drei Stunden geschlafen und fühlte sich entsprechend. Ihr Magen rebellierte, sie rannte ins Bad und übergab sich. Sie hatte von dem Traum nur noch Fetzen in Erinnerung, einen Mann, den sie von hinten sah, der sich kurz umdrehte und eine hässliche Fratze zeigte, obwohl sein Gesicht konturlos war. Er schien keine Augen zu haben und keine Nase. Besonders auffällig war, dass die Haut an mehreren Stellen fehlte. Er lachte und verschwand im Nichts. Doch sie erinnerte sich an ein Detail – ein großes blutiges Messer, das er in der rechten Hand hielt.

Sie hockte sich auf den Badewannenrand. Der Würgereiz ließ allmählich nach. Sie war noch etwas wacklig auf den Beinen, als sie sich zum Waschbecken begab, die Hände und das Gesicht wusch und sich die Zähne putzte, um den ekelhaften Geschmack loszuwerden. Danach setzte sie Wasser auf, frühstückte und bemerkte erst dabei, dass sie noch immer die Dessous vom Vortag anhatte. Und seltsamerweise dachte sie an die Brüste von Carolina Fischer, diese großen, vollen Brüste, die wie zur Dekoration auf dem Tisch gelegen hatten. Durant sah an sich hinunter, fasste mit beiden Händen an ihren Busen und schüttelte den Kopf. Mit mir machst du so was nicht. Und weißt du was, ich werde mich heute besonders aufreizend anziehen, eine tief ausgeschnittene Bluse, einen blauen Rock und ein Paar Pumps, die ich sonst nie im Dienst anhabe. Ich weiß, du beobachtest mich, aber ich weiß nicht, wann und wo. Im Präsidium? Nein, das glaub ich nicht, dann müsstest du ja einer von uns sein. Aber ich werde dich schon aus deiner Höhle locken.

Mit jedem Schluck Kaffee und jedem Bissen von dem Toast fühlte sie sich ein Stück besser. Auch wenn leichte Stiche in der linken Schläfe signalisierten, dass der Tag nicht nur mit Kopfschmerzen beginnen, sondern vielleicht sogar mit einer Migräneattacke enden würde.

Ehe sie das Haus verließ, nahm sie zur Vorbeugung zwei Tabletten und steckte die Schachtel ein. Schon auf dem Weg zum Auto spürte sie die wohltuende Wirkung des Medikaments, und nur wenig später waren die Stiche verschwunden. Unterwegs hielt sie am Kiosk, um sich eine Zeitung zu kaufen, beobachtete den Inhaber, wechselte ein paar Worte mit ihm und strich ihn von ihrer Liste der Verdächtigen. Der Supermarkt hatte bereits geöffnet, sie betrat ihn und kaufte Brot, Wurst, zwei Tüten Tomatensuppe und ein Glas saure Gurken, fragte den Filialleiter etwas und strich auch ihn von der Liste.

Um halb neun kam sie im Präsidium an, doch noch keiner ihrer Kollegen war da. Das Telefon auf Hellmers Schreibtisch klingelte. Sie ging ran und meldete sich.

»Hi, ich bin's, Nadine. Ist Frank zu sprechen?«

»Nein, ich hab ihn noch nicht gesehen.«

»Ich hab's schon auf seinem Handy probiert, aber er hat's wohl noch ausgeschaltet, weil er die ganze Nacht durchgearbeitet hat. Richte ihm doch bitte aus, dass er mich kurz anrufen soll, wenn er Zeit hat. Wahrscheinlich schläft er noch auf der Liege im Besprechungszimmer.«

»Mach ich. Geht's dir nicht gut?«, fragte Durant, die von einem unbehaglichen Gefühl beschlichen wurde.

»Es geht, ich hab nur miserabel geschlafen. Lag vielleicht daran, dass Frank nicht zu Hause war.«

»Hättest du was dagegen, wenn ich heute am späten Nachmittag oder Abend mal vorbeikäme?«, fragte Durant spontan. »Allerdings nur, wenn nichts dazwischenkommt.«

»Nein, überhaupt nicht«, antwortete Nadine mit müder Stimme, die seltsam traurig klang.

»Dann bis nachher. Ciao.«

Sie legte auf und lehnte sich gegen den Schreibtisch. Nach wenigen Sekunden ging sie ins Besprechungszimmer, das leer war, und auch die Liege war unbenutzt. Das wirst du mir erklären müssen, dachte sie und schüttelte den Kopf.

Sie setzte sich vor ihren Computer und fuhr ihn hoch.

Eine neue Mail, versendet gestern Abend um zweiundzwanzig Uhr dreiundzwanzig.

»Liebe Frau Durant,

ich nehme an, Sie lesen diese Mail früher, als von mir erwartet. Aber das macht nichts, es kommt auf eine oder zwei Stunden früher oder später auch nicht mehr an. Ich würde Ihnen vorschlagen, einen Abstecher in die Lessingstraße in Hofheim zu machen. Sie können es natürlich bleiben lassen, aber so ein Verwesungsgeruch kommt bei den Nachbarn nicht gut an, auch wenn Barbaras Haus ziemlich isoliert steht. Damit Sie das Haus auch finden, es ist ein Klinkerbau mit einem weißen Holzzaun, aber es ist kein Namensschild dran. Nur am Briefkasten und an der Tür stehen die Initialen B. H. Ich weiß, das klingt etwas ordinär, aber ihr vollständiger Name ist Barbara Hentschel. Bevor ich's vergesse, direkt am Eingang liegt ein Päckchen auf der rechten Seite. Ich hoffe, keiner hat es geklaut, aber Barbara hat mir glaubhaft versichert, dass dort nichts wegkommt.

Wissen Sie inzwischen, was F. R. bedeutet? So schwer dürfte das doch nun wirklich nicht zu erraten sein. Aber wie ich Sie kenne, haben Sie's längst rausgefunden.

Viel Glück und viel Spaß bei der Arbeit
wünscht Ihnen Ihr treu ergebener
F. R.

PS: Sie hören heute noch einmal von mir ☺«

Julia Durant zögerte, bevor sie den Anhang öffnete, wobei sie sich vorstellen konnte, wie dieser aussah. Sie schaute lange auf das Foto, zuckte mit den Schultern, rauchte eine Zigarette, stellte sich ans Fenster und sah hinunter auf die um diese Zeit noch recht wenig befahrene Straße. Der große Verkehr setzte am Samstag immer erst gegen zehn Uhr ein, ab Mittag war die Innenstadt dicht. So würde es auch heute sein. Es regnete nicht, der Himmel war nur schwach bewölkt, die Temperatur bewegte sich in einem für diese Jahreszeit moderaten Rahmen. Sie war in Gedanken versunken, als die Tür aufging und Berger hereinkam und sie erstaunt begrüßte: »Guten Morgen. Sind Sie aus dem Bett gefallen?«

»Wieso, es ist halb neun«, erwiderte sie nur.

»Wie lange sind Sie schon hier?«, fragte er und stellte seine Aktentasche neben den Schreibtisch, zog seine Jacke aus und hängte sie an den Haken neben der Tür. Keine Bemerkung über ihr ungewöhnliches Outfit, die weiße, tief ausgeschnittene Bluse, die Durants vollen Busen noch mehr zur Geltung brachte, den engen dunkelblauen Rock und die Pumps – Kleider. Seit er sie kannte, erschien sie stets in Jeans, einer weit geschnittenen Bluse oder einem Pullover und Tennisschuhen.

»Halbe Stunde.«

Berger setzte sich, holte die Zeitungen aus seiner Tasche und breitete sie auf dem Tisch aus. »Was hat Sie so früh hergetrieben?«

»Ich konnte nicht schlafen«, antwortete sie gelassen, obwohl sie innerlich aufgewühlt war und sich nur zu gut vorstellen konnte, wie es im Haus der Toten aussah.

Zweimal hatte sie diesen Anblick seit Donnerstag schon ertragen müssen, und sie fragte sich, warum er auf einmal jeden Tag mordete. Scheinbar wahllos, ohne jedes Motiv.

»Was ist los mit Ihnen? Gibt's was Neues?«

»Ja, wieder 'ne Mail.«

»Von ihm?«

Sie drehte sich um und kam auf Berger zu, ohne ihn anzusehen. »Von wem sonst. Er hat's wieder getan. Sehen Sie selbst.«

Berger stand wortlos auf und folgte Durant in ihr Büro.

»Lessingstraße in Hofheim. Wo ist die?«, fragte Berger.

»Wir haben einen Stadtplan und ein Navigationssystem im Auto. Das wird wohl nichts mit der Dienstbesprechung, das heißt, Sie werden auf Herrn Hellmer und mich wohl oder übel verzichten müssen. Andererseits, ich habe letzte Nacht eine lange Liste mit Fragen erstellt, die ich schon gerne mit der ganzen Truppe durchgehen würde. Ich möchte Richter bei der Besprechung dabeihaben, und er soll außerdem den neuen Tatort begutachten. Wir brauchen schnellstmöglich ein Täterprofil.«

Kullmer und Seidel kamen ins Büro, lasen die Mail und sahen sich das mitgeschickte Foto an.

»Der ist völlig ausgetickt«, meinte Doris Seidel fassungslos. »Drei Frauen in drei Tagen, diese Alexandra Fischer lass ich mal außen vor, die sollte ja nicht getötet werden. Wo kriegt er die alle her?«

»Diese Frage hätte ich auch gerne beantwortet. Er muss sie kennen, wobei es nicht zwangsläufig bedeutet, dass sie ihn kennen. Möglicherweise ist er eine Art stiller Beobachter.«

»Ich kann dir nicht ganz folgen«, sagte Kullmer, der seinen Blick nicht von ihr lassen konnte, wobei besonders ihr Ausschnitt es ihm angetan hatte, vor allem, wenn sie sich wie jetzt auf den Schreibtisch stützte.

»Erklär ich alles später bei der Besprechung. Könnt ihr mich einen Moment allein lassen, ich muss telefonieren. Und wenn Frank kommt, schickt ihn zu mir.«

Sie wählte Richters Nummer und wartete geduldig, bis er abnahm.

»Richter.«

»Guten Morgen, Durant hier. Ich mach's kurz – er hat wieder zugeschlagen. Können Sie zum Tatort kommen?«

»Selbstverständlich. Wann und wo?«

»Um halb zehn in Hofheim, Lessingstraße. Ein roter Klinkerbau mit weißem Holzzaun. Ich nehme an, wir werden vor Ihnen dort sein, warten aber mit dem Hineingehen, bis Sie da sind. Noch was – wir haben im Anschluss eine Lagebesprechung, und ich wäre Ihnen dankbar, wenn Sie wenigstens kurz daran teilnehmen könnten. Natürlich nur, falls Ihre Zeit es zulässt.«

»Ich zieh mir nur schnell was über und fahr los. Und meine Unterlagen bringe ich auch mit.«

Sie legte auf. Hellmer stand in der Tür, sie hatte ihn nicht kommen hören.

»Wir müssen nach Hofheim, ich erklär dir alles auf dem Weg dorthin.«

»Schon wieder? Was zum Teufel will der Kerl?«

»Bist du fit?«, fragte sie wie beiläufig, während sie aufstand.

»Ja, warum?«

»Nur so. Gehen wir.« Sie zog ihren beigefarbenen Trenchcoat über und nahm ihre Tasche.

»Hast du irgendwas Besonderes vor?«, fragte Hellmer.

»Wieso?«

»Du siehst aus, als ob du dich mit jemandem treffen willst. Oder hast du bei Georg übernachtet?«

»Erklär ich dir auch nachher.« In Bergers Büro sagte sie: »Was ist mit der Auswertung des Videomaterials, das bei der Martens sichergestellt wurde?«

»Ohne Befund. Die Videos scheinen mit Einwilligung der Kunden gedreht worden zu sein. Die müssen ein unglaubliches Vertrauen in die Martens gehabt haben. Und das Video vom Tatabend ist ebenfalls ohne Befund. Unsere Leute haben das zigfach analysiert, der Mann kann nicht identifiziert werden. Er trug Handschuhe, den Anzug mit Kapuze und ist immer nur von hinten zu sehen. Keine Chance.«

»Und die schriftlichen Aufzeichnungen?«

»Vergessen Sie's. Tut mir leid, aber er ist unglaublich clever. Cleverer als wir im Moment.«

»Und die Computer?«

»Noch keine Rückmeldung. Sie wissen doch, das dauert. Aber ich erkundige mich gerne für Sie.«

»Nicht nötig«, antwortete sie und fügte hinzu: »Wir brauchen das volle Programm in Hofheim. Wer hat in der Rechtsmedizin Bereitschaft?«

»Ich habe schon alles in die Wege geleitet. Bock ist diesmal dran, er ist schon unterwegs.«

Durant und Hellmer fuhren schweigend mit dem Aufzug nach unten und gingen zu dem blauen BMW. Sie stiegen ein, und Durant sagte, nachdem sie vom Hof gefahren waren: »Nadine hat vorhin angerufen. Ich soll dir nur Bescheid geben, dass sie auf deinen Rückruf wartet.«

Hellmer schaute stur auf die Straße, doch Durant bemerkte, dass er rot anlief. Er fingerte sein Handy aus der Jackentasche und schaltete es ein.

»Wann hat sie angerufen?«

»Als du noch nicht da warst. Warum hast du ihr gesagt, dass du im Präsidium übernachten würdest?«

»Hör zu, ich …«

»Frank, ich bin kein Moralapostel, und ich bin auch nicht deine Frau oder deine Mutter, aber ich hab gestern bei den Richters was gemerkt. Nenn's weibliche Intuition oder was immer. Nur ein guter Rat …«

»Ich brauch deine Ratschläge nicht, ich bin alt genug, um zu wissen, was ich tu. Außerdem hast du keinen blassen Schimmer …«

»Okay, vielleicht hab ich den wirklich nicht. Aber ich sag dir jetzt was, und ich bitte dich, zuzuhören. Dauert höchstens fünf Minuten. Einverstanden?«

»Schieß los.«

»Damals, als du ziemlich weit unten warst, da hab ich ganz fest an dich geglaubt und zu dir gehalten. Und du warst nur da unten, weil dein ganzes Leben in die Brüche gegangen war. Deine Ehe war kaputt, weil du die Affäre mit Nadine hattest, Nadine hat dich verlassen, weil sie den Stress mit deiner Frau nicht ausgehalten hat, du hast angefangen zu saufen und wärst beinahe ganz abgestürzt. Und dann hast du wie durch ein Wunder Nadine ein zweites Mal getroffen, ihr habt geheiratet, weil ihr zusammengehört, und ihr habt zwei Kinder. Willst du das wirklich alles aufs Spiel setzen? Noch einmal alles verlieren? Das kann's doch nicht sein. Nur wegen einer Frau, die dir den Verstand raubt? Und erzähl mir nicht, dass du letzte Nacht nicht mit ihr zusammen warst. Das war's.«

Hellmer lachte kehlig auf, hustete und sagte nach einer Weile: »Du steckst nicht in meiner Haut. Aber ich will und kann jetzt nicht darüber reden.«

»Und warum nicht? Bin ich dir nicht Freundin genug?«

»Das ist es nicht.«

»Was dann?«

»Nicht jetzt. Lass mich einfach zufrieden, wir haben Wichtigeres zu tun, als uns über mein Leben zu unterhalten.«

»Wie du meinst. Mir tut es nur um Nadine leid.«

»Sei doch endlich still. Sei einfach nur still.«

Julia Durant wandte den Kopf zur Seite und sah zum Fenster hinaus. Sie fuhren über die A 66, die Landschaft flog an ihnen vorbei. Sie hatte Tränen in den Augen, die sie verstohlen wegwischte, denn sie konnte und wollte nicht glauben, dass eine Bilderbuchehe wie die der Hellmers so mir nichts, dir nichts in die Brüche gehen sollte. Alles brach zusammen, ihr eigenes Leben und das der andern. Dazu diese grausigen Morde, diese unvorstellbare Brutalität, diese Kälte … Sie begriff nicht, was in den letzten Tagen vor sich ging. Alles stürzte auf einmal über ihr zusammen. Und nun war sie auch noch dabei, die Trennung ihrer besten Freunde zu erleben.

»Wir sind gleich da«, sagte Hellmer und sah kurz zu Durant, die sich die Nase putzte. »Was hast du?«, fragte er.

»Das geht dich nichts an.«

»Julia, jetzt komm, mach kein Drama draus! Es geht doch nicht um dein Leben.«

»Doch, in gewisser Weise schon. Halt mal da vorne an«, sagte sie und deutete auf eine Stelle, wo Hellmer gut parken konnte. Sie stieß die Tür auf und übergab sich.

»Ist dir nicht gut?«

»Nein, verdammt noch mal, mir ist nicht gut! Und du kannst mich mal kreuzweise«, fuhr sie ihn an, nachdem sich ihr Magen wieder beruhigt hatte. »Meine Welt liegt in Trümmern und … Mein Gott, ich könnte dir rechts und links eine runterhauen, so wütend bin ich!«

»Deine Welt liegt in Trümmern! Dass ich nicht lache! Du hast doch eine tolle Beziehung und …«

»Und wie!«, erwiderte sie höhnisch. »Mit einem verlogenen Mistkerl, der mich gegen eine Vierundzwanzigjährige eingetauscht hat. Tolle Beziehung, was?!«

»Ich denk, du hast die Nacht bei ihm verbracht?«

»Hab ich das etwa gesagt? Nur, weil ich heute anders angezogen bin als sonst? Er hat gestern Schluss gemacht. Er hat mich die ganze Zeit über belogen und betrogen. Und da ist keiner, der mich in den Arm nimmt und mich tröstet, und schon gar keiner, der auf mich wartet, wenn ich nach Hause komm. Denk mal drüber nach.«

»Das wusste ich nicht und …«

»Halt die Klappe und fahr weiter.«

»Und die Klamotten?«

»Hat was mit dem Fall zu tun.« Sie holte tief Luft und

meinte: »Wir vergessen jetzt alles, was wir gesagt haben, und konzentrieren uns auf den Fall. Wenn du unbedingt dein Leben wegschmeißen willst, ist das deine Sache, mir reicht mein beschissenes Leben.«

Hellmer erwiderte nichts darauf. Er fuhr in die Lessingstraße und machte schon von weitem den roten Klinkerbau aus, der sich merklich von den andern Häusern unterschied. Davor war der beschriebene weiße Holzzaun. Er hielt an, von den andern war noch keiner da. Das Garagentor stand offen, in der Garage waren ein schwarzer Porsche und ein silberfarbener Mercedes. Hellmer stieg aus, entfernte sich ein paar Schritte vom Wagen und rief zu Hause an. Es war ein kurzes Telefonat, und er machte ein bedrücktes Gesicht, als er zurückkam. Durant konnte sich vorstellen, wie er sich fühlte, sagte aber nichts. Ihre Gedanken waren bei dem Haus und dem, was sie gleich erwartete.

Gut fünf Minuten nach ihnen trafen kurz hintereinander Richter und Bock ein und weitere fünf Minuten später die Kollegen von der Spurensicherung. Hellmer und Durant begrüßten Richter und Bock und anschließend die Männer und Frauen in ihren weißen Kunststoffanzügen und begaben sich zum Eingang, wo ein kleines Päckchen lag. Hellmer zog sich die Latexhandschuhe über und öffnete es vorsichtig. Es war leer – bis auf ein Skalpell, an dem Blut klebte.

»Wir haben's mit einem echten Scherzkeks zu tun«, sagte Hellmer. »Und wie kommen wir rein?«

Durant bückte sich und griff unter den Fußabtreter. »Damit. Wie bei der Fischer.«

An der Tür war ein goldenes Schild mit den Initialen

B. H. angebracht. Sie schloss auf und betrat zusammen mit den andern die große Eingangshalle. Ihr war immer noch übel.

Samstag, 9.50 Uhr

Was ist das denn?«, entfuhr es Durant, die als Erste einen Blick in das Zimmer warf und einen kleinen Jungen in einem einteiligen Pyjama vor der Toten knien sah. Er kniete mitten in dem getrockneten Blut und spielte mit einem Auto. Sie ging zu ihm und beugte sich zu ihm hinunter. »Wer bist du denn?« Der Junge sah sie nur an und gleich wieder weg. Durant wollte ihn auf den Arm nehmen und raustragen, doch er wehrte sich und fing mit einem Mal laut an zu schreien. Erst jetzt bemerkte sie, dass seine Hände, ein Teil seines Gesichts und sein Pyjama voller Blut waren. »Ganz ruhig, ganz ruhig, keiner will dir was tun«, sagte sie, und zu Kerstin Breugel von der Spurensicherung: »Schafft den Jungen hier raus. Und Frank, ruf Berger an, er soll jemanden vom Jugendamt oder der Fürsorge informieren, die sollen sich um ihn kümmern. Er kann unmöglich hier bleiben.«

»Komm«, die junge Beamtin sprach leise und einfühlsam, »du brauchst keine Angst zu haben.«

»Mama«, sagte er kaum hörbar.

»Zeigst du mir dein Zimmer?«

»Anta Bara, Anta Bara«, sagte er und deutete mit seiner kleinen Hand auf die Tote auf dem Stuhl.

Durant atmete erleichtert auf, auch wenn sie fürchtete, dass der Junge diesen Anblick nie vergessen würde.

»Wie heißt du?«, fragte Kerstin Breugel und nahm ihn auf den Arm, was er sich von ihr widerstandslos gefallen ließ.

Er sah sie an, spielte mit ihrer Halskette, gab aber keine Antwort.

»Und wo ist deine Mama?«

»Mama.«

Sie sah Durant an und meinte schulterzuckend: »Wir werden nichts aus ihm rauskriegen, er ist allerhöchstens zwei und spricht kaum. Aber die Tote scheint nicht seine Mutter zu sein.«

»Ich hab gedacht, mich trifft gleich der Schlag«, sagte Durant zu Richter und atmete tief durch. Die Übelkeit war von der Aufregung verdrängt worden, dafür hatten die Kopfschmerzen wieder eingesetzt. »Wird er sich später daran erinnern?«

»Schwer zu sagen. Es kann sein, dass sein Unterbewusstsein den Anblick gespeichert hat. Aber offenbar ist sie nicht seine Mutter.«

»Ich hoffe, sie kann schnell ausfindig gemacht werden. Wahrscheinlich hat sie den Jungen nur über Nacht hier gelassen. Wenn ich das Gebrabbel richtig verstanden habe, handelt es sich bei der Toten um seine Tante. Trotzdem war das schon ein makabrer Anblick.«

»Darf ich mich näher umschauen?«, fragte Richter.

»Nein, erst die Fotos, auch wenn der Junge möglicherweise schon einiges verändert hat. Dauert nicht lange«, antwortete Durant. »Gehen wir ins Wohnzimmer.«

»Wann wurde sie umgebracht?«

»Die Mail wurde um zweiundzwanzig Uhr dreiundzwanzig an mich verschickt. Also muss es so zwischen neun und zehn passiert sein. Die Mail ging übrigens von hier raus.« Und zu Platzeck von der Spurensicherung: »Der PC muss sofort untersucht werden. Vielleicht hat er ja diesmal einen Fehler gemacht. Ist nur so ein Gefühl.«

»Wird erledigt. Sie hat aber einen PC und ein Notebook, ich war schon kurz im Arbeitszimmer. Noch was?«

»Die zuletzt geführten Telefonate müssen überprüft werden, aber das läuft ja automatisch von uns aus.«

»Ein sehr schönes Haus. Was wissen Sie über die Frau?«, fragte Richter.

»Bis jetzt nichts. Aber schauen wir doch mal in ihrer Handtasche nach, ich will wenigstens wissen, wie alt sie ist. Sie öffnete die Tasche, die auf einem Sessel stand, fand eine edle Geldbörse mit mehreren Kreditkarten, dem Personalausweis und Führerschein. »Barbara Hentschel, geboren am 18. August 1962. Dreiundvierzig Jahre alt. Was hat sie wohl beruflich gemacht? Wir müssen ihre Schwester oder ihren Bruder finden, damit wir mehr über sie erfahren.«

»Sie hatte auf jeden Fall Geschmack und ein Händchen bei der Einrichtung bewiesen. Sehr ästhetisch und stilvoll«, murmelte Richter. »Ich nehme an, sie hat eine Putzfrau.«

»Wie kommen Sie darauf?«

»Es ist einfach zu sauber. Ohne eine gute Putzfrau würde hier mehr Staub liegen. Aber das ist unwesentlich. Sie sehen übrigens heute besonders schick aus«, bemerkte er nebenbei. »Die Sachen stehen Ihnen ausgezeichnet.«

»Danke, so lauf ich aber normalerweise im Dienst nicht rum. Doch das erklär ich Ihnen später.«

Der Fotograf kam heraus, packte seine Sachen ein und verabschiedete sich. Er drucke die Fotos aus und komme gleich danach wieder her. Durant, Hellmer und Richter betraten das Zimmer. Für die beiden Kommissare war es fast schon ein gewohnter Anblick, Richter ließ sich keine Gefühlsregung anmerken. Entweder ist er so kalt, oder er tut nur so, dachte Durant, die ihn beobachtete.

»Etwas ist anders hier als bei den andern beiden Tatorten«, sagte Richter, holte ein Notizbuch aus seiner Sakkotasche und schrieb etwas hinein. »Aber was? Helfen Sie mir auf die Sprünge«, forderte er Durant und Hellmer auf.

»Er hat ihr Gesicht unkenntlich gemacht und ihr den Brustkorb aufgeschnitten«, antwortete sie sachlich. Und an Bock gewandt, der sich zu ihnen gestellt hatte: »Was ist das auf dem Bett?«

Bock ging näher hin und meinte trocken: »Ein menschliches Herz.«

»Bei der Martens die Gebärmutter, bei der Fischer die kompletten Eingeweide, hier das Gesicht zertrümmert und zerschnitten und das Herz entnommen. Was hat das zu bedeuten?«, fragte Durant.

»Es könnte etwas Symbolisches sein«, antwortete Richter, doch seine Aussage klang nicht sehr überzeugt.

»Inwiefern symbolisch?«

»Ich weiß es nicht, es ist mehr eine Vermutung. Könnten Sie mich bitte einen Augenblick mit ihr allein lassen?«

»Wir warten draußen und schauen uns mal im Haus um.«

Durant und Hellmer gingen in den ersten Stock und fanden Kerstin Breugel, die mit dem Jungen spielte. Sie hatte ihn gewaschen und ihm etwas Frisches angezogen.

»Danke, dass Sie sich um ihn gekümmert haben. Haben Sie Kinder?«, fragte sie die Kollegin von der Spurensicherung, während Hellmer die andern Zimmer inspizierte.

»Nein, noch nicht. Und Sie?«

»Hat nicht sollen sein. Wissen Sie schon, wie er heißt?«

»Julian.«

»Und woher wissen Sie das?«

»Da«, sagte sie und deutete auf eine Spieluhr, die einen Mond zeigte und auf dem der Name eingestickt war. »Und auf einem seiner Pullover steht auch Julian.«

»Na dann, nochmals danke.«

»Keine Ursache. Und tun Sie mir einen Gefallen und finden Sie diesen elenden Dreckskerl. Ich war jetzt in den letzten drei Tagen an drei Tatorten, und jedes Mal denke ich, was wäre, wenn er mir begegnen würde? Ich hab die Frau dort unten nur kurz gesehen, aber die muss doch gelitten haben wie verrückt. Was geht in diesem kranken Hirn vor?«

»Das wird wohl nie jemand herausfinden. Ich möchte ja auch, dass wir ihn kriegen, aber er ist uns im Moment einfach noch überlegen. Wir können nur hoffen und beten, dass er einen Fehler macht. Ich weiß, das hört sich aus meinem Mund bestimmt dumm an, aber es ist so.«

»Haben Sie noch überhaupt keinen Hinweis auf ihn?«, fragte Kerstin Breugel bestürzt.

»Nein. Aber Sie wissen, dass Sie diese Information nicht weitergeben dürfen. Bis jetzt haben wir der Presse nur ein paar Happen zugeworfen, aber die werden nicht mehr lange stillhalten und mit allen Tricks versuchen Informationen zu bekommen.«

»Ich kenne meine Pflicht. Viel Glück.«

»Ihnen auch. Und lassen Sie die Dinge nicht zu dicht an sich ran.«

»Das sagen Sie so leicht. Ich kann schon gar nicht mehr richtig schlafen, ich habe Alpträume.«

»Möchten Sie von Ihrer Aufgabe entbunden werden?«

»Nein, so war das nicht gemeint. Ich habe mich für diesen Job entschieden und werde natürlich mein Bestes geben.«

»Das ist gut. Tschüs.«

Sie fand Hellmer im Schlafzimmer, er durchsuchte die Schubladen und den Schrank.

»Und, was gefunden?«

»Ich weiß doch selbst nicht, wonach ich suchen soll. Das Bett ist unbenutzt, unten hat sie gevögelt und hier geschlafen«, entgegnete er sarkastisch. »Die war bestimmt eine wie die Martens …«

»Das wissen wir noch nicht. Außerdem ist sie ein ganzes Stück älter.«

Sie gingen gemeinsam in ein Gästezimmer, das seit einer halben Ewigkeit nicht benutzt worden zu sein schien. Es gab ein geräumiges, sehr exklusives Bad und ein Arbeitszimmer, in dem ein Computer und ein Notebook standen und mehrere dicke Akten auf dem Mahagonischreibtisch lagen, dazu zahlreiche Zettel mit dahingekritzelten Notizen, ein Adressbuch, das Durant sofort zur Hand nahm und fast im gleichen Moment feststellen musste, dass auch hier, wie bei der Martens, mehrere Seiten auf einmal entfernt worden waren. Auf dem Schreibtisch stand ein Bild, das Barbara Hentschel mit einer Frau und dem kleinen Julian zeigte. Daneben ein anderes Foto, auf dem sie mit einem Mann zu sehen war, doch der Kopf des Mannes war herausgeschnitten worden. Sie durchsuchte die Schubladen und fand in der obersten einen Terminkalender. Sie schlug die Seiten der vergangenen Tage auf. Unter Freitag, 17.00 Uhr, war vermerkt: »Regina bringt Julian«, 20.30 Uhr: »Dreiundzwanzig!«, und unter heute 14.00 Uhr: »Julian wird abgeholt«.

»Hier, schau«, sagte sie zu Hellmer.

Sie blätterte im Telefonregister, fand eine Regina Hentschel und wählte erst die Festnetznummer, anschließend versuchte sie es auf dem Handy und hatte Erfolg.

»Ja?«, meldete sich eine weibliche Stimme.

»Frau Regina Hentschel?«

»Ja.«

»Durant, Kripo Frankfurt. Können Sie bitte sofort zu Ihrer Schwester kommen? Es ist dringend.«

»Was ist los?«

»Nicht am Telefon. Wo sind Sie gerade?«

»Bei einem Bekannten in Königstein.«

»Wann können Sie hier sein?«

»Ist etwas mit Julian?«, fragte sie mit schriller, sich fast überschlagender Stimme.

»Nein, Ihrem Sohn geht es gut.«

»Meine Schwester?« Sie klang extrem aufgeregt.

»Beeilen Sie sich bitte, wir warten so lange.« Und zu Hellmer: »Sie kommt. Frank«, sagte sie leise, obwohl die Tür geschlossen war, »du verhältst dich Richter gegenüber anders als sonst. Er wird was merken.«

»Lass mich zufrieden.«

»Hast du getrunken?«, fragte sie mit zusammengekniffenen Augen, als sie dicht vor ihm stand und seinen Atem roch.

»Wie kommst du denn darauf?«, fragte er zurück und wandte sein Gesicht ab.

»Ich rieche es, und es ist kein Bier.« Sie baute sich vor ihm auf, packte ihn fest mit beiden Händen an den Schultern und sagte mit eindringlicher Stimme: »Beende es, bevor es zu spät ist. Ich bitte dich inständig als deine Freundin darum. Du rennst offenen Auges in dein Unglück …«

»Mann …«

»Hör mir zu, auch wenn ich mir eigentlich vorgenommen hatte, meinen Mund zu halten. Was immer du fühlst oder zu fühlen glaubst, es ist nicht richtig. Bitte! Lass es von mir aus eine schöne Nacht gewesen sein, aber belass es bei dieser einen. Und wenn du Probleme hast und reden willst, ich werde immer, wirklich immer für dich da sein. So wie du und Nadine für mich da seid. Wir sind doch Freunde!«, beschwor sie ihn.

Tränen stahlen sich in Hellmers Augen. »Es ist so eine scheißverfahrene Situation. Aber okay, wir reden bei Gelegenheit drüber …«

»Aber bitte nicht erst dann, wenn du wieder ganz unten angelangt bist.«

»Bin ich doch schon. Ich halt das alles nicht mehr aus, ich hab das Gefühl, dass mein ganzes Leben den Bach runtergeht.«

»Du schaffst es«, sagte sie und dachte im gleichen Atemzug wieder an ihr Leben.

»Ich möchte am liebsten abhauen, weit, weit weg, wo mich keiner finden kann.«

»Und Nadine und die Kinder? Hat Nadine eine Chance, abzuhauen? Denk auch an sie. Möchtest du nach Hause fahren, du siehst erbärmlich aus?«

»Nein, nicht jetzt. Nachher irgendwann. Außerdem bin ich fit im Kopf.«

»In Ordnung, aber solltest du noch was zu trinken dabeihaben, wirf's weg.«

»Ich hab nichts mehr, okay?«

Durant sagte Kerstin Breugel Bescheid, dass Julians Mutter in Kürze eintreffe, und ging mit Hellmer wieder nach unten, wo Richter bereits auf sie wartete. Er hatte die Eindrücke aufgenommen, war sehr nahe an Barbara Hentschel herangegangen, hatte die klaffende Wunde und das schräg hinter ihr platzierte Herz begutachtet, die Schrift an der Wand, die Blutflecken, die Einrichtung des Zimmers. Er war gut zwanzig Minuten in dem Raum geblieben und hatte drei Seiten voll geschrieben.

»Ich möchte Ihnen etwas zeigen«, sagte er zu Durant und Hellmer und bat sie, ihm in das Zimmer zu folgen. »Fällt Ihnen etwas auf, das Sie bei den andern beiden Tatorten nicht gesehen haben?«

»Ja«, antwortete Durant sofort, »er hat ein trauriges Smiley hinter den Spruch gemalt.«

»Sehr gut. Noch etwas?«

»Nein«, antwortete sie kopfschüttelnd, »er hat sie mit ihren Strümpfen gefesselt und auch geknebelt … Nein, sonst fällt mir nichts weiter auf. Dir, Frank?«

»Nee«, murmelte er nur.

»Wann fahren wir ins Präsidium?«, fragte Richter mit Blick auf die Uhr.

»Wir haben eigentlich genug gesehen«, sagte Durant,

während Hellmer sich etwas abseits aufhielt und Richter kaum einmal ansah, als würde er sich nicht trauen, ihm in die Augen zu schauen. Und zu Platzeck von der Spurensicherung: »Wie immer das volle Programm, wenn du verstehst.«

»Was sonst.«

»Ihr könnt euch ruhig noch einen Moment Zeit lassen, ich muss mal kurz raus, eine rauchen«, sagte Hellmer und lief zum Ausgang.

Wenig später kamen Durant und Richter. Hellmer stand an das Auto gelehnt, eine Zigarette in der einen, das Handy in der andern Hand. Er beendete das Gespräch, als er seine Kollegin und Richter erblickte.

Zwei Streifenwagen waren in der Zwischenzeit angekommen. Die Beamten hatten sich wie Gralshüter vor dem Haus postiert. Von den Nachbarn schien jedoch kaum einer Notiz von dem Geschehen zu nehmen. Ein paar gingen auf der gegenüberliegenden Straßenseite vorbei, warfen kurz einen Blick herüber und gingen weiter.

Ein silberfarbener Golf kam angerast, stoppte abrupt, eine Frau sprang heraus und rannte auf das Haus zu.

»Frau Hentschel?«, sagte Durant.

»Ja. Was ist los? Was macht die Polizei hier?«

»Kommen Sie, wir gehen ins Haus, aber gleich nach oben, dort erklär ich Ihnen alles.«

Frau Hentschel war etwa so groß wie Durant, sehr schlank, fast zu schlank. Sie hatte ein herbes, markantes Gesicht, das jetzt nur noch panisch wirkte. Sie gingen ins Gästezimmer, Durant machte die Tür zu und begab sich gleich darauf in das Zimmer nebenan, wo Kerstin Breugel mit Julian war. »Die Mutter des Jungen ist da. Ich muss ihr noch ein paar Fragen stellen, Sie sind aber gleich befreit.« Und wieder im Gästezimmer: »Frau Hentschel, Sie sind die Schwester von Barbara Hentschel?«

»Ja, das sieht man doch wohl. Was ist passiert?«

»Setzen Sie sich bitte.«

»Sagen Sie doch schon …«

»Ihre Schwester wurde letzte Nacht ermordet …«

»Neeeiiiin!« Sie schrie es heraus, vergrub den Kopf in den Händen, ließ sich auf einen Stuhl fallen und schluchzte. Durant wartete geduldig, bis der erste Ausbruch vorüber war. »Was ist mit Julian?«, fragte sie aufgeregt und sprang auf.

»Ihm geht es gut. Er hat geschlafen, als der Mörder im Haus war.« Sie würde ihr nicht sagen, dass der Kleine bei der Toten gespielt hatte, dass sein Pyjama, seine Hände und auch ein Teil seines Gesichts voller Blut waren, als sie ihn gefunden hatten.

»Kann ich sie sehen?«

»Nein, das ist unmöglich.«

»Warum nicht?«

»Sie würden den Anblick nicht ertragen. Nehmen Sie Ihren Sohn, und fahren Sie nach Hause. Darf ich Ihnen vorher trotzdem noch ein paar Fragen stellen?«

»Hm.«

»Hatte Ihre Schwester Ihnen gegenüber irgendetwas angedeutet, dass Sie gestern Besuch erwartete?«

»Nein, sie wollte sich doch um Julian kümmern, weil ich mit einem Freund verabredet war. Wir haben das öfter so gemacht, sie hat Julian über alles geliebt und … Ich begreif das nicht!«

»Hatte Ihre Schwester einen festen Freund, oder lebte sie in einer Beziehung?«

»Nein, sie war nie verheiratet und wollte auch nie heiraten. Das ist aber eine lange Geschichte. Ich bin übrigens auch nicht verheiratet.«

»Trotzdem noch einmal, hatte Ihre Schwester zur Zeit einen Freund?«

»Nicht, dass ich wüsste.«

»Es muss aber gestern jemand hier gewesen sein, den sie kannte, denn es gibt keine Einbruchspuren. Wir haben auch zwei Gläser gefunden, das heißt, sie hatte Besuch.«

»Ich kann mir das nicht erklären. Sie hat mir gesagt, dass sie den ganzen Abend zu Hause sein und auf Julian aufpassen würde. Mehr weiß ich nicht.«

Hellmer klopfte an die Tür, machte sie einen Spalt auf und bat Durant, kurz zu ihm zu kommen.

»Du, ich hab gerade mit einer Nachbarin gesprochen, die direkt gegenüber wohnt. Sie hat ausgesagt, dass sie gestern Abend die Hentschel hat wegfahren sehen.«

»Wann?«

»Um Viertel nach acht. Sie hat gesagt, sie musste noch mal an die Mülltonne und wollte dann *Wer wird Millionär* sehen. Deshalb die genaue Zeitangabe. Ich dachte mir, das könnte dich interessieren.«

»Danke.«

Sie ging wieder ins Zimmer und sagte: »Ihre Schwester war gestern Abend weg, laut einer Zeugenaussage wurde sie gesehen, wie sie um kurz nach acht weggefahren ist …«

»Das kann nicht sein, sie würde Julian niemals allein lassen.«

»Wir müssen aber davon ausgehen, dass die Zeugin die Wahrheit sagt. Ihre Schwester kann jedoch nicht sehr lange weggewesen sein, denn der Todeszeitpunkt liegt bei etwa zweiundzwanzig Uhr.«

»Ich habe keine Erklärung, das müssen Sie mir glauben. Julian war einige Male hier, Barbara hat ihn wie ihren eigenen Sohn geliebt.«

»Hat sie nie von einem Mann gesprochen ...«

»Es gab in letzter Zeit niemanden. Sie hatte früher mal ein paar lose Beziehungen, aber sie wollte sich nicht binden.«

»Was hat Ihre Schwester beruflich gemacht?«

»Sie hat in einer Bank gearbeitet.«

»Und davon konnte sie sich dieses Haus leisten?«, fragte Durant zweifelnd.

»Nein, natürlich nicht.« Regina Hentschel druckste herum. Durant wartete geduldig auf das, was sie noch sagen würde. »Ich will endlich zu Julian.«

»Gleich, er ist in guten Händen. Woher hatte sie das Geld für das Haus?«

»Ich weiß es doch selber nicht. Ich weiß nur, dass sie vor einigen Jahren eine sehr intensive Beziehung zu einem Mann hatte, den ich aber nie kennengelernt habe. Zu der Zeit hab ich gar nicht hier gewohnt, sondern noch in Düsseldorf, wo wir aufgewachsen sind. Ich bin erst vor anderthalb Jahren hergezogen, als mein Freund mich mit Julian hat sitzen lassen.«

»Moment, haben Sie eben Düsseldorf gesagt? Das heißt, Ihre Schwester kommt ursprünglich auch aus Düsseldorf?«

»Ja, warum?«

»Nur so, ich kenne da jemanden«, schwindelte Durant, die plötzlich an den Mordfall denken musste, von dem sie gestern erfahren hatte. Ist das ein Zufall?, dachte sie. »Darf ich fragen, wie alt Sie sind?«

»Sechsunddreißig, und Barbara ist dreiundvierzig.«

»Aber sie hat von diesem Mann gesprochen, oder?«

»Ja und nein, sie hat immer nur Andeutungen gemacht, sie wurde nie konkret. Und irgendwann hab ich aufgehört sie nach ihm zu fragen. Ich weiß nur, dass er Robert heißt, aber wo er wohnt und arbeitet, davon hab ich keine Ahnung. Doch es gibt ein Foto von ihm, es steht in ihrem Arbeitszimmer.«

»Das haben wir schon entdeckt, aber da fehlt der Kopf des Mannes.«

»Bitte?« Sie überlegte und fuhr fort: »Na ja, Barbara kann sehr impulsiv sein. Vielleicht war sie mal wieder wütend und hat den Kopf rausgeschnitten.«

»Was meinen Sie mit impulsiv?«

»Sie kann unglaublich verletzend sein und ist auch leicht aufbrausend. Ich glaube, die einzige Person, mit der sie sich verstanden hat, war ich. Hört sich nicht gut an, oder?«

Durant bemerkte, dass Regina Hentschel mal in der Vergangenheits-, mal in der Gegenwartsform sprach, ein typisches Zeichen für jemanden, der den Tod eines Angehörigen oder Freundes noch nicht begriffen hat.

»Ich bin auch manchmal zu impulsiv und … Egal. Könnten Sie sich vorstellen, dass sie doch einen Freund hatte, von dem Sie nichts wussten?«

»Im Augenblick halte ich alles für möglich. Ich hab mich immer gefragt, wie sie sich dieses Haus leisten kann und woher sie das Geld für die Autos hatte. Sie ist auch mindestens zweimal im Jahr in Urlaub gefahren, aber nicht nach Mallorca oder auf die Kanaren, nein, ihre Reisen gingen nach Bali oder Australien …«

»Wo wohnen Sie?«

»In Flörsheim.«

»Das Haus hier ist groß, viel zu groß für eine Person. Warum sind Sie nicht bei Ihrer Schwester eingezogen?«

»Sie wollte es nicht. Und ich ganz ehrlich auch nicht. Es wäre nicht gut gegangen. Wir sind viel zu unterschiedliche Typen. Außerdem brauchte sie unbedingt ihren Freiraum, und den hat sie wie eine Löwin verteidigt. Sie kann wahnsinnig egoistisch sein, speziell, wenn es um ihre Freiheit geht.«

»Ich denke, Sie haben sich so prima verstanden.«

»Sicher, aber nur, weil wir uns nicht so oft gesehen haben. Das ist alles sehr kompliziert … Wie ist sie gestorben?«

»Sie wurde erstochen. Um noch mal auf den Freiheitsdrang Ihrer Schwester und Ihr Verhältnis zueinander zu kommen – wie kam es, dass sie Ihren Sohn über Nacht aufnahm, wenn Sie etwas vorhatten?«

Regina Hentschel fasste sich mit zwei Fingern an die Nasenwurzel und antwortete: »Also gut, warum soll ich Ihnen etwas vormachen? Barbara und ich haben uns nicht besonders gut verstanden, was leicht untertrieben ist. Aber sie hat Julian wirklich geliebt. Sie hat ihn mit Geschenken überhäuft und gesagt, dass ich ihn ihr jederzeit bringen könne, wenn ich etwas vorhabe. Das war aber auch schon alles. Glauben Sie bloß nicht, dass sie sich mit mir abgegeben hat, denn sobald Julian und ich vor der Tür standen, hat sie ihn mir abgenommen und mich manchmal einfach draußen stehen lassen. Und glauben Sie mir, ich habe ihn ihr nur gebracht, weil ich auch ab und zu mal weggehen wollte. Und ich wusste ja, dass er es gut bei ihr hat.«

»Aber sie hat ihn gestern Abend für eine gewisse Zeit allein gelassen.«

»Ja, und das gibt mir im Nachhinein zu denken. Ich begreif das alles noch nicht, ich muss das alles erst noch verarbeiten. Darf ich jetzt zu Julian?«

»Nur noch ein paar kleine Fragen, dann sind Sie entlassen. Ist Ihnen gestern irgendetwas Besonderes an Ihrer Schwester aufgefallen? Hat sie sich anders als sonst verhalten, wirkte sie nervös, unruhig?«

»Nein, sie war wie immer.«

»Wäre es möglich, dass Ihre Schwester häufig wechselnde Männerbekanntschaften hatte?«

Regina Hentschel zuckte mit den Schultern und sah Durant ratlos an. »Ich kann es mir nicht vorstellen, aber bei ihr war eigentlich nichts unmöglich. Andererseits hat sie meist recht abfällig über Männer gesprochen, wenn sie überhaupt mal über Männer gesprochen hat. Gibt es irgendwelche Hinweise darauf?«

»Es war nur eine Frage.«

»Das glaube ich Ihnen nicht. Ich hab mich schon manchmal gefragt, wo sie das ganze Geld her hatte, aber ich hab sie natürlich nicht darauf angesprochen. Sie redete grundsätzlich nicht über Geld. Meinen Sie, dass Sie von Männern bezahlt wurde für … Na, Sie wissen schon.«

»Wir müssen alle Möglichkeiten in Betracht ziehen. Ich danke Ihnen für Ihre Hilfe, und kommen Sie gut heim.

Und sollte Ihnen noch etwas einfallen, dann rufen Sie mich bitte sofort an. Ich bin rund um die Uhr zu erreichen«, sagte Durant und gab Regina Hentschel ihre Karte. »Und bitte, geben Sie uns auch Informationen, die vielleicht sehr intim sind. Sollte die Presse sich bei Ihnen melden, dann bitte ich Sie, keine Informationen weiterzugeben. Kann ich mich darauf verlassen?«

»Ja, versprochen. Jetzt will ich aber endlich zu Julian.«

Durant wartete, bis Regina Hentschel ihren Sohn genommen hatte, dann gingen sie gemeinsam die Treppe hinunter. Auf dem Weg fragte Regina: »Was wird jetzt eigentlich aus dem Haus und … Entschuldigung, das ist pietätlos.«

»Gibt es weitere Verwandte außer Ihnen?«

»Nein. Barbara und ich sind im Heim großgeworden. Sie ist mit achtzehn dort ausgezogen, ich hab sechs Jahre lang bei Pflegeeltern gelebt. Wir kennen unsere leiblichen Eltern nicht.«

»Wenn Sie die einzige Hinterbliebene sind, dann sind Sie die Alleinerbin, so sieht es das Gesetz vor, es sei denn, Ihre Schwester hat ein Testament gemacht und … Ach, wenden Sie sich an einen Anwalt, nicht dass ich Ihnen etwas Falsches sage.«

»Danke.«

Hellmer saß im Auto. Er hatte das Fenster runtergelassen und rauchte, während Richter sich noch mit Prof. Bock unterhielt.

»Können wir?«, fragte sie, woraufhin Richter sich von Bock verabschiedete. »Auf geht's«, sagte Durant, als sie sich gesetzt hatte. Sie war überzeugt, dass es noch ein sehr langer Arbeitstag werden würde.

Ich bin mal kurz weg«, sagte Schreck.

»Und wohin?«, fragte Melanie Köster.

»Nur schnell was erledigen, ich komm sonst nicht mehr dazu. Bin in etwa einer Stunde wieder da.«

Köster wandte sich erneut ihrer Arbeit zu. Sie war stinksauer, heute arbeiten zu müssen, hatte sie doch eigentlich vorgehabt, einen ausgedehnten Einkaufsbummel durch die Goethestraße und über die Zeil zu unternehmen. Aber das K 11 machte Druck, sie wollten, dass die bei Svenja Martens und Carolina und Alexandra Fischer sichergestellten Computer auf Herz und Nieren untersucht wurden. Sie hatte gestern den von Alexandra bekommen, an dem jedoch keine Manipulationen vorgenommen worden waren. Auf ihm befanden sich nur Dateien, die mit ihrem Studium zu tun hatten. Sie hatte einen relativ vollen Postkasten, Mails, die noch auf die Absender hin untersucht werden mussten, Mails, die in der Ablage gespeichert waren, und Mails, die eigentlich schon gelöscht waren, aber wiederhergestellt werden konnten. All dies bedeutete einen enormen Zeitaufwand. Allein dieser Teil der Auswertung würde sich noch mindestens bis zum Nachmittag hinziehen. Schreck untersuchte den PC von Svenja Martens und Nestroy Carolina Fischers Notebook.

Nestroy kam zu ihr und sagte: »Kommst du voran?«

»Geht schon. Dieser ganze Datenmüll, ich werd noch wahnsinnig.«

»Die vom K 11 wollen alles haben. Kann ich auch verstehen, schließlich geht's hier nicht um Wirtschaftsverbrechen. Weißt du eigentlich Näheres?«

»Worüber?«

»Über die Morde.«

»Nein, da halten die sich wie immer sehr bedeckt. Typisch K 11. Und bei dir?«

»Bei der andern Fischer wurde an der Festplatte geschraubt. Mal schauen, ob ich das wieder hinkriege. Auf jeden Fall ist der Typ nicht nur ein Killer, sondern auch ein Computerspezialist.«

»Mir egal, ich hab keinen Bock, heute hier rumzuhängen.«

»Meinst du, ich?«

»Ach komm, du würdest doch am liebsten Tag und Nacht hier verbringen.«

»Wie gut du mich doch kennst«, sagte er grinsend, klopfte ihr auf die Schulter und ging wieder zu seinem Arbeitsplatz. Er legte eine CD ein, die er als letzte Rettung sah, die Internetverbindungen der letzten Tage, vielleicht auch Wochen wieder aufzurufen.

Schreck kehrte nach etwas über einer Stunde zurück, setzte sich wortlos an seinen Schreibtisch und fuhr mit seiner Arbeit fort. Nur wenige Minuten später wurden ein weiterer PC und ein Notebook von einem Kollegen hereingebracht.

»Wo kommt das her?«, fragte Nestroy stirnrunzelnd.

»Hofheim. Nummer drei«, war die knappe Antwort. »Die haben Priorität, soll ich ausrichten. Wer will was?«

»Gib mir diesmal das Notebook«, sagte Schreck.

»Dann, Herr Dichterkönig Nestroy, kriegst du den Großen.«

»Der Typ ist doch völlig irre!«, meinte Köster.

»Kein Kommentar.«

»Ach komm, du warst doch dort. Wie sieht's dort aus?«

»Wie ein Schlachtfeld. Er hat sie aufgeschlitzt und ihr das Herz rausgeschnitten.«

»Perverse Sau«, entfuhr es Köster. »Ich bin für die Todesstrafe.«

»Das hast du schon mal irgendwann gesagt«, erwiderte Nestroy. »Wir sind aber nicht die USA oder China. Gib Frau Durant Bescheid, dass wir uns melden, sobald wir fertig sind.«

»Die werd ich nicht mehr sehen, die halten sich doch selten länger als ein paar Minuten am Tatort auf. Macht's gut.«

»Mach's besser«, rief ihm Nestroy hinterher.

»Schweinerei«, sagte Schreck. »Da denkst du, in Deutschland könnte so was nicht passieren, und dann brennt doch einem die Sicherung durch. Ich schließe mich Mel an, Todesstrafe.«

»Schon recht«, meinte Nestroy und widmete sich dem PC von Barbara Hentschel.

»Müssen wir morgen eigentlich auch hier antanzen?«, fragte Köster.

»Ich hoffe nicht. Und wenn doch, dann hast du eben Pech gehabt. Aber tröste dich, wir sind ja bei dir«, sagte Schreck.

Samstag, 12.35 Uhr

Polizeipräsidium. Lagebesprechung.

Bevor Julia Durant mit Hellmer und Richter nach oben fuhr, sagte sie: »Ich bin mal kurz in der Computerabteilung, ich will wissen, ob die schon verwertbare Ergebnisse haben. Dieser Schreck wollte mir was ausdrucken, und außerdem muss ich ihn noch was fragen.«

»Du kannst doch auch anrufen«, entgegnete Hellmer verständnislos.

»Und dann muss wieder einer von uns runter oder einer von denen hochkommen … Zehn Minuten.«

Melanie Köster blickte auf, als Durant eintrat.

»Hallo. Sind die Sachen von Hofheim schon eingetroffen?«

»Ja«, antwortete Köster.

»Wie weit sind Sie mit den andern PCs? Haben Sie inzwischen irgendetwas Brauchbares für mich?«

Schreck schüttelte den Kopf, Nestroy war vertieft in seine Arbeit und winkte ab. »Wir sind noch mitten dabei.«

»Und wann können wir damit rechnen? Wir brauchen die Ergebnisse schnellstmöglich. Außerdem wollten Sie mir einen Ausdruck machen und auf den Tisch legen.«

»Oh, Entschuldigung«, sagte Schreck und errötete, »das hab ich über der ganzen Arbeit vergessen. Ich mach's, wenn ich mit dem Programm fertig bin, und bring's Ihnen nachher hoch.«

»Beeilen Sie sich bitte, für uns zählt jede Minute.«

»Wir sind keine Zauberer, Frau Durant«, sagte Schreck auf einmal gereizt und sah die Kommissarin an. »Wir kriegen mittlerweile jeden Tag neue Ware rein. Wir sind mit der alten noch gar nicht durch, da heißt es schon, das von heute hat Priorität. Sie müssen sich schon ein wenig gedulden.«

»Ich kann mich aber nicht gedulden, unser Apparat

läuft auf Hochtouren, aber der Killer auch. Wann können Sie mir etwas über den PC und das Notebook von Frau Hentschel sagen? Bis drei? Bis vier?«

Nestroy drehte sich um, nahm die Beine vom Tisch und zuckte mit den Schultern. »Wir geben unser Bestes, wie mein lieber Kollege schon sagte. Wir melden uns, wenn wir was haben.«

»Nicht nur, wenn Sie was haben, sondern auch, wenn Sie nichts haben, damit ich nicht unnötig drauf warte. Kann ich mich darauf verlassen?«

»Selbstverständlich, Frau Durant«, antwortete Nestroy grinsend. »Hat Ihnen eigentlich schon jemand gesagt, dass Sie heute besonders schick aussehen?«

Durant musste unwillkürlich lächeln. »Danke für das Kompliment. Aber wenn Sie mich das nächste Mal sehen, werde ich wieder Jeans und einen Pulli tragen. Das hier ist doch nicht so bequem. Ich erwarte Ihren Bericht.«

Sie machte kehrt und begab sich in ihr Büro. Alle zehn Beamten waren versammelt, dazu kam Richter. Kullmer hatte das Besprechungszimmer vorbereitet und die Tafel aufgestellt, nachdem Durant ihn von unterwegs angerufen und darum gebeten hatte.

Sie zog ihren Mantel aus, hängte ihn an den Haken in ihrem Büro und setzte sich als Erstes an ihren Computer. Die Kollegen standen um sie herum. Sie verzog keine Miene, als sie die neue Mail las.

»Liebe Frau Durant,
nun haben Sie Opfer Nummer sieben gefunden, Alexandra Fischer nicht dazugerechnet. Meine Hochachtung gilt Ihren starken Nerven. Ich glaube, die wenigsten halten so etwas auf

Dauer aus. Ich muss Ihnen gestehen, leicht fällt es mir auch nicht, auch wenn es so aussieht, aber es gibt Dinge, die getan werden müssen. Vielleicht halten Sie mich für einen religiösen Fanatiker, das bin ich aber nicht. Ich gebe jedoch zu, mich recht gut in der Bibel auszukennen.

Sie sehen heute übrigens ganz besonders bezaubernd aus. Sie sind eine Frau, in die ich mich glatt verlieben könnte. Leider wird das nicht machbar sein, Sie sind ja bei der Polizei. Dennoch wollte ich Ihnen dieses Kompliment nicht vorenthalten. Außerdem sind Sie ja vergeben.

Sie werden heute mit allergrößter Wahrscheinlichkeit noch eine Mail erhalten, ich kann nur noch nicht sagen, wann. Halten Sie sich einfach bereit. Haben Sie eigentlich Angst vor mir?

Ihr Sie verehrender F. R.

PS: Ein kleines Rätsel zum Schluss: Was ist das? Manchmal ist es klein, manchmal ist es groß, manchmal ist es immer klein. Und manchmal lacht man darüber.«

Sie druckte die Mail wortlos aus und sagte dann: »Gehen wir rüber, wir haben eine Menge zu besprechen.«

Sie nahmen an dem großen Tisch Platz, nur Durant blieb stehen, die Hände auf den Stuhl am Kopfende gestützt.

»Kollegen, das ist kein gewöhnliches Meeting, wie Sie sich denken können. Ich danke Ihnen, dass Sie bereit sind,

Ihr Wochenende zu opfern, und ich danke ganz besonders Prof. Richter für sein Kommen und seine tatkräftige Unterstützung. Er wird nach mir mit ein paar Worten auf die Mordfälle eingehen. Die Mail, die wir eben alle gemeinsam gelesen haben, wird auch noch zur Sprache kommen. Doch zunächst: Gibt es Fragen, bevor ich meine Ausführungen beginne?«

»Woher kann dieser F. R. Sie kennen?«, fragte eine junge Beamtin, die seit einem halben Jahr beim K 11 tätig war, eine große, stämmige Person mit sehr kurzen hellblonden Haaren, mehreren Ohrsteckern an beiden Seiten und einem Nasenpiercing.

»Diese Frage habe ich mir auch gestellt. Ich werde nachher ein paar Punkte an die Tafel schreiben, die ich mir letzte Nacht notiert habe. Sonst noch jemand? Wenn nicht, würde ich gerne beginnen, ich hasse lange Reden.« Sie stellte sich an die Tafel, nahm einen edding-Stift und sagte, bevor sie schrieb: »Er hat mir in den vergangenen drei Tagen fünf Mails geschickt, die von Mal zu Mal vertraulicher und auch länger wurden. Er drückt sich gewählt aus, ist orthographisch fit und scheint sehr intelligent zu sein. Frage eins: Was bedeutet F. R.? Hat jemand einen Vorschlag?«

»Frankfurt Ripper«, antwortete ein vom K 60 zugeteilter Beamter lapidar und ohne eine Miene zu verziehen.

Alle Blicke waren auf ihn gerichtet. Durant meinte anerkennend: »Nicht schlecht. Warum sind wir eigentlich nicht früher darauf gekommen?«

»Weil ich erst seit heute dabei bin«, sagte er so trocken, dass alle lachen mussten und einige mit den Knöcheln auf den Tisch klopften. »Ich habe erfahren, dass er offenbar

Jack the Ripper nachahmt, und da hab ich einfach diese Verbindung hergestellt.«

»Das lassen wir so stehen«, erwiderte Durant und schrieb »Frankfurt Ripper« an die Tafel. »Was wissen wir definitiv über diesen Mann beziehungsweise was weiß ich über ihn?

Erstens: Er kennt mich, und ich kenne ihn. Das Dumme ist nur, ich weiß nicht, wie er aussieht.

Zweitens: Er hat mich bewusst wahrgenommen, ich ihn nicht. Fühlt er sich dadurch gekränkt?

Drittens: Er kennt zumindest teilweise meine Essgewohnheiten. Woher? Ich habe keine Antwort darauf, höchstens die, dass er sich seit längerem schon ständig in meiner Nähe aufhält.

Viertens: Er hat meine E-Mail-Adresse vom Büro. Woher?

Fünftens: Er kopiert Jack the Ripper, wie wir eben schon gehört haben. Die Frage ist: Warum kopiert er ihn? Ist er für ihn ein Held? Oder glaubt er, wie der echte Ripper ungeschoren davonzukommen?

Sechstens: Er ist ein Psychopath.

Siebtens: Er organisiert und zelebriert seine Morde.

Achtens: Er kennt seine Opfer, die Frage ist, ob auch sie ihn kennen. Damit wäre ich wieder bei meiner Person. Stehe ich auf seiner Liste? Keine Ahnung, ich hoffe nicht, sonst sehen Sie mich heute möglicherweise zum letzten Mal.

Neuntens: Er bestraft seine Opfer, aber vielleicht auch jemand anderen. Möglicherweise sich selbst.

Zehntens: Er hasst Huren, Prostituierte, vielleicht auch nur auffällig gekleidete Frauen, in denen er Huren sieht.

Das ist übrigens der Grund, warum ich mich heute so in Schale geworfen habe. Und prompt bekomme ich eine entsprechende Mail, in der er mich auf meine Kleidung anspricht. Das heißt, er hat mich heute schon gesehen und beobachtet. Die Frage ist: Wo hat er mich gesehen und beobachtet? Als wir in Hofheim waren? Da haben Herr Hellmer und ich eine Zeit lang gewartet. Ich habe mich auch für ein paar Minuten auf der Straße aufgehalten. Er könnte am Tatort gewesen sein. Ich halte es sogar für sehr wahrscheinlich … Ja, bitte?«, sagte sie zu einem Beamten, der die Hand hob.

»Ich will jetzt nicht den Teufel an die Wand malen, aber haben Sie nach Ihren Ausführungen schon mal in Erwägung gezogen, dass es einer von uns sein könnte? Ist nur 'ne Frage.«

Ein Raunen ging durch den Raum, bis Durant sagte: »Sie glauben, einer unserer Kollegen aus dem Präsidium könnte der Täter sein? Prof. Richter, was meinen Sie dazu?«

»Ich würde nichts ausschließen, ich halte die Frage sogar für berechtigt. Nur, es kann sich unmöglich um jemanden aus Ihrer Abteilung handeln, denn dort kennen Sie sich alle zum Teil seit vielen Jahren. Aber das Präsidium ist riesengroß, und ich glaube kaum, dass Sie auch nur die Hälfte der hier Beschäftigten persönlich kennen. Verbessern Sie mich, wenn ich falsch liege.«

»Ich kenne maximal ein Viertel, von denen die meisten Kollegen aus dem K-Bereich stammen.«

»Deshalb sollten Sie auch einen von hier in Betracht ziehen.«

»Okay, aber hier arbeiten zwischen fünfzehnhundert

und zweitausend Menschen. Wie wollen wir da den finden, der in Frage kommt? Alle zum DNA-Test bitten? Was glauben Sie, was das für einen Wirbel auslöst, vor allem bei der Presse?! Ich stelle mir nur die Schlagzeile vor – Ripper von Frankfurt ein Polizist? Außerdem bitte ich zu bedenken, dass er mich heute schon gesehen hat, aber ich war heute nur kurz am Morgen im Büro, danach die meiste Zeit in Hofheim. Wir könnten jetzt den Kreis der Verdächtigen auf die Kollegen von der Spurensicherung und meine Kollegen begrenzen, aber für meine Kollegen lege ich meine Hand ins Feuer, und wenn's sein muss, für die andern ebenfalls.«

»Sind Sie heute Morgen hier noch jemand anderem begegnet?«, fragte Berger.

»Nein. Als ich kam, bin ich allein mit dem Aufzug hochgefahren und habe auch auf dem Gang niemanden getroffen. Aber was ist, wenn mich der Täter beobachtet hat, als ich das Haus verlassen habe? Oder er war als stiller Beobachter in der Lessingstraße, ohne dass er einem von uns aufgefallen ist? Letzteres halte ich für am wahrscheinlichsten. Außerdem ist er zu gerissen, denn er weiß ja, dass wir seine DNA haben. Er ist sich sicher, dass wir ihn nicht kriegen, denn sonst hätte er seine DNA nicht bei der Martens zurückgelassen. Es ist keiner von uns, ich halte es für absolut unmöglich. Noch eine Anmerkung dazu?«

Durant wartete einen Augenblick, und als sich keiner zu Wort meldete, fuhr sie fort: »Ich frage mich, warum er überhaupt auf diese schreckliche Weise auf sich aufmerksam macht …«

»Darf ich kurz einhaken?«, fragte Kullmer. »Du hast

eben was Gutes gesagt. Er will auf sich aufmerksam machen. Was haben wir in unsern unzähligen Seminaren gelernt? Viele Täter, die im normalen Alltag keine Beachtung finden, begehen die schrecklichsten Verbrechen. Das heißt für mich, dass er endlich beachtet werden will. Warum schneidet er seinen Opfern die Eingeweide raus? Ein sexueller Kick kann's nicht sein, keiner hat einen Orgasmus, wenn er jemanden aufschneidet und ihm beziehungsweise ihr die Eingeweide entfernt. Und wer das Video gesehen hat, weiß, dass er völlig ruhig und scheinbar emotionslos seine Arbeit verrichtet. Sein Motiv interessiert mich, warum er mordet und warum er ausgerechnet diese grausame und menschenverachtende Methode gewählt hat. Eine Antwort auf die grausame Methode ist sicherlich Aufmerksamkeit, das Motiv liegt für mich im Dunkeln.«

Richter widersprach: »So im Dunkeln liegt das Motiv nun auch wieder nicht, aber darauf komme ich gleich noch. Frau Durant, fahren Sie fort.«

»Gut. Und nun zu den Punkten, zu denen ich mir heute Nacht Notizen gemacht habe.

Wo könnte er wohnen? Keine Ahnung. In einem Einfamilienhaus, in einem Hochhaus, in einem Mehrfamilienhaus, es gibt mehrere Möglichkeiten. Sicher ist, dass er im Rhein-Main-Gebiet zu Hause ist, aller Wahrscheinlichkeit nach sogar in Frankfurt …

Wo könnte er arbeiten, das heißt, welchen Beruf könnte er ausüben? Er besitzt außergewöhnliche anatomische Kenntnisse, womit wir wieder bei einem Arzt oder einem Medizinstudenten wären. Gleichzeitig kann er exzellent mit Computern umgehen, das heißt, er weiß, wie man

Spuren verwischt. Was mich ein wenig stutzig macht, ist, dass er bei den letzten drei Opfern jeweils aus den Adressbüchern und Terminkalendern bestimmte Seiten entfernt hat, bei Alexandra Fischer hat er es nicht getan, weil er entweder nicht wusste, wo sie wohnte, oder weil sie ihn einfach nicht interessierte. Damit wird eigentlich noch eine weitere Frage beantwortet, nämlich die, ob er seine Opfer kannte oder nicht. Er kannte sie, und sein Name stand in ihrem Kalender oder Adressbuch ... Aber wie hat er seine Opfer kennen gelernt? Für mich eine ganz wesentliche Frage. Bei keinem der Morde wurde vorher bei den Opfern eingebrochen, was meine These unterstreicht, dass sie ihn kannten und ihm vertrauten ...«

»Oder sie kannten ihn nicht, vertrauten ihm aber trotzdem, weil er sich einer Lüge bedient hat«, warf Richter ein. »Das mit dem Adressbuch oder Kalender kann auch eine Finte sein, mit der er uns auf eine falsche Spur locken möchte. Ich will damit nur ausdrücken, dass wir bei ihm alle Möglichkeiten berücksichtigen müssen. Er spielt ein verdammt hartes Spiel, er ist uns mehrere Züge voraus, und er ist sich dessen sehr bewusst. Wäre dem nicht so, würde er nicht den persönlichen Kontakt zu Ihnen suchen. Alles, was er bisher gemacht hat, gehört zu seinem Spiel, und bei diesem Spiel steht es momentan acht zu null für ihn, wenn Sie verstehen, was ich meine.«

»Sie mögen Recht haben, aber darf ich meine Ausführungen schnell zu Ende bringen? Ich denke, er ist ein Einzelgänger, eher introvertiert, allein stehend und allein lebend. Er hat Probleme mit Frauen generell. Ich gehe davon aus, dass er von Natur aus schüchtern und zurückhaltend ist ... Seine Morde haben rituellen Charakter, und doch glaube ich nicht, dass er selber es als einen Ritus sieht … Warum schreibt er mit dem Blut seiner Opfer ›Huren sterben einsam‹ an die Wand? Ist die Einsamkeit der Huren auch seine Einsamkeit? Wir werden es sicher irgendwann erfahren, ich hoffe nur, es wird nicht erst nach dem zwanzigsten oder dreißigsten Mord sein … Wir haben erst gerätselt, ob die Morde zwischen Januar und März auch von ihm begangen wurden. Diese Frage hat er inzwischen mit einem klaren Ja beantwortet, die Mail haben Sie alle gelesen. Nur, warum hat er sein Vorgehen geändert? Die ersten vier Morde waren vergleichsweise harmlos gegen die, die er in den vergangenen drei Tagen begangen hat. Für meine Begriffe war das damals nur eine Art Testlauf …«

»Und warum dann die lange Pause? Hat er Urlaub gemacht?«, fragte ein anderer Beamter grinsend.

»Es mag für Sie lustig sein, aber ich kann darüber nicht lachen, nicht nach dem, was ich vor Ort gesehen habe.« Sie holte tief Luft und fuhr fort: »Für die lange Pause haben wir keine Erklärung. Möglicherweise hat er in der Zwischenzeit seine Opfer gezielt ausgesucht. Wir haben die Aussage von einer Frau, die sowohl Svenja Martens als auch Carolina und Alexandra Fischer vor gut einem Monat auf einem Fest bei dem Musikproduzenten Kantauer gesehen hat. Es scheint, als gäbe es diesmal eine Verbindung. Dass allerdings unser Mann auch auf diesem Fest war, wage ich zu bezweifeln.«

»Wurden alle einschlägig vorbestraften Sexualstraftäter überprüft?«

»Wir wollten es machen, aber das können wir uns seit gestern sparen, denn ich habe noch eine interessante

Neuigkeit für Sie, die auch gleichzeitig Ihre Frage beantwortet. Es geht um einen vielleicht einmaligen Fall in der Kriminalgeschichte Deutschlands, möglicherweise überhaupt. Dr. Sievers von der Gerichtsmedizin hat Herrn Hellmer und mich gestern ins Institut bestellt. Dort hat sie uns eröffnet, dass die bei der Martens gefundene DNA in wesentlichen Teilen identisch ist mit der eines Mannes, der vor siebzehn Jahren in Düsseldorf ein Mädchen umgebracht hat. Dr. Sievers sagt, dass unser jetziger Täter entweder der Sohn oder der Bruder des damaligen Täters ist. Recht unwahrscheinlich ist, dass es sich um ein und dieselbe Person handelt. Schon aus diesem Grund können wir es uns sparen, aufwendige Befragungen bei bereits auffällig gewordenen Personen durchzuführen. Das wollte ich Ihnen zum Abschluss noch mitgeben. Fragen?«

»Haben Sie keine Angst, dass er Ihnen etwas antun könnte?«, wollte ein Kollege wissen.

»Wenn ich Angst hätte, wäre ich nicht zur Polizei gegangen. Aber um Sie alle zu beruhigen, ich werde sehr vorsichtig sein.«

»Wann hat er das erste Mal Kontakt zu Ihnen aufgenommen?«

»Am Mittwoch hat er mir eine Mail geschickt, nachdem er Svenja Martens getötet hat.«

»Wie wollen wir jetzt weiter vorgehen? Ich meine, wir müssen einen Plan haben, an den wir uns halten können.«

»Dafür sind wir heute hier versammelt. Wir brauchen Vorschläge. Mich würde zum Beispiel interessieren, ob in den sichergestellten Adress- und Telefonverzeichnissen vielleicht einer oder mehrere bestimmte Namen auftauchen. Sie verstehen, was ich meine?«

Allgemeines Nicken.

»Der Täter hat zwar aus jedem dieser Bücher mehrere Seiten entfernt, dennoch könnte es sein, dass wir über andere Namen auf ihn stoßen. Nur ein Beispiel: Wenn in den Büchern der vier jüngst ermordeten Frauen jeweils der Name Hans Müller auftaucht, wissen wir, dass es mindestens diesen einen Mann gibt, der alle vier Frauen kannte. Wir nehmen Kontakt zu ihm auf, und das könnte eine Eigendynamik entwickeln und schließlich zu unserm Mann führen.«

»Aber wenn ich die Erklärungen von Herrn Berger vorhin recht verstanden habe, dann waren die Frauen, die zwischen Januar und März umgebracht wurden, bis auf eine keine Huren.«

»Richtig. Allerdings wissen wir bis heute relativ wenig über diese Frauen. Die Aussagen der Angehörigen oder Arbeitskollegen widersprechen sich zum Teil … Gut. Aber ehe wir über das Vorgehen reden, möchte ich doch Prof. Richter die Gelegenheit geben, ein paar Worte zu sagen. Professor.«

Durant nahm Platz, ihre Füße schmerzten, sie hatte Durst und schenkte sich ein Glas Cola ein.

Richter räusperte sich. »Nach den sehr interessanten Ausführungen von Frau Durant möchte ich Folgendes erklären: Ich habe mir auch die Nacht um die Ohren geschlagen und versucht, ein Täterprofil zu erstellen. Als ich heute Vormittag den Tatort in Hofheim inspiziert habe, habe ich zwar zahlreiche neue Eindrücke gewonnen, aber viel mehr als Ihre Kollegin werde ich Ihnen auch nicht berichten können. Um Ihre Geduld jedoch nicht allzu sehr zu strapazieren, nur ein paar Punkte.

Bei dem Täter handelt es sich um einen angepassten Menschen, der, wie Frau Durant schon sagte, in der Masse nicht auffällt. Aber er möchte auffallen, und deshalb greift er zu diesen für uns abscheulichen Tötungsmethoden. Er ist ein Perfektionist, der großen Wert auf Ordnung legt, der seine Arbeit gewissenhaft verrichtet und über den sich nie jemand beklagt oder beschwert ... Bei einer ersten Unterredung mit Frau Durant und Herrn Hellmer gestern habe ich noch die Vermutung geäußert, dass er verheiratet sein könnte, mittlerweile bin ich ebenfalls der Auffassung, dass er alleinstehend ist. Sein Alter dürfte zwischen zwanzig und fünfunddreißig Jahren liegen, also in der Altersgruppe, in der auch die meisten Serienmörder zu finden sind ...

Ein paar Worte zu seinem möglichen Motiv: Erlittene Demütigungen, vermutlich über einen längeren Zeitraum hinweg ... Erfahrene Lieblosigkeit, was in der Regel schon in der frühesten Kindheit beginnt ... Keine Freunde und schon gar keine Freundinnen ... Stark ausgeprägter Sexualtrieb, der jedoch nicht ausgelebt werden kann ... Isolation von der Außenwelt, dadurch die Flucht in eine virtuelle Welt, in der es keine Grenzen gibt ...«

»Aber die Schlachtfeste sind keine virtuelle Welt«, wurde er von einem Beamten unterbrochen.

»Nein, dort entlädt sich seine Wut. Er ist ungeheuer wütend, zornig, aber er kann diese Wut und diesen Zorn nur schwer oder gar nicht zeigen, weil er diese Gefühle nie zeigen durfte ...«

»Und was hat es mit den Huren auf sich?«

»Er hat meiner Ansicht nach einschlägige Erfahrungen mit Damen des horizontalen Gewerbes gemacht, allerdings wohl eher negative. Es tut mir leid, wenn ich überwiegend im Konjunktiv spreche, aber ich habe nun mal noch keine gesicherten Erkenntnisse, was die Persönlichkeit des Täters betrifft. Alles, was ich hier äußere, basiert auf Vermutungen. Er ist nicht nur sehr ordnungsliebend, sondern geradezu pedantisch. Ich gehe davon aus, dass, wenn wir seine Wohnung sehen, dort alles blitzblank ist. Er legt Wert auf höfliche Umgangsformen, wie wir auch aus den Schreiben an Frau Durant ersehen können …«

»Ich habe mir eine Frage aufgeschrieben«, sagte Durant. »Wenn er so introvertiert ist und abgeschottet von der Außenwelt lebt, wie kommt es dann, dass ihm seine Opfer offenbar vertrauen? Für mich ist das ein Widerspruch, denn mit Introversion verbinde ich auch Kontaktarmut. Aber er scheint doch über eine Art zu verfügen, die Frauen anspricht.«

»Wir müssten feststellen, wie er mit seinen Opfern Kontakt aufgenommen hat. In Frage kämen Kontaktanzeigen in diversen Zeitungen und Magazinen, möglicherweise Pornomagazine, in denen ja mittlerweile auch immer mehr Frauen inserieren, häufig biedere Hausfrauen, die etwas erleben wollen. Ich denke da unter anderem an Frau Weiland. Ehefrau, Mutter, Kirchgängerin, und doch bin ich fest überzeugt, dass sie ein Doppelleben geführt hat … Aber auch das Internet ist zu einer riesigen Kontaktbörse geworden. Und es ist durchaus möglich, dass er zumindest seine letzten drei Opfer auf diese Weise kennengelernt hat, denn wir wissen ja, dass er sehr versiert im Umgang mit Computern ist …«

»Kann man nicht rausfinden, mit wem die Frauen vor

ihrem Tod übers Internet Kontakt hatten?«, fragte eine Beamtin.

»Alle sichergestellten PCs werden gerade daraufhin untersucht. Doch wie es aussieht, hat er seine Spuren verwischt, was, wie Herr Nestroy plausibel erklärte, recht einfach ist. Ersparen Sie mir Details, ich habe null Ahnung von Computern«, antwortete Durant lächelnd.

»Lassen Sie mich schnell fortfahren«, sagte Richter. »Der Täter orientiert sich in wesentlichen Teilen an seinem Vorbild Jack the Ripper. Warum er ihn ausgewählt hat, vermag ich nicht zu beantworten …«

Richter sprach noch zwanzig Minuten und beantwortete einige Fragen, von denen eine lautete: »Ist der Täter nekrophil?«

»Nein. Nach den Erkenntnissen der Rechtsmediziner Prof. Bock und Dr. Sievers hatte er nach dem Tod der Frauen keinen Geschlechtsverkehr mit ihnen. Aber er hat Frau Durant, wie sie mir berichtete, gestern eine halbe Niere geschickt und in einem beigefügten Brief geschrieben, er habe die andere Hälfte gebraten und gegessen. Ich glaube jedoch nicht, dass er das wirklich gemacht hat, er will nur sehr deutlich zum Ausdruck bringen, dass er der Ripper von heute ist, denn Jack the Ripper hat ebenfalls einen Brief geschrieben und eine halbe Niere beigelegt und behauptet, die andere Hälfte gebraten und gegessen zu haben.«

»Was hat es mit dem Rätsel auf sich? Manchmal ist es klein, manchmal ist es groß, manchmal ist es immer klein, und manchmal lacht man darüber. Was will er uns damit sagen?«

Durant machte ein ratloses Gesicht und zuckte mit den Schultern. »Hat einer von Ihnen eine Idee?«

Kullmer senkte den Kopf und grinste. Durant sah es und fragte: »Was ist los, Peter?«

»Nichts weiter. Er will uns doch nur auf den Arm nehmen.«

»Das glaube ich nicht«, warf Richter ein. »Nichts von dem, was er bisher geschrieben hat, war ein Scherz.«

Julia Durant schaute zur Uhr und sagte: »Gibt es noch Fragen? Wenn nicht, dann besprechen wir jetzt unser weiteres Vorgehen.« Sie war müde, sie hatte Hunger, die Kopfschmerzen meldeten sich zurück, und überhaupt fühlte sie sich hundeelend, auch wenn sie den Anschein erweckte, als würde es ihr gut gehen. Sie hatte kaum geschlafen, der gestrige Abend machte ihr noch zu schaffen, dazu Hellmers Probleme und die Jagd nach einem Killer, der wie ein Phantom war, unsichtbar und deshalb nicht greifbar.

Um Punkt drei beendete Berger die Sitzung. Man hatte beschlossen, zunächst noch einmal alle Nachbarn, Bekannten, Freunde und Verwandten der Opfer zu befragen, auch jener, die im Winter ermordet worden waren.

Auf dem Weg zurück ins Büro sagte Richter zu Durant: »Das wird ein hartes Stück Arbeit. Und ich bezweifle den Erfolg der Aktion. Ein Gefühl sagt mir, dass Sie ihn mehr zufällig schnappen. Tut mir leid, wenn ich Ihnen diesmal nicht wie sonst helfen konnte.«

»Sie haben uns schon geholfen. Und vielleicht gewinnen Sie ja noch ein paar Erkenntnisse.«

»Ich werde mich bemühen. Es wird ein langes Wochenende. Machen Sie's gut. In einem muss ich dem Täter recht geben, Sie sehen heute geradezu umwerfend aus. Doch das haben Ihnen wohl schon einige gesagt.«

Julia Durant lächelte und erwiderte: »Ja, unter anderem Sie vorhin in Hofheim, aber heute bin ich dafür nicht empfänglich. Ich muss jetzt erst mal was essen gehen und eine Tablette nehmen, mein Schädel brummt. Und danach werde ich mir die Zeit im Büro vertreiben.«

»Warum fahren Sie nicht nach Hause?«

»Weil er geschrieben hat, er würde sich heute noch mal melden.«

»Sie sollten sich wirklich ausruhen, sonst klappen Sie noch zusammen und sind keine Hilfe mehr. Nur ein gutgemeinter Rat.«

»Ich bin hart im Nehmen. Tschüs und rufen Sie an, sobald Sie was Neues haben.«

Sie kam ins Büro, wo das gesamte Team versammelt war. »Schwärmt ihr gleich aus?«, fragte sie.

»Klar. Und du hältst hier die Stellung«, sagte Kullmer.

»Muss ich wohl. Aber vorher bin ich eine halbe Stunde weg, ich muss was essen.«

»Ich bestell dir was beim Italiener«, sagte Hellmer schnell, als wollte er etwas gutmachen. »Setz dich hinter deinen Schreibtisch und leg die Füße hoch. Pizza?«

»Wenn du mich so fragst ... Mit doppelt Salami, Champignons, milden Peperoni und Zwiebeln. Und eine große Flasche Cola. Und meine Zigaretten gehen auch zur Neige.«

»Wird erledigt.«

Durant nahm hinter ihrem Schreibtisch Platz, streifte die unbequemen Pumps ab und lehnte sich zurück, die Beine auf dem Tisch. Sie schloss die Augen und wünschte sich jetzt jemanden, der ihr den Nacken massierte, sanft und zärtlich.

Sie dachte an die vergangenen zweieinhalb Stunden, die nichts gebracht hatten. Nichts, was auch nur im Geringsten weitergeholfen hätte. Selbst Richter schien diesmal vor einer unlösbaren Aufgabe zu stehen. Sie hörte, wie sich einer nach dem andern verabschiedete, bis nur noch Berger und Hellmer übrig waren, die sich leise unterhielten. Der Computer summte vor sich hin, auf dem Monitor bewegte sich der Bildschirmschoner der hessischen Polizei.

Sie nickte ein, der geringe Schlaf der vergangenen Nacht, die anstrengenden und aufwühlenden Tage zeigten Spuren. Als Hellmer den Karton mit der duftenden Pizza und die Flasche Cola auf den Tisch stellte, schreckte sie auf.

»Sorry, ich wollte dich nicht wecken, aber deine Pizza wird sonst kalt. Können Berger und ich dich allein lassen?«

»Verschwindet. Was schulde ich dir?«, fragte sie und wollte nach ihrer Geldbörse greifen, doch Hellmer winkte ab.

»Das geht auf mich. Lass es dir schmecken.«

»Danke. Wo geht ihr hin?« Sie nahm ein Stück der noch heißen Pizza und biss ab.

»Wir befragen noch mal die Leute in Hofheim, anschließend die Schwester der Hentschel. Danach fahren wir nach Hause. Ich bin ziemlich groggy. Oder soll ich nachher lieber wieder herkommen?«

»Nein, nicht nötig. Sei brav, okay?«

»Ich werde mir Mühe geben. Aber mach dir um mich keine Gedanken, wir leben doch alle unser eigenes Leben. Ciao, und sollte was sein, ruf sofort an.«

»Zisch ab und richte Nadine einen schönen Gruß von mir aus, falls du sie heute noch siehst«, konnte sie sich nicht verkneifen hinzuzufügen.

»Du kannst deinen Spott wohl nie ablegen, was? Wir reden demnächst mal. Du hast gesagt, du bist meine Freundin.«

»Bin ich ja auch. Und jetzt zieh endlich Leine, ich will nur noch meine Ruhe.«

Hellmer und Berger gingen, Durant war allein im Büro. Die Zwischentüren standen offen, kein Geräusch drang von draußen herein. Sie warf einen Blick auf ihren Schreibtisch, runzelte die Stirn und rief, als sie auch den letzten Bissen runtergeschluckt hatte, in der Computerabteilung an.

»Köster.«

»Durant hier. Ich warte immer noch auf den Ausdruck, er sollte doch längst auf meinem Tisch liegen. Kann das bitte endlich mal jemand hochbringen?«

»Moment ... Mike eins oder zwo, Frau Durant will endlich den Ausdruck haben. Jetzt mal ein bisschen zack, zack ...«

Durant hörte eine Stimme aus dem Hintergrund. Melanie Köster hielt den Hörer zu und meldete sich kurz darauf: »Herr Schreck ist schon unterwegs.«

»Danke und tschüs.«

Mike eins und Mike zwo, dachte sie und musste kurz lachen. Sie stand auf, schenkte sich ein Glas Cola ein und trank es in kleinen Schlucken aus. Obwohl die Heizung an war, fror Durant. Sie sah hinaus und doch ins Leere, ihre Gedanken waren noch einmal bei gestern Abend und dem unerwartet verlaufenen Treffen mit Georg Meister.

Wie kann ein Mensch sich nur so verstellen?, dachte sie kopfschüttelnd. Lässt mich zwei Jahre lang in dem Glauben, ich wäre die Frau, mit der er den Rest seines Lebens verbringen will, und dann … Ich wünsche dir ja nichts Böses, aber so ein richtiger Durchhänger, das wär's. Oder wie wär's mit Impotenz? Sie musste wieder lachen, wenn sie sich vorstellte, wie er mit seiner vierundzwanzigjährigen Geliebten im Bett war und nichts mehr funktionierte. Wie sie ihn erst beruhigte, das könne doch jedem passieren, wie sie von Mal zu Mal ungehaltener wurde und ihn schließlich nach mehreren erfolglosen Versuchen auslachte, ihre Sachen packte und abhaute. Verdient hättest du's, und ich würde dich bestimmt auch nicht bemitleiden.

Mit einem Mal hielt sie inne, ein geradezu absurder Gedanke schoss ihr durch den Kopf , denn sie erinnerte sich, was Richter gesagt hatte, nämlich, dass der Täter über einen ausgesprochen starken Sexualtrieb verfüge, aber dieser nicht ausgelebt werden könne. Moment, Moment. Gleich hab ich's. Sie schloss erneut die Augen, ihr Atem ging schnell, sie meinte in der Stille des Büros ihr Herz schlagen zu hören. Sie nahm ihre eigenen Notizen zur Hand und das wenige, das sie vorhin dazugekritzelt hatte, und überflog die Zeilen. Das ist es, dachte sie, das ist es!

Sie wollte gerade zum Hörer greifen, als es an der Tür klopfte und Schreck hereinkam. Er machte ein entschuldigendes Gesicht und legte einen ganzen Stapel bedrucktes Papier auf den Tisch.

»Wir haben auch auf den Geräten von Frau Hentschel Adressbücher und Terminplaner gefunden. Ich hab sie gleich mit ausgedruckt.«

»Na dann, vielen Dank. Wer sind Sie? Mike eins oder Mike zwo?«, fragte sie grinsend.

»Mike eins. Wir heißen beide Michael, aber ich war zuerst da. Und da wir uns bei Michael immer gleichzeitig angesprochen fühlen, hat man uns einfach Mike eins und Mike zwo getauft. So wissen wir immer, wer gemeint ist.«

»Verstehe, Mike eins, wenn ich Sie so nennen darf. Kann ich auf noch mehr Unterlagen hoffen?«

»Wir schauen mal«, sagte Schreck und sah die Kommissarin lange und aufmerksam an, während sie sich bereits den Ausdrucken widmete. »Kann ich Ihnen irgendwie helfen? Das Zeug ist manchmal für Laien nicht leicht zu überblicken.« Er stützte sich mit beiden Händen auf den Tisch und sah in den Ausschnitt von Durant. Sie spürte seinen Blick, war amüsiert und gleichzeitig angenehm berührt, dass offenbar auch wesentlich jüngere Männer sie attraktiv fanden. So viele Komplimente wie heute hatte sie schon lange nicht mehr bekommen, auch wenn es zum Teil unausgesprochene waren. »Hier«, sagte Schreck und deutete auf das erste Blatt, »das ist das Adress- und Telefonverzeichnis von Frau Martens. Und«, er blätterte die Seiten durch, »hier hat sie ihre Termine eingetragen. Sie hatte den ganzen Kram verschlüsselt, das heißt, man konnte es nur mit einem Passwort öffnen. Aber so was ist für uns ein Kinderspiel. Die Seiten dahinter sind interessant, weil sie über fast jeden, den sie kannte, eine Art Tagebuch geführt hat. Und auch ein Kassenbuch, in dem sie ihre Einkünfte verzeichnet hat. Sie werden einige Zeit brauchen, um das alles zu lesen.«

»Und was ist mit den PCs der Fischers?«, fragte sie und

beugte sich noch ein wenig weiter nach vorn, bis ein Großteil ihres Busens zu sehen war. Sie wollte Schreck nicht die Freude verderben.

»Ist alles dabei. Bei denen werden Sie aber nicht viel finden, es sind nur ein paar wenige Seiten. Bei Frau Hentschel ist es ähnlich wie bei Frau Martens. Ich hab nur ein paar Zeilen gelesen, aber die muss ein ziemlich wildes Leben geführt haben.«

»Das ist vertraulich, das wissen Sie«, sagte Durant und sah Schreck an, der mit einem Mal knallrot wurde, weil er seinen Blick nicht so schnell von dem Dekolleté losreißen konnte.

»Sssicher«, stammelte er und stellte sich fast kerzengerade hin.

»Gut. Wie lange sind Sie heute noch im Büro?«

»Ich wollte eigentlich gleich gehen, ich bin schon seit sieben hier.«

»Dann ein schönes Wochenende und danke für die gute Arbeit.«

»Ja, Ihnen auch. Tschüs.«

Sie wartete, bis Schreck die Tür hinter sich zugemacht hatte, und musste noch einmal schmunzeln, weil sie sich vorstellen konnte, was in seinem Kopf vorging. Ich wirke eben doch auf Männer, zumindest äußerlich. Und ich werde mich nicht unterkriegen lassen.

Sie wählte Richters Nummer und wartete geduldig, bis er abnahm.

»Hier Durant noch mal. Haben Sie einen Moment Zeit?«

»Schießen Sie los.«

»Ich bin allein im Büro und hatte Zeit, mir Gedanken

über unsere Sitzung vorhin zu machen. Sie haben doch von einem ausgeprägten Sexualtrieb des Täters gesprochen. Wie kommen Sie zu der Annahme?«

»Ich dachte, das hätte ich zum Ausdruck gebracht …«

»Nein, Sie haben es nur in ein paar Punkten angeschnitten. Ich zitiere, weil ich mitgeschrieben habe: ›Erlittene Demütigungen, vermutlich über einen längeren Zeitraum hinweg … Erfahrene Lieblosigkeit, was in der Regel schon in der frühesten Kindheit beginnt … Keine Freunde und schon gar keine Freundinnen … Stark ausgeprägter Sexualtrieb, der jedoch nicht ausgelebt werden kann … Isolation von der Außenwelt, dadurch die Flucht in eine virtuelle Welt, in der es keine Grenzen gibt …‹ Und dann hat einer meiner Kollegen bemerkt, dass die Schlachtfeste aber keine virtuelle Welt sind. Darauf haben Sie geantwortet: ›Nein, dort entlädt sich seine Wut. Er ist ungeheuer wütend, zornig, aber er kann diese Wut und diesen Zorn nur schwer oder gar nicht zeigen, weil er diese Gefühle nie zeigen durfte …‹ Die nächste Frage lautete, was es mit den Huren auf sich habe? Ihre Antwort: ›Er hat meiner Ansicht nach einschlägige Erfahrungen mit Damen des horizontalen Gewerbes gemacht, allerdings wohl eher negative.‹ Und dann haben wir noch kurz über das Rätsel gesprochen, Sie wissen schon, manchmal ist es groß und so weiter. Mir ist da eine Idee gekommen, fragen Sie mich aber nicht, wie.« Sie machte eine Pause, trank einen Schluck Cola und sagte weiter: »Was ist mit einem Mann, der einen starken Sexualtrieb hat und ihn nicht ausleben kann?«

»Es kommt drauf an, warum er ihn nicht ausleben kann. Die Gründe dafür sind mannigfaltig, eine Ehefrau, die ihren Mann nicht ranlässt oder ihn sogar ignoriert; eine Frau, die er körperlich begehrt, die ihn aber zurückweist; eine Frau, die …«

»Ich möchte Sie kurz unterbrechen. Er lebt isoliert, hat keine Freunde und Freundinnen, was bleibt ihm also anderes übrig, als zu Prostituierten zu gehen? Stimmen Sie mir da zu?«

»Mag sein, aber worauf wollen Sie hinaus? Das ist doch nicht alles, was Sie zu sagen haben.«

»Nein. Er hat vermutlich gar keine so starken Probleme mit seiner Umwelt, möglicherweise ist er sogar ein sehr umgänglicher Mensch. Er lernt schließlich Frauen kennen, aber was passiert dann? Irgendetwas läuft schief, und zwar schon seit geraumer Zeit, vielleicht sogar schon über Jahre oder Jahrzehnte. Was halten Sie von meiner Vermutung, dass er unter sexuellen Störungen leidet? Vielleicht ist er impotent oder, um auf das Rätsel zurückzukommen, er hat einen körperlichen Defekt, einen zu kleinen Penis, oder sein Penis wurde bei einem Unfall verstümmelt?«

»Frau Durant, Sie sollten sich zur Kriminalpsychologin ausbilden lassen. Hut ab, wie Sie das gelöst haben …«

»Es ist doch gar nicht sicher, dass ich recht habe, es ist bisher nur eine These.«

»Nein, nein, das ist keine These. In dem Rätsel drückt er deutlich aus, dass sein Penis entweder nicht erigierbar oder einfach zu klein ist. Und er wird deswegen von den Frauen ausgelacht. Wenn ich den von Ihnen gelegten Faden weiterspinne, komme ich zu dem Schluss, dass er seine Opfer verstümmelt, weil er selbst verstümmelt ist. Das ist doch genau das, was Sie selbst schon im Kopf hatten, oder?«

»Deswegen hab ich Sie ja angerufen, ich brauchte diese Bestätigung. Wir suchen also einen Mann mit einem körperlichen Defekt im Genitalbereich, der dafür von den Frauen, mit denen er intim werden möchte, ausgelacht wird. Und für manche Männer ist es die Demütigung schlechthin, wenn sie von einer Frau wegen ihrer nicht vorhandenen Männlichkeit ausgelacht werden.«

»Richtig. Aber die meisten Männer ziehen sich dann vollkommen zurück, werden introvertiert, beginnen zu trinken oder verfallen in tiefe Depressionen, manche werden übellaunig oder sogar aggressiv, manche suchen aber auch das Manko zu kompensieren, indem sie sich einer sinnvollen Aufgabe widmen. Die wenigsten werden gewalttätig, es ist eher die Ausnahme. Ich weiß von einem Mann, der durch einen Unfall seinen Penis fast vollständig verloren hat und seitdem unter schwersten Depressionen leidet. Frau Durant, der Sexualtrieb ist dem Menschen in die Wiege gelegt, die einen haben einen stärkeren, die andern einen weniger stark ausgeprägten. Und wenn dieser Urtrieb nicht ausgelebt werden kann, egal, ob von Männern oder Frauen, so führt dies in fast allen Fällen zu Frustration und Selbstzweifeln. Aber um auf unsern Mann zurückzukommen, er befindet sich auf einem Rachefeldzug gegen eine bestimmte Gruppe von Frauen. Möglicherweise war seine erste sexuelle Erfahrung mit einer Prostituierten, wer weiß.«

»Und wie alt schätzen Sie ihn? Vorhin sagten Sie, er müsse zwischen zwanzig und fünfunddreißig sein. Können wir das noch ein wenig weiter eingrenzen?«

»Nein, unmöglich. Statistisch ist das die Altersgruppe, in der Serienmörder mit dem Morden beginnen. Er hat im

Winter angefangen, und ich gehe davon aus, dass der Mord an Karin Weiland sein erster war. Wie lange vor dem ersten Mord er schon eine tickende Zeitbombe war, das weiß nur er selbst. Eine Frage hätte ich noch«, sagte Richter. »Sie haben doch gestern mit Rösner gesprochen. Wie war Ihr Eindruck von ihm?«

»Positiv. Carolina Fischer war seine Geliebte, und er hat Stein und Bein geschworen, dass sie seine erste ernsthafte Affäre in den fünfunddreißig Jahren Ehe war. Ich glaube ihm.«

»Wusste ich's doch. Ich möchte mich auf diesem Weg für meine Frau entschuldigen, die …«

»Keine Ursache«, sagte Durant, obwohl sie seit heute ein sehr gespaltenes Verhältnis zu Viola Richter hatte, nein, nicht nur gespalten, sie hasste sie für das, was sie mit Hellmer machte. »Professor, ich danke Ihnen …«

»Was macht Ihr Kopf?«

»Geht. War wohl nur der Hunger. Tschüs.«

Durant nahm sich die Ausdrucke vor, die sie von Schreck bekommen hatte. Sie legte sie nebeneinander, links Svenja Martens, dann Carolina und Alexandra Fischer und rechts Barbara Hentschel. Noch ein Glas Cola, um die erneut aufkeimende Müdigkeit zu vertreiben. Sie verglich die Namen der Personen, die in den verschiedenen Adressbüchern und Terminkalendern aufgeführt waren, und war erstaunt, welche Männer bei der Martens regelmäßig ein und aus gegangen waren. Etliche davon kannte sie aus den Medien, Politiker, Unternehmer, Künstler. Aber es waren auch einige darunter, deren Namen ihr nichts sagten. Nur einen von ihnen kannte sie persönlich, hatte mit ihm gesprochen. Gerd Rösner. Hatte er nicht behauptet, die Martens nicht zu kennen? Er hatte angeblich sogar Mühe, sich an ihren Vornamen zu erinnern. Bei Carolina Fischer und ihrer Schwester Alexandra gab es nicht viel zu lesen, sie waren keine Huren im klassischen Sinn, sie hatten Freunde und Freundinnen, aber keine Freier. Doch natürlich war auch hier Rösner vermerkt. Aber bei Barbara Hentschel stutzte sie und kam ins Grübeln. Ihr Adressbuch bestand aus neunundvierzig Namen, die allesamt auch im Terminkalender auftauchten. Männernamen. Und auch hier war Rösner vermerkt, mit dem sie sich zwischen November letzten und Mai dieses Jahres mehrere Male getroffen hatte; insgesamt zwölfmal bei ihr und viermal in einer Wohnung in der Frankfurter Innenstadt. War die Hentschel eine der beiden Frauen, mit denen Rösner nach eigenen Angaben zwar sexuell verkehrt hatte, die ihm aber nichts bedeuteten? Sie würde ihn fragen. Vor allem interessierte sie, was zwischen ihm und der Martens gelaufen war. Hatte er doch gelogen? Aber er als gewiefter Anwalt müsste doch wissen, dass wir es rauskriegen würden, dachte Durant und zündete sich eine Zigarette an, die vierte, seit sie allein war.

Nach anderthalb Stunden sah sie in ihren Postkasten, keine neue Mail. Sie stand auf, streckte sich und dachte nach. Sie wollte Rösner schon anrufen, als sie es sich anders überlegte und in Bergers Büro ging, um nach der Akte über den Mordfall zu suchen, der sich in Düsseldorf vor siebzehn Jahren ereignet hatte. Die Kollegen aus Düsseldorf hatten die Daten am Vormittag per E-Mail durchgeschickt. Sie lagen ausgedruckt auf Bergers Tisch.

Durant nahm sie mit und begann sie aufmerksam zu studieren. Mit einem Mal kniff sie die Augen zusammen, ging in Windeseile die Adressbücher und Terminplaner durch. Alles in ihr vibrierte, sie war nervös, trank von ihrer Cola und rauchte noch eine Zigarette.

»Das ist es«, sagte sie zu sich selbst, »das ist es!«

Es war nur ein Name, den sie in den siebzehn Jahre alten Protokollen gelesen hatte, der ihr aber bekannt vorkam. Und sie hatte recht behalten.

Robert Wimmer war zusammen mit seinem Sohn Michael am 14. April 1988 von der Polizei zu dem Mord an Louise Mayer befragt worden, doch sie wurden sehr schnell aus dem Kreis der potentiellen Täter ausgeschlossen, da beide hieb- und stichfeste Alibis vorweisen konnten. Michael war zu dem Zeitpunkt fünfzehn Jahre alt, sein Vater achtunddreißig, die Mutter hatte laut Protokoll bereits zehn Jahre zuvor die Familie verlassen. Michael pflegte eine enge Freundschaft mit Louise, obwohl diese zwei Jahre älter war.

War das die Spur, die zum Täter führte? Diese alte Akte? Plötzlich machte alles Sinn, die fast identische DNA, der ungeklärte Mord … Sie las weiter, doch auf keiner der folgenden Seiten tauchte der Name Wimmer noch einmal auf.

Aber ein Robert Wimmer war in den Aufzeichnungen von Svenja Martens und Barbara Hentschel vorhanden, als Robert W., als Bobby, als Wimmer, als R. W. Doch nirgends war eine Telefonnummer oder gar eine Adresse von ihm. Er hatte Svenja Martens zuletzt am 14. November, also am vergangenen Montag, zwei Tage vor ihrem Tod, gesehen.

Durant blätterte mit flinken Fingern die Notizen von Svenja Martens durch, fand aber keinen Eintrag zu dem betreffenden Datum. Sie nahm sich das Kassenbuch vor, in dem vermerkt war: »14. 11. Robert Wimmer – 600 Euro«. Außerdem hatte sie an jenem Tag noch einen weiteren Kunden gehabt, der vierhundert Euro bezahlt hatte.

Ihre Müdigkeit war schlagartig verflogen, und auch die Kopfschmerzen hatten sich endgültig in Luft aufgelöst. Robert Wimmer und sein Sohn lebten in Frankfurt oder in der näheren Umgebung. Und sie war sicher, dass sowohl Robert als auch Michael Wimmer Mörder waren. Robert verkehrte mit leichtlebigen Damen, wobei er nicht zu gewöhnlichen Huren ins Bordell ging, sondern sich seine Gesellschaft sehr wohl aussuchte. Es mussten besondere Frauen sein, Frauen wie Svenja Martens oder Barbara Hentschel, deren Gesicht sie zwar am Vormittag nicht mehr erkennen konnte, da es vollkommen unkenntlich gemacht worden war, zertrümmert und zerschnitten, aber sie hatte ein Foto von ihr gesehen, eine attraktive und markante Frau mit einem besonderen Gesicht, in dem das Auffälligste die großen Augen und der volle Mund waren.

Durant holte sich das Telefonbuch und suchte die Nummer von diesem Wimmer, doch sie fand keinen Eintrag. Sie wollte bereits bei der Auskunft anrufen, unterließ es jedoch und wählte stattdessen die Handynummer von Rösner. Es war fünf vor sieben.

»Herr Rösner, Durant hier. Wo sind Sie gerade?«

»Zu Hause, warum?«

»Können Sie reden, oder passt es im Augenblick nicht?«

»Warten Sie, ich geh in ein anderes Zimmer … Was kann ich für Sie tun?«

»Mir ein paar Auskünfte erteilen. Ich würde das aber gerne unter vier Augen mit Ihnen besprechen. Hätten Sie Zeit, ins Präsidium zu kommen?«

»Jetzt?«

»Ja, es ist dringend. Ich brauche Ihre Hilfe.«

»Das ist sehr schlecht, wir erwarten um acht Besuch. Hat das nicht bis morgen Zeit?«

»Nein. Ich möchte einen weiteren Mord verhindern, der aller Voraussicht nach heute geschehen soll. Ich könnte auch zu Ihnen kommen, aber ich muss hier die Stellung halten. Und außerdem würde Ihre Frau bestimmt Fragen stellen.«

»Einverstanden. Wo im Präsidium finde ich Sie?«

»Sagen Sie am Empfang Bescheid, ich komm dann runter und hol Sie ab. Wann in etwa sind Sie hier?«

»In spätestens zwanzig Minuten. Wird es lange dauern?«

»Nicht, wenn Sie kooperieren. Bis gleich.«

Sie legte auf und tigerte im Zimmer auf und ab. Ich muss Berger und Frank informieren, dachte sie – aber ich kann das auch allein durchziehen. Nein, ich sprech erst mit Rösner. Wenn er die Martens und die Hentschel kannte, dann kennt er mit Sicherheit auch dieses Vater-Sohn-Gespann.

Warum haben die Düsseldorfer damals so schnell Wimmer aus der Reihe der Tatverdächtigen ausgeschlossen? Wie dicht war sein Alibi wirklich? Oder ist er so einflussreich, dass man ihm keinen Mord zutraut? Oder fragt man gar nicht erst richtig nach, weil er eben so einflussreich ist? Rösner, wenn mir einer weiterhelfen kann, dann er. Oder Richter. Mein Gott, warum bin ich nicht gleich auf ihn gekommen? Shit! Ich ruf ihn trotzdem an.

»Richter.«

»Tut mir leid, Sie noch mal stören zu müssen, aber ob Sie's glauben oder nicht, ich verfolge eine sehr, sehr heiße Spur …«

»So schnell?«

»Zufall. Sagt Ihnen der Name Robert Wimmer etwas?«

»Nein, nie gehört. Wer soll das sein?«

»Gut, kann man nichts machen. Nur so viel, er hat bis vor mindestens siebzehn Jahren mit seinem Sohn in Düsseldorf gelebt, wo das siebzehnjährige Mädchen umgebracht wurde. Ich habe Kopien der Akten vor mir liegen und bin fast umgefallen. Der Sohn vom Wimmer war sehr eng mit dem Opfer befreundet. Ich hab doch von den beiden fast identischen DNAs berichtet, daher meine Vermutung, dass dieser Robert Wimmer der Mörder des Mädchens und sein Sohn unser gesuchter Mann ist. Damit hätten wir den gordischen Knoten gelöst – Vater und Sohn.«

»Das hört sich verdammt spannend an und klingt auch logisch …«

»Das ist nicht alles. Robert Wimmer hat auch regelmäßig bei der Martens und der Hentschel verkehrt, wie immer man das auslegen will. Bei der Martens erst am letzten Montag, er hat ihr sechshundert Euro gegeben. Wofür, können Sie sich leicht ausmalen. Fakt ist jedenfalls, dass die Hentschel genau wie die Martens eine Edenutte war. Aber dazu kann ich Ihnen ein andermal mehr berichten …«

»Nein, warten Sie, erzählen Sie mir etwas über die Hentschel«, forderte Richter sie auf.

»Sie war bei einer Bank tätig, hat aber ein Haus bewohnt, das weit über ihren normalen finanziellen Möglichkeiten lag. Dazu die Autos, die Einrichtung des Hauses und so weiter. Ich hab die Ausdrucke ihres Adressbuchs und Terminplaners eingesehen, und da stehen ausschließlich Männer drin. Jetzt gibt es auf einmal eine Menge Erklärungen für ihren aufwendigen Lebensstil. Ihre Schwester hat davon nie etwas mitbekommen. Sie war völlig von der Rolle, als sie von mir erfuhr, dass die Hentschel gestern Abend den Kleinen allein gelassen hat. Aber sie hat es getan, sie hat sich mit jemandem getroffen und das auch vermerkt. Nur mit wem, das weiß ich nicht. Aber ich gehe davon aus, dass es ihr Mörder war, den sie arglos mit nach Hause genommen hat. Und was noch ganz wichtig ist, die Hentschel kommt ursprünglich aus Düsseldorf. Ich hab's von ihrer Schwester erfahren, die erst vor anderthalb Jahren hergezogen ist. Ich kann's drehen und wenden, wie ich will, diese beiden Herren Wimmer sind der Schlüssel zur Lösung des Falls. Ich muss sie nur noch ausfindig machen.«

»Das dürfte doch für Sie ein Leichtes sein.«

»Bis jetzt hatte ich keinen Erfolg, aber wir kriegen ihn schon. Ist Ihre Frau zu sprechen?«

»Nein, sie ist mit einer Freundin unterwegs und wird auch erst sehr spät wiederkommen. Warum fragen Sie?«

»Ich könnte mir vorstellen, dass sie diesen Wimmer kennt. Nicht, dass Sie mich jetzt falsch verstehen, aber sie war auch auf Festen bei diesem Kantauer, und wenn Rösner dort war, dann vielleicht auch Wimmer.«

»Klingt einleuchtend. Rufen Sie sie doch auf dem Handy an, ich geb Ihnen ihre Nummer.«

Richter diktierte, Durant bedankte sich und legte auf.

Sie ist also mit einer Freundin unterwegs. Ich hoffe, es ist wirklich nur eine Freundin und nicht Frank. Aber auch das werde ich noch erfahren. Sie wählte die Nummer, doch es sprang nur die Mailbox an. Als Nächstes rief sie bei Hellmer an.

»Stephanie Hellmer«, meldete sich Hellmers Tochter mit klarer, fester Stimme.

»Hallo, Steffi, ich bin's, Julia. Kann ich mal deinen Papa haben?«

»Der ist nicht da. Aber meine Mama ist hier. Warte mal.«

Sie hörte Schritte näher kommen, Nadine.

»Ja, Hellmer.«

»Julia hier. Ich wollte eigentlich Frank sprechen, aber …«

»Der ist noch unterwegs. Wo bist du?«

»Im Präsidium, hab 'ne Menge zu erledigen. Dann versuch ich's auf seinem Handy. Ich hab gedacht, er wär schon zu Hause. Übrigens, das mit heute Abend wird nichts, ich bin voll im Stress und komm bestimmt nicht vor Mitternacht hier weg.«

»Habt ihr so viel zu tun? Frank war letzte Nacht schon nicht daheim, und vorhin hat er mir gesagt, dass es auch heute sehr spät werden könnte«, erklärte Nadine in einem Ton, den Durant sehr wohl zu deuten wusste. Ein Ton, der die böse Ahnung einer Frau widerspiegelte, die Angst hatte. Angst, verlassen zu werden, Angst, dass da eine andere im Spiel sein könnte, eine Konkurrentin, mit der sie nicht mitzuhalten vermochte. Frei, ungebunden, keine Kinder. Und womöglich jünger. Durant hätte ihr am liebsten alles gesagt, was sie wusste, aber dies hätte ihre Freundschaft mit Hellmer endgültig zerstört. Sie würde sich nicht in die Eheangelegenheiten einmischen, es war eine Sache zwischen Frank und Nadine.

»Wir haben eine Soko gebildet, und es müssen unzählige Leute befragt werden und …«

»Ja, das hat Frank auch gesagt, aber ein bisschen merkwürdig ist das schon …«

»Mach dir keine Sorgen, bald ist alles vorbei, und du hast deinen Frank wieder«, versuchte Durant Nadine zu beruhigen.

»Hoffentlich. Ich hab schon Angst gehabt, er könnte eine andere haben. Ich weiß, ich bin blöd, aber …«

»Quatsch, ich kann dich verstehen. Aber Frank doch nicht. Ich muss Schluss machen, weil ich gleich jemanden erwarte. Tschüs.«

Sie legte schnell auf, froh, dieses Gespräch nicht weiterführen zu müssen. Rösner war eingetroffen, Durant holte ihn am Eingang ab.

Samstag, 18.00 Uhr

Melanie Köster hatte noch ein paar Einkäufe erledigt. Sie war erschöpft und wollte nur noch das Wochenende genießen. Seit fast drei Monaten bewohnte sie eine traumhafte Wohnung am Mainufer, die sie von ihrem Freund Robert zum Geburtstag geschenkt bekommen hatte, und jedes Mal, wenn sie sie betrat, freute sie sich darüber. Ihr Freund war zwar etwas alt, dafür umso generöser, und all die Geschenke, die er ihr machte, kompensierten diesen Altersunterschied. Sie stellte ihre Taschen ab, zog die Jacke aus und hängte sie an die Garderobe, wusch sich im Bad die Hände und das Gesicht und setzte sich für einen Moment auf das Sofa.

Sie telefonierte mit ihrem Freund und verabredete sich mit ihm für den späteren Abend. Eigentlich wäre sie lieber allein geblieben, zumindest heute, aber sie konnte ihm nicht absagen, denn er würde womöglich auf dumme Gedanken kommen. Bisweilen führte er sich wie ein Pascha auf – sie gehörte ihm allein, er hingegen gönnte sich neben ihr auch noch andere Frauen. Er konnte sehr jähzornig werden, und ab und zu rutschte ihm auch mal die Hand aus, aber Melanie ertrug dies alles. Den Luxus, den sie genoss, wollte sie unter keinen Umständen aufgeben, und deshalb spielte sie auch weiterhin die treue Geliebte.

Sie dachte an den zurückliegenden Tag, die Knochenmühle, durch die sie getrieben wurde. Sie hatte Robert schon einige Male gefragt, ob er ihr nicht etwas Besseres besorgen könne, einen Job mit einer geregelten Arbeitszeit, doch er war nie darauf eingegangen. Solange sie bei der Polizei arbeitete, hatte er sie unter Kontrolle, denn mit ihrem eher mageren Gehalt würde sie nie wieder das haben, was sie jetzt hatte – eine Luxuswohnung, ein schickes Auto, teuren Schmuck und hin und wieder Reisen in Länder, die die meisten Menschen in ihrem ganzen Leben nie sehen würden.

Sie packte ihre Taschen aus, ließ sich Badewasser ein und legte die Sachen zurecht, die sie nachher anziehen würde. Sie würde sich die Beine rasieren, denn Robert stand auf nackte Haut. Er mochte keinerlei Körperbehaarung, außer auf dem Kopf. Am besten sollten die Haare lang und blond sein, so wie ihre. Und besonders liebte er es, wenn sie sie zu einem Zopf geflochten hatte. Sie würde es auch heute tun, sich sündhaft teure Dessous anziehen, über denen sie nur einen Mantel tragen würde. Die andern Sachen würde sie in einem kleinen Koffer mitnehmen. Meine kleine Sünde nannte er sie immer, und obwohl er bereits Mitte fünfzig war, hatte er im Bett die Ausdauer eines Zwanzigjährigen.

Samstag, 18.00 Uhr

Mike stand vor dem großen Tor mit den Initialen R. W. und drückte auf die Klingel. Kurz darauf öffnete sich das Tor wie von Geisterhand. Er ging auf das Haus zu, das sich in etwa fünfzig Meter Entfernung befand. Den Kragen seiner Jacke hatte er hochgeschlagen, der Wind hatte aufgefrischt und war kalt, Dunkelheit hatte sich über das Land gelegt.

Robert Wimmer stand in der Haustür, modern gekleidet in eine anthrazitfarbene Hose mit Bundfalten und einem blauen Hemd, dessen oberste beiden Knöpfe offen standen.

»Hallo«, sagte Mike, ohne seinem Vater die Hand zu reichen.

»Komm rein. Ich hab wenig Zeit, weil ich noch mal weg muss und später Besuch erwarte.«

Robert Wimmer lebte allein, aber er beschäftigte einen Gärtner, der gleichzeitig Chauffeur war, eine Köchin und eine Putzfrau, von denen jedoch keiner auf dem Anwesen wohnte. Mike wusste, dass sich außer ihm und seinem Vater in diesem Moment niemand sonst im Haus aufhielt.

»Wieso schleppst du den Koffer mit dir rum?«

»Ich hab ein paar Unterlagen mitgebracht, die du dir unbedingt ansehen solltest. Ins Wohnzimmer?«, fragte Mike.

»Immer rein in die gute Stube. Möchtest du was trinken? Alkoholisch oder nicht alkoholisch?«

»Einen Martini«, antwortete Mike, nahm in einem der drei Sessel Platz und stellte den Koffer neben sich. Sein Vater ging an die Bar, schenkte zwei Gläser voll und gab eine Olive dazu.

»Bitte«, sagte er und reichte Mike das Glas. Er setzte sich ihm gegenüber, schlug die Beine übereinander und nahm einen Schluck. »Hier sind die Unterlagen von meinem Notar. Es ist alles geregelt. Nur deine Unterschrift fehlt noch. Ich hab extra heute noch den Vertrag zu deinen Bedingungen ändern lassen.«

»Wie nett von dir.« Mike stellte das Glas auf den Tisch, ohne von dem Martini getrunken zu haben. »Du bist also in finanziellen Schwierigkeiten. Wie kommt das?«

»Michael, bitte, ich bin dir keine Rechenschaft schuldig. Du hast dir diese Situation selbst zuzuschreiben, und das weißt du auch.«

»Ach ja?«, sagte Mike und runzelte die Stirn. »Inwiefern habe ich mir das selbst zuzuschreiben? Wer hat mich denn aus dem Haus gejagt, als ich kaum achtzehn war?«

»Ich hab dich nicht aus dem Haus gejagt, ich wollte lediglich, dass du rechtzeitig auf eigenen Beinen stehst. Ich habe mein Elternhaus sogar schon mit sechzehn verlassen, falls du das vergessen haben solltest. Aber jetzt lass uns zum Geschäft kommen, die Zeit drängt. Unterschreib und …«

»Und was? Lass mich raten. Du willst dich von mir endgültig freikaufen. Richtig oder richtig?«

»Sieh's doch, wie du willst. Wir waren nie wie Vater und Sohn, obwohl ich mich mit allen Kräften bemüht habe, aus dir einen richtigen Mann zu machen.«

»Ach ja, wie zum Beispiel mit Hilfe einer gewissen Moni?«

Robert Wimmer verzog den Mund zu einem Grinsen. »Zum Beispiel. Ich hatte meine erste Frau mit zwölf. Meine Sportlehrerin, die gar nicht genug von mir bekommen konnte …«

»Das interessiert mich einen Scheißdreck. Du dachtest wohl, ich müsste wie du ticken. Hab ich nie getan, und tu ich auch nicht …«

»Okay, genug in der Vergangenheit geschwelgt. Hier, lies und unterschreib, ich muss in zehn Minuten los.«

Mike nahm die Papiere in die Hand, überflog sie und legte sie nach wenigen Augenblicken wieder zurück.

»Bevor ich unterschreibe, will ich dir etwas zeigen.« Er ließ die Schlösser seines Koffers aufschnappen und holte eine Mappe heraus. »Hier, auch für dich was zum Lesen«, sagte Mike und warf sie seinem Vater zu. »Danach können wir uns über alles Weitere unterhalten.«

»Was ist das?«, fragte Robert Wimmer sichtlich ungehalten.

»Lies!«, sagte Mike scharf.

»Wie redest du mit mir?«

»Wie ich es schon längst hätte tun sollen. Ich warte.«

Sein Vater sah ihn mit verengten Augen an und schlug die erste Seite auf. Bereits nach wenigen Zeilen wurde sein Gesicht kalkweiß. Er sagte nichts, doch seine angespannte Haltung verriet mehr, als jedes Wort es vermocht hätte.

»Woher hast du das?«, fragte er nach einigen Minuten mit tonloser Stimme.

»Ich habe meine Quellen. Dein Vater war so großzügig, mir einiges zu erzählen, was du mir verheimlicht hast. Eine schöne Geschichte, was? Und jetzt hast du sie und auch alles andere schwarz auf weiß. Du hast mich angelogen, du hast mich fünfzehn Jahre lang in dem Glauben gelassen, meine Mutter sei tot. Ist sie aber nicht …«

»Na und? Manchmal ist es besser, die Wahrheit nicht zu kennen. Und für dich war es besser.«

»Nein, nicht für mich, allein für dich. Ich habe mit ihr gesprochen, sie hat mir alles haarklein berichtet. Sie hat mir von deinen zahllosen Affären erzählt, wie du sie misshandelt hast, wie du sogar gedroht hast, sie umzubringen, sollte sie wagen, dich zu verlassen. Oder ist das alles auch nur eine Lüge?«

»Natürlich, was denn sonst?!«, antwortete Mikes Vater. »Deine Mutter …«

»Halt's Maul. Warum bist du vorhin so blass geworden? Erklär's mir.«

»Du bildest dir da was ein …«

»Nein, ich bilde mir gar nichts ein. So, und jetzt hab ich noch eine Überraschung für dich. Moment.« Mike griff erneut in seinen Koffer, zog blitzschnell ein langes Messer heraus, sprang auf und hielt es seinem Vater an den Hals.

»Was soll das? Willst du mich umbringen? Mach keinen Scheiß, Junge …«

»Den hab ich schon längst gemacht. Und komm mir jetzt nicht mit der Mitleidstour, die zieht bei mir nicht.

Und solltest du eine falsche Bewegung machen, bist du mausetot. Beug dich nach vorn, ganz weit. Bitte!«

»Was hast du vor?«

»Das wirst du noch frühzeitig erfahren. Wird's bald?!«, herrschte er ihn an.

Robert Wimmer beugte sich nach vorn, die scharfe Klinge an der Halsschlagader.

»Und jetzt mach das um deine Beine. Es sind Plastikfesseln, wie sie von der Polizei verwendet werden. Richtig fest zuziehen, ich will's ratschen hören.«

Sein Vater folgte dem Befehl und sagte, wobei er sich bemühte, gelassen zu bleiben: »Und jetzt?«

»Hände auf den Rücken und keine Mätzchen, du hättest sowieso keine Chance.«

»Du bist verrückt, völlig durchgeknallt …«

»Mag sein, aber sind wir nicht alle ein bisschen balla balla? Außerdem hab ich das von dir.« Mike legte die Fesseln um die Handgelenke und meinte: »So, du kannst dich entspannt wieder zurücklehnen. Was immer du heute vorgehabt hast, es wird nichts draus. Außerdem erwartest du Besuch, das ist alles. Weggehen wolltest du gar nicht. Und ich weiß auch, wen du erwartest. Da staunst du, was?«

»Was willst du?«

»Dir eine Geschichte erzählen«, sagte Mike und legte seinen Mund an das Ohr seines Vaters. »Eine nette kleine Geschichte. Aber diese Geschichte wirst nicht nur du hören, sondern auch deine liebe kleine Melanie. Ich werde jetzt ihre Nummer wählen, und du wirst sie bitten, sich ganz schnell auf den Weg zu machen, um dich zu beglücken. Und ich warne dich, solltest du einen falschen Ton von dir geben, stech ich dich ab. Hast du das verstanden – Vater?!«

»Warum willst du Melanie da mit reinziehen?«

»Sie soll erfahren, was für ein verdammtes Schwein du bist. Das ist alles. Danach mach ich dich wieder los.« Mike holte das Telefon und sagte, bevor er die Nummer wählte: »Sei wie immer, höflich, freundlich, zuvorkommend. Sag ihr, welche Sehnsucht du nach ihr hast. Sie wird geflogen kommen, das weiß ich genau.«

Er tippte die Ziffern ein und hielt seinem Vater den Hörer ans Ohr, nicht ohne vorher den Lautsprecher einzuschalten.

»Hi, Schatz, ich bin's. Kannst du vielleicht schon früher kommen?«

»Warum?«

»Weil ich einen schlechten Tag hatte und mich nach dir sehne. Setz dich ins Auto und komm her. Wir machen uns einen gemütlichen Abend und …«

»Ich hab mir gerade Badewasser einlaufen lassen, ich wollte mich extra schön für dich machen …«

»Du bist doch schön. Du kannst auch hier baden und alles machen … Komm, bitte. Ich hab auch eine Überraschung für dich.«

»Wenn du mich so bittest, wie kann ich da nein sagen. Ich bin in einer halben Stunde bei dir.«

»Fahr vorsichtig. Ich vermisse dich.«

»Das ist schön«, flötete sie ihm ins Ohr. »Bis gleich, Liebster.«

Mike nickte zufrieden und drückte die Aus-Taste.

»Du hast dich gut gehalten, alle Achtung. Und was machen wir jetzt? Richtig, wir warten. Mel ist, soweit ich weiß, die Erste, mit der du es länger als einen Monat ausgehalten hast. Wie lange seid ihr schon zusammen? Seit einem Jahr oder länger? Lass mich raten, seit ich sie damals zu deiner Geburtstagsfeier mitgebracht habe. Ich dachte, ich stelle dir meine erste richtige Freundin vor und unser Verhältnis würde sich dadurch vielleicht ein wenig verbessern. Aber was hast du gemacht? Du hast sie mir ausgespannt, nein, du hast sie mir weggenommen … Was hast du ihr alles über mich erzählt, dass sie auf dich reingefallen ist? Sei ehrlich.«

»Ich wollte sie dir nicht wegnehmen, sie hat sich an mich rangeschmissen. Ich schwör's!«

»Auf Meineid steht Gefängnis, aber das nur nebenbei. Du hast dir im Leben alles, aber auch wirklich alles genommen, auch wenn es dir nicht gehört hat. Du bist über Leichen gegangen, du hast kriminelle Geschäfte gemacht, du hast dir die Weiber ins Haus geholt, eine nach der andern, das war schon damals so, als ich noch ein kleiner Junge war. Aber wer Geld hat, hat auch Macht. Ist es nicht so?«

»Du weißt doch gar nicht, wovon du redest«, sagte sein Vater leise. »Du bist doch nur neidisch, obwohl du alle Chancen der Welt gehabt hättest, es zu was zu bringen. Aber wofür hast du dich entschieden? Du arbeitest bei den Bullen in der Computerabteilung. Was für ein lausiger Job!«

»So lausig ist der gar nicht. Was man da so alles auf den Tisch kriegt … Ist manchmal schon bemerkenswert. Im Augenblick läuft in Frankfurt ein Serienkiller rum, der Frauen aufschlitzt und ihnen die Eingeweide rausschneidet. Schrecklich. Der Typ ist so gerissen, dass die Bullen bis jetzt keinen Schimmer haben, wer er ist. Er schreibt sogar Mails an eine Kommissarin vom K 11. Mel, noch ein Kollege und ich müssen die PCs der ermordeten Damen untersuchen. Ist echt spannend.« Mike schaute auf die Uhr und sagte: »Deine Liebste müsste jetzt etwa in der Nähe des Main-Taunus-Zentrums sein, vorausgesetzt, sie hat sich wirklich beeilt. Aber wir haben ja Zeit. Sie ist bestimmt schon ganz geil auf dich alten Sack. Apropos alter Sack. Was macht eigentlich Rösner? Ist bei ihm alles fit im Schritt?«

»Was soll das alles? Du redest wirres Zeug, Junge. Ich versteh nicht, was …«

»Du wirst gleich alles verstehen, Alter. Aber dazu muss erst unsere über alles geliebte Melanie hier sein. Ohne sie macht das keinen Spaß. Nur mit dem Ficken wird das vorläufig nichts, ich hab nämlich vor, mein Zelt heute Nacht hier aufzuschlagen. Na ja, andererseits könnten wir es mit einem flotten Dreier probieren, Vater und Sohn ficken Mel. Hast du's schon mal zu dritt gemacht? Ich meine, zwei Männer und eine Frau? Oder immer zwei Frauen und du?« Er winkte ab. »Logisch hast du's schon gemacht. Ich wette, es gibt beim Ficken nichts, was du nicht schon ausprobiert hast. Korrigier mich, wenn ich falsch liege.«

Robert Wimmer schwieg. Er beobachtete Mike nur die ganze Zeit, wie dieser durch das große Zimmer ging, das prall gefüllte Barfach öffnete und sich den Inhalt anschaute. »Bist du unter die Säufer gegangen? Als ich das letzte Mal hier war, das war zu deinem Geburtstag, da hast du dir ganz schön die Kante gegeben. Dazu noch Koks … Ich frag mich, wie dein alter Körper das noch aushält.«

»Kannst du mal endlich deine Klappe halten …«

»Nein, und wenn du nicht brav bist, muss ich leider böse werden. Richtig böse.«

Mike ließ seine Finger über die Buchrücken gleiten. Die eigentliche Bibliothek aber befand sich im ersten Stock, ein großes, gemütliches Zimmer mit einem herrlichen Blick auf die ausgedehnte Grünanlage, die sich um das gesamte Haus erstreckte.

»Wie viele Bücher hast du inzwischen? Dreitausend, viertausend oder mehr?«

»Weiß nicht, hab sie nicht gezählt.«

»Ist im Prinzip auch egal, denn ich weiß, dass du nicht ein einziges davon gelesen hast«, sagte Mike grinsend. »Alles nur Angeberei …«

»Das stimmt nicht, ich habe sie fast alle gelesen«, verteidigte sich sein Vater.

»Ich habe viele davon gelesen, bis du mich rausgeschmissen hast. Weißt du, woran man ein gelesenes Buch erkennt? Es weist Fingerabdrücke auf, und bei Taschenbüchern ist der Umschlagrücken voller Falten. Deine Bücher sehen alle noch aus wie neu. Du willst einfach nur angeben, du bist der größte Angeber und Blender der Welt … Wie war das noch mit dem Brockhaus? Du wolltest ihn unbedingt in feinstem beigefarbenem Ziegenledereinband haben, damit er farblich zur Sitzgarnitur passt. Das ist dekadent, einfach nur dekadent. Ich kaufe meine Bücher nicht nach dem Aussehen, sondern nach dem Inhalt. Schau«, fuhr Mike noch breiter grinsend fort, »nehmen wir mal Band 17. Sehr schön, sehr, sehr schön. Liegt gut in der Hand, ist aber noch nie benutzt worden. Hier, die Seiten kleben aneinander, das heißt, du hast das Buch noch nicht mal in der Hand gehabt.« Mike hielt seine Nase an den Einband und nickte anerkennend. »Aber es riecht wirklich gut. Welche Schande. Und jetzt pass gut auf, was ich damit mache.« Er legte es auf den Tisch und machte mehrere tiefe Schnitte in das edle Leder, riss ein paar Seiten heraus und ließ sie auf den Boden fallen. Dabei schaute er seinen Vater provozierend an und sagte: »Jetzt ist die ganze Sammlung schon nichts mehr wert. Wie schade, wie schade, wie schade. Das Leben ist doch ein Jammertal. Da gibt man Tausende und Tausende von Euro aus, und dann so was … Fragst du dich eigentlich gar nicht, warum ich ausgerechnet Band 17 ausgewählt habe? Nein? Okay, ich erklär's, wenn unsere liebe Mel da ist.«

»Ich muss mal auf die Toilette«, sagte sein Vater mit kratziger Stimme.

»Kein Problem, ich trag dich hin. Oder«, er tat, als würde er überlegen, »nein, ich trag dich doch nicht. Wenn du mal musst, dann mach einfach, sind doch nicht meine kostbaren beigefarbenen Möbel aus allerallerfeinstem Rindsleder. Extra in England gefertigt, ganz nach deinen Wünschen. Wie teuer war die Garnitur?«

»Weiß nicht mehr.«

»Ach komm, so was vergisst man doch nicht. Dreißigtausend? Vierzigtausend? Sei's drum, ist nicht meine Kohle … Ah ja, bevor ich's vergesse, ich bin ziemlich genau über deine finanziellen Verhältnisse informiert. Du hast allein im vergangenen Jahr fast zwölf Millionen verdient, davon hast du weit mehr als die Hälfte im Ausland untergebracht. Du fragst dich jetzt bestimmt, woher ich das weiß. Verrat ich dir auch gleich.« Mike machte eine

Pause, nippte an seinem Martini, verzog das Gesicht angewidert, kippte den restlichen Inhalt des Glases auf das Sofa und sagte: »Scheiß Gesöff! Wie man so was überhaupt saufen kann!«

Er warf einen Blick auf die Uhr, neunzehn Uhr fünfundzwanzig, ging zum Überwachungsmonitor, blieb stehen und sah einen BMW vorfahren. Er grinste und sah seinen Vater an.

»Da ist sie ja. Sie ist wirklich fast geflogen. Wolle mer se reilasse, wie der Hesse so schön sagt? Aber klar, ich kann's gar nicht erwarten. Doch vorher muss ich dich leider um etwas bitten, Papa«, sagte Mike höhnisch und zog eine Unterhose aus seiner Tasche. »Damit du Mel nicht verschreckst, solltest du besser den Mund halten. Deshalb mach ihn schön brav auf …«

»Du hast nicht mehr alle Tassen im Schrank. Ich werde …«

Mike riss mit einem Ruck seinen Kopf nach hinten und zischte: »Mach dein verdammtes Maul auf, und wenn du's nicht freiwillig tust, werde ich nachhelfen müssen …«

»Lass Mel in Ruhe, ich liebe sie wirklich«, flehte sein Vater mit Angst in den Augen und der Stimme.

»Schön für dich. Trotzdem, Maul auf!«

Robert Wimmer sträubte sich noch einen Moment, dann gab er nach, und Mike konnte ihm die Unterhose in den Mund stopfen.

»Jetzt hab ich dir zum ersten Mal in meinem Leben das Maul gestopft. Ich hätt's schon viel früher tun sollen, da wäre uns so einiges erspart geblieben, vor allem mir. Aber das Rad der Zeit lässt sich nun mal nicht zurückdrehen.

Die ist übrigens nicht von mir, ich hab sie einem Penner abgekauft, schmeckt bestimmt lecker … Oh, es hat geläutet. Wer mag das wohl sein?«, sagte Mike grinsend und betätigte den Türöffner. Dann machte er die Haustür auf und stellte sich direkt dahinter, so dass Melanie Köster ihn nicht sehen konnte.

»Was ist das denn für ein Empfang?«, sagte sie lachend und trat ein. »Wo ist denn mein über alles geliebter Bobby?«

Die Tür fiel hinter ihr ins Schloss, sie drehte sich erschrocken um und erstarrte. Alle Farbe war aus ihrem solariumgebräunten Gesicht gewichen. Sie zitterte und stammelte: »Wwwas mmmachst du denn hier?«

»Wwwwwwwwwww«, äffte Mike sie nach. »Du stotterst ja. Hab ich noch nie bei dir gehört.«

Sie sah das Messer in Mikes Hand, starrte abwechselnd auf das Messer und in Mikes Gesicht.

»Geh ruhig voran, du kennst dich ja bestens hier aus. Mein lieber Herr Vater erwartet dich bereits sehnsüchtig.«

»Was gibt das hier?«, fragte Melanie.

»Das wirst du gleich erfahren. Und jetzt husch, husch, da hinein.«

Melanie sah Mikes Vater auf dem Sessel sitzen, die Hände und Füße gefesselt, einen dicken Knebel im Mund.

»Nimm Platz, meine Liebe. Darf ich dir etwas zu trinken anbieten? Lass mich raten, dein Lieblingsgetränk ist Caipirinha. Ist aber leider ausgegangen. Tut's auch was anderes? Wasser, Cola, Rum, Champagner?«

Melanie setzte sich in den Sessel neben Mikes Vater und streichelte ihm übers Gesicht. »Ich habe keinen Durst«, antwortete sie.

»Oh, wie rührend. Wie zwei jungverliebte Turteltäubchen.«

»Was tust du hier?«, fragte sie, nachdem sie ihre Sicherheit wiedererlangt hatte.

»Immer dieselbe Frage. Was tust du hier, was hast du vor, was willst du …Ich kann's nicht mehr hören. Und Mel, wenn ich dich bitten dürfte, in dem Sessel dort drüben Platz zu nehmen … So könnt ihr euch viel besser sehen.«

»Ich bleib hier. Ist das ein Spiel oder Ernst?«

»Was glaubst du denn?«, fragte Mike mit gerunzelter Stirn.

»Das bist nicht du. Das ist nur ein Spiel …«

»Wenn du meinst. Und jetzt beweg deinen süßen Hintern und hock dich da hin«, fuhr er sie laut an und deutete auf den Sessel. »Und solltest du glauben, dass es ein gottverdammtes Spiel ist, dann hast du dich diesmal getäuscht. Los, oder soll ich erst ungemütlich werden?« Melanie erhob sich wortlos, Panik in den Augen, und ließ sich in den Sessel fallen, Mike sagte, während er ihr die Messerspitze an den Hals setzte: »Und nun machen wir fast das Gleiche wie mit meinem lieben Daddy. Nur das mit den Füßen lassen wir sein, ich kann mir nicht vorstellen, dass du wegzulaufen versuchst, und außerdem wär ich sowieso schneller. Also, die Hände auf den Rücken, damit wir nicht zu viel Zeit verlieren.«

Melanie gehorchte wie in Trance, Mike legte die Fessel um ihre Handgelenke und zog kräftig zu, bis Melanie laut aufschrie.

»Halt die Klappe. Oder schreist du auch immer so, wenn ihr fickt?«

»Du tust das doch nur, weil ich nicht mit dir, sondern mit deinem Vater zusammen bin.«

»Möglich, aber es gibt auch andere Gründe, die ihr gleich erfahren werdet.«

Mike ging ein paar Schritte weg, sah von Robert Wimmer zu Melanie und sagte: »Du wirst doch nicht schreien, oder? Sonst muss ich dich leider auch knebeln. Sei einfach ruhig und hör zu, was ich zu sagen habe. Dann ist es auch ganz schnell vorbei.« Er holte die Digitalkamera aus dem Koffer und meinte grinsend: »Paps, ich darf doch ein Foto von dir schießen, du siehst nämlich geradezu grotesk aus.« Er drückte auf den Auslöser und legte die Kamera auf den Tisch. Bevor er begann, nahm er den Knebel aus Robert Wimmers Mund und sagte: »Und, hat's geschmeckt?«

»Fang schon an«, krächzte er.

»Okay, okay, wenn ihr's so eilig habt. Aber das, was ich zu sagen habe, wird vor allem dir überhaupt nicht gefallen.«

Samstag, 19.20 Uhr

Warum wollen Sie mich ausgerechnet heute sprechen?«, fragte Rösner, nachdem er in Durants Büro Platz genommen hatte.

»Wenn es nicht wichtig wäre, hätte ich Sie bestimmt nicht herbestellt. Sagt Ihnen der Name Robert Wimmer etwas?«

»Wer kennt den nicht?«

»Ich zum Beispiel. Erzählen Sie mir etwas über ihn«, forderte Durant ihn auf.

»Er ist einer meiner Mandanten, und ich darf Ihnen leider keine Auskunft geben.«

»Doch, das dürfen Sie«, entgegnete Durant sanft. »Wir haben mittlerweile vier tote Frauen, die letzte ist gestern Abend umgebracht worden. Alle Morde wurden mit einer unglaublichen Brutalität ausgeführt. Das nur nebenbei. Bei allen Frauen wurden diverse Unterlagen sichergestellt, unter anderem PCs und Notebooks.« Sie hielt inne und beobachtete die Reaktion von Rösner, doch er zeigte keine, seine Miene war undurchdringlich.

»Und weiter?«

»Sie haben gestern gesagt, dass Sie Svenja Martens nicht kennen. Seltsamerweise ist aber Ihr Name in ihrem Adressbuch gespeichert. Haben Sie eine Erklärung dafür?«

Rösner kniff die Augen zusammen und antwortete: »Nein, hab ich nicht. Ich kenne Frau Martens nicht persönlich. Vielleicht haben wir uns mal unterhalten, aber sonst war da nichts. Das schwöre ich Ihnen bei allem, was mir heilig ist. Ich hatte nie etwas mit dieser Dame.«

»Gut, ich glaube Ihnen. Aber Barbara Hentschel dürfte Ihnen ein Begriff sein.«

Rösner senkte den Blick und stieß hervor: »Barbara! Haben Sie sie ausfindig gemacht, und hat Sie Ihnen von uns erzählt?«

»Das kann man so sagen. Erzählt direkt hat sie nichts, das konnte sie nicht mehr, denn sie war mausetot, als wir sie fanden.«

»Das gibt's doch nicht! Barbara auch? Wer und …«

»Über wer möchte ich mich mit Ihnen unterhalten. Ich weiß, dass Sie und Frau Hentschel sich zwischen November vergangenen Jahres und Mai dieses Jahres mehrfach getroffen haben. Aber das ist für unsere Ermittlungen unwesentlich. Es geht um Robert Wimmer. Wie gut kennen Sie ihn?«

»Was hat Robert damit zu tun?«

»Unter Umständen eine ganze Menge. Seit wann kennen Sie sich, und wie gut kennen Sie sich? Ich erwarte einfach nur klare und präzise Antworten.«

»Herr Wimmer ist seit gut zehn Jahren mein Mandant, das heißt, er ist nicht mein Mandant, weil ich nicht für Wirtschaftsrecht zuständig bin. Aber er kommt hin und wieder in die Kanzlei oder wir treffen uns auch mal bei ihm zu Hause oder wie letztens bei Kantauer.«

»Er stammt aus Düsseldorf, richtig?«

»Soweit ich weiß, ja.«

»Hat er jemals mit Ihnen über seinen Sohn gesprochen?«

Rösner zuckte mit den Schultern und erwiderte: »Nein. Mir ist auch nicht bekannt, dass er einen Sohn hat.« Mit einem Mal lächelte er und fuhr fort: »Herr Wimmer ist ein Single durch und durch. Wenn er einen Sohn hat, dann weiß er das sehr gut zu vertuschen. Er ist ein Weiberheld, eigentlich ist keine Frau vor ihm sicher, sie muss nur gewisse Qualitäten aufweisen.«

»Und die wären?«

»Jung, hübsch und zu allem bereit. Ich hoffe, Sie sagen ihm nicht, dass Sie das von mir haben.«

»Sie haben mein Wort. Wo wohnt er?«

»In Falkenstein, aber das müssten Sie doch wissen.«

»Bis jetzt nicht. Auch die Polizei braucht manchmal ein wenig länger, um an bestimmte Informationen zu kommen. Ich brauche die genaue Anschrift.« Durant schrieb mit, während Rösner diktierte. »Haben Sie zufällig auch die Telefonnummer?«

»Leider nicht bei mir. Ich wusste ja nicht, was Sie von mir wollen.«

»Was macht Wimmer beruflich?«

»Er ist Europachef einer global operierenden Unternehmensberatung. Aber all diese Fragen hätten Sie mir doch auch am Telefon stellen können«, sagte Rösner leicht aufgebracht.

»Hätte ich, aber ich wollte vermeiden, dass Sie Wimmer anrufen und ihn warnen. Ich habe unser Gespräch aufgezeichnet und möchte Ihnen raten, sich nicht mit ihm in Verbindung zu setzen. Sollte er Informationen haben, die er eigentlich nicht haben dürfte, dann können sie nur von Ihnen gekommen sein.«

»Für wen halten Sie mich eigentlich? Dieses Gespräch bleibt selbstverständlich unter uns. Ist er etwa verdächtig, ein Mörder zu sein?«

»Ja und nein. Mehr dazu erfahren Sie sicherlich in den nächsten Tagen. Was haben Sie eigentlich Ihrer Frau gesagt, wo Sie so dringend hinmussten?«

»Zu einem Mandanten, der in Schwierigkeiten steckt. Ich habe ihr jedoch versprochen, spätestens um halb neun wieder zu Hause zu sein.«

Durant schaute auf die Uhr und meinte: »Das dürfte zu schaffen sein. Ich danke Ihnen für Ihre Kooperationsbereitschaft.«

»Ich kann mir nicht vorstellen, dass Wimmer ein Mörder ist«, sagte Rösner, während er Durant die Hand reichte und sich verabschiedete.

»Wir werden sehen. Eine Frage noch: Wie verhält er sich Frauen gegenüber?«

»Da müssen Sie ihn schon selbst fragen …«

»Haben Sie mit Frau Hentschel nie über ihn gesprochen?«

»Nein, ihre Kunden waren ein Tabuthema, wie bei allen Frauen, die damit ihr Geld verdienen.«

»Und wie haben Sie sie kennengelernt?«

Rösner zögerte mit der Antwort und gab kleinlaut zu: »Wimmer hat sie mir empfohlen.«

»Das war's. Kommen Sie gut heim.«

Durant setzte sich wieder hinter ihren Schreibtisch und öffnete den Postkasten. Eine neue Mail. Es war zwanzig Uhr zwölf.

»Liebe Frau Durant,
ich hatte geschrieben, ich würde mich heute wahrscheinlich noch einmal melden. Hier bin ich. Ich wollte Ihnen nur mitteilen, dass ich noch heute Abend meinen Rücktritt erkläre.
Meine Arbeit ist fast getan, es fehlen nur noch ein paar Kleinigkeiten, aber das geht schnell.
Doch diesmal werde ich Ihnen keinen Tipp geben, denn das wäre zu einfach, und einfach wollte ich es Ihnen nie machen.
Catch me if you can.
Ihr Sie wirklich zutiefst verehrender und liebender
F. R.
PS: Irgendwie stimmt es mich traurig, dass unsere Zeit vorüber ist.
Leben Sie wohl.«

Er hat es vor fast einer Stunde abgeschickt, dachte Durant und kaute auf der Unterlippe. Sie wählte die Nummer von Hellmers Handy, aber nur die Mailbox sprang an. Du verdammtes Arschloch!, dachte sie wütend und rief bei Berger an.

»Chef, wir haben ein Problem. Ich habe wieder eine Mail erhalten, und darin teilt er mit, dass er heute seinen letzten Mord begehen wird.«

»Was wollen Sie tun?«, fragte Berger.

»Nichts, gar nichts. Tut mir leid, wenn ich Sie gestört habe. Ich fahre dann mal nach Hause«, log sie.

»Tun Sie das, und erholen Sie sich.«

Sie legte auf, atmete tief durch und beschloss, etwas zu tun, was sie noch nie zuvor getan hatte. Sie schnallte entgegen ihrer sonstigen Gewohnheit das Holster um, überprüfte ihre Dienstwaffe, sicherte sie und steckte sie in das Holster. Dann zog sie ihren Mantel über, fuhr mit dem Aufzug nach unten, ging zum Parkplatz und stieg in ihren Wagen. Ihr Ziel war Falkenstein.

Samstag, 19.10 Uhr

Ich habe Durst«, sagte Robert Wimmer mit heiserer Stimme. Seine Zunge fühlte sich von dem Knebel geschwollen an, sein Mund war wie ausgetrocknet.

»Jesus hatte auch Durst, als er am Kreuz hing. Und was hat man ihm gegeben, einen in Essig getränkten Schwamm. Widerlich. Hol dir was, wenn du kannst. Aber bevor wir in medias res gehen, muss ich noch schnell eine

Mail verschicken. Wo ist dein Notebook? Du hast doch eins, oder?«

»Nein.«

»Macht nichts, dann nehm ich eben meins.«

Er schrieb die Mail an Julia Durant, klickte auf Abschicken und stellte das Notebook auf den Tisch.

»So, und nun zum wichtigen Teil des Abends. Mel, wie geht's dir?«

»Saudumme Frage«, antwortete sie nur.

»Stimmt auch wieder. Was weißt du eigentlich über deinen Bobby?«

»Was soll ich schon wissen? Alles Mögliche.«

»Das glaub ich dir, aber das Wesentliche kennst du nicht. Ich erzähle euch eine kleine Geschichte. Sie handelt von einem Jungen, der mit fünf Jahren seine Mutter verloren hat, so hat es ihm zumindest sein Vater erzählt.« Er hob die Hand und fuhr fort: »Bevor ich's vergesse, er ist zwar mein Vater, aber er hat nach dem Tod meiner Mutter lediglich für mich gesorgt. Was man so sorgen nennt. Finanziell eben. Eigentlich war ich immer auf mich allein angewiesen. Der Einzige, der sich um mich gekümmert hat, war mein Großvater. Aber der ist leider schon vor vielen Jahren von uns gegangen … Hm, wenn ich zurückblicke, war es wirklich ein beschissenes Leben. Dein Bobby hat nämlich eine Hure nach der andern ins Haus geschleppt, so wie dich …«

»Ich bin keine Hure!«

»Doch, bist du. Jede Frau, die sich kaufen lässt, ist eine Hure. Und jetzt erzähl mir nicht, dass du ihn liebst. So einen alten Sack kann man nicht lieben, denn er hat überhaupt nichts Liebenswertes an sich. Das einzig Liebenswerte ist seine Kohle. Du wirst dich fragen, wie ich von eurer Beziehung erfahren habe. Ganz einfach. Es war am 10. Januar, da hast du mir eine so knallharte Abfuhr erteilt, dass ich mir dachte, schau doch mal nach, ob's da nicht einen andern Mann in ihrem Leben gibt. Dabei wollte ich doch nur mit dir wie früher essen gehen, essen, trinken, unterhalten. Ohne Hintergedanken. Na ja, ich hab eher Schluss gemacht, bin zu deinem Haus gefahren, in dem du damals noch gewohnt hast, und habe gewartet. Und dann kam er in seinem neuen Phaeton.« Mike lachte bitter auf. »Ich hab zuerst gedacht, das kann nicht wahr sein, aber ich hab's mit eigenen Augen gesehen. Du und er. Und mir fiel auch ein, wo ihr euch kennengelernt habt. Nun, es war irgendwie auch mein Fehler, ich hätte dich ihm nie vorstellen dürfen, ich wusste ja, wie er tickt. Sieht eine geile Braut, und gleich meint er sie ficken zu müssen. Man braucht nur die entsprechende Kohle, und schon kriegt man jede Frau ins Bett. Ich hab's probiert, es klappt. Aber ich schweife schon wieder ab.

Zu meinem fünfzehnten Geburtstag hat er mir sogar eine Hure geschenkt, damit sie mir zeigt, wie es geht. Oder um es deutlicher auszudrücken, sie sollte mir beibringen, wie man fickt. Sie hieß Moni, hatte dunkelbraune Haare und mächtige Titten, aber sie war ordinär und ungebildet. Eigentlich genau das, was mein Dad, wie sie ihn nannte, so an Frauen schätzte und wohl immer noch schätzt. Nur nicht zu viel im Hirn haben, sie könnten ihm ja überlegen sein. Er ist zwar ein brillanter Geschäftsmann, aber auch ein Krimineller. Nicht nur, was seine Geschäfte angeht. Hat er dir schon mal verraten, was er beruflich so macht? Ich meine, du weißt, dass er der Big

Boss einer großen Unternehmensberatung ist, doch dass er alle möglichen Tricks kennt, wie man Gelder vor dem Fiskus versteckt, das hat er bestimmt verschwiegen. Aber das ist auch egal und hat mit dem hier nicht das Geringste zu tun.«

Mike holte sich ein neues Glas, gab Eis hinein und goss Whisky darüber. Er trank es leer, behielt es aber in der Hand. Sein Blick wurde verklärt, als er weitersprach.

»Ich hatte damals eine Freundin, Louise. Sie war in meiner Klasse, ich habe sie geliebt. Mit ihr konnte ich über Dinge reden, für die die andern in meinem Alter nicht aufgeschlossen waren. Die wollten alle nur Party machen und abhängen, aber ich wollte das Leben genießen. Da war etwas zwischen uns, das sich schwer beschreiben lässt. Ein unsichtbares Band. Wir waren auf jeden Fall auf einer Wellenlänge. Sie war zwar schon siebzehn, weil ich zwei Klassen übersprungen habe, aber das hat ihr überhaupt nichts ausgemacht. Sie hatte ihren Vater verloren, ich meine Mutter, das hat uns zusammengeschweißt.«

Er hielt inne, sah Melanie an und dann seinen Vater, der mit versteinerter Miene dasaß, als würde er ahnen, was gleich kommen würde. Mike lächelte und sagte: »Mein fünfzehnter Geburtstag war an einem Dienstag, am Mittwoch kam diese Moni und am Samstag war die offizielle Geburtstagsfeier. Er war da, meine Großeltern, eine Tante, ein Onkel – und Louise. Hier«, er holte das kleine Foto aus dem Koffer und hielt es erst Melanie, dann seinem Vater hin, »das war Louise. Sie hat mir noch am selben Tag gestanden, dass sie mich liebt. Ich hatte mich ja längst in sie verliebt, aber ich konnte es ihr unmöglich sagen, ich war viel zu schüchtern. Sie hat mir einen Kuss gegeben, und sie hat so wunderbar geduftet, nicht so billig wie diese Hure, nein, Louise hatte einen ganz eigenen Duft, den ich noch immer in der Nase habe. Ich brauch noch einen Whisky, ich darf doch?« Er goss sich ein. Nachdem er ausgetrunken hatte, ging er zum Fenster, ließ den Rollladen herunter, der sich auf Knopfdruck senkte, und drehte sich um.

»Warum erzählst du uns das alles?«, fragte Melanie. »Was hat das mit mir oder mit deinem Vater zu tun?«

»Ich betrachte ihn nicht als meinen Vater! Und was das mit dir und mit ihm zu tun hat, willst du wissen? Genau einen Monat nach dieser Feier wurde Louise umgebracht. Sie wurde vergewaltigt, erdrosselt und am Rhein wie ein Stück Müll entsorgt. Spaziergänger haben sie drei Tage später gefunden. Sie war noch Jungfrau, als sie starb. Es gab nicht einen einzigen klitzekleinen Hinweis auf den Täter. Der Mord an Louise wurde Jahre später unter der Rubrik ›Ungeklärte Todesfälle‹ abgelegt. Aber ich weiß, wer sie auf dem Gewissen hat«, erklärte Mike und sah Robert Wimmer an, der den Blick nicht erwiderte. »Na, Vater! Hast du dazu gar nichts zu sagen? Kein Wort?«

»Was soll ich dazu zu sagen haben? Du glaubst doch nicht etwa, dass ich etwas mit diesem Mord zu tun habe? Das ist verrückt!«

»Ach ja? Ich erinnere mich noch an den Samstagnachmittag, bevor Louise und ich auf mein Zimmer gingen. Du hast mich zur Seite genommen und mich gefragt, ob ich in sie verknallt bin. Und dann hast du weiter gesagt, dass sie sehr nett und sehr hübsch ist. Sehr, sehr hübsch.

Das waren deine Worte. Ich habe deinen gierigen Blick gesehen, dieses unsägliche Verlangen in deinen Augen, mein Mädchen zu bekommen. Du hast sie nicht bekommen, du hast sie dir genommen. Und dann musste sie sterben. Einfach so. Louise, das beste Mädchen, das ich jemals getroffen habe.«

»Du spinnst doch total! Ich habe deine Louise nicht umgebracht, ich habe ein einwandfreies Alibi, das ...«

»Halt dein Lügenmaul! Ich weiß, dass du's warst, ich habe sogar Beweise. Ich kann mich überall einloggen, selbst in die DNA-Datenbank. Ich habe mir erlaubt, ein paar Haare von dir aus deiner Bürste zu nehmen und sie analysieren zu lassen. Du hast Louise umgebracht, ich habe den Beweis, die Polizei noch nicht.« Er deutete auf den Boden, wo der zerschnittene Band 17 der Brockhaus Enzyklopädie lag, und meinte: »Jetzt weißt du, Vater, was es mit der Siebzehn auf sich hat. Louise war siebzehn, als sie sterben musste, und das Ganze ist siebzehn Jahre her.«

»Stimmt das?«, fragte Melanie aufgebracht. »Hast du wirklich dieses Mädchen umgebracht?«

»Das ist alles ein Missverständnis, ich ...«

»Siehst du, Mel, so ist er. Es ist ein Missverständnis. Dabei hab ich es schwarz auf weiß. Ich brauch's nur der Polizei zu übergeben. Aber das werde ich nicht tun. Warum auch, schließlich bin ich nicht viel besser. Aber dazu gleich mehr ... Weißt du, ich hätte vielleicht sogar geschwiegen, wäre das mit Mel nicht passiert. Da ist bei mir eine Sicherung durchgebrannt. Ich dachte, das kann nicht sein, das darf einfach nicht sein. Ich habe euch gesehen und hatte nur noch eins im Sinn – Rache. Und heute ist der Tag der Abrechnung. Wollt ihr gar nicht wissen, was ich vorhabe?«

»Du willst uns umbringen, das ist doch klar«, sagte Robert Wimmer mit unüberhörbarer Angst in der Stimme.

»Bitte, Mike, tu's nicht«, flehte Melanie. »Es tut mir leid, was passiert ist, aber Rache ist doch nicht der richtige Weg. Außerdem, was hab ich damit zu tun?! Ich hab doch nichts getan, überhaupt nichts. Ich meine, das mit uns, das war was anderes, du …«

Mike ging zu ihr und streichelte ihr übers Haar. »Mel, hör auf. Du hast Angst vor dem Tod, du hast Angst vor dem Sterben, aber wir alle müssen irgendwann sterben. Außerdem hat es dir bis vor ein paar Minuten nicht leid getan, denn der da hat dir doch alles geboten, was dein Herz begehrt. Erst ein tolles Auto, dann die Wohnung, und wer weiß, was er sich noch alles hätte einfallen lassen … Aber die Geschichte ist noch immer nicht zu Ende. Meine angeblich verstorbene Mutter lebt. Ich habe sie vor zwölf Jahren gefunden, nachdem mein Großvater mir die wahre Geschichte und auch die Hintergründe für ihr Verschwinden erzählt hat. Der feine Herr da hat sie misshandelt und missbraucht, sie ist eine gebrochene Frau, die bei Nacht und Nebel von zu Hause abgehauen ist, nur leider konnte sie mich nicht mitnehmen, weil sie kein Geld hatte und erst mal selber zurechtkommen musste. Eigentlich wollte sie mich nachholen, aber er hatte ihr ja gedroht, sie umzubringen, sollte sie je wagen, ihn zu verlassen. Und hätte sie mich geholt, hätte er sie auch gefunden. Sie lebt unter einem andern Namen in Hamburg, ist Alkoholikerin und mit dem Leben fertig. Sie wird bald sterben, ihre Leber hat schlappgemacht, das hab ich erst vor ein paar Tagen erfahren. Du siehst, Mel, er zerstört Leben, er hinterlässt eine Schneise der Verwüstung, wo immer er auftaucht. Hat er dich auch schon geschlagen? Sei ehrlich. Du brauchst keine Angst mehr vor ihm zu haben, er kann dir nichts mehr tun. Hat er?«

»Ja, ein paarmal. Aber …«

»Aber das war alles nicht so schlimm, schließlich hat er auch dafür bezahlt. Ohrfeigen und Vergewaltigung, all inclusive.« Er rieb sich die Augen, schüttelte den Kopf und streckte sich. »Die Zeit drängt, ich will bald nach Hause, also machen wir's kurz. Wer von euch beiden will zuerst? Du, Mel, oder lieber du?«, sagte er und schaute zu Robert Wimmer.

»Bitte, Mike, nicht, ich will noch nicht sterben! Neeeeiiiiin!!!!« Sie schüttelte wie wild den Kopf und trampelte mit den Füßen.

»Schrei ruhig, hier hört dich keiner außer uns. Wir haben uns im Büro in den letzten Tagen ganz schön den Arsch aufgerissen. Erinnerst du dich an das eine Bild von der Martens?« Er machte eine bedeutungsvolle Pause und sagte: »Das war ich. Hier, mit diesem Messer hab ich sie aufgeschlitzt. Kaum zu glauben, was?«

Melanie hörte abrupt auf zu schreien und zu trampeln und sah ihn entsetzt und mit weit aufgerissenen Augen an und stammelte: »Sag, dass das nicht wahr ist. Los, sag es!«

»Die Martens, die beiden Fischers und gestern die Hentschel. Ja, und die andern vier nicht zu vergessen. Es ist ganz einfach, jemanden umzubringen, viel einfacher, als man glaubt. Man denkt, da ist eine Hemmschwelle, die unmöglich zu überschreiten ist, aber wenn man neugierig genug ist, schafft man es. Ich war neugierig, und ich habe es geschafft. Die Weiland war eine leichte Nummer. Sie hatte gerade einen Fick hinter sich und war auf dem Weg zu ihrem Auto. Ich hab sie nach dem Weg gefragt, keiner war mehr auf der Straße, da hab ich ihr einfach eins übergezogen und … Den Rest kennst du, Mel. Das andere war nur Show. Wenn jemand tot ist, spürt derjenige doch nicht mehr, wenn man ihn aufschneidet. Jack the Ripper lebt, und ihr seid die Ersten, die das erfahren …« Die Türglocke schlug mit einem weichen Ton an. Mike hielt inne, sah mit fragendem Blick zur Tür und fragte: »Erwartest du Besuch?«

»Nein.«

Er ging zum Monitor, und ein breites Grinsen überzog sein Gesicht. »Na schau mal an, wer da steht. Das ist doch kaum zu fassen, aber meine Lieblingskommissarin stattet dir einen Besuch ab. Mein Gott, ist die clever. Dann wollen wir sie doch mal hereinbitten.« Er drückte den Knopf der Sprechanlage. »Ja, bitte?«

»Durant, Kripo Frankfurt. Herr Wimmer?«

»Ja.«

»Dürfte ich bitte kurz reinkommen, ich hätte ein paar Fragen zu Barbara Hentschel.«

»Kommen Sie hoch, die Haustür ist offen.« Mike stellte sich wie vorhin hinter die Tür und wartete, bis Durant an ihm vorbeigegangen war. Mit einem Sprung war er hinter ihr, und bevor sie auch nur reagieren konnte, spürte sie die kalte Klinge an ihrem Hals. Er kickte die Tür mit dem Fuß zu und sagte: »Das ist aber nett, Frau Durant, dass Sie uns mit Ihrem Besuch beehren. Jetzt frage ich mich aber allen Ernstes, wie Sie darauf gekommen sind.«

Sie hatte Angst, versuchte diese jedoch nicht zu zeigen. Du musst ganz ruhig bleiben, dachte sie, während ihr Herz bis zum Hals schlug. Jetzt kannst du zeigen, was du in all den Jahren bei der Kripo gelernt hast.

»Herr Nestroy?«

»O Verzeihung, dass ich mich nicht gleich vorgestellt habe. Aber wir hatten in den letzten Tagen ja bereits mehrfach das Vergnügen. Aber bitte, gehen wir doch ins Wohnzimmer, wo die andern schon versammelt sind. Wir werden immer mehr, das wird noch ein richtig lustiger Abend. Schön langsam einen Fuß vor den andern, die Klinge ist nämlich verdammt scharf.«

»Machen Sie doch keinen Unsinn, meine Kollegen sind bereits verständigt und befinden sich auf dem Weg hierher.«

»Ach ja? Und wo ist Ihr geschätzter Kollege Herr Hellmer? Sie sind doch sonst immer unzertrennlich. Soll ich raten? Sie sind ganz alleine gekommen, weil Sie ja so tough sind. So, und jetzt setzen Sie sich schön da hin, ein Sessel ist noch frei, und dann hören Sie zu. Meine Mail vorhin haben Sie erhalten?«

»Natürlich, aber ich wusste ja nicht, woher sie kam«, antwortete sie und nahm Platz. Sie hatte den Mantel geschlossen und hoffte, Nestroy würde nicht bemerken, dass sie darunter eine Waffe trug.

»Sie können den Mantel ruhig ablegen, es ist schön warm hier drin«, sagte er, als könnte er ihre Gedanken lesen, und machte zwei schnelle Schritte zu Melanie Köster, packte sie bei den Haaren und hielt ihr das Messer an die Kehle, ohne dabei Durant aus den Augen zu lassen.

»Danke, aber ich hatte nicht vor, lange zu bleiben. Was machen Sie hier?«, fragte sie.

»Nun, das meiste hab ich schon erzählt, und ich habe keine Lust, noch mal alles runterzuleiern. Aber verraten Sie mir doch, wie Sie ausgerechnet auf mich gekommen sind?«

»Ob Sie's glauben oder nicht, aber ich bin eigentlich nicht wegen Ihnen hier, sondern wegen Herrn Wimmer und seinem Sohn. Es geht um einen Mordfall aus dem Jahre 1988. Louise Mayer. Haben Sie davon gehört?«

Sie verfolgte jede seiner Bewegungen und wartete auf einen günstigen Moment, eine Unachtsamkeit seinerseits, ihn kampfunfähig machen zu können. Und sollte es hart auf hart kommen, würde sie ihn auch erschießen.

»Frau Durant, der Mörder von Louise sitzt dort«, sagte er und zeigte kurz mit dem Messer auf seinen Vater.

»Ja, aber was machen *Sie* hier?«, fragte Durant noch einmal, die keine Verbindung zwischen Nestroy und Wimmer herzustellen vermochte, sosehr sie sich auch anstrengte.

»Ich bin sein Sohn. Und jetzt werden Sie sich fragen, warum ich Nestroy und nicht Wimmer heiße. Ganz einfach, ich habe den Namen meiner Mutter angenommen, weil ich den Namen von diesem alten Drecksack nicht länger tragen wollte, nachdem ich erfahren habe, was er alles angerichtet hat. Sie sehen, so einfach ist das. Das heißt, so einfach war das auch wieder nicht, es war ein ganz schöner Behördenkrieg, bis ich das durchhatte. Letztendlich hat der berühmte Name Nestroy den Ausschlag gegeben, obwohl ich überhaupt nicht mit dem Dichter verwandt bin. Trotzdem bin ich zugegebenermaßen etwas verwirrt über Ihr Erscheinen. Wie sind Sie auf einmal auf meinen Vater gekommen?«

»Über Ihre DNA. Sie hatten Geschlechtsverkehr mit Svenja Martens. In der Rechtsmedizin wurde die DNA analysiert, die Daten wurden eingegeben, und es kam ein Treffer dabei heraus. Wir hatten eine Verbindung zu dem Mord an Louise Mayer und mehrere andere Informationen, die letztlich zu Ihrem Vater führten.«

»Scheiße«, entfuhr es Nestroy, »da hab ich alles bedacht und doch etwas übersehen. Dabei hab ich gar nicht mit der Martens geschlafen, nur ein paar Sekunden, dann war alles vorbei. Ich hab sie sogar sauber gemacht …«

»Sie unterschätzen unsere Rechtsmediziner. Was haben Sie jetzt vor? Uns alle umbringen? Sie würden nicht weit kommen, denn die Spur würde unweigerlich zu Ihnen führen …«

»Schon klar«, antwortete er nur.

»Darf ich Sie was fragen?«

»Sie immer.«

»Woher haben Sie die anatomischen Kenntnisse?«

Nestroy lachte auf und sagte: »Ich bin ein Autodidakt. Es gibt viel, was Sie nicht über mich wissen.«

»Herr Nestroy, sehen Sie es doch ein, Sie haben verloren, das Spiel ist aus. Gerade vorhin haben Sie mir geschrieben ›Catch me if you can‹. Ich weiß jetzt, wer hinter den Morden steckt, ich kenne Ihr Gesicht …«

»Seien Sie still«, zischte Nestroy und dachte nach. »Ich werde weder Mel noch meinen Vater laufen lassen. Wollen Sie gar nicht wissen, warum ich diese ganzen Huren gekillt habe?«

»Natürlich will ich es wissen. Warum?«

»Sie haben mich ausgelacht, sie haben mich verhöhnt. Diese gottverdammten Huren! Gelacht und gelacht und gelacht haben sie. Ich habe dieses Lachen nicht ertragen, nicht so ein Lachen.«

»Ich kenne Ihr Problem«, sagte Durant und sah Nestroy an.

»Oh, da bin ich aber gespannt, was jetzt kommt.«

»Soll ich das wirklich vor Frau Köster und Ihrem Vater aussprechen? Es ist sehr intim.«

Mikes Hand mit dem Messer fing an zu zittern, sein Mund verzog sich, bis das ganze Gesicht nur noch eine Fratze war.

»Halten Sie den Mund, halten Sie den Mund! Wissen Sie, wie das ist, wenn man kein richtiger Mann ist? Diese Scheißweiber haben sich immer nur lustig über mich gemacht. Ich weiß aber, dass Louise mich nie ausgelacht hätte. Sie hätte darüber hinweggesehen, weil wir uns geliebt haben. Aber der da musste ja alles kaputtmachen! Es ist alles seine Schuld. Und jetzt werde ich ihn kaputtmachen …«

»Ihr Vater wird ins Gefängnis gehen, und zwar für den Rest seines Lebens.«

Nestroy lachte höhnisch auf. »Der erkauft sich doch einen Freispruch.«

»Bei der Beweislast ganz sicher nicht. Und ganz so korrupt ist unser Rechtssystem nun auch wieder nicht.« Sie sprach mit ihm ganz ruhig und sachlich, die Stimme gedämpft. Sie wollte ihn beruhigen, damit er nicht noch mehr Unheil anrichtete.

»Sie müssten ihn kennen, dann wüssten Sie, dass es nichts gibt, was er nicht kann! Aber wissen Sie was, Ihnen würde ich alles glauben, denn ich habe Sie immer bewundert. All die Jahre hinweg habe ich Sie gesehen, in der Kantine, auf dem Parkplatz, in den letzten Wochen habe ich sogar ein paarmal vor Ihrem Haus gestanden und Sie beobachtet. Aber Sie haben mich nie bemerkt. Ich bin ja auch ein Niemand, ein Nichts. Ich mag Sie, ehrlich. Ich habe mich sogar in Sie verliebt. Aber wie hätte ich Ihnen das zeigen sollen? Sie hätten mich wahrscheinlich auch nur ausgelacht …«

»Ich habe noch nie jemanden ausgelacht. Wenn Sie schon so viel über mich wissen, dann wahrscheinlich auch, dass mein Vater Pfarrer ist. Er hat mir sehr viele wertvolle Dinge mitgegeben. Das ist die Wahrheit. Und jetzt legen Sie das Messer weg, bitte. Es wird Zeit, finden Sie nicht?«

Nestroy hatte Tränen in den Augen, als er Durant ansah und mit plötzlich erstaunlich ruhiger Stimme sagte: »Julia, ich hatte mich in den letzten Monaten wirklich in dich verliebt, aber wie konntest du das auch wissen? Es tut mir leid, aber ich kann nicht anders. Der Ripper ist tot.«

Mit einem Mal zog er das Messer hoch und machte einen blitzschnell geführten langen und tiefen Schnitt quer über seinen Hals. Das Blut spritzte in alle Richtungen, auf Durants Mantel und in ihr Gesicht, Melanie Köster schrie vor Schreck und Entsetzen, nur Mikes Vater zeigte kaum eine Reaktion. Mike fiel zu Boden, röchelte noch einen Moment, sein Körper zuckte ein paarmal, bis auch diese letzten Vitalfunktionen erloschen.

Durant stand wortlos auf, wischte sich mit einem Taschentuch das Blut vom Gesicht, holte das Handy aus ihrer Manteltasche und rief in der Einsatzzentrale an und bat darum, schnellstens einen Streifenwagen, einen Notarzt und einen Leichenwagen zum Haus von Robert Wimmer zu schicken. Danach befreite sie Melanie Köster, die auf dem Teppich lag und nur noch wirr vor sich hin flüsterte, von ihren Fesseln.

»Und was ist mit mir?«, fragte Robert Wimmer.

»Was soll mit Ihnen sein?«, entgegnete sie kühl.

»Meine Hände und Füße sind schon ganz taub …«

»Das ist mir wurscht. Sie bleiben so. Schauen Sie sich noch einmal um, es wird das letzte Mal sein.« Sie zog ihren Mantel aus und legte ihn auf ein Sideboard, das keine Blutspritzer aufwies. Das Holster behielt sie an und sagte geschäftsmäßig ruhig: »Ich verhafte Sie hiermit wegen des Mordes an Louise Mayer. Sie haben das Recht, die Aussage zu verweigern, allerdings kann alles, was Sie von nun an sagen, vor Gericht gegen Sie verwendet werden. Sie haben außerdem das Recht, einen Anwalt Ihrer Wahl hinzuzuziehen. Haben Sie das verstanden?«

»Mel? Mel?! Verdammt noch mal, Mel!!!«, schrie er.

Sie erwachte aus ihrer Lethargie und spie Wimmer entgegen: »Du kannst mich mal! Du bist ein Mörder!« Im nächsten Moment wurde ihre Stimme wieder leiser, und sie sagte: »Mike war okay, ja, Mike war okay, er war okay …« Ihre Augen waren leer. Durant spürte, dass Melanie unter Schock stand. Und es würde noch lange dauern, bis sie das Erlebte verwunden hatte.

Durant versuchte noch einmal Hellmer zu erreichen. Diesmal nahm er ab.

»Wo bist du?«

»Unterwegs.«

»Der Fall ist gelöst. Ich will dich morgen früh um neun im Präsidium sehen. Ausgeruht und nüchtern.«

»Wieso ist der Fall gelöst?«

»Morgen früh«, sagte sie und ging ein paar Meter weg

von den andern, »und mir ist scheißegal, wo du bist und was du machst. Aber denk an Nadine.«

»Ciao, bis morgen«, sagte er und legte auf.

Durant wartete, bis die angeforderten Beamten, der Notarzt und die Männer vom Bestattungsinstitut eingetroffen waren, gab die Anweisung, Robert Wimmer in Gewahrsam zu nehmen und in eine Haftzelle im Polizeipräsidium zu bringen, und erstattete auf dem Weg zu ihrem Wagen Berger Bericht.

»Sie haben was?«, brüllte er in den Hörer.

»Tut mir leid, wenn ich gegen die Regeln verstoßen habe, aber ich musste schnell handeln …«

»Nein, nein, so leicht kommen Sie mir nicht davon. Sie wollten schnell handeln. Darüber sprechen wir noch …«

»Ja, ja, schon recht. Passen Sie auf, dass dieser Robert Wimmer mindestens bis morgen keinen Kontakt zu einem Anwalt hat. Erst sind wir dran, dann darf er sich mit seinem Anwalt besprechen.«

»Selbstverständlich. Aber ich erwarte morgen einen ausführlichen Bericht mit allem Drum und Dran. Und jetzt machen Sie, dass Sie nach Hause kommen.«

»Ich lass mich volllaufen«, sagte sie zum Schluss und drückte auf Aus.

Ich kann nicht mehr, dachte sie und startete den Motor.

Sonntag, 9.00 Uhr

Polizeipräsidium. Dienstbesprechung.

Julia Durant war schon seit halb acht im Büro. Sie hatte kaum geschlafen, zu sehr beschäftigten sie die Geschehnisse des Vorabends, die Bilder, die immer wieder an ihrem Auge vorüberliefen.

Berger erschien nicht lange nach ihr, setzte sich ihr gegenüber und sagte: »Zunächst einmal möchte ich Ihnen zu Ihrem Erfolg gratulieren, das war gute Arbeit …«

Durant lachte sarkastisch auf und unterbrach ihn: »Das war keine gute Arbeit. Ich wollte ihn lebend haben, aber …«

»Kein Aber. Dennoch muss ich Ihnen sagen, dass Sie höchst fahrlässig gehandelt haben. Sie haben die Situation nicht kontrolliert, so weit ich das gestern richtig verstanden habe. Wenn Nestroy gewollt hätte, würden Sie heute nicht mehr leben. Ist Ihnen das klar?«

»Natürlich. Aber Nestroy hätte mir nie etwas angetan.«

»Was macht Sie da so sicher?«

»Er hatte sich in mich verliebt.«

»Hat er Ihnen das gesagt?«, fragte Berger verwundert.

»Ja, die andern haben es auch gehört. Fragen Sie Frau Köster, sie wird es bestätigen.«

»Was hat sie überhaupt mit dem Fall zu tun?«

»Keine Ahnung, das werden wir aber wissen, sobald wir mit ihr gesprochen haben. Gestern ging das nicht mehr, sie stand unter Schock. Und ich hatte auch keinen Nerv mehr, groß Fragen zu stellen.«

»Hätten Sie Nestroy nicht davon abhalten können, sich das Leben zu nehmen?«

»Keine Chance. Er stand zu weit weg, und es ging alles so schnell, da hätte keiner mehr reagieren können.«

»Und dieser Robert Wimmer?«

»Den knöpfen wir uns nachher vor. Das heißt, Sie oder

einer der andern übernimmt das. Ich mag nicht mehr. Ich gebe Ihnen sämtliche Fakten und fahr dann nach Hause. Vielleicht auch zu meinem Vater.«

»Sie hatten gerade erst Urlaub«, bemerkte Berger stirnrunzelnd.

»Ich will nicht in Urlaub fahren, sondern mein Trauma bewältigen. Ich lasse mich krankschreiben, wenn's recht ist.«

»Ich kann Sie ja verstehen«, sagte Berger und beugte sich vor. »Ich fände nur, es wäre vielleicht besser, wenn Sie wenigstens die erste Vernehmung durchführen würden. Sie waren gestern Abend dabei und könnten ihn knacken. Es würde Sie zwei oder drei Stunden kosten. Bitte. Danach können Sie verschwinden, wo immer es Sie hinzieht, und sprechen Sie mit unserer Psychologin.«

Durant überlegte und schüttelte den Kopf. »Nein. Das hat nichts damit zu tun, dass ich nicht will ...«

»Und womit sonst, wenn ich neugierig fragen darf?«

»Es ist etwas Persönliches. Übernehmen Sie das zusammen mit den andern, Hellmer, Kullmer, Seidel, die können das mindestens genauso gut. Sie natürlich auch. Hat er schon mit einem Anwalt gesprochen?«

»Nein, das habe ich zu verhindern gewusst.«

»Und wer ist sein Anwalt?«

»Dr. Rösner.«

»Sehr gut. Rösner und Wimmer sind befreundet, aber Rösner hatte diese Affäre mit der Fischer, von der seine Frau nichts wissen darf. Er will sie nicht verlieren. Machen Sie mit ihm einen Deal, er wird garantiert darauf eingehen.«

Nach und nach trudelten die von Berger noch gestern

zusammengetrommelten Beamten ein, nur Frank Hellmer fehlte.

Durant rief bei ihm zu Hause an. Nadine war am Telefon.

»Kann ich Frank sprechen?«

»Er schläft noch. Soll ich ihn wecken?«

»Er schläft? Ich hab doch gestern mit ihm gesprochen und ihm gesagt, dass wir um neun Besprechung haben.«

»Julia, ich weiß nicht, was mit ihm los ist, aber er kam heute Nacht total betrunken nach Hause. Er ist die Treppe hochgefallen und hat sich die Nase blutig geschlagen. Er kann unmöglich in diesem Zustand ins Büro kommen, er ist gar nicht fahrtüchtig. Was ist los mit ihm?«

»Stress. Mir geht's auch beschissen«, antwortete Durant ausweichend.

»Es ist dieser Fall, oder?«

»Er ist seit gestern Geschichte. Ich bin jetzt erst mal für ein paar Tage bei meinem Vater. Tschüs und schönen Gruß an Frank. Und pass ein bisschen auf ihn auf, ihm geht's glaub ich in letzter Zeit nicht so gut.«

»Hab ich auch schon gemerkt. Aber er lässt mich nicht an sich ran. Wenn du wieder zurück bist, können wir vielleicht mal von Frau zu Frau reden«, sagte Nadine.

»Klar doch. Ich melde mich, sobald ich wieder da bin.«

Berger, der Durant gegenübersaß, fragte: »Wie lange müssen wir auf Sie verzichten?«

»Bloß ein paar Tage. Tun Sie mir nur einen Gefallen, nehmen Sie Wimmer so richtig in die Mangel. Mit allem, was dazugehört. Wir haben seine DNA, Frau Köster wird mit Sicherheit eine Aussage gegen ihn machen, und ich werde ebenfalls meine Aussage zu Protokoll geben. Aber passen Sie auf, Wimmer hat Geld und Einfluss, und er darf keine Chance haben, sich freizukaufen. Er hat seinen Sohn überhaupt erst dazu gebracht, diese furchtbaren Morde zu begehen. Damit will ich um Himmels willen nichts von dem entschuldigen, was Nestroy getan hat, ich habe nur nach einer Erklärung gesucht. Kein Mensch wird einfach so zum Mörder, es gibt immer einen Auslöser. Und Wimmer ist oder war der Auslöser. Ich hoffe nur, das Gericht sieht es genauso. Er soll für den Mord an Louise Mayer büßen. Und jetzt bin ich weg.«

Durant nahm ihre Tasche und verabschiedete sich für die nächsten Tage.

Kaum war sie zu Hause, rief sie ihren Vater an und fragte ihn, ob sie kommen könne. Ohne dass sie ihm von gestern Abend berichtete, hörte er an ihrer Stimme, dass es ihr schlecht ging.

»Pack deine Sachen und setz dich ins Auto«, sagte er. »Ich werde uns was Extrafeines kochen. Ich hab da noch einen Rinderbraten …«

Julia Durant musste lächeln. »Einverstanden. Paps, ich hab dich lieb.«

Sie ließ sich krankschreiben, blieb eine Woche in dem kleinen Ort bei München, saß abends mit ihrem Vater in der gemütlichen Wohnstube, die so viele Erinnerungen barg. Hier war noch immer ihr eigentliches Zuhause, hier war der Ort, wo sie sich einfach nur wohl fühlte. Und das allein zählte. Alles, was sie in den Tagen vor ihrer Abreise erlebt hatte, war mit einem Mal Vergangenheit und doch ein Teil ihres Lebens. Bevor sie wieder nach Frankfurt fuhr, umarmte sie ihren Vater, den für sie besten Menschen der Welt. Und das würde er auch immer bleiben.

In dem im April stattgefundenen Prozess gegen Robert Wimmer wurde nach sechs Verhandlungstagen das Urteil gefällt – fünfzehn Jahre Haft. Er würde siebzig sein, wenn er seine Strafe verbüßt haben würde. Obwohl alle mit lebenslänglich gerechnet hatten, so kam das Gericht doch zu der Auffassung, dass das umfassende Geständnis und die von Wimmer geschilderten Umstände für ein Strafmaß unterhalb der Höchstgrenze ausreichend sei. Er beteuerte vor Gericht, Louise Mayer nicht vorsätzlich, sondern im Affekt getötet zu haben. »Ich hatte einen Blackout«, sagte er.

Julia Durant fühlte keine Genugtuung, denn während des Prozesses kam noch einmal alles das hoch, was sie im November erlebt hatte. Vor allem der Abend im Haus von Robert Wimmer, der sie beinahe das Leben gekostet hätte.

Aber nun war alles vorbei, und ein neuer, sehr kniffliger und vor allem delikater Fall lag auf ihrem Tisch. Sie hatte keine Zeit, über das Vergangene nachzudenken. Wie sagte doch ihr Vater immer – der Blick zurück bringt dich nicht weiter, nur wer nach vorne schaut, kann das Ziel erkennen.